Biblioteca de

CAMILO JOSÉ CELA

PLAZA & JANÉS

Camilo José Cela (Iria-Flavia, La Coruña, 1916) es uno de los escritores españoles más destacados del siglo XX y el que ha conseguido mayor reconocimiento internacional. Obtuvo un considerable éxito con su primera novela, *La familia de Pascual Duarte* (1942), lo que dio inicio a una prolífera y fecunda trayectoria literaria, entre cuyos títulos cabe mencionar las novelas *Pabellón de reposo*, *La colmena*, *La catira* y *Mazurca para dos muertos*. Aun cuando su obra desborda las etiquetas literarias convencionales, abarca casi todos los géneros: el ensayo, la poesía, el periodismo, el cuento, la novela, el relato de viaje y, más excepcionalmente, el teatro. Fundó y dirigió la revista literaria *Los papeles de Son Armadans*. Es miembro de la Real Academia desde 1957. Como senador por designación real (1972-1979) participó en la redacción de la Constitución española de 1978. En 1980 le fue impuesta la Gran Cruz de Isabel la Católica. En 1985 fue galardonado con el Premio Nacional de Literatura; en 1987 con el Premio Príncipe de Asturias; en 1989 con el Premio Nobel, máximo galardón literario, y en 1995 con el Premio Cervantes. Asimismo, es doctor *honoris causa* por una veintena de universidades de todo el mundo.

Camilo José Cela

Tobogán de hambrientos

PLAZA & JANÉS EDITORES, S.A.

Diseño de la colección: Marta Borrell
Ilustración de la portada: © Julián Grau Santos

Primera edición: septiembre, 1999

Printed in Spain – Impreso en España

ISBN: 84-01-42271-X (col. Ave Fénix)
ISBN: 84-01-42780-0 (vol. 171/10)
Depósito legal: B. 31.482 – 1999

Fotocomposición: gama, s. l.

Impreso en Romanyà Valls, S. A.
Verdaguer, 1. Capellades (Barcelona)

L 4 2 7 8 0 0

A la María Tariquejo Cebolla, Marujita la del Asperillo, ¡cachonda mía de mis entretelas!, conocido pendón jabugueño a quien amé tan insensata como arrebatadamente (de lo que, por respeto a las instituciones, ni me arrepiento).

Y a su madre, aquella mala bestia desatada, flor de rijo y pasto de carabineros: a pesar de todos los pesares y por aquello de que no soy rencoroso.

(Otra dedicatoria)

A los señorines gordezuelos, rubiascos, calvorotas, miopones, que comen con vino blanco corriente (de granel) y se ganan la vida con dureza, con desgana y con todo el impudor preciso para que los suyos puedan seguir tirando. (Me refiero muy en especial a don Damocles Saturnino, poeta lírico en estrofas vernáculas, cuya esposa —que luce nariz de berenjena— parece que va mejor de los ovarios aunque no de los nervios. ¡Vaya por Dios!)

Bienaventurados los Juan Lanas, los cabestros, los que lloran como Magdalenas, los incomprendidos, los miserables, los tontos de pueblo, los cagones, los presos: en el Evangelio de San Mateo se les consuela a todos.

PRÓLOGO

Si supiera qué cosa es la novela, podría argumentar aquí el porqué estas páginas que hoy publico son —o distan mucho de ser— una novela. Pero acontece que, por más que pienso, ignoro —por lo menos de una manera científica y de fiar— cuáles son las lindes del género, quizás porque cada día que pasa veo más clara la convencionalidad —y consiguientemente, la ineficacia— de la clasificación que venimos usando para parcelar el movedizo suelo literario, el violento —y por ende imparcelable— torrente de la literatura. Sólo una cosa sé: la literatura es la vida misma, no ya su crónica artística o emocionada, y sólo otra cosa intuyo: vestir a la literatura con chaquetas y pantalones de confección —e incluso con chaquetas y pantalones lujosos y a la medida— es vano propósito porque la literatura, al final, sale por el arbitrario registro de la mala crianza y se baja los pantalones a destiempo o se presenta, ¡qué descaro!, con la chaqueta al hombro y el culo al aire. Entonces, cuando la literatura se enseña de esa guisa, ¿qué es lo que procede hacer? La respuesta es obvia: quemar los tratados de preceptiva y esperar a que a alguien se le ocurra una ordenación más lógica de las cosas. El que hoy la ignoremos, no significa que no exista.

Probablemente, la novela requiere una armazón, un esqueleto que le reparta las carnes airosamente y con bien medido equilibrio. Esto que ahora se me viene a los puntos de la pluma, sin embargo, tampoco lo tengo por artículo de fe. Cada vez me siento menos dogmático y más inclinado a revisar, cada mañana, lo que pienso y lo que piensan los demás, y cada vez me veo menos dispuesto a admitir soluciones preconcebidas o actitudes de vademécum. No obstante —y a los solos efectos de mi argumentación de hoy— sí podría señalar que el esqueleto que suele querer verse embutido en la novela ha de ser, como el esqueleto del hombre y, en general, el de los vertebrados superiores, un algo armónico y estructurado, una máquina o un ingenio en el que las piezas y sus movimientos hayan de responder a un fin, no ya previsto, sino incluso usual. Se viene llamando usual a la manera de comportarse —y de crecer y de tener repartida la osamenta— el hombre, el caballo o el tigre, a diferencia de la del lagarto, la rana o la culebra —y aun el pájaro— que, ante los viciados ojos de los espectadores, se comportan de una manera extraña, aunque para ellos resulte, de toda evidencia, natural.

Esto no quiere decir que no deba admitirse más novela que aquella que cobra forma de hombre, de caballo o de tigre, puesto que es palmario que, a su lado, coincide la novela, no por extraña menos cierta, que adopta forma de lagarto, de rana, de culebra o aun de pájaro. Esta novela inusual es lo que todavía nos resistimos todos —deformados por la preceptiva— a admitir como tal novela, aunque resulte cierto que no sabemos con qué otro nombre bautizarla. Decir que todo lo que rebasa el tamaño del cuento y la novela corta y está escrito en prosa narrativa es una novela, quizás resulte pueril (aunque no tanto como a primera vista pudiera parecer), pero no lo es menos querer fijar el género con criterio de entomólogo y buscarle unas fronteras incapaces de seguir, por excesivamente rígidas, la cambiante estructura y la huidiza esencia de la novela.

La novela precisa de un esqueleto —usual o inusual, de hombre o de rana— que, en todo caso, cuadre a sus intenciones y tamaños. La novela, con frecuencia, falla por falta o sobra de armazón, por desproporción con el andamiaje que la sustenta, lo que le acarrea debilidad o la convierte en un monstruoso osteoma. Una novela, si tiene cuerpo y hechuras de elefante, se viene abajo si la mantiene —y ni la mantiene siquiera— un esqueleto de conejo. En el caso inverso, esto es, en el ambicioso supuesto de que el propósito —la armazón— sea mucho más soberbio que la escasa carne de que disponemos para cubrirlo, la novela se queda en fantasmal osario, tendencia peligrosa.

Debemos admitir la novela con esqueleto de conejo siempre que la carne con que queramos vestirlo sea la necesaria a su propio ser y a su intención: el *Lazarillo*, por ejemplo. Como, naturalmente, ni podemos pensar que no sea novela aquella que, con esqueleto de elefante, tenga las carnes justas que precisa y en su debido orden: *La montaña mágica*, pongamos por caso. Ahora bien: no basta con que las carnes con las que hayamos de recubrir el hueso sean bastantes (tampoco más), sino que es preciso que, de paso, sean las oportunas en consistencia, calidad, sabor, etc. La ternura —citemos al azar tres o cuatro ingredientes literarios—, o la violencia, o la crueldad, o la emoción, requieren ser distinguidas por carnes de diferente temple; con frecuencia, los comentaristas, si vuelven la espalda a esta realidad o si no parten del axioma de que esta realidad existe y tratan de buscarla, se confunden de medio a medio y con la peor y más soberbia de las confusiones: aquella que, como el sarampión, es contagiosa. Por no haber querido distinguir, algunos comentaristas ligeros, la carne que manejo, se me achacó (aunque sin entusiasmo, es cierto) que me río de la miseria. Ni merecería la pena esforzarse en atajar tan craso error: de lo que me río —y a violentísimas y desaforadas carcajadas— es del tibio mundo pequeñoburgués que acuna y hace posible esa misma miseria que le espanta y sobre la cual se alza.

Si las cosas estuvieran maduras —y distan mucho de estarlo— no hubiera tenido inconveniente alguno en llamar novela a mi *Viaje a la Alcarria* (como hizo Gallimard en la edición francesa, aunque quizás por otras razones), libro de narración que a los rayos X enseñaría un esqueleto de pájaro, probablemente de mirlo. Si no lo hice, fue para no complicar las cosas más de lo que están.

En estas páginas de hoy, el esqueleto que las sustenta es de culebra. No es mía la culpa de la afición que tengo (y que sí reconozco como mía) a coleccionar esqueletos dispares. Este *Tobogán de hambrientos* quizás no sea una novela para los legalistas de la preceptiva, aquellos que sueñan con matar a la literatura para ver si se está quieta de una buena vez y se deja estudiar con sosiego. A ellos quisiera rogar que inventaran un nuevo género (o una nueva denominación, que lo anterior sería demasiado pedir) o que, alternativamente, se decidieran a sentenciar que este libro mío no tiene nada que ver con la literatura, supuesto tampoco improbable.

Tobogán de hambrientos pudiera clasificarse como cuento larguísimo, si admitiéramos que el substantivo y el adjetivo no se destruyen y neutralizan recíprocamente. La idea inicial de estas páginas brotó de mi pensamiento de que en esta vida todo está ligado y concatenado de forma que no queda jamás ni una sola pieza suelta; todas las cosas tienen un número —dijo, hace ya la mar de años, Filolao—. El ejemplo de las cerezas es muy socorrido aunque, de paso, quizás ahora nos resulte también insuficiente: los hombres y sus acaeceres están mucho más ligados entre sí que las rabilargas y arracimadas cerezas del frutero.

Hace ya algunos años, en 1948, publiqué *El cuento de la buena pipa*, breves páginas en las que la acción pasaba de mano a mano como la antorcha en las carreras olímpicas de la Grecia antigua; fue una experiencia curiosa y que me resultó tan entretenida como aleccionadora. En aquel cuento latía ya —¡y yo sin saberlo!— el embrión del libro que hoy ofrezco. Ni estirado ni hinchado (malas técnicas), sino desarrollado y crecido, aquello —y todo lo que se le añadió— es esto de hoy. De ahí que le suponga esqueleto de culebra, un esqueleto —a lo que me imagino— sin demasiadas ramificaciones y con sus doscientas vértebras puestas en fila india. Claro es que como el libro se estructura en forma anular, de modo que cada una de las cien primeras vértebras se corresponda —si bien en sentido inverso— con cada una de las cien últimas (la una con la doscientas y, doblando el texto por la cintura, la cien con la ciento una, etc.), de él pudiera decirse que, más que de culebra de carne, de lo que tiene el esqueleto es de culebra de mazapán, de rueda de mazapán de Toledo (el de casa Telesforo, en la plaza de Zocodover, es muy recomendable), con lo que la idea del espinazo en fila india no queda ya exacta del todo. Tampoco me parece difícil entender lo que quiero decir.

Estas páginas tuvieron muchos títulos provisionales hasta que me decidí por el que dejo, y que es el que me parece más apropiado al resbaladizo sentimiento de hambre (no física sino moral) de la turbamulta de personajes que actúan en su antiheroico y doméstico escenario. *El cuento de la buena pipa*, aunque pudiera inducir a confusión, fue el primero de ellos, si bien pronto lo substituí, en respetuoso recuerdo de aquel lejano embrión, por el de *El huevo*. A *El cuento de la buena pipa*, en esta su nueva singladura, pensaba haberlo subtitulado *Calcos y tatuajes del natural.*[1] William Harvey, en su

1. Heme aquí de nuevo, ilustres damas, altos señores —argumenté decir, a modo de pregón—, dispuesto a contarles, pian pianito, el sosegado —y también tumultuario y abigarrado— cuento de la bue-

Exercitationes de generatione animalium, parte del principio fundamental de que todo ser vivo sale de un huevo. *Omne vivum ex ovo* hubiera sido, sin duda, un bello lema y mi gusto por los lemas es algo que no debo ni ocultar. Sin embargo, *El huevo* me pareció un título demasiado de broma y lo deseché. Entonces se me ocurrió uno muy largo y poético, pero absolutamente impracticable, porque no había forma de imaginarse que el presunto lector pudiera repetirlo. *El huevo, el espectro, la dolorosa y melancólica y extraña sonrisa* —que tal era el título aludido— tenía también su consiguiente base de autoridades, amén del citado William Harvey: Carlyle *(Description of himself)* afir-

---

na pipa, el lance que, como el amor o el mar, se sabe dónde empieza pero no, ¡qué bella incertidumbre!, dónde termina. El viejo fotógrafo de romería que fui, cansado ya de recorrer leguas y leguas, se gana ahora la vida haciendo calcos y tatuajes del natural, honestos dibujillos para espectadores pacientes y de buen criterio, porque piensa que todos los medios de vivir son buenos, mientras los guardias no avisen. ¡En fin!

Empecemos con el cuento de la buena pipa. Cuando era niño, mi abuela me contaba el cuento de la buena pipa.

—Camilo José, ¿quieres que te cuente el cuento de la buena pipa?

—Sí, abuelita.

—Pues verás. Érase una vez una niña de ojos azules y tirabuzones rubios que vivía en el lejano país de las hadas; un día se encontró con un caminante que iba por el camino y que le preguntó: hermosa niña de ojos azules y tirabuzones de color de oro, ¿quieres que te cuente el cuento de la buena pipa? Sí, sí, le respondió la niña, cuéntemelo usted. Entonces el caminante le dijo: yo no te digo que digas «sí, sí, cuéntemelo usted»; yo te digo si quieres que te cuente el cuento de la buena pipa. ¡Pues claro, buen hombre! —habló la niña—. ¡Pues claro que estoy deseando que me cuente el cuento de la buena pipa! Y el caminante, cuando la niña se calló, abrió el pico: yo no te digo que digas «¡pues claro, buen hombre!, ¡pues claro que estoy deseando que me cuente el cuento de la buena pipa!». ¡Lo que yo te digo es que si quieres que te cuente el cuento de la buena pipa! El diálogo entre la niña y el caminante no tuvo fin y los dos se murieron de viejecitos, al ma que la vida (aquello que los escritores siempre tratamos de reflejar) es un espectro moviéndose en un mundo de espectros, y Amiel, en su *Diario*, dice que la incomprensión de quienes amamos es lo que pone en nuestra boca esa sonrisa dolorosa y melancólica, tan extraña. Me dolió tener que prescindir del título, pero pensé que lo más sensato fuera hacerlo. Empecinarse en el capricho, aunque el capricho sea amable (y, a veces, precisamente por serlo), no es señal de sentido común.

Como imaginaba ya por entonces —y con el libro no más que esbozado— que los ordenancistas se iban a resistir a darle patente de novela, se me ocurrió subtitu-

---

cabo de muchos años de hablar y hablar. ¿Te gusta, Camilo José? ¿Quieres que te cuente el cuento de la buena pipa?

—Sí, abuelita, me gusta mucho. Anda, cuéntame el cuento de la buena pipa.

—Yo no te digo que digas «sí, abuelita, me gusta mucho; anda, cuéntame el cuento de la buena pipa». Yo te digo...

La historia del hombre, gentiles damas, apuestos caballeros, la historia de la humanidad entera, es algo muy parecido al cuento de la buena pipa. La literatura, también lo es; los personajes se enganchan unos a otros por el rabo, como los traviesos y malencarados títeres de las estampas infantiles; se tira de uno y vienen todos los demás detrás, atropellándose, dándose codazos para no quedar fuera, asomando la gaita —los que pueden y les dejan— sobre las cabezas del resto. Es gracioso ver el avispero humano bullendo como una olla de garbanzos, latiendo como un descompasado orfeón de corazones huérfanos, viviendo a golpes y a trancas y barrancas: igual que las hormigas del hormiguero que el niño malo pisó después de que su primo, aquel ruin pelirrojo, lo había ya meado venenosamente. Pero es gracioso verlo —y también meritorio— no desde el cómodo andamio del espectador, como los toros en las plazas de toros, sino desde dentro y fundiéndose con el mismo espectáculo: un poco al estilo del violento encierro de los sanfermines y librando, el que libre, por tablas y con la lengua fuera. Para San Bernardo, nacer es una desgracia, vivir una expiación, morir un terror. Por estas páginas corre, nutriendo el —¡a pesar de todo!— dorado árbol de la vida, de Goethe, un ridículo chorro de desgracia, de expiación y de terror.

larlo cuento y, por estar escrito a la pata la llana (aspiro a que, al menos, lo parezca), completé el subtítulo poniendo: *Un cuento narrado por un idiota*. Shakespeare *(Macbeth)* vino en mi ayuda al señalar, textualmente, que la vida es como un cuento narrado por un idiota *(It [the life] is a tale / Told by an idiot...)*. También me hubiera gustado desempolvar unas viejas palabras de don Benito Pérez Galdós: «el español salió de su casa en 1808 y todavía no ha regresado a ella». Pero cuando más montado tenía todo, corté por lo sano y arrumbé todas mis sabidurías. Esto de quedarse en cueros por el solo placer de pegar fuego al armario, también tiene su encanto.

Otros fueron los títulos que inventé *(La cadena sin fin, El tiovivo, Barraca de feria, Cartel de ciego, Páginas del diario de un fotógrafo pobre, etc.)*, pero la explicación por lo menudo de las razones que tuve para crearlos y después olvidarlos, quizás hicieran demasiado farragosa esta página inicial. Mal comienzo de un libro —y de todo— es la pesadez.

Palma de Mallorca, 15 de setiembre de 1961.

PRIMER TIEMPO

UNO, DOS, TRES, CUATRO, CINCO...

Florencio Basilio Pérez, echadora de cartas

Un sábado de Gloria de hace ya muchos años, al Florencio Basilio Pérez, de oficio ebanista, le dieron semejantes dos tortas en el tranvía que a poco más lo doblan.

—¡Cursi! ¡Tío mandria! ¡A ver si aprende usted a distinguir a las personas! ¡Habráse visto, qué descaro!

El Florencio Basilio Pérez no perdió la compostura.

—Perdón, señora: el de la mano era ese joven que se bajó en marcha cuando usted se me arrancó.

—¿Cuál?

—Aquel que va corriendo por allí.

—¿Aquél de la trinchera de cinturón?

—Sí, señora, aquel de la trinchera de cinturón que dobla la esquina.

Entonces, el Florencio Basilio Pérez, que es un inadaptado que se llevaba las tortas que iban destinadas a los demás, fue cuando descubrió que su verdadera vocación era la de echadora de cartas. El Florencio Basilio Pérez se apeó del tranvía, quizás para que el vientecillo de febrero le barriese las huellas de las bofetadas, y se metió en un bar.

—¿Qué va a ser?

—Un blanco.

—¿Ponemos un pinchito de anchoa?

—Bueno, póngalo usted.

El Florencio Basilio Pérez, mientras se bebió el blanco y se comió el pinchito de anchoa, empezó a cavilar.

—¡Mira que es lata esto de ser hombre y no mujer! Me van a tener que llamar echador, como a los de los cafés, en vez de echadora, que es más propio y hace mucho más fino. Oiga.

—Mande usted, caballero. ¿Otro blanco?

—No... Bueno, sí... Es igual. Lo que yo quiero hacerle es una pregunta.

—Diga usted, caballero.

El Florencio Basilio Pérez entornó la mirada, casi con misterio, y bajó la voz.

—¿Usted conoce alguna echadora de cartas que sea de confianza?

El muchacho del bar, que tenía cara de futbolista, se apartó.

—No; la verdad es que por el barrio no he oído de ninguna.

El Florencio Basilio Pérez volvió a la carga.

—¿Y echador? Vamos, quiero decir hombre. ¿No sabe usted de ningún echador?

El mozo puso un delicado gesto de pardillo.

—¿Echador?

—Sí, eso: echador. ¿Sabe usted de alguno?

—Pues, no, no señor; yo creo que echadores no hay.

Al Florencio Basilio Pérez se le subió la sangre de la anchoa a la boca.

—Un poco de bicarbonato.

—Sí, caballero.

El Florencio Basilio Pérez, con el bicarbonato, tomó la súbita decisión de cortar por lo sano y reaccionó. ¿No se decía acuarelista, y modista, y retratista? ¡Pues anda! ¿Y por qué no se va a poder decir echadora? ¿Quién lo prohíbe?

—Los treinta de vuelta para el bote.

—Gracias, caballero.

Entonces, el Florencio Basilio Pérez se acercó a una imprenta a encargarse un centenar de tarjetas.

—¿Pero le voy a poner echadora? —le decía el tío de la imprenta, que llevaba blusa larga, como la de los vendedores de lejía.

—¡Anda! ¿Y por qué no? ¿Quién es el que paga?

—Bueno, bueno, no se ponga usted así; si se lo decía era por usted. ¡Pues sí que a mí me importa! ¡Por mí como si quiere usted ponerle flecos! ¡Mientras pague!

El Florencio Basilio Pérez pagó por adelantado y a la semana siguiente fue a recoger sus tarjetas. Las tarjetas del Florencio Basilio Pérez decían así: «Florencio Basilio Pérez. Echadora de cartas. Apodaca, 76, Madrid. Por las noches llamad al sereno. Discreción. Eficacia. Resultados asombrosos. Precios módicos.»

—¿Crees tú, mamita, que vendrá la gente? —le preguntaba el Florencio Basilio Pérez a su madre.

—Sí, hijo, puede ser que sí. En el mundo hay gente para todo.

La madre y el padre (q. e. p. d.) del Florencio

La madre de la echadora Florencio se llama doña Esperanza y es viuda de un guardia municipal, de un urbano, como ella dice. La madre de la echadora Florencio goza de mucha consideración en la vecindad porque jamás se mete con nadie.

—Señoras así son las que hacían falta, ¿verdad, usted?

—¡Y que lo diga, amigo Paquito, y que lo diga usted! ¡Señoras como la doña Esperanza entran pocas en quintal! ¡Qué modales! ¡Qué sentimientos! ¡Qué distinción!

La doña Esperanza, como es tan fina, se pasa las horas suspirando y venga a suspirar.

—¿Se ha dado usted cuenta de cómo suspira la doña Esperanza?

—¡Ya, ya! Para mí que cada vez lo hace mejor. ¡Qué empaque! ¡Qué delicadeza! ¡Qué armonía!

La doña Esperanza, que es la misma imagen de la fidelidad conyugal *post-mortem*, como dice el joven del entresuelo, que está preparando notarías, no se cansa jamás de entonar las alabanzas de su difunto esposo.

—¡Ay, mi Florencio! —suele decir—. ¡Qué reguapo lucía con su uniforme de gala! ¡Qué tío con tipo, mi Florencio! ¡Qué andares se gastaba los domingos y fiestas de guardar! ¡Qué contoneos más rítmicos y elegantes!

—Se ve que lo echa usted a faltar, doña Esperanza.

—Sí, hija, claro que sí. ¡Si usted lo llega a conocer! No, mejor ha sido que no lo conociese. ¡Mi Florencio destrozaba los corazones femeninos!

—¿Tanto?

—¡Ya lo creo! ¡Tanto y más aún! Mi Florencio, hija mía, era irresistible! ¡Qué bigotes gastaba mi Florencio! En fin..., ¡la vida!

—Claro, doña Esperanza, ¡la vida!

La doña Esperanza, reina de las buenas ausencias conyugales, gasta una caspa brillante y reluciente, una caspa de primera calidad.

—¿Por qué no se cepilla usted el pelo, doña Esperanza?

—¿Para qué, hija mía? ¡Si mi Florencio viviese!

—¡Anda, pues también es verdad! ¡También fue lástima que su Florencio falleciese, ya ve usted lo que son las cosas!

—¡Y tanto, hija mía, y tanto! Al pobre lo que le perdió fue el vino. Si no es por el vino, mi Florencio hubiera durado cien años, quién sabe si más.

El guardia Florencio, el padre de la echadora del

mismo nombre y primer apellido, murió de un *delirium tremens* en el equipo quirúrgico, poco después de terminar la guerra civil. El guardia Florencio se quemó en coñac, como el souflé. Si al guardia Florencio le hubiesen dado de golpe todos los cuartos que se gastó en coñac, hasta hubiera podido comprarse una manzana entera de casas. Pero las cosas, según ya es sabido, son como son, y el guardia Florencio prefirió beberse los ingresos, a plazos: sin prisa, pero sin pausa, como dicen los poetas cultos. En fin, cada cual sabe de lo suyo.

—¡Se va usted a morir con tanto vino como trasiega! —le decía doña Leocadia de las Aguas, que era presidenta de tres o cuatro ligas contra algo.

—Sí, señora, ya lo sé. Pero usted, a seco, no crea que se va a quedar para simiente, descuide. En este mundo traidor no se libra nadie, todo es cuestión de tener un poco de paciencia y esperar.

—Sí —le respondía la doña Leocadia, pensativamente—, eso también es verdad.

El pobre guardia Florencio vivió siempre muy preocupado con las inclinaciones del hijo y a lo mejor, ¡quién sabe!, bebía para olvidar. El pobre guardia Florencio le echaba la culpa de todos los males que le acaecían al hijo, al Esteban de Fidel, un mozo tarambana que tan pronto quería ser torero, como futbolista o imitador de estrellas.

—¡Lo que no pueda una mala compañía! —decía el pobre guardia Florencio poniendo los ojos en blanco, igual que los galanes del cine mudo.

El Estebita de Fidel

El guardia Florencio (q. e. p. d.) sintió siempre un odio africano por el Estebita de Fidel, mozo que vivía a salto de mata porque, en cuanto se paraba, dejaba de comer.

—Lo que es el Estebita es un golfo —solía decir el guardia Florencio—, un golfo de tomo y lomo. Si de pequeño el padre le hubiera arreado algún capón, a estas horas sería un hombre como Dios manda, un hombre de provecho y no un parásito. Pero el padre prefirió cruzarse de brazos y ahora el Estebita es un mangante que va a acabar en presidio. Y si no, al tiempo.

Lo que era de verdad el Estebita de Fidel, allá en el fondo, era un desdichado más infeliz que un cubo y, para colmo, algo gafe, a quien no salía una a derechas. De torero se firmaba unas veces Fidelito y otras Niño del Salitre, nadie supo nunca por qué; de futbolista aparecía, simplemente, como Esteban, y de imitador de estrellas tenía un nombre de guerra muy bonito: Nabetse Ledif, que sonaba como si fuera árabe, pero que no era más que Esteban Fidel puesto del revés, como correspondía al oficio. Esto de poner los nombres al revés se estila mucho también para rotular mercerías o llamar a una brillantina nueva.

El Estebita de Fidel, en una temporada en que aparecía como Niño del Salitre, sufrió un percance en Manzanares —un varetazo sin mayores consecuencias— y allí se tuvo que quedar hospitalizado y comiendo, que es lo importante, quince o veinte días. En el hospital de Manzanares, Niño del Salitre se enamoró de una enfermera muy mona que se llamaba Leo y, como fue correspondido en el afecto, cuando le dieron de alta se largó con ella a Ciudad Real. La Leo, que llevaba la melena teñida de rubio, era muy romántica y de temperamento digamos artístico y, claro es, en cuanto Niño del Salitre la llamó tres veces chata (la primera con interés; la segunda, con amor, y la tercera, apasionadamente), la Leo no lo pensó más, hizo el petate y se dio el piro con él.

—¡Ay, Esteban, vida mía, qué feliz soy!

—Y yo, Leo, yo también soy muy feliz a tu lado.

—¿Y me querrás siempre, Esteban mío?

—Siempre, Leo, ¡toda la vida!

—¿Aunque nos muramos muy viejecitos?

—Sí, Leo, aunque nos muramos hechos dos carcamales.

—¡Ay, Esteban, qué feliz me haces!

El padre de la Leo, el don Facundo Trobajo, un contratista leonés que llevaba ya varios años en Manzanares, tuvo el chivatazo de que su niña estaba en Ciudad Real y allá se fue a buscarla, armado de las peores intenciones y de una garrota siniestra, llena de nudos, a la que untó con manteca de cerdo para darle mayores resistencias.

—¿Tú crees que aguantará? —le preguntaba el don Facundo a su primo Simón, que tenía de encargado en las obras.

—¡Hombre, sí, ya lo creo que aguantará! ¡Lo que no sé si aguantará será lo que pille debajo! En fin, pronto saldremos de dudas.

A los tórtolos se los encontró el don Facundo en La Perla, que era una tabernucha turbia y jaranera, de muy mala fama, y sin mediar ni palabra cayó a palos sobre ellos y los tundió vivos. El pobre Niño del Salitre, después de recibir el chaparrón sobre el lomo, olvidó a su amada Leo a una velocidad ejemplar.

—¡Qué tío! —decía después a los amigos, cuando contaba el lance—. ¡El papá de mi novia miraba como un pablorromero!

—¿Y tú, qué hiciste?

—Pues, chico, nada, ¿qué iba a hacer? ¡Era un padre ofendido!

Los amigos, entonces, se guiñaban un ojo y sonreían.

—Sí, claro, ya nos hacemos cargo. Debe ser muy doloroso para un padre encontrarse a su niña en La Perla, metida en juerga. ¡Es lo más natural!

Don Romualdo Ramírez,
el primer empresario del Estebita

Niño del Salitre, de aquella hecha y a raíz de la mano de palos que le pegó el don Facundo, cambió de oficio y se convirtió en Nabetse Ledif, transformista e imitador de estrellas de postín y canzonetistas famosas, según se decía en el programa de su debut.

El primer empresario del Nabetse fue don Romualdo Ramírez, y su primera actuación tuvo lugar en Alcázar de San Juan, en la sala de fiestas que dicen El Bombón de Oro, de estilo rococó. Nabetse Ledif, aquella noche histórica, imitó a la Raquel, que es lo que hacen todos; a la Chelito y a la Mae West, llenándose de trapos por todas partes. El éxito que tuvo fue grande, y el público, sobre todo las señoras, aplaudió con un entusiasmo que no hacía sospechar el final, que si no acabó en catástrofe fue de verdadero milagro. Cuando ya le faltaba poco para terminar su actuación, un gamberro sin principios y sin educación le dio un «¡apio!» desde el gallinero, y aquello fue Troya o, como vulgarmente se dice, la hora H, porque se organizó una escandalera de cien mil pares de diablos (o de pelotas, según también es costumbre señalar).

—¡Que lo echen!

—¡Que se calle!

—¡Que no me da la gana!

—¡Que si su padre!

—¡Que si su madre!

—¡Que más vergüenza!

—¡Que más civismo!

—¡Que más de lo que hay que tener!

—¡Que eso es lo que yo digo!

—¡Descarado!

—¡Mamón!

—¡Cineasta!

—¡Franchute!

¡Dios, la que se armó! La gente, como siempre pasa, se dividió en dos bandos, y mientras unos decían que aquello era arte y que al que no le gustase que se fuera, los otros decían que aquello ni era arte ni era nada, que aquello era otra cosa y que, además, no se iban porque no les daba la gana, que para eso habían pagado. El don Romualdo, que era hombre de recursos y enemigo de que lo metieran en líos, llamó a la guardia civil.

—Miren ustedes —le dijo a la guardia civil con un empaque patricio—: yo no quiero que se vierta la sangre en mis espectáculos. Una cosa es la emoción, siempre preconizable en el arte escénico, y otra el sacar los pies del plato y no comportarse como es debido. Lo cortés no quita lo valiente.

—Eso es; sí señor —asintió el cabo—. ¡Lo cortés no quita lo valiente!

La guardia civil se sentó en la primera fila por razones tácticas, el don Romualdo dirigió la palabra al respetable y al final, según es costumbre en tales trances, la paz se hizo. Nabetse Ledif tuvo que tomar distovagal, porque estaba algo nervioso, pero pudo dar fin a su número. Cuando terminó la función, el don Romualdo lo llamó.

—Mira, Estebita, toma diez duros y lárgate, cuanto más lejos mejor. A mí me parece que este público no está preparado para entender tu arte. Eso de la Mae West, para mí que lo haces demasiado a lo vivo. Anda, espera a que se desaloje el local y lárgate. Tomelloso es un pueblo rico donde, a lo mejor, puedes encontrar trabajo. No está lejos; a pie, puedes llegar a punto de amanecer.

Nabetse Ledif bajó la cabeza muy resignadamente, cogió los diez duros que le daban y, cuando el local acabó de desalojarse, salió, un pie tras otro y sin decir palabra, por el camino de Tomelloso. Nabetse Ledif, por la carretera abajo y envuelto en las sombras de la noche, semejaba un fantasma acorralado y sin rumbo: como los astros que ruedan, muertos ya desde hace miles de años, por los más remotos y heladores confines del universo.

Historia del ojo de don Romualdo

El don Romualdo Ramírez tiene un ojo de cristal; el otro, el de carne y hueso, lo perdió en Puerto Príncipe, Haití, de un puñetazo explosivo que le arreó un negro. El don Romualdo recurrió a las autoridades para ver si, por lo menos, le pagaban la cura, pero como el negro era senador, hubo que echar tierra al asunto y el don Romualdo se quedó tuerto y sin ojo, y aquí paz y después gloria. El negro, que era un señor importante y de mucha influencia, se llamaba Monsieur Louis Philippe Napoleón de la Fenêtre de la Pompadour et Du Château de la Rochefoucauld y era licenciado en farmacia y secretario general del Rotary Club.

—Así —pensaba el don Romualdo para consolarse— no hay competencia posible. ¡La verdad es que peor pudo haber sido!

El don Romualdo, con el ojo que le quedaba, se embarcó en un buque de la Grace Line que lo dejó en New Orleans, también nombrada Nueva Orleáns, en la desembocadura del caudaloso Mississippi. Como Nueva Orleáns estaba plagadita de negros, el don Romualdo pensó que lo más prudente era defender su ojo y, sin cavilarlo más, se largó, haciendo auto-stop, hasta Nueva York, en la desembocadura del caudaloso Hudson. Tardó más de seis meses en llegar, porque como no conocía el país fue dando un rodeo por San Francisco, en la desembocadura del caudaloso Sacramento, y por Kansas City, a orillas del caudaloso Missouri, pero al final llegó. El don Romualdo, al llegar a Nueva York, exclamó, con énfasis tribunicio:

—¡Coño, New York, como dicen los americanos! —y se metió en una fonda a dormir, porque estaba muy cansado del largo viaje.

Cuando el don Romualdo se hizo un poco al ambiente empezó a brujulear y, como era de natural espabilado, pronto encontró un árbol de buen cobijo al que arrimarse. Al don Romualdo le costeó el ojo artificial (que dicho sea de paso, era un ojo artificial de la mejor calidad) una sociedad filantrópica que se llamaba algo así como *Unión de damas siempre prestas para salir al paso de los desmanes de los negros* y que, según decían, era una especie de filial del Ku-Klux-Klan. Como lo recaudado para el ojo excedía con mucho el precio de un ojo, el don Romualdo hasta pudo comprarse un chevrolet de segunda mano en bastante buen uso.

—¡Esto es vida! —exclamaba el don Romualdo al volante de su chevrolet—. ¡Vivan todas las damas de la Unión!

El acto de la puesta de ojo fue muy simbólico y emocionante, y en él pronunció un sentido discurso la presidenta de la sociedad, Mrs. Codfish Scott. El local estaba adornado con flores y con banderitas de todos los países (menos Abisinia, Liberia y Haití) y aparecía de bote en bote, abarrotado hasta los topes por todas las asociadas. Al don Romualdo lo pusieron en una plataforma para que todas lo viesen bien, y la doctora Miss Margaret Titbit —que era un bombón, aunque algo talludita—, después de las palabras de la presidenta, le puso el ojo entre grandes aplausos. El don Romualdo dio las gracias en unas breves y galantes frases que tradujo la misma doctora Miss Margaret, que había sido partera en Valparaíso, y las ovaciones se sucedieron sin cesar. ¡Fue aquél un acto cívico memorable y del que los anales guardan muy cumplida memoria! El don Romualdo estaba emocionado y, cuando a la salida, se subió a su chevrolet, un temblorcillo de gratitud le bailaba en la voz.

Los amores de Miss Margaret y don Romualdo

Miss Margaret Titbit es de color salmonete y tiene el pelo rubio clarito natural, casi blanco. Miss Margaret Titbit gasta ojos de color de rosa, como los conejos rusos —que no son de Rusia sino de China— y es muy aficionada a las puntillas y otras femeninas bagatelas. Miss Margaret Titbit, además, es todo corazón y sentimiento.

—¡Oh, qué puesta de sol! —exclamaba, a veces, por la tarde.

—¡Oh, qué bella flor de delicadas formas y colores! —exclamaba, a veces, por las praderas—. ¡Seguramente es un pensamiento!

—¡Oh, qué ave de raudo vuelo! —exclamaba, a veces, por las mañanas, si cruzaba un pájaro.

Miss Margaret Titbit y el don Romualdo empezaron a frecuentarse y, como cabía esperar, acabaron amándose. El don Romualdo, una vez que salieron a pasear a orillas de un lago, le cogió las manos y, mirándola dulcemente, exclamó:

—Margaret.

—Dígame usted, my dear, soy toda oídos.

El don Romualdo hizo un esfuerzo.

—Margaret.

—Qué.

El don Romualdo, aunque estaba algo nerviosillo, se lanzó.

—Pues que la veo a usted con muy buenos ojos, ¡je!, ¡je!, ¡je!, aunque uno sea de cristal..., eso: aunque uno sea de cristal...

Miss Margaret se quitó el sweater y dio un ágil salto mortal sobre la fresca y verde hierba. Después besó al don Romualdo en la calva, llena de honestidad y arrobo.

—¡Oh, my dear! ¡Cuánto esperaba su generosa declaración!

El don Romualdo, ya más tranquilo, quiso abreviar trámites.

—Entonces, ¿ya está todo hablado?

—Eso, my dear, ¡ya está todo hablado! ¡Viva el amor!

El don Romualdo respondió:

—¡Viva!

Y después, radiante de gozo, abrazó a Miss Margaret.

—¡Choca esos cinco, chata! ¡Trato hecho! ¡En cuanto arregle los papeles, nos casamos!

El don Romualdo y Miss Margaret —en su nuevo estado, Mrs. Ramírez— se casaron en cuanto arreglaron los papeles y, con unos ahorrillos que ella tenía y con lo que a él le dieron por su chevrolet (que no fue mucho, pero que todo ayuda), sacaron los pasajes y se vinieron a vivir a España, tierra del sol y la alegría.

—¿De modo que se va usted a España, tierra del sol y la alegría? —le preguntaban sus amigas.

—Eso —contestaba Mrs. Ramírez—. Allá me voy tras mi esposo, como decimos las españolas.

—Bueno, bueno, pues que tenga usted buen viaje y que no se olvide de nosotras.

—Descuiden, que no lo haré. Tengo muy buena memoria.

Al llegar a Vigo estaba nublado y Mrs. Ramírez creyó desfallecer.

—¿Qué es eso, my dear? —le preguntó a su marido.

—Nada, chata: nubes. Por el verano se van.

—¿Y por el invierno?

—No, por el invierno se quedan.

—¡Ah, ya!

El don Romualdo Ramírez y su señora, nacida Margaret Titbit, se fueron a vivir a Miranda de Ebro, donde él tenía un hermano que era oficial de barbero y maestro de bandurria. Los primeros tiempos, con eso de la euforia y también con que el don Romualdo tenía mucho que contar, fueron fáciles y agradables. Lo malo vino después, cuando la euforia pasó y al don Romualdo se le acabó el repertorio.

—¿Y ahora qué vas a hacer? —le preguntó una mañana el hermano barbero al don Romualdo—. Aquí, ya lo ves, lo que hay es poco y no da para todos.

—¡Anda, pues es verdad! —respondió el don Romualdo como caído de un guindo—. ¡Va a ser cosa de empezar a pensarlo!

Mientras el don Romualdo pensaba en el porvenir, su señora cogió el tifus y se murió. Eso le dio un respiro porque el hermano barbero, con lo de la desgracia, tardó en volver a plantearle la cuestión. El aprovechamiento de las circunstancias suele denotar dotes y predisposiciones para la estrategia. El don Romualdo, probablemente, gozaba de sólidas aptitudes de estratega.

Paquita de Castro del Río

Cuando al don Romualdo se le murió la señora se metió a empresario, primero de boxeo, luego de toros y por último de un espectáculo lírico-cómico-bailable que se llamaba *Oriflamas de España* y que le dejó sus buenas pesetas. El boxeo y los toros, en cambio, no le trajeron sino disgustos y sinsabores: innúmeros disgustos y variados y muy amargos sinsabores.

—¿Volvería usted, don Romualdo, a sus tiempos de empresario de boxeo? —solían preguntarle, a veces, los poco caritativos, que tampoco faltan.

—¡Quite usted allá, hombre, quite usted allá! —respondía el don Romualdo, a quien se le abrían las carnes de pavor, sólo de pensarlo.

—¿Y de toros?

—No; de toros tampoco. La verdad es que, como estoy ahora, no lo estuve nunca. ¡Tampoco puedo quejarme!

—Claro, ¡diga usted que sí! Donde esté un buen espectáculo de folklore, que se quite todo lo demás. ¿Verdad, usted?

—Sí, amigo mío, verdad y de la buena. ¡Ya lo creo! ¡Donde esté un buen espectáculo folklórico!

Una vez, en La Carolina, provincia de Jaén, tuvo que despedir a la vedette de la compañía porque se le subió a la parra; la verdad es que la María de la O de Frigiliana, nacida Marujita Gutiérrez Gutiérrez, natural de Suellacabras, provincia de Soria, y también conocida por Lola la de Albuñol y por Beatriz de la Torre del Oro, era una mala mujer sin principios y sin sentido de la responsabilidad, que se creía que todo el monte era orégano. El don Romualdo hizo muy bien en despedirla y en retenerle la paga. ¡Pues estaría bueno! Entonces el don Romualdo fue cuando contrató a la Paquita Chamorro Carchelejo, asimismo llamada Paquita de Castro del Río, que estaba de chica para todo en la fonda La Providencia, en la calle de Las Navas de Tolosa, y que según es fama cantaba muy bien y mismamente como los ruiseñores.

—Te doy, para empezar, tres duros por función, y vestida y mantenida. Y me comprometo a hacer de ti una artista. ¿Hace?

—Zí, zeñó.

—Bueno, pues despídete de la fonda porque mañana debutas.

—Zí, zeñó.

La Paquita de Castro del Río, que era una morenaza bravía y llena de claveles, no era nueva en estas lides del cante y el baile. La Paquita de Castro del Río había trabajado ya en los tablados, no como cantaora, sino como bailaora. Lo tuvo que abandonar porque un novio que tuvo y que se llamaba Jerónimo (ella no sabe más) le rompió la tibia y el peroné de un banquetazo en plena juerga, y la Paquita, sobre quedarse algo coja, tuvo que gastarse sus ahorros en el hospital. Después estuvo apartada durante algún tiempo del arte y entonces fue cuando se metió de criada en La Providencia. La cojera se le notaba poco y, además, el don Romualdo la contrató de cantaora, no de bailaora.

—Ya bailarán otras que estén en mejor uso; tú, no te preocupes.

—No, zeñó.

El don Romualdo, quizás para borrar el recuerdo de sus efímeros amores con Miss Margaret, que era casi albina, empezó a cortejar a la Paquita, que era todo lo contrario, pero la joven, que se las sabía todas, dijo que denén y que mientras no le firmase un contrato por diez años no lo dejaba ni arrimar.

—¿Aunque nos pasemos por la vicaría?

—¡Manque azí zea!

El don Romualdo, para darle una lección a la Paquita y escarmentarla en su egoísmo, se casó con la madre, que era viuda.

La madre de la Paquita

La madre de la Paquita tiene una fábrica de tejeringos en Castro del Río, en la provincia de Córdoba, a orillas del Guadajoz, afluente del Guadalquivir. La madre de la Paquita se llama Paca Roldán, viuda de Navajas. La cosa no aparece muy clara porque la hija de la Paca Roldán y del difunto Navajas se llama, ¡misterios del registro civil!, Paquita Chamorro Carchelejo. A veces, es mejor no hurgar. A la Paca Roldán le dicen Paca Mahoma, ¡Dios sabrá por qué!, y está todavía de muy buena apariencia. Paca Mahoma, de joven, había sido señorita torera, arriesgado oficio que abandonó para casarse. Cuando su marido se fue para el otro mundo a resultas de un hartazgo de berberechos en malas condiciones, Paca Mahoma, que era muy dispuesta, abrió la fábrica de tejeringos con lo que le dieron del seguro, y pudo sacar a sus hijos adelante. La Paquita, por aquellas fechas, tenía tan sólo tres años y tres hermanitos, los tres mayores que ella: la Marujita, que andando el tiempo se casó en la capital con uno de la policía armada; el Rafaelito, que cuando llegó a hombre sentó plaza de corneta en Regulares, y la Juanita, que salió suave y acabó largándose, ¡menos mal!, con un agente de la fiscalía de tasas.

Cuando el don Romualdo llegó a Castro del Río se arrimó a la fábrica de tejeringos y, visto y no visto, se fue derecho al toro por los cuernos.

—¿Es usted la señora Paca?

—Para servirle.

El don Romualdo tragó saliva.

—Pues bien, mucho gusto. Mi nombre es Romualdo Ramírez, del comercio.

—El gusto es mío.

Don Romualdo se arrancó.

—Señora Paca...

—Mande usted.

—Vengo a casarme.

—¿Con quién?

El don Romualdo se puso de rodillas y se llevó ambas manos al corazón.

—¡Con usted, señora Paca, si no rechaza el amor que le ofrezco!

El don Romualdo dio un salto y enlazó del talle a la madre de la Paquita.

—¡Contigo, Paca, gitanaza, amor mío!

El don Romualdo, mientras la madre de la Paquita empezaba a bizquear de gozo y de emoción, descorchó una botella de anís Machaquito que había sobre el aparador.

—¡Bebamos, Paca! ¡La vida nos sonríe! ¡Viva la vida! ¡Viva el amor!

La madre de la Paquita, cuando se le pasó el susto, ni preguntó siquiera eso de si viene usted con buenas intenciones, etc. La madre de la Paquita, cuando se le pasó el susto, miró para el don Romualdo.

—¿Cómo decía usted que se llamaba?

—Romualdo, amor mío, Romualdo Ramírez.

—¡Huy, Romualdo, qué raro!

—¡No te preocupes, pichón, los hay peores!

—Sí, eso también es verdad.

La madre de la Paquita y el don Romualdo, que no tenían ya demasiado tiempo que perder ni pólvora sobrante para andar gastándola en salvas, prepararon la documentación, escucharon las amonestaciones y se casaron. El don Romualdo compró la cencerrada, que se presentaba suave, por diez arrobas de vino y aquella mañana, en el pueblo, se desbordó la alegría.

El don Romualdo, con su cuartel general instalado en la fábrica de tejeringos, pudo atender a sus negocios con comodidad y buen aprovechamiento, y conoció por entonces los goces del sosiego, que siempre había ignorado. Lo malo fue que el Jerónimo, el ex novio de la Paquita, en cuanto olió el saludable tufillo de la prosperidad se presentó de nuevo y empezó a cortejar a la niña —que al principio estaba un poco reacia pero después se ablandó— y a dar la lata a todos los demás. El Jerónimo era un mangante y un desaprensivo.

El Jerónimo

El Jerónimo es guapo de oficio y matón de beneficio. El Jerónimo anda contoneándose, como los toreros antiguos, y gasta tufos, igual que los románticos contrabandistas de las películas. El Jerónimo tiene una rara habilidad para enamorar mocitas, que se le rinden como tórtolas en cuanto las mira. El Jerónimo es algo tartamudo, no mucho, y un si es no es miope, tampoco demasiado. El Jerónimo, como cabe suponer, es moreno.

—¿Hace un pito?

—Gracias, no fumo negro.

El Jerónimo es muy señorito y no fuma más que americano; a veces, cuando las cosas vienen mal dadas, tiene que conformarse con apañar colillas, aunque eso sí, las colillas que no son de tabaco rubio, las aparta: en esto, el Jerónimo es muy mirado y no está dispuesto a transigir.

—¡Pues estaría bueno! ¿Verdad, usted?

—¡Pues claro, hombre! ¡Diga usted que sí! ¡Pues estaría bueno!

El Jerónimo había nacido en Arroyo de la Miel, provincia de Málaga, veinticinco años atrás, y era cuarterón de inglesa y de gitano, por parte de padre, y de indígena y desconocido por parte de madre. Esto de las mezclas, a veces, da buen resultado; otras veces, en cambio, no: otras veces es un verdadero desastre. El Jerónimo, probablemente, pertenecía a este segundo grupo.

—¿Hace un blanco?

—Gracias, a estas horas no bebo más que vermú.

—¡Caray, qué tío!

—Sí; ya ve usted lo que son las cosas.

El Jerónimo tiene muy buen arte para el toreo de salón, las sillas las torea como nadie. Sin embargo, cuando quiso probar la suerte en el redondel, se le viraron las tornas y libró el pellejo por tablas y de milagro. Entonces se le desinflaron las aficiones y se le bajaron los humos, y pasó por una temporada en que hasta llegó a parecer una persona decente.

—¿Ha visto usted al Jerónimo, qué seriecito quedó del revolcón?

—Ya, ya: la verdad es que no parece el mismo. ¡Mientras dure!

Las buenas inclinaciones del Jerónimo duraron menos que la alegría en casa del pobre, y al poco tiempo, quizás por aquello de la querencia, volvió a su ser. La naturaleza es muy fuerte y, contra ella, de poco valen los propósitos y los arrepentimientos.

—Esa sabia sentencia, ¿de quién la copió usted?

—De nadie, ¡a ver qué se ha creído! ¿Usted no me supone a mí capaz de inventar sentencias?

—Pues hombre, la verdad: no mucho. Así como mayores síntomas, no le había notado. ¡Qué quiere que le diga!

El Jerónimo conoció a la Paquita de Castro del Río cuando era aún Paquita Chamorro Carchelejo, a secas, y repartía tejeringos a domicilio. Quien la metió en el mundo del arte fue el Jerónimo, que tenía muy buenas amistades entre los del folklore. La Paquita, por entonces, era novia de un mocito barbero, como la niña del cantar, y pura como la azucena. El mocito barbero se llamaba Luis y aunque resultaba algo cursi, era buen chico. El Jerónimo, un domingo, lo provocó en el baile, lo sacó desafiado a la calle y, como primera medida, lo breó a tortas. El Luis, que era bastante ecuánime, entendió y no volvió a arrimarse a la Paquita que, al sentirse desairada, se enamoró como una chota del Jerónimo y se escapó con él a Cartagena. El Luis, al verse solo, se hizo ermitaño en la sierra de Almijara y, según dicen, allí sigue dedicado a la contemplación.

Doña Belén Trainera

En Cartagena, el Jerónimo y Paquita de Castro del Río vivieron en la fonda La Luminosidad, cuya propietaria, la doña Belén Trainera, dama de treinta arrobas, está casada con un señor cojo, espiritista y soñador, que se pasa el día quietecito y sin molestar a nadie. La doña Belén Trainera es muy habilidosa en eso de poner chichos y bigudís, y lo primero que hace, en cuanto una huéspeda se descuida, es peinarla.

—¡Huy, qué greñas! —dice—. ¡Venga, venga usted acá, hija, que no me gusta verla así!

La doña Belén Trainera —quizás para dar ejemplo— no se presenta jamás en público sino con la cabeza materialmente sembrada de tufos, cintas y horquillas de las más variadas resistencias y elasticidades.

—A la mujer se la conoce por el peinado —suele decir, tan pronto como puede pegar la hebra y aunque no venga a cuento—. Esas jóvenes que llevan los pelos por la cara, yo bien sé lo que son: ¡unas guarras!, ¿se entera?, ¡unas zarrapastrosas sin modales y con muy poca vergüenza! ¡Ay, Dios santo, cómo va el mundo! ¡Qué desgracia, haber nacido en este tiempo!

La doña Belén Trainera tiene una bata verde y rameada que le llega a los pies, y un pijama morado y también rameado que le llega, escasamente, a la rodilla. La doña Belén Trainera, con sus atuendos, tiene un aspecto atemorizador y muy para minorías, pero sobre él no aguanta ni la más discreta indicación. A un estudiante que tenía de pupilo, lo echó a la calle, a pesar de que era un gran muchacho, porque una mañana le dijo que parecía el Cid.

—¡Yo no tolero bromas de mal gusto! —rugió la doña Belén Trainera—. ¡El Cid lo parecerá su padre! ¡En mi casa hace falta más compostura y el que no la tenga, que se vaya! ¡Pues estaría bueno! ¡Yo no tengo por qué aguantar cachondeos de nadie! ¡Hasta ahí podíamos llegar! ¿No le parece?

—Sí, señora, sí que me parece —arguyó, con más humildad que convencimiento, el Jerónimo, que no quiere líos—; en esta vida lo que hay que tener es más respeto, ¿verdad, usted?

—¡Pues claro, hijo, pues claro! ¡Más respeto y más educación! ¡Qué vergüenza de país! ¡Y después queremos compararnos con las naciones civilizadas!

La doña Belén Trainera se da muy buena maña para la dialéctica y, como cabe suponer, se pasa el día hablando y hablando, sin pegar golpe. La doña Belén Trainera tiene muy buenas inclinaciones y los huéspedes, en su corazón, siempre encuentran un seguro refugio para sus penas y sus atribulaciones. En la fonda de la doña Belén Trainera, comer, lo que se dice comer, no se comería, ¡pero anda que cariño! En la fonda de la doña Belén Trainera el cariño se reparte a espuertas y dadivosamente.

—Eso es lo que hace falta, ¿verdad, usted? Cariño, ¡mucho cariño! Para mí, los huéspedes son como hijos de mis entrañas, ¡no lo puedo evitar!

Cuando la doña Belén Trainera se pone sentimental, que es casi siempre, se olvida de hacer la comida y despacha a los huéspedes, a última hora, con unas aceitunas y un vasito de vino de Valdepeñas. Como los huéspedes suelen estar en descubierto, disimulan y no dicen ni palabra. Los huéspedes que deben la fonda suelen ser muy tolerantes y complacientes, muy bienmandados y sumisos.

Don Cesáreo Catarroja, el marido de doña Belén

El don Cesáreo Catarroja arrastra un remo al caminar. El don Cesáreo Catarroja anduvo siempre bien y derechito hasta que un mal día lo atropelló un carro en

Los Urrutias, en el Mar Menor, y lo dobló. Al pobre don Cesáreo Catarroja le quedó una pata seca y sin fuerzas, a raíz del accidente.

—¡Peor hubiera sido que le pillara a usted por la cintura, don Cesáreo!

—Pues, hombre, sí, ¡qué quiere que le diga! En el fondo tuve bastante suerte, ésa es la verdad.

El don Cesáreo Catarroja es espiritista y amigo personal de Napoleón Bonaparte, a quien convoca con el velador.

—¡Ya está ahí el bravo corso! —exclama el don Cesáreo en cuanto el velador se estremece—. ¡No se muevan, no vaya a ser que se espante!

El don Cesáreo Catarroja también es amigo de Edison, el del fonógrafo; de Pasteur, el de los microbios, y de Torres Muñoz, el del bicarbonato. En cambio, el general Prim, el de los Castillejos; la princesa de Éboli, la del ojo, y el magnicida Angiolillo, el de Cánovas, se le dan peor y por más que los llama, incluso con amabilidad y buenas maneras, no hay forma de que sus espíritus se presenten para conversar con ellos.

—Se conoce que las conjunciones astrales no son propicias, ¿no cree usted?

—Sí, lo más probable —suele responderle el interlocutor, sea el que fuere—, de otra forma, no tiene explicación.

El don Cesáreo Catarroja lee periódicos atrasados; los de ahora no le gustan. El don Cesáreo Catarroja disfruta mucho con aquello de: «El señor Montero Ríos, a la salida de Palacio, declaró a los periodistas que S. M. le había encargado de formar gobierno y que él se disponía a iniciar las consultas, etc.» El don Cesáreo Catarroja tiene lo menos cien periódicos atrasados, algunos se los sabe casi de memoria.

—¿Se resuelve lo de don Amadeo, don Cesáreo?

—¡No precipitemos los acontecimientos, amigo mío!

Don Eugenio está en conversaciones con Ruiz Zorrilla y con Sagasta. ¡Confiemos en que prevalezca el buen sentido! ¡Así lo exigen la patria y las instituciones!

El don Cesáreo Catarroja no suele intervenir en el gobierno de la fonda La Luminosidad, gestión que ha delegado en su señora, la doña Belén Trainera. El don Cesáreo y la doña Belén habían tenido diez hijos, pero, por esas cosas que pasan, no les quedaban más que dos: el Cesarín, que es topógrafo, y la Belencita, que es profesora de cultura física. El don Cesáreo Catarroja había querido que sus hijos estudiasen cosas prácticas para poder valerse por sí mismos; como a la doña Belén Trainera le era igual, en el seno del matrimonio no se suscitó la discusión en torno al siempre grave problema del porvenir de los hijos. El don Cesáreo y la doña Belén, como casi no se tratan, constituyen un matrimonio ejemplar.

—¿Y su señora, don Cesáreo?

—Bien, hijo, bien... ¡Por ahí anda, gobernando huéspedes! Ayer la vi y no le dolía nada.

—Vaya, me alegro.

El don Cesáreo Catarroja ama la noche —el reino del silencio y las sombras, como él dice— y los sonoros versos de Villaespesa, preñados de amor y de sentimiento —como él también dice—. El don Cesáreo Catarroja, que gasta botines de tacón cubano (porque es pequeñito) y bufanda en lugar de corbata (porque le resulta más cómodo), es, probablemente, casi feliz.

Cesarín Catarroja Trainera, topógrafo y finalista en los concursos de chotis

El Cesarín Catarroja Trainera levanta planos como nadie y baila el chotis casi como nadie. Al Cesarín Catarroja Trainera los amigos le llaman el Compás, apodo que sirve lo mismo para el oficio que para la afición. El

Cesarín Catarroja Trainera usa bigotito perfilado y se da fijador en el pelo. El Cesarín Catarroja Trainera viste de marrón y tiene una novia teñida de rubio que se llama Marujita y canta zarzuelas: el aria de *La del manojo de rosas*, la cavatina de *Katiuska*, la romanza de *Don Manolito*, etc. La Marujita es muy tierna y llama muñeco a su Cesarín; como el Cesarín también es muy tierno, llama nena a su Marujita. La verdad es que están hechos el uno para el otro.

—Nena.

—Dime, muñeco.

—¿Se te arregló ya el vientre?

—Sí, parece que ya voy mejor; muchas gracias.

—¡Las tuyas, nena!

—¡Los buenos ojos con que tú me miras, muñeco!

(Mutación. La Marujita se pone repentinamente triste.)

—¡Yo bien sé que soy muy poca cosa para ti! ¡No creas que no me duele pensar en que algún día pueda perderte, muñeco!

El Cesarín Catarroja Trainera suele quedar finalista en los concursos de chotis, pero no llevando a la Marujita de pareja, porque es algo pava, sino a la Lolita, hermana de la Marujita, morena, dos años mayor que ella y mucho más lanzada y espabilada. La Lolita no presenta novio porque —palabras suyas— quiere vivir su vida.

—¿Y a qué llama la Lolita vivir su vida?

—¡Hombre, no sea usted indiscreto y no pregunte! ¡Deje a la chica en paz!

—No, descuide... ¡Pues sí que a mí me importa! ¡Por mí, como si quiere subir en globo! ¿Qué más me da?

—Eso es lo que yo digo: ¿qué más le da a usted?

Al Cesarín Catarroja Trainera le gusta más la Lolita que la Marujita; mejor dicho, de la Lolita le gusta el envase, lo que salta a la vista, y de la Marujita, la manera de ser, aquello que permanece veladamente oculto por sus modosas maneras.

—El ideal hubiera sido la mezcla. Vamos, ¡digo yo!

—Sí, tiene usted razón; pero eso es muy difícil, por no decir imposible.

—Sí, eso también es verdad.

Lo que baila el Cesarín Catarroja Trainera con la Marujita son boleros y fox lentos: música para enamorados no muy ágiles y de tendencias clásicas.

—Nena.

—Dime, muñeco.

—¿Quieres que pida *Quizás, quizás, quizás*?

Entonces la Marujita, reclinando la blonda cabellera en el hombro de su amado, sonríe (obsérvese que las mozas rubias suelen sonreír cuando se disponen a decir una ingeniosidad).

—Quizás, muñeco... Quizás, quizás, quizás...

Y a renglón seguido entorna los ojos con languidez. La Marujita, en esto de entornar los ojos con languidez, demuestra una verdadera maestría.

—No me aprietes así, muñeco, que nos están mirando.

—Perdóname, nena. Cuando te llevo entre mis brazos, ¡el mundo no existe para mí!

El Cesarín Catarroja Trainera, una vez que estaba midiendo unos terrenos, rodó por la cuesta abajo y se rompió una clavícula. Con aquel motivo, la Marujita empezó a entrar en casa y las relaciones se formalizaron.

—No me gusta esa mujer, muñeco —le dijo la Marujita al Cesarín un día que se encontró con la Paquita de Castro del Río en el pasillo—, parece una cualquiera.

—¡No, mujer, qué cosas tienes! —le respondió el Cesarín—. ¡La pobre es más infeliz que un cubo!

—¡Sí, sí, infeliz! ¡Fíate tú de las apariencias!

La Marujita y el Cesarín, tras su escena de celos, se quisieron todavía un poco más, si eso fuera posible.

Belencita Catarroja Trainera, profesora de cultura física y finalista de los premios literarios

La Belencita Catarroja Trainera, alias Punching-ball (léase Punchinbol), tiene dos veces más fuerzas que el Cesarín; vamos, quiere decirse que es capaz de levantarlo —o de tumbarlo— con una sola mano. La Belencita Catarroja Trainera, alias Punchinbol, es profesora de cultura física, oficio que se le nota, ¡vaya si se le nota!, hasta en la manera de escupir. Cuando los dos eran pequeños, la Belencita le decía al Cesarín, que era más flaquito:

—Cesarín, te echo un pulso, ¿quieres?

Y el Cesarín, como es de sentido común, le decía que no, que gracias, que estaba algo cansado y que si tal y cual. La Belencita Catarroja Trainera también escribe novelas semifuertes, de esas que gustan a los jurados de los premios, aunque después, por esas cosas que pasan, no le premien a una. La Belencita Catarroja Trainera, que en la palestra literaria se firmaba Simone de Roche, para que la tomasen por francesa o, al menos, por argelina, tenía escrita una novela tremendista y con ribetes psicológicos que, cambiándole el título, había llegado más o menos a la final de una docena larga de concursos. El argumento de la novela de Belencita Catarroja Trainera, que en su primera versión se titulaba *Los hijos del pecado*, es muy moderno: en el primer capítulo, el protagonista, de nombre Octavio y que lleva más de seis lustros (en la novela no se decía treinta años sino seis lustros) con parálisis, tiene el presentimiento de que su esposa, que está pasando una temporada con una prima que tenía en Sydney, Australia, le es infiel.

—¡Horrible incertidumbre! —rugió Octavio—. Esto debe ser un complejo. ¡Yo no puedo creer que mi Obdulia (que tal era el nombre de su esposa) me sea infiel en el hemisferio Sur!

En el capítulo segundo, Octavio recibe un mensaje cifrado en el que lee que su Obdulia ha dado a luz un niño con toda felicidad y que tanto la madre como el recién nacido se encontraban en perfecto estado de salud. Octavio, tras contar con los dedos (...cuatro, cinco, seis..., ¡no es posible!), se sumió en una honda postración, de la que sale rejuvenecido, audaz y dicharachero.

—¡Ahora van a ver los australianos quién es Octavio de Prado-Hermoso! —mascullló para sí.

Y con un supremo esfuerzo de la voluntad (capítulo III) se cura la parálisis y echa a andar ante el estupor de sus convecinos. En el capítulo cuarto, Octavio se enrola en la marinería de un clipper de nueve palos que hacía la ruta del trigo y, tras mil peripecias, se planta en Sydney, a ver qué pasa. Su Obdulia, enterada de la presencia del marido (capítulo V), quiere quitarse la vida bebiendo botella y media de ron, que era lo que tenía más a mano, pero, claro está, en vez de fallecer, se duerme. Cuando en el capítulo sexto se despierta, ve a su Octavio velándole y entonces, entre grandes promesas de amor, vuelven a conocer el delicado aroma de la dicha. Al regresar a Europa (capítulo VII y último) el avión se cae en el golfo Pérsico y Octavio y Obdulia, abrazados, mueren en sus aguas color azul cobalto.

Belencita Catarroja Trainera, en el palenque Punchinbol y en el campo de las letras Simone de Roche, sabe muy bien sabido que las novelas buenas acaban siempre mal. Su hermano Cesarín, tímidamente, le sugirió una vez que escribiera una novela que acabara bien, pero ella, como es lógico, no le hizo ni caso. ¡Pues estaría bueno!

La Belencita, aunque le duró poco, tuvo un novio

La Belencita, hace cosa de dos años o tres, tuvo un novio que se llamaba Raúl; le duró poco y lo perdió por su dichosa manía de echar pulsos. A los novios, ¡ay, Dios, qué susceptibles son los hombres!, no suele gustarles eso de que las novias les lleven el pulso. El novio de la Belencita era más bien poco aficionado al deporte y al cultivo del músculo; el novio de la Belencita prefería coleccionar sellos de correos y vitolas de puro.

—No es por nada —solía decir el Raúl—, pero a mí es que esto de la filatelia y de la vitolfilia, ¡es que me chifla!

El Raúl tenía la voz algo atiplada y los ademanes suaves y muy correctos. El Raúl era delineante y en la oficina en la que delineaba solían encargarle siempre las delineaciones más complicadas y difíciles. El Raúl era compañero de oficina del Cesarín, el hermano de la Belencita, y por ahí empezó la cosa: que si un vermú en su compañía..., que si alguna excursión los domingos..., que si un baile de los estudiantes de magisterio... En fin, lo de siempre.

—Estoy en relaciones con tu hermana, Cesáreo, y quiero que tú lo sepas —le dijo un día el Raúl al salir de la oficina—. Tu hermana y yo no tenemos nada que ocultar.

—Bueno, bueno..., ¡me alegro!

—¿De que estemos en relaciones?

—No; de que no tengáis nada que ocultar. Siempre se queda uno más tranquilo, sabiéndolo.

—¡Hombre, sí! Pero supongo que no irás a creer que soy un mal amigo.

—No; yo no supongo nada; en estas cosas, lo mejor es ni suponer siquiera. ¡Se lleva uno cada chasco!

Las relaciones de la Belencita y el Raúl duraron poco, porque la verdad es que no estaban hechos el uno para el otro. El Raúl, un día que hizo examen de conciencia, se encontró con que ignoraba cuáles eran sus verdaderos sentimientos e incluso por qué se había declarado.

—Debió ser por casualidad —pensaba—, la verdad es que no encuentro otra razón. Mona, lo que se dice mona, no lo es. Y lista, lo que se dice lista, tampoco. La Belencita, lo que es, es fuerte, eso sí, fuerte como un toro, pero la fuerza, en la mujer, es un adorno innecesario. En fin, ¡el tiempo dirá! A lo mejor me acostumbro y acaba gustándome.

La Belencita y el Raúl no tenían nada que decirse. A ella le importaban un pimiento tanto la filatelia como la vitolfilia, y a él, para colmo, tampoco le apasionaba ni la gimnasia ni la literatura de rompe y rasga, esa literatura que ahora se estila tanto —y en la Edad Media también— y que consiste en llamar a las cosas por su nombre y sin mayor mérito.

—Te veo poco apasionado, Raúl —le decía la Belencita.

—No, mujer, te juro que no. Lo que sucede es que tú eres muy temperamental.

Entonces la Belencita, casi con pesadumbre, humillaba la poderosa cerviz.

—Sí, ¡puede ser!

Las relaciones de la Belencita y el Raúl no se rompieron en mil pedazos, como unos grandes amores que se quiebran, sino que murieron poco a poco y casi sin darse cuenta, igual que un triste pajarito que se aburre.

—Raúl —le dijo la Belencita mientras jugaba a abrir y cerrar el bolso—, yo creo que va a ser mejor dejarlo.

Entonces Raúl, con lágrimas en los ojos, pero con una inmensa paz en el corazón, le respondió:

—Sí, Belencita. Yo también creo que va a ser mejor dejarlo... Yo no me siento con fuerzas para hacerte feliz...

Los ahorcados fantasmas que cuelgan de los más altos árboles dejaron, durante un breve instante, de columpiarse y el silencio se hizo, ¿por cuánto tiempo?, más pegajoso que nunca. Nadie sabe si pasó un ángel batiendo las alas o si nació un pobre en la más remota y húmeda cueva del monte.

El Raúl

Cuando dejó de ser novio de la Belencita (porque amarla, lo que se dice amarla, la verdad es que no la amó nunca), el Raúl notó que el horizonte se le ensanchaba y hasta se le iluminaba.

—¡Qué dicha! —exclamó el Raúl—. ¡Qué íntimo y reconfortante sosiego! ¡Cuán cierto es que no se sabe lo que es la paz hasta que se pierde!

En la oficina, el jefe llamó al Raúl para felicitarle.

—Quisiera felicitarle a usted, Raúl, aunque no sepa bien por qué. Lo veo a usted más vital, como más saludable... Me alegra poder decírselo....

—Gracias, don Roque, muchas gracias... Tiene usted mucha razón... Un servidor se siente como nunca: con más deseos de vivir..., con más capacidad para el trabajo... Hasta parece que hago mejor las digestiones..., que el vientre me rige con más fundamento...

El Raúl sonrió como disculpándose.

—No sé por qué le digo a usted estas cosas, don Roque... Usted sabrá perdonarlas... En fin, le repito muchas gracias.

El Raúl, cuando se liberó de la Belencita, se dio de lleno a la filatelia y a la vitolfilia —dos seguros refugios para la apacible lucha contra el tedio— y amplió sus honestas aplicaciones con una nueva actividad: la entomología, que practicaba los domingos al salir de misa.

—Vea usted qué himenóptero, señorita Josefina, observe usted qué curiosa gama de colores.

La señorita Josefina hizo un mohín de asco.

—¡Anda, pero si es una mosca!

El Raúl sintió un profundo desprecio por la señorita Josefina.

—Perdón, señorita Josefina, no es una mosca: es un moscardón. Observe usted sus cuatro alas membranosas. La mosca pertenece al orden de los dípteros, que no presentan más que dos.

La señorita Josefina era una escéptica.

—¡Anda! ¡Pues en mi pueblo llamamos moscas a todo!

El Raúl prefirió callarse. El Raúl es un caballero de los pies a la cabeza y, según ya es sabido, los caballeros de los pies a la cabeza no suelen llamar burras a las damas aunque se lo merezcan. El Raúl hizo de tripas corazón, y siguió adelante.

—Observe usted ahora este ortóptero, señorita Josefina, repare en la curiosa disposición de sus élitros.

La señorita Josefina volvió a sus ascos.

—¡Anda, pero si es un grillo!

—Sí, señorita Josefina, tiene usted razón: es un grillo. Pero no lo diga usted con ese desprecio; este grillo que usted ve aquí es un ejemplar del *Gryllus domesticus*, de Linneo, de la curiosa familia *Gryllidae*.

La señorita Josefina se sumió de nuevo en sus escepticismos.

—¡Anda! ¡Pues en mi pueblo llamamos grillos a todo!

El Raúl, haciendo un verdadero esfuerzo, prefirió callarse una vez más. Al Raúl, la señorita Josefina le parece una asquerosa *Periplaneta orientalis*, que es como su colega Linneo llama a las cucarachas.

—Señorita Josefina —susurró el Raúl—, me da la sensación de que muestra usted muy escasa curiosidad por la misteriosa vida de los insectos.

La señorita Josefina se disculpó.

—Pues, sí...; más bien sí. ¡Qué quiere usted que le diga! Esto de los bichos me parece que estaba bien antes, cuando no había polvos. ¡Pero ahora, habiendo polvos!

El Raúl renunció a explicarle a la señorita Josefina que la entomología no se ocupa del arte de exterminar los insectos, sino de la ciencia de clasificarlos. El Raúl, a pesar de lo joven que es, está ya muy acostumbrado a la renunciación.

La familia Blattidae

El Raúl, para vengarse, llama la familia Blattidae a la familia de la señorita Josefina.

—¿Y eso qué es? —le preguntaron los amigos.

—Nada, ¡manías! —contesta el Raúl, sin hablar para nada de las cucarachas—. ¡Rarezas de un modesto aficionado a las actividades entomológicas!

—¿Lo de los puros?

—No; lo de los insectos.

—¡Ah!

La familia Blattidae se compone de treinta y tres miembros, que viven todos de decorar botijos: el Blattidae padre, su cuarta esposa, sus tres suegras anteriores y la actual, siete cuñadas solteras, el cuñado tonto y diez y nueve hijos de las más varias procedencias, las más dispares aficiones y los más revueltos pelajes. Veamos de meter un poco de orden en la nómina de la familia Blattidae.

El Blattidae padre y fundador de la dinastía es el señor Ramón Sorbas Purchena, alias Rey Mago y también Morueco, natural de Alcantarilla, en el obispado de Murcia.

Su primera esposa, la Carlotita Orjiva Rubite, fallecida de parto, le dejó siete recuerdos, además del suyo, claro es: la madre, la señora Carlota Rubite, viuda de Orjiva; un hermano tonto, el Sebastián, que se pasa la vida silbando y cinco hijos: el Ramón, el Paquito, la Carlotita, el Gervasio y la Josefina.

Su segunda esposa, la Flora Villena Expósito, a la que mató el tren, lo abandonó haciéndole heredero de cuatro semovientes: la madre, la señora Isabel Expósito, viuda de Villena, y tres hijos: el Heriberto, el Carlos y la Matildita.

Su tercera esposa, la Guillermina Almansa Sanclemente (todo junto), murió loca y, gracias a Dios, sin descendencia. Hijos no le dio, es cierto, ¡pero anda que cuñadas! De la Guillermina guarda el señor Ramón la madre, como es lógico, y siete hermanas solteras y sin compromiso y más chupadas que cirios. La madre de la Guillermina, la señora Otilia Sanclemente (todo junto), viuda de Almansa, tampoco anda muy bien de la cabeza y fue, durante su matrimonio, una incubadora de adefesios: Otilia, Paulina, Mariana, Ninfa, Rufina, Guillermina, Paciencia, Fructuosa, Balbina y Cecilia. La Otilia, la Mariana y la Guillermina pasaron a mejor vida, pero las otras siete tienen hasta buena salud.

Su cuarta esposa —vamos, la que está en activo— se llama Capitolina Horcajo Valdetorres y es muy fecunda. La Capitolina aportó al matrimonio a su madre, según cabe suponer, y como no descansa, dio ya once hijos vivos al marido. Y los que cuelguen, porque es todavía joven y garrida. La madre de la Capitolina se llama Ciriaca Valdetorres, viuda de Horcajo, y los once hijos tienen nombres muy variados: Ciriaco, Ciriaca, Capitolino, Capitolina, Pepito, Azucena, Bernardo, Damián, Demetrio, Hermenegildo y Leoncio, que todavía no anda.

La familia Blattidae vive medio de decorar botijos, como ya se explicó, y también medio de milagro, como se explica ahora. La familia Blattidae es un modelo de disciplina pero no de higiene. El señor Ramón sacude estopa al que se desmanda, pero al que no se lava lo deja porque no se le nota; allí son todos, sobre poco más o menos, del mismo color y, salvo el 1.º de mayo, que según costumbre hay revista de suegras, los demás días ni se habla siquiera del jabón. En la familia Blattidae no reina la armonía, aunque tampoco es un infierno. La familia Blattidae es como todas las demás: algo más numerosa, pero como todas las demás. El Raúl no estuvo muy caritativo cuando le puso la familia Blattidae. La suerte es que, como es un apodo difícil, no se generalizó demasiado.

El botijero Ramón Sorbas Purchena, alias Rey Mago o Morueco, a elegir

El señor Ramón Sorbas Purchena es el fundador de la dinastía Blattidae y el respetado *pater familias* de la tribu; cuando él aparece se echan todos a temblar, porque es aficionado a descincharse el cinturón y a liarse a repartir estopa a diestro y siniestro.

—En mi casa —suele explicar a quien se lo pregunta— es uno el encargado de mantener el principio de autoridad. ¡El que no esté conforme, que se vaya! ¡Uno tiene la obligación de velar por el orden del negocio, que es la base del puchero de todos! ¡El que no quiera trabajar como Dios manda y en silencio, que se largue con viento fresco! ¡No será uno el que vaya a buscarlo, se lo juro! ¡En mi casa faltan brazos y sobran bocas! ¡Mi casa debe ser un modelo de disciplina para que todos podamos salir adelante, que es mi aspiración! ¿Se entera usted? En mi casa, al que se sale de la vía ya sabe lo que le toca: un correazo en el lomo o donde se tercie. ¡La disciplina es la base del éxito y la prosperidad!

El señor Ramón Sorbas Purchena es un teórico del orden, principio que ama sobre todas las cosas. El señor Ramón Sorbas Purchena, de oficio decorador de botijos, hubiera hecho —de haber tenido cultura— un magnífico pensador de derechas de toda la vida.

—¿Cómo va el negocio, señor Ramón?

—Pasandillo, señora Romualda, pasandillo... Pero uno se conforma porque de hambre la verdad es que no se me ha muerto nadie.

Al señor Ramón Sorbas Purchena, la gente fina le llama Rey Mago, de apodo, porque da de comer a un batallón, y la gente ordinaria, Morueco, porque es el padre y la cabeza visible de ese batallón. Como la gente ordinaria es más que la fina, Rey Mago no se lo llama casi nadie; en todo caso, los que le tratan pueden elegir, lo cual es siempre una ventaja.

—¿Y a usted no le importa?

—Pues, hombre, le diré. Si se lo llamasen a uno a la cara, puede ser que sí. ¡Pero mientras sea para hablar los demás, unos con otros!

El señor Ramón Sorbas Purchena, con un gesto casi elegíaco, solía añadir:

—¡Mientras encarguen botijos! El caso, amigo mío, es que encarguen botijos, ¡cuantos más, mejor!

—Sí, eso es cierto. ¡Mientras los encargos no falten!

El señor Ramón Sorbas Purchena había racionalizado el trabajo en su taller de decoración de botijos. Allí todos tenían su cometido y nadie obstaculizaba la labor de nadie. Su suegra Carlota es la encargada de desatascar las cañerías, que en este oficio cogen mucho barro y suciedad; su suegra Isabel cuida de que los colores estén siempre a punto; su suegra Otilia se ocupa de que los pinceles luzcan en todo momento limpios y flexibles; su suegra Ciriaca lleva la casa; su cuñado Sebastián, el tonto, vacía los sacos de cascotes en el río; sus siete cuñadas solteras vigilan el horno, que está encendido día y noche, y traen leña del monte, y su esposa viva, la Capitolina, lava la ropa. La decoración propiamente dicha la hacen los hijos bajo su inmediata vigilancia; es ése un trabajo de gusto muy delicado y en el que hay que andarse con cien ojos.

Las cuatro suegras del botijero

El señor Ramón Sorbas Purchena, el día 1.º de mayo pasa revista a sus cuatro suegras; las forma en el patio, les mira los dientes y las orejas, les huele el aliento, les toma el pulso y, según las vea, las da de alta o las purga con aceite de ricino mezclado con café.

—Usted, señora Carlota, a ver si se lava mejor las orejas. ¡Anda que como me tuviera igual las cañerías, ya íbamos listos, ya!

El señor Ramón Sorbas Purchena está en todo.

—Usted, señora Otilia, ¡a tomar palmil! ¡Y a ver si se arregla, que el año pasado estaba igual!

El señor Ramón Sorbas Purchena hubiera preferido no decírselo, pero no tuvo más remedio.

—Ustedes dos están bien, pueden retirarse.

Las cuatro suegras del botijero forman una quejumbrosa y enlutada hueste, nada optimista ni reconfortadora. Las cuatro suegras del botijero están llenas de taras y de goteras. La señora Carlota padece de reuma y es casi sorda; la señora Isabel tiene ataques de hígado y también es más bien sorda; la señora Otilia está como una chota y dice que quiere morirse, aunque después, claro, lo piensa mejor y no se muere; la señora Ciriaca es algo chepa, se conoce que tiene la espina dorsal en curva como las pescadillas fritas.

Las cuatro suegras del botijero suman, juntas, más de tres siglos, casi tres siglos y medio y, cuando el señor Ramón no las ve, se insultan y se dicen, sañudamente, las peores y más ofensivas cosas y palabras. El insulto que más usa la señora Carlota es tía guarra; el insulto preferido por la señora Isabel no se puede poner aquí; el insulto predilecto de la señora Otilia es arpía, y el insulto más usual en la señora Ciriaca —que destila bondad por todos sus poros menos por uno, el que les une al continente de Sebastián, el lelo— es tonta, más que tonta.

Las cuatro suegras del botijero, los domingos, se van a pasear con los suyos, como ellas dicen: la señora Carlota, con sus cinco nietos; a veces, alguno se le desmanda porque, como son mayores, ya no se les puede sujetar; la señora Isabel, con sus tres nietos; la señora Otilia con seis de sus siete hijas —la otra se quedaba de guardia en casa con Sebastián, el tonto— y la señora Ciriaca, con su hija la Capitolina y sus once retoños. Entonces, el señor Ramón Sorbas Purchena se va al bar y se toma un vermú mientras lee, a medida que van escribiéndolos en la pizarra, los resultados de los partidos de fútbol.

—¡Qué hay, señor Ramón! ¿Y esa familia?

—Pues ya ve usted, Paquito, numerosa. ¡Qué quiere usted que le diga!

El señor Ramón Sorbas Purchena es un hombre muy meritorio, un paladín que ni admite siquiera la posibilidad de la deserción. Otro, en su pellejo, hubiera desertado hace ya muchos años y, a estas horas, no hubieran podido encontrarlo ni rastreándolo con podencos. A lo mejor, a estas alturas, era rico en Venezuela o en la República Argentina, ¡vayan ustedes a saber!, y llevaba una vida muelle y descansada, lejos de toda preocupación... Pero no: el señor Ramón Sorbas Purchena, natural de Alcantarilla, en el obispado de Murcia, no vuelve la cara ante el peligro ni escapa del clan que ha levantado. El señor Ramón Sorbas Purchena, alias Rey Mago y también Morueco, decorando botijos se siente capaz de dar de comer a todos los hambrientos que le rodean. En España aún quedan hombres capaces de llevarle el pulso a la miseria.

El cuñado tonto del botijero

El Sebastián es un tonto alegre y silbador, un tonto jacarandoso y cachondo, un tonto cómico para los más y profundamente dramático y amargo para los menos, que tampoco faltan. El Sebastián no tiene la cabeza gorda, sino al revés; pequeña, muy pequeña, y con la carita arrugada como una pasa. El Sebastián es enamoradizo y, aún más, rijoso, y persigue, sañudo como un guerrero y pegujiento igual que un trovador, a las escuchimizadas niñas, ya no tan niñas, de la señora Otilia. Algunas se dejan querer y otras, en cambio, lo espantan con escarmientos crueles y fríamente pensados y discurridos. El Sebastián, para su dicha, no se desmoraliza jamás y vuelve a la carga, vez tras vez, como si fuera siempre la primera vez. El Sebastián lleva ya cuarenta y tantos años sin razonar.

—Sebastián.

—Mande, señor Ramón.

—Dile a la señora Ciriaca que te cueza unas sopas de ajo, que estás como aterido.

Entonces el Sebastián, moviendo el rabito del alma como un perro vagabundo al que de repente regalan un adarme del cariño que sobra, se llega a la cocina a pedir su pienso.

—¿Y te lo dijo el señor Ramón?

—Sí, señora Ciriaca, me lo dijo el señor Ramón.

—Bueno, bueno...

La señora Ciriaca, con el corazón revuelto en las más negras y venenosas salsas, atiza el fuego, para que brille igual que el infierno, y le cuece las sopas al Sebastián.

—¡Cómetelas de prisa, para que no se te enfríen!

Entonces el Sebastián, en premio —¿qué culpa tiene?— de su inocencia, se escalda la lengua y la garganta y el paladar.

—¿No querías sopas, di, no querías sopas? ¡Pues toma sopas!

Un tonto con la lengua y la garganta y el paladar escaldados, llorando como un lobezno en el más oscuro rincón del patio, allí donde adivina que no podrá verlo nadie, es algo que sobrecoge el respirar del gato de los tejados, el tibio aliento de la sucia rata gris de la cloaca, la alegría del pajarito volador, el sosiego del alacrán que vive —descolorido y solitario— de la humedad. Al hombre, ¡vaya por Dios!, le da risa.

—¿Dónde está el Sebastián?

—No sé; hace lo menos media hora que no lo veo.

—¿Le dio usted las sopas de ajo?

—Sí.

La Balbina es la más amorosa de las hijas de la señora Otilia, la única amorosa. También, la que sonríe con mayor dulzura, la única que sonríe con dulzura. La Balbina conoce el cuévano en el que el Sebastián se guarece para llorar.

—Sebastián, ¿estás ahí?

El Sebastián no contesta, pero la Balbina sabe que el Sebastián no llora, silenciosamente, de dolor, sino de desamor. La Balbina tiene alma de caritativa geisha de pobres.

—Sebastián.

—Qué.

—Toma esta manzana; está fría.

El mundo es duro y violento, desabrido y ruidoso, pero en la cuneta de los mil caminos del mundo brota, a veces, la tierna y bien pintada florecilla silvestre de la piedad.

—Balbina.

—Qué.

—Esta noche voy a robar el melón más dulce de la huerta, para ti.

Cuando llega la noche, el Sebastián, ligero como un

fantasma, oficia de ladrón de melones dulces, de melones que tienen la carne como el arrope.

—Balbina.

—Qué.

—Te traigo el melón.

—Pasa.

A Balbina le gusta mucho que el Sebastián robe para ella melones dulces, melones con las tripas de almíbar y confitura.

Las siete cuñadas feas del botijero

Las siete cuñadas feas del botijero trocaron, en la feria de vanidades del mundo, la resignación por la mala uva; fue un negocio en el que todos perdieron: ellas y el mundo. La piedra de toque en la que se prueban, ¡vaya por Dios!, las inclinaciones de las siete cuñadas feas del botijero es el Sebastián, parvo que las ama a todas, a veces porque la luna se lo pide a gritos desde el corazón, y a veces, ¡cualquiera se resiste!, porque ellas le derriban la débil voluntad —si es preciso a patadas— en el deshonesto potro que algunos dicen el disparadero. Con las siete cuñadas feas del botijero pudieran hacerse tres lotes, a saber: el de las crueles de la carne, el de las crueles del alma y la Balbina, la única amorosa, también la única que sonríe dulcemente. El grupo de las torturadoras inmediatas lo forman la Ninfa, la Rufina y la Fructuosa, que muerden al Sebastián cuando sueña, con los ojos cerrados, que a lo mejor no es tonto; que le vuelcan el saco de cascotes, que le escupen y le tiran piedras y cubos de agua cuando baja al corral, en la noche oscura, por ver de regular y meter orden y sacar chispas del reloj del cuerpo.

—Sebastián.

—Qué.

—Si coges esa brasa con la mano te dejo venir conmigo hasta la fuente.

El Sebastián tiembla cuando le habla la Ninfa, o la Rufina, o la Fructuosa.

—¿Y si no?

—Si no, ¡allá tú! Pero después no digas que no te aviso.

El grupo de las torturadoras delicadas lo forman la Paulina, la Paciencia y la Cecilia. La Paulina es calmosa y silenciosa; la Paciencia, ¡qué asquerosa!, es untuosa y nerviosa; la Cecilia es viciosa y cautelosa como un sapo, no viciosa a lo loco y, ¡hala, hala!, como las gallinas. La Cecilia es mujer de mucho cuidado, moza peligrosa y babosa: pero con la baba fría, como los caracoles.

—Sebastián.

—Qué.

—La Rufina te espera en la fuente; me dijo que vayas, pero que no se lo digas a nadie.

Entonces el Sebastián va a la fuente, a ver a la Rufina y, claro es, pierde. El amor, a veces, no es lucha, como dicen los filósofos; el amor, a veces, es trampa y abuso, derrota y vilipendio.

—Sebastián.

—Qué.

—¿Por qué no te acercas a casa del sacristán y le sobas la chepa? Eso trae buena suerte.

El Sebastián sonríe, como un gato.

—No, no...

—¡Allá tú! ¿Después querrás bailar conmigo cuando toque la radio, verdad? ¡Estás tú listo!

El sacristán es chepa y cascarrabias. Al sacristán no le gusta que le soben la chepa.

—Sebastián.

—Qué.

—Pues nada: que si me sobas la chepa te parto el espinazo. ¡No es por nada, pero ya estás enterado!

—¡Pues anda, qué modales! ¿Y quién le dijo a usted que venía a sobarle la chepa? ¡Pues anda, qué desconfiado!

—Nadie: no me lo dijo nadie, pero por si acaso.

La Balbina regala manzanas al Sebastián; la Balbina es también fea, como todas, pero muy buena muchacha. El domingo que le toca quedarse de guardia con el Sebastián, le da café con leche y le fríe torreznos.

—Cuidado, no te quemes.

Si el Sebastián supiera ganarse la vida —¡más de una vez lo pensó!— la Balbina sería su mujer. A la Balbina no le faltan condiciones ni buena voluntad; al Sebastián tampoco le falta buena voluntad, lo que no tiene son condiciones.

La rama Sorbas Orjiva

El cuñado Sebastián se llama Orjiva, de apellido. La Josefina, la conocida del Raúl —el de los sellos, las fajas de puro y los insectos— y culpable de que el Raúl hubiera bautizado a los suyos con el nombre de familia Blattidae, es sobrina del Sebastián y la más joven de la rama Sorbas Orjiva. Los Sorbas Orjiva son pequeños y renegridos, pero no mal encarados. Los Sorbas Orjiva son mañosos y brujuleadores, aplicados y bien dispuestos para el trabajo. Muy inteligentes no son, ésa es la verdad, pero para decorar botijos tampoco se necesita mayor inteligencia; basta con la normal. Los Sorbas Orjiva son cinco, según ya se dijo: el Ramón, especializado en decoraciones estilo egipcio, tiene ya novia; el Paquito, que es un verdadero artista, capaz de pintar una corrida de toros entera en un botijo no muy grande, también tiene novia; la Carlotita ayuda al Ramón y el arte egipcio se le da casi tan bien como al hermano; el Gervasio tiende a dibujar flores y geometrías, y la Josefina, con eso de que es la más joven, se limita a fingir que arrima el hombro aunque, en definitiva, no pegue ni golpe ni haga más cosa que salir del paso. ¡Alguna ventaja ha de tener esto de ser el pequeño! La abuela de los Sorbas Orjiva es la señora Carlota Rubite viuda de Orjiva, dama que no se lava las orejas. A lo mejor se quedó sorda de eso, de no lavarse. La señora Carlota se pasa el día metiendo alambres por las cañerías, a ver si las desatasca; unas se desatascan y otras no. La señora Carlota también se pasa el día, entre caño y caño, coreando —del caño al coro y del coro al caño, ¡ay qué coño de cara y qué dura la tienen algunos!— las alabanzas de su difunto esposo, el señor Claudiano Orjiva Pérez, consumero en el barrio de Sevilla, en Totana.

—¡Ay, si mi Claudiano me viera rodeada de estas tías guarras! ¡Lo que hubiera sufrido, el pobrecillo!

La señora Carlota no quiere demasiado a su hijo tonto, al Sebastián. A la señora Carlota le da rabia que no sea más listo, pero él no lo puede evitar. ¡Qué más quisiera! La señora Carlota tiene una hija casada en Mazarrón y otra, soltera y dedicada a las labores propias de su sexo (vamos, quiere decirse que oficia de maturranga), en Murcia, capital. La Soledad, que es la de Mazarrón, no quiere saber nada de la madre; la Olvido, que es la de Murcia, tampoco. La señora Carlota no ha tenido demasiada suerte con los hijos.

—Abuela —le dice algunas tardes la Josefina—, cuénteme usted aquello de cuando el señor alcalde felicitó al abuelo.

Entonces la señora Carlota, con el gesto casi beatífico, cuenta aquello de cuando el señor alcalde, que era todo un caballero de los que ya no quedan, felicitó a su Claudiano por el celo que siempre había demostrado en el cumplimiento del deber. La señora Carlota cuenta su cuento con gran lujo de detalles, cada vez se lo sabe mejor. La señora Carlota tiene muy buena memoria y tampoco está falta de imaginación. A la señora Carlota, cuando inventa alguna mentira para meter en su cuento, ni le tiembla siquiera la nariz. La señora Carlota es pequeña y renegrida, pero no mal encarada. Sus nietos, los huérfanos de su hija Carlotita, fallecida de parto, también son pequeños y renegridos, aunque casi guapitos. La rama de los Sorbas Orjiva no es de lo peor que hay en aquella casa.

La línea Sorbas Villena

A la Flora Villena Expósito, la segunda mujer del Ramón Sorbas Purchena, alias Morueco, la mató el tren frente a Tiñosa, un mal día que se quiso llegar a Torreagüera para ver a su prima Cloti, la hija de su tío Filemón, el del estanco, que estaba casada con un oficial del ayuntamiento que se llama Florián Perdices y había sido futbolista. Los huérfanos que dejó la Flora, pequeños entonces aunque después crecieron, eran tres: el Heriberto, el Carlitos y la Matildita. La línea de los Sorbas Villena había producido ejemplares airosos y espigados, pero no demasiado saludables. La abuela de los mozos y madre de Flora, la muerta, la señora Isabel Expósito, viuda de Villena, tiene el color como tirando a verde, se conoce que porque el hígado no le marcha bien. Los nietos —bendita sea la rama que al tronco sale— han heredado el familiar color de calderilla; a veces, hasta parecen gitanos. La señora Isabel es muy mal hablada y, para colmo, también muy habladora. La señora Isabel ignora los gozos del silencio, higiénicos deleites que impedía gustar a quienes la rodeaban. La señora Isabel se pasa las horas en un puro grito y por su boca sale, en atropellada torrentera, la legión de turbias sabandijas de las malas palabras. Quienes la tratan a diario, ya ni le hacen caso. ¿Para qué, si no tiene arreglo?

La señora Isabel habla poco de su difunto esposo, el señor Heriberto Villena Marimón, y cuando lo hace es siempre para insultarlo.

—Le digo a usted, señora Amparo, que era un mandria. Eso, un mandria y un calzonazos, medio masón: un hombre sin sangre en las venas. A lo mejor usted piensa que no está bien que lo diga, ahora que ha muerto y no puede defenderse, pero, ¿qué quiere? ¡No lo puedo evitar! ¡El Heriberto me hizo siempre muy desgraciada! Sí; que Dios me lo perdone, pero le aseguro que lo único que hizo con sentido común fue morirse.

El señor Heriberto Villena Marimón, el padre de Flora, la muerta, y abuelo de los tres verderoles Sorbas Villena, había sido enterrador en el pueblo que dicen Venta del Rabioso, y murió de una gripe asiática que le pegó un muerto. Su viuda, la señora Isabel, nunca le perdonó que, aún de vivo, se gastase cerca de treinta duros en boticas.

—Hay que ser más serios, ¿no le parece a usted? ¡Hay que tener más fundamento!

La señora Isabel, aunque burra, es muy artista y tiene mucho sentido del color. Su yerno, el botijero, la tiene encargada de preparar y cuidar los colores. A la señora Isabel le gusta el oficio, en el que ha adquirido ya cierta maestría. Su nieto mayor, el Heriberto, se da mucha habilidad para pintar grecas y cenefas. Su nieto segundo, el Carlitos, saca la lengua mientras dibuja gatos azules y rojos, con los bigotes amarillos, que es lo que mejor se le da. Su nieta pequeña, la Matildita, que anda por los veinte años, es una calamidad que no piensa más que en los soldados. El padre, a veces, tiene que arrearle con el cinturón.

El agostado rincón de las Almansa

Da dolor dejar caer la mirada, ese bálsamo, sobre el horro y agostado rincón de las Almansa, todas con la cabeza hueca, la carne seca y la conciencia mangas por hombro y a la remanguillé. La esposa del señor Ramón Sorbas Purchena, la Guillermina, que era la sexta hija de la señora Otilia, murió loca y después de traer a todos sobresaltados y en vilo. A sus hermanas la Otilia y la Mariana —casadas, como la Guillermina, y paren ustedes de contar—, también las amortajaron con la camisa de fuerza. Se conoce que a las jóvenes, ya no tan jóvenes, Almansa Sanclemente (todo junto) no les probaba el matrimonio.

—¿Y las demás?

—No; las demás no es que estén muy cuerdas, pero van librando.

A la señora Otilia, su yerno el botijero quería quitarle la fetidez de aliento con palmil.

—Por probar que no quede, ¿verdad, usted?

—Eso, por probar que no quede. ¿Qué trabajo cuesta probar?

—¡Claro, es lo que yo digo! ¿Qué trabajo cuesta?

La señora Otilia es medio calva, dicen que de limpiar los pinceles en el pelo, y está llena de escapes, como una regadera; la cabeza de la señora Otilia, mirándola por donde se la mire, no es ningún modelo de perfecciones; lo malo es que ella no tenía otra. El señor Ramón había puesto a la señora Otilia al cuidado de los pinceles, que es herramienta delicada, instrumental muy poco sufrido y casi nada resistente. La señora Otilia cumple su oficio con cierto esmero y hasta con eficacia, y no se olvida jamás de poner los pinceles a remojo, para que se ablanden y puedan correr suaves sobre la panza de barro de los botijos. Sus hijas, tropa de la que ya se habló, son aún peores que la señora Otilia. La única que se salva —que lo diga el Sebastián, el cuñado tonto— es la Balbina, que tiene buenas inclinaciones y sentimientos. Las otras son una calamidad. Si el señor Ramón no ha hecho ya un lote con las otras para tirarlas de cabeza al río es, exclusivamente, porque lo prohíbe la ley. El señor Ramón Sorbas Purchena, que se siente un ciudadano consciente, respeta mucho la ley y aspira a morir, de viejo, sin verse empapelado por la justicia.

—No merece la pena —suele decir—; en mi casa somos tantos, que siete más ni se notan.

Da pena dejar caer el tacto, ese temblor, sobre el ruin y agostado rincón de las Almansa, que raspa como el papel de lija: todas con la sesera vacía, los cueros deslucidos y el entendimiento patas arriba y sin norte, a la barata o, como también se dice, a la virulé. La compasión es una hierba humilde y solitaria que crece más lozana y fresca en el páramo que en el jardín. En el puerto de Arrebatacapas, la misma tierra zurrada por el viento de la que está hecha —o deshecha— la sangre que late (es un decir) en el corazón de las siete Almansa vivas, brota, sin que nadie lo vea, el tímido hierbajo de la compasión, forraje del conejo montés, purga de lobos. En la geografía de España, el puerto de Arrebatacapas cae entre Cebreros y San Bartolomé de Pinares, según se sube.

El recio tronco Sorbas Horcajo

La Capitolina Horcajo Valdetorres es la mar de fecunda; se conoce que tiene la sangre limpia y saludable. La Capitolina Horcajo Valdetorres es muy partidaria de tener mellizos, ya probó tres veces y quedó satisfecha de la experiencia.

—Lo que ha sido una lástima, una verdadera lástima, es no haber tenido tres criaturas de golpe, ¿verdad, usted?, para salir en los papeles y cobrar las tres mil del ala. En fin, ¡mala suerte! Una tampoco se queja..., una no es como otras, que se pasan la vida quejándose... ¡Una no lo dice por nadie, pero es verdad! ¡No crea!

—Sí; verdad, sí que es. Pero, ¿de verdad que no lo dice por nadie?

—No, por nadie; se lo aseguro.

Era cierto y bien cierto que la Capitolina Horcajo Valdetorres no lo decía por nadie. La Capitolina Horcajo Valdetorres es incapaz de reticencias, segundas intenciones y otros malos o desviados pensamientos.

—¿Y los nenes, Capitolina?

—Pues ya ve usted, señora Elisea: muy bien, gracias a Dios. ¿Y sus nietecitos?

—Mal, hija, mal... ¡Para mí que están medio podridos!

—¡No diga usted eso, señora Elisea, que la va a castigar Dios!

—¿Quiere usted más castigo, Capitolina, que verlos siempre enfermos?

Los hijos de la Capitolina Horcajo Valdetorres, en cambio, son fuertecitos y están sanos como manzanas. Los hijos de la Capitolina Horcajo Valdetorres son blancuchines, sí, pero gozan de muy buena salud, que es lo principal. Los dos mayores, el Ciriaco y la Ciriaca, tienen ya diez y siete años y son gemelos. La abuela también se llama Ciriaca y el correr de los años la ha dejado algo chepa; esto pasa, a veces, con las señoras viejas, pero no suele tener importancia. La abuela Ciriaca, la señora Ciriaca Valdetorres, viuda de Horcajo, lleva su giba con muy ejemplar resignación, como los dromedarios. En la familia Blattidae, la señora Ciriaca carga el peso de la casa sobre sus espaldas. Así suele andar de escorada y mal estibada.

—¿Quién, la casa o la señora Ciriaca?

—Las dos, hija, las dos.

La señora Ciriaca también mira por los niños; algunos son muy pequeños todavía y están expuestos a los cien peligros lógicos de aquel hogar; quemarse, comer barro, ponerse perdiditos de pintura, etc. Los hijos número tres y número cuatro de la Capitolina Horcajo Valdetorres, en su nuevo estado (nuevo de diez y ocho años) Capitolina Horcajo de Sorbas, esto es, el Capitolino y la Capitolina, también son mellizos. Andan por los quince abriles (aunque nacieron el día de difuntos siempre queda mejor decir abriles) y, al igual que sus dos hermanos mayores, el Ciriaco y la Ciriaca, se aplican con muy plausible entusiasmo al arte de la decoración. El padre está muy contento con ellos y casi nunca les arrea cintarazos. Los que vienen después, el quinto y el sexto, vamos, el Pepito y la Azucena, también son mellizos, para no variar. El Pepito y la Azucena tienen doce años y son alumnos de don Laureano, el señor maestro, el del lío con el señor Delfín, el de la fonda, quien trata de meterles en la cabeza las cuentas y la urbanidad. A partir del séptimo hijo, la Capitolina, harta ya de las series, los tuvo de uno en uno, que es menos arriesgado. El séptimo hijo de la Capitolina y el señor Ramón, el Bernardo, tiene nueve años y maneja el tirachinas como los mismísimos ángeles; gorrión al que apunta, ya es sabido: gorrión que casca. ¡Qué tío, el Bernardo, qué puntería! El octavo brote del recio tronco de los Sorbas Horcajo, el Damián, siete años, está especializado en randar tomates, arte más complicado de lo que a primera vista pudiera parecer. Su noveno hermano, el Demetrio, cinco años, dice que, cuando llegue a mayor, quiere vivir en Algeciras; nunca se llegó a saber por qué. Los dos pequeños, el Hermenegildo y el Leoncio, no hacen más que bulto y dar la lata.

Datos para la historia universal

Tanto el señor Claudiano Orjiva Pérez como el señor Heriberto Villena Marimón, difuntos esposos, respectivamente, de la señora Carlota Rubite, viuda de Orjiva, y de la señora Isabel Expósito, viuda de Villena, se habían casado, ya viudos y en segundas, con quienes después fueron sus viudas. Esta vida es un fandango y el que pregunta se queda de cuadra. Corolario: el que no llora no mama, y cada uno estornuda como Dios le ayuda.

—¿Por qué lo dice?

—No, por nada; yo ya me entiendo. ¡Ande yo caliente y ríase la gente!

—¡Qué barbaridad! ¡Parece que le dio a usted el flato!

Las difuntas primeras esposas del señor Claudiano y del señor Heriberto eran dos hermanas, la Tomasa y la Flora, que trabajaban en el matadero municipal de Mazarrón y que ya no eran solteras cuando matrimoniaron; vamos, quiere decirse que eran ya viudas, y esa delantera llevaban a quienes después, con su óbito, hicieron viudas a las madres de la Carlotica y de la Flora, esposas ambas que, tras darle cinco hijos, la primera, y tres, la segunda, total ocho, dejaron viudo por primera y por segunda vez al señor Ramón Sorbas Purchena, alias Morueco. La historia universal es siempre una materia algo confusa.

El caso es que, hace ya años, incluso muchos años, la Tomasa y la Flora eran dos mozas garridas que, al decir de las crónicas del tiempo, estaban como para parar un tren. Tuvieron hijos de sus dos matrimonios pero como en España, por entonces, era mucha costumbre la disentería, se les murieron todos menos dos: uno de cada una y los dos —las dos, puesto que ambas eran hembras— del primer matrimonio de cada cual. La Tomasa y la Flora se llamaban Martínez, de único apellido, y sus difuntos primeros esposos fueron el señor Zaqueo Paterna, de oficio calderero, y el señor Perseverante Benichembla, del mismo oficio que el otro. La hija de la Tomasa y del señor Zaqueo se llama Soledad y llegó a tener cierto renombre como cantaora de cartageneras. A la hija de la Flora y del señor Perseverante la bautizaron con el hermoso nombre de Piedad y ni intentó siquiera ser cantaora porque nació muda. Cuando el señor Zaqueo y el señor Perseverante murieron, a consecuencia de haber ingerido un pollo que desenterraron y que se conoce que no estaba en condiciones, la Tomasa y la Flora metieron a la Soledad y a la Piedad en el asilo porque sus nuevos maridos, el señor Claudiano y el señor Heriberto, eran muy mirados con esto de los recuerdos. Después, cuando a la Tomasa y a la Flora les llegó el momento de dejar en libertad, ¡qué eufemismo!, al señor Claudiano, consumero en Totana y al señor Heriberto, enterrador en Venta del Rabioso, la Soledad y la Piedad, que ya eran dos mocitas, dejaron de pegar la gorra en la beneficencia y se fueron a Murcia, a servir; como la Piedad era muda, cobraba menos porque no valía para hacer recados. La Tomasa y la Flora murieron de la trichina por burras; el veterinario bien les dijo que aquel cerdo había que quemarlo. El señor Claudiano y el señor Heriberto libraron porque las hermanas quisieron darse el hartazgo a solas, cosa que, para fortuna de sus maridos, así sucedió.

—¡De buena nos libramos! —le dijo el señor Claudiano al señor Heriberto.

—¡Ya lo creo! —le respondió el señor Heriberto al señor Claudiano.

La noche que la Tomasa y la Flora fallecieron, la luna tenía el halo que señala el buen tiempo.

—Parece que mañana va a hacer buen tiempo.

—Sí, lo más probable.

En el granado del corral, la lechuza siseaba, casi coqueta, a los fantasmas.

Soledad Paterna, la Marquesona

La Soledad Paterna tiene planta de emperaora. La Soledad Paterna, a los veinte años, fue la mujer más hermosa de todo Levante. A la Soledad Paterna la cantaron los poetas. Cuando la Soledad Paterna se arrancaba por cartageneras, enmudecían los pájaros del campo. La Soledad Paterna pisa como una reina. La Soledad Paterna tiene los ojos hondos y negros como la alta noche. A la Soledad Paterna, tal es su señorío, le llaman la Marquesona. La Soledad Paterna acabó escapándose con un factor de ferrocarril.

—¿El que dicen Besuguito?

—El mismo.

—¡Vaya por Dios!

A Nicolás Albadalejo, alias Besuguito, lo mataron en Hinojosa del Duque de un pinchazo en todo lo alto, en una fiesta. Entonces la Soledad Paterna, la Marquesona, se lió la manta a la cabeza, y como tenía condiciones y arrestos, entró en el arte por la puerta grande y llegó a lucir piedras preciosas como garbanzos.

—¡Viva el rumbo! ¡Y olé las mujeres poderosas!

—Diga usted que sí, hermano, ¡no se prive!

Cuando la Soledad Paterna, la Marquesona, debutó en Madrid se armó semejante tiberio que tuvo que intervenir la fuerza pública.

—¡Y después dicen que si la raza degenera, ya ve usted lo que son las cosas!

—¡No haga usted ni caso! ¡Aquí no degenera nada! ¡Salta a la vista!

La Soledad Paterna viajaba siempre en compañía de una mudica insignificante que le cepillaba y le planchaba los trajes y le tenía siempre a punto la provisión de bocadillos de chorizo.

—¡Viva la panza llena y que se mueran los feos!

—¡Y tú que lo digas, hermosa! ¡Viva el cante y vivan los invitados!

La gente decía si la muda y la Marquesona eran hermanas, pero no: no eran hermanas, eran primas. La muda se llamaba Piedad y era poquita cosa, pero comía caliente y hasta andaba bastante bien vestida. A la muda, la Marquesona le llamaba su mozo de espadas. La Marquesona tenía hechuras y temperamento de torero.

—Si esta mujer llega a nacer hombre, ¡sale Lagartijo! ¡Vaya si sale Lagartijo!

La Soledad Paterna, cuando se hartó de cosechar ovaciones y de varear duros de plata, se casó con un acaudalado hombre de negocios que manejaba una funeraria muy famosa, con delegaciones en toda la península e incluso en las islas adyacentes.

—¿Y no echa usted de menos el calor del público? —le preguntó un periodista.

—No —le respondió la Soledad Paterna, que se había hecho muy circunspecta en sus modales—, ahora tengo el calor de hogar que me faltaba.

—¡Claro!

Cuando la Soledad Paterna se casó, las primas se separaron porque el marido de la Marquesona, vamos el funerario, que se llamaba don Julio y estaba lleno de rarezas, le tenía rabia a los mudos. La Marquesona le puso una peluquería de señoras a la Piedad y le metió en la cartilla diez mil duros.

—Si no te arreglas, me lo dices. ¡Aquí no tiene que pasar nadie ni miseria ni calamidades!

La Piedad sonrió y también lloró un poquitín. Ella hubiera preferido quedarse aunque no le dejaran salir de la cocina, pero se hacía cargo de que no podía ser. La

Piedad era una muda muy razonable. El funerario, sin ser mudo, tenía menos sentido común y ninguna caridad, absolutamente ninguna caridad.

Don Julio, el funerario

Don Julio Fregenal Campillo, el funerario, tenía una pata algo más corta que la otra pero no le gustaba que se lo dijesen. Don Julio Fregenal Campillo estaba lleno de manías pero, como era rico, la gente se las aguantaba.

—¡Pero si no suelta una perra!

—Bueno, ¿qué más da? ¡Por si la suelta!

Don Julio Fregenal Campillo era de Santa Olalla de Yeltes, provincia de Salamanca, donde su padre, que era barbilampiño, había sido pregonero y donde su madre, que gastaba bigote a la borgoñona, fue en tiempos sepulturera de plantilla, vamos, quiere decirse que en propiedad. Al don Julio no le agradaba recordar su humilde origen y no hablaba jamás de sus progenitores. El don Julio se quedó huérfano y sin más que el cielo y la tierra siendo niño, y durante bastante tiempo, hasta que pudo levantar cabeza, las pasó moradas. Es muy confusa toda la historia de las primeras andanzas del don Julio, a quien las crónicas sitúan, ya en Madrid y hacia los primeros años de la dictadura del general Primo de Rivera, de dependiente de una tienda de ultramarinos que hay, o había, en la calle de Gravina, según se baja a la izquierda y no lejos del histórico número 20, de tan grato recuerdo para muchos. El don Julio, que por entonces no era más que el Julito, se casó recién salido de quintas y a cambio de que pusiera todo a su nombre y ante notario, con una octogenaria que se llamaba doña Micaela Sinarcas, viuda de Cascante, que era la mayor accionista de la sociedad de pompas fúnebres *La paz crepuscular*, muy solvente y acreditada. El don Julio había pensado no intervenir, al menos de manera directa, en el negocio de su esposa hasta que ésta rindiera su última singladura a bordo de la mejor carroza de *La paz crepuscular*, pero el momento no tardó ya que su señora, quizás por los muchos años que llevaba a cuestas, murió a resultas del viaje de novios. Entonces fue cuando el don Julio Fregenal Campillo se convirtió, tan de la noche a la mañana como de verdad, en el auténtico don Julio Fregenal Campillo, hacendado funerario. El don Julio guardó muy buenas ausencias a su difunta esposa y benefactora; tan esto es así, que no se casó con la Soledad Paterna, la Marquesona, hasta diez y siete años después de fallecida la doña Micaela.

—Eso se llama tener vergüenza.

—Pues, hombre, verá usted: eso se llama muchas cosas... En fin, dejémoslo estar.

—Como guste.

Al don Julio Fregenal Campillo, cuando llevaba ya seis u ocho años viudo, le dijeron que eso de ir a la sierra, a patinar en la nieve, era muy conveniente para la salud.

—Pero, bueno, ¿usted no cree que me romperé un hueso?

—¡No, hombre, no! ¡A quién se le ocurre! ¡La nieve es lo más blando que hay! ¡La nieve es mismo como un colchón de miraguano!

—Bueno, bueno..., ¡por probar!

El don Julio Fregenal Campillo probó y, como es natural, se rompió un hueso, mejor dicho, tres: el fémur, la tibia y el peroné de la pata derecha que después, cuando se la arreglaron, le quedó más corta.

Un día, la secretaria del don Julio Fregenal Campillo le pasó una tarjeta que decía: Florián Perdices Perdices. Oficial de Secretaría del Ayuntamiento. Torreagüera (Murcia).

—¿Qué quiere?

—No sé, dice que son ustedes parientes.

—¿Parientes?

—No sé, eso dice.

—Que pase.

La secretaria de don Julio pasó al Florián Perdices Perdices a su presencia.

—Que pase.

—Muchas gracias.

El Florián Perdices Perdices quedó muy impresionado con el severo lujo del despacho del don Julio Fregenal Campillo.

—Tome usted asiento.

—Muchas gracias.

El Florián Perdides Perdices no sabía por donde empezar.

—Usted dirá.

—Pues, nada..., ¡ya ve usted! Que tuve que venir a Madrid y me dije, digo: hombre, voy a visitar a don Julio, por eso de que somos parientes.

—¿Parientes?

—Pues, sí, señor, parientes; eso dicen.

Al don Julio Fregenal Campillo, los parientes solían darle mala espina.

—¡Puede ser! En fin, ¡como no se explique usted un poco más claro!

El Florián Perdices Perdices, entonces, se extendió en unas genealogías que don Julio no acabó de ver del todo claras.

—Verá usted: un servidor está casado con la Cloti,

¿sabe usted?, la hija del tío Filemón, q.e.p.d., al que usted habrá oído nombrar.

El don Julio ensayó su mejor gesto de ignorancia.

—Pues, no; la verdad es que no lo he oído nombrar nunca. ¿Cómo dice usted que se llama?

—El tío Filemón, q.e.p.d.; sí, hombre, el del estanco, aquel que tuvo sus más y sus menos con el Sebas, q.e.p.d., el de telégrafos... ¡Sí, hombre, tiene usted que haberlo oído nombrar!

Al don Julio Fregenal Campillo empezó a dormírsele la pata corta.

—Bueno, es lo mismo; siga usted.

—Pues eso. Mi señora, la Cloti, es prima hermana de la Florita, q.e.p.d., la que mató el tren según se sale de Tiñosa.

El don Julio Fregenal Campillo sintió algo muy parecido a una suave paz invadiéndole todo el organismo.

—Ya.

—La Florita, q.e.p.d., estuvo casada con el señor Ramón Sorbas, el que dicen Morueco, que pinta botijos.

—Ya.

—Y su padre, q.e.p.d., vamos, el padre de la Florita, q.e.p.d., era el señor Heriberto Villena, que fue enterrador en Venta del Rabioso. Vamos; como usted, sólo que de pueblo.

Al don Julio Fregenal Campillo no le gustó la comparación.

—Siga.

—Sí, señor. El señor Heriberto, q.e.p.d., estaba viudo cuando se casó con la señora Isabel Expósito, la mamá de la Florita, q.e.p.d.

—Ya.

—Y su señora anterior, vamos, la Flora, q.e.p.d., que también se llamaba Flora, ¡ya ve usted lo que son las cosas!, también era viuda.

—Ya.
—Sí, señor, eso es: viuda del señor Perseverante Benichembla, q.e.p.d., que era calderero.
—Ya.
—Pues eso. Y de su matrimonio les quedó una hija, la Piedad, la muda, que es prima de su señora, la que fue cantaora.
El don Julio Fregenal Campillo le cortó en seco.
—Aunque sean ustedes parientes, le ruego que hable con más miramiento de mi esposa.
Al Florián Perdices Perdices se le encogió el ombligo.
—Dispense, si le he molestado.

El Sebas, el de telégrafos

El Sebas es celador de telégrafos y muy aficionado a la tauromaquia. El Sebas no dice los toros, sino la tauromaquia, que hace más misterioso y de entendidos. El Sebas no habla por metáforas, aunque sí, según diagnóstico de don Bartolomé, el señor maestro, por sucedáneos. El Sebas llama el percal a la capa, el engaño a la muleta, los rehiletes a las banderillas, la tizona al estoque y así sucesivamente. El Sebas es un verdadero prodigio en el difícil arte de hablar el castellano por aproximación; en la conversación corriente y moliente, vamos, incluso cuando no habla de tauromaquia, hace lo mismo. A veces hasta inventa palabras, servicio que nunca supo agradecerle la Academia; bien es verdad que el Sebas las inventa sin saberlo y también sin darle mayor importancia.
—¿Qué hay, Sebas? ¿Qué le parece a usted la casa que se está haciendo el Ramón, el de la señora Catalina?
El Sebas suele adoptar un aire pensativo, antes de responder.

—¡No sé, no sé! ¡Para mí que la bigamia no es muy resistente! En fin, ¡cada cual sabe lo suyo! Lo que sí me gusta es eso de que la cocina tenga luz genital; a mí me parece que ya va siendo hora de que nos modernicemos, ¿verdad, usted?

—¡Y tan verdad, Sebas, y tan verdad! Aquí en el pueblo tenemos que aprender todavía mucho de los de Nueva York... Con un poco de paciencia, quizás nuestros hijos puedan verlo, ¡pero, anda que nosotros!

El Sebas se pasa el año ahorrando para después gastárselo todo, de golpe, en los toros de Murcia. El Sebas, aunque está casado, no tiene hijos y puede permitirse ciertos lujos.

—A quien Dios no le da hijos, el demonio le da aficiones, Sebas —solía decirle el señor Miguel, el de la fábrica de luz, que era muy bien hablado y muy propenso a los consejos.

—¿Y eso es malo, señor Miguel?

—¡Hombre, no! Malo en sí, lo que se dice malo, malo, no es; depende de los alcances.

El Sebas, cuando no entiende, divaga.

—Vamos, ¿como las escopetas, una cosa así?

—Pues sí, una cosa así. ¡Mientras la afición no te atenace y degenere en vicio!

—No; descuide.

El Sebas no es un vicioso: en él, la afición nunca llegó a degenerar en vicio. El Sebas es aficionado, incluso muy aficionado a la tauromaquia, pero jamás faltó al cumplimiento del deber; su jefe, don Felipe Collado López, joven a quien gustaba que el servicio estuviera siempre bien atendido, se sentía muy satisfecho de su comportamiento.

—El Sebas es muy cumplidor y puntual —se le escuchaba decir—, yo no tengo más que palabras de beneplácito para su conducta. Si el Sebas hubiera tenido estudios, ¡qué lejos podría haber llegado! El Sebas es un funcionario consciente de sus obligaciones; la afición a los toros no es incompatible con la vigilancia y conservación del tendido.

—¡Claro! ¡Mientras no desatienda la vigilancia y conservación del tendido! ¿Verdad, usted?

La señora del Sebas, la Visitación, no tiene los mismos puntos de vista que el don Felipe. La Visitación es una mujer huraña y antisocial, sin afición ni curiosidad por nada. La Visitación es como un mueble.

—¿De estilo?

—No, ni eso: como un mueble, a secas.

La Visitación y los suyos

La Visitación Budia, la esposa del Sebas, es una mujer impermeable a los aconteceres del mundo exterior; como mundo interior no tiene, la Visitación Budia, la esposa del Sebas, resulta una mujer que parece hecha de piedra pómez. La Visitación Budia, la esposa del Sebas, no es inteligente, aunque tampoco tonta. La Visitación Budia, la esposa del Sebas, no es guapa ni fea, ni alta ni baja, ni gorda ni flaca, ni buena ni mala. Lo peor es que, en este ridículo mundo de vilipendio, no existen las mujeres que no son nada, absolutamente nada; las mujeres que no son nada, absolutamente nada, siempre, en el fondo, son algo positivo, aunque molesto: por ejemplo, un asco. La Visitación Budia, la esposa del Sebas, es, sin ir más lejos, un asco.

—Pero, ¿un asco del todo?

—Sí, mi buen amigo, un asco de los pies a la cabeza. ¡Un verdadero asco!

—¡Pobre!

—Pues no, no crea: ella ni se da cuenta.

La Visitación Budia, la esposa del Sebas, tiene dos hermanos y una hermana, todos casados; sus padres habían muerto tiempo atrás. El hermano mayor de la Visitación, el Claudio, es droguero y, se conoce que del olor de la lejía, enseña muy mala cara (una cara pálida y ojerosa como de desenterrado) a los clientes. El otro hermano de la Visitación, el Matías, está de escribiente en la fábrica de luz, a las órdenes del señor Miguel Alonso Llerena, que es muy bueno.

—¿Qué hay, señor Miguel? ¿Saca usted provecho del Matías?

—Pues sí, ya ve usted, más del que pensaba.

—¡Vaya, me alegro!

La hermana, la Purificación, está cargada de hijos y tiene que arrimar el hombro ganándose el jornal en el matadero, donde lava tripas a destajo y, eso sí, con tanta habilidad como prontitud; su marido, el Esculapio Tordillo, está delicado de salud y no puede hacer horas extraordinarias. El Esculapio Tordillo se mira en el espejo del Sebas, a quien procura imitar, aunque sin éxito.

—Esculapio.

—Mande, señora Consolación.

—Llégate al fielato y dile al Simón que lo espero a tomar café.

—Sí, señora.

La Visitación Budia, la esposa del Sebas, no ve con buenos ojos a su cuñado.

—Este Esculapio yo bien sé lo que es: un vivales que quiere vegetar sin dar golpe, de lo que saca la Purificación lavando tripas, como una azacana, desde que Dios amanece. ¡Vergüenza le debiera dar, ser tan inútil! En fin, ¡vivir para ver!

La Visitación Budia, la esposa del Sebas, tiene poca memoria y, a veces, se olvida de que el Esculapio no le resulta simpático.

—No es mala persona, el pobre anda delicado de salud.

Entonces la Visitación Budia, la esposa del Sebas, le recoge las colillas del Sebas, que le da, muy bien envueltas en un paquetito para que nadie las vea, los domingos al salir de misa.

—Parece buena mujer, la Visitación.

—No; la Visitación no es ni buena ni mala; lo que le pasa a la Visitación es que es olvidadiza. Las mujeres olvidadizas, tan pronto parecen buenas como malas, depende del viento que les sople en la memoria: si recuerdan, son malas; si no recuerdan, hasta se les puede hablar..., ¡eso va en suertes!

Esculapio Tordillo

Al Esculapio Tordillo le dicen Pintiparao, de apodo. El Esculapio Tordillo trabaja a las órdenes de la señora Consolación Madrigal, alias Tía Gas-oil, la de la línea de autobuses. El señor Simón, el del fielato, está casado con la señora Peregrinación, que tiene vinagre en las venas, en vez de sangre. La señora Consolación, con más frecuencia de la que fuera discreta, suele invitar al señor Simón a tomar café. El enlace es el Esculapio Tordillo, alias Pintiparao, que se las pintiparaba para buscarle las vueltas a la señora Peregrinación. El Esculapio Tordillo admira muy profundamente al señor Simón.

—¡Caray, qué tío! ¡Tomando café con el ama, como si tal cosa!

La señora Peregrinación odia con un odio africano a la señora Consolación y dice, entre otras cosas peores, que le va a sacar los ojos con una lezna que guarda para estas ocasiones y que ha heredado de su padre, el señor Emilio, que fuera zapatero, en vida. La señora Visitación, la esposa del Sebas, la anima.

—¡Hará usted muy bien; sí, señor! ¡A ver qué se ha creído esa Tía Gas-oil! ¡Hasta aquí podíamos llegar! ¡Pues estaría bueno!

La señora Purificación, con esto de que se pasa el día lavando tripas, ni se entera.

—¿Qué pasa?

—Nada, mujer. Lo que pasa, a ti no te importa.

—Sí, también eso es cierto. En cuantos menos líos se meta una, mejor, ¿verdad, usted?

El Esculapio Tordillo es muy considerado con su señora, la verdad es que ella bien se lo merece.

—Purificación.

—Qué.

—Si me toca la lotería te retiro de lavar tripas, ¡ya ves!

Entonces a la Purificación se le saltan las lágrimas.

—¡Qué bueno eres, Esculapio!

—No, mujer, como todos. ¡Qué más quisiera yo!

El Esculapio Tordillo padece del estómago. Su cuñada, la Visitación Budia, la esposa del Sebas, suele decir que es un mangante y un desaprensivo; a veces se le van los malos pensamientos de la cabeza y hasta habla bien de él. El Esculapio Tordillo, en la empresa de autobuses de la Tía Gas-oil, despacha billetes, hace recados y ayuda en las cuentas; de cobrador tuvieron que sacarlo porque no podía estar tantas horas de pie y pegando botes.

—Aquello era menos sacrificado —suele decir—, porque siempre se daba uno una vueltecita por la capital, pero era muy trabajoso. Mientras no me ponga bien del estómago, estoy mejor sentado. La salud es una cosa muy importante: si se pierde, a lo mejor no se la vuelve a encontrar jamás.

—Claro, la salud es lo más importante que hay. Hace usted muy bien en cuidarse.

El Esculapio Tordillo, alias Pintiparao, agradece mucho que se le haga caso. En esto —y en casi todo, hasta en lo de la úlcera de estómago—, el Esculapio Tordillo, alias Pintiparao, es como cada hijo de vecino.

—¿Y qué harías tú —le preguntaron un día— si la Tía Gas-oil te invitara a tomar café?

El Esculapio Tordillo pegó un respingo.

—¡Hombre, no sé! ¡La verdad es que ni lo había pensado! Yo estoy muy lejos de que la señora Consolación me invite a tomar café. Yo valgo poco...

Conversación en torno a dos puritos farias

La señora Consolación Madrigal, alias Tía Gas-oil, viuda de Giménez, con g, con eso de la línea de autobuses gana más cuartos que un torero. La señora Consolación Madrigal, alias Tía Gas-oil, viuda de Giménez, con g, nada en la abundancia y no se priva de ningún capricho.

—Pues mire, usted, ¡qué quiere que le diga! ¡Yo creo que hace bien!

—Pues, hombre, sí. ¡Mientras pueda!

—Eso es lo que yo digo: ¡mientras pueda! Y cuando no pueda, ¡ahí se las den todas y que le quiten lo bailado!

La señora Consolación Madrigal, alías Tía Gas-oil, viuda de Giménez, con g, está acostumbrada a que todo el mundo baile de coronilla.

—Esculapio.

—Mándeme usted, señora Consolación.

—Llégate al fielato y dile al Simón que lo espero a tomar café.

—Sí, señora.

—Eso. Y dile también que se compre dos farias, que después se los pago.

—Sí, señora.

El Simón es partidario de fumarse un farias después de comer, cuando sus posibles se lo permiten. Su esposa, la señora Peregrinación, dice que su marido es un vicioso, que se gasta el pan de sus hijos en farias, cuando no en cosas peores. El Simón, claro es, no puede decirle a la señora Peregrinación que los farias se los paga la señora Consolación, con lo que saca de los autobuses.

—La Peregrinita necesita unos zapatos, Simón.

—Bueno, todos necesitamos muchas cosas que no tenemos. Que se arregle con unas alpargatas.

Entonces la señora Peregrinación rompe a llorar, instante que aprovecha el marido para largarse.

—Cuando te hartes, te llegas a la alpargatería y le compras a la Peregrinita unas alpargatas. Oye.

—Qué.

—Que sean negras, que estamos de luto.

La señora Consolación Madrigal, alias Tía Gas-oil, viuda de Giménez, con g, también es partidaria de fumarse un farias, después de comer, mientras se bebe un par de copejas de cazalla; los posibles de la señora Consolación Madrigal, alias Tía Gas-oil, viuda de Giménez, con g, dan para eso y para más aún.

—Simón.

—Qué.

—He visto a tu hija con alpargatas hasta los domingos; cómprale unos zapatos y dime cuánto te cuestan.

El Simón es de natural agradecido.

—Gracias, Conso, que Dios te lo pague. Eres muy buena.

—No todos dicen lo mismo, Simón. En fin, ¿hace otra copita de cazalla?

—Sí, venga otra copita de cazalla que hoy es día grande. ¡Qué contenta se va a poner la nena con sus zapatos! ¿Puedo comprárselos de medio tacón?

—Sí, cómpraselos como quieras.

La señora Consolación Madrigal, alias Tía Gas-oil, viuda de Giménez, con g, cambió la voz.

—¿Esa gamba canija de tu señora ya no dice que me va a vaciar los ojos con la lezna de zapatero que tiene guardada?

El Simón notó como un nudo en la garganta.

—No, mujer, ¡si eso no lo ha dicho nunca!

La señora Consolación Madrigal, alias Tía Gas-oil, viuda de Giménez, con g, lo miró a los ojos.

—¿Estás seguro?

—Hombre, ¡tanto como seguro! Seguro nadie puede estar jamás de nada. Pero en el fondo es buena, Conso, tú lo sabes; lo que no es la pobre es muy lista. Si no da para más, ¿qué culpa tiene?

El hermano de la señora Consolación

El Fabiano Madrigal, alias Parada y fonda, es hermano gemelo de la señora Consolación, la de la línea de autobuses, los farias y el Simón, el consumero. El Fabiano Madrigal, alias Parada y fonda, le había cedido en traspaso la droguería al Claudio Budia, el hermano de la Visitación, la que está casada con el Sebas, el de telégrafos; el Claudio le debe aún más de seis mil duros al Fabiano.

—¿Tú crees que pagará?

—Hombre..., él, no sé... La verdad es que lo veo más bien con cara de muerto. Pero si no paga él, ya pagarán sus herederos. La droguería responde, descuida, y la droguería, ¡vamos, digo yo!, no se la va a llevar al otro mundo.

—Sí, eso también es verdad. ¡Mientras la droguería responda! Lo malo es cuando no hay garantías, como le pasó al Paquito, el de la bodega, ¿verdad?

—¡Y tanto! Pero aquello fue un caso de mala suerte; lo corriente suele ser al revés.

El Fabiano Madrigal, alias Parada y fonda, juega a la garrafina como un verdadero maestro; en el pueblo están muy orgullosos de sus sabidurías; lo único que lamentan es que a nadie se le ocurra organizar algo así como un campeonato nacional de garrafina, para que el Fabiano se lo lleve de calle.

—¿Usted cree que alguien podría pasarle por delante?

—Hombre, no sé..., algún gallego, quizá... Los gallegos suelen ser listos como rayos.

—Sí, eso sí; pero a la garrafina no creo que pudieran pasarle al Fabiano; los gallegos, sobre todo los de Orense, juegan bien al chamelo o a la correlativa, no digo que no, ¡pero a la garrafina ni le llegan a la suela de los zapatos al Fabiano! ¡Es mucho Fabiano, el Fabiano, con las fichas delante! En fin, a lo mejor algún día se organiza el campeonato nacional y salimos de dudas.

—¡Ojalá! ¡Menudo honor para el pueblo!

—¡Ya lo creo! ¡La envidia que nos iban a tener los demás!

El Fabiano Madrigal, alias Parada y fonda, está novio —desde hace ya veintitantos años— de la Carlotita de Miguel, la del señor Vicente, el maestro de obras.

—¿Cuándo te casas, Fabiano?

—No tengo prisa, señora Presentación, la Carlotita está bien amarrada.

—Sí, hijo, bien amarrada sí que la tienes. ¡Menuda paciencia, la de la pobrecilla!

El Fabiano Madrigal, alias Parada y fonda, en estos trances suele sonreír con el inequívoco gesto de los triunfadores.

—¿Es que no me la merezco, señora Presentación?

—Pues, hijo, la verdad, no sé. Para mí, que estás tomando las cosas con un poco de calma, ¡qué quieres!

—Las prisas son siempre malas, señora Presentación. A lo mejor, lo pienso de golpe y le doy a usted una sorpresa.

—¡No sería mala, Fabiano, no sería mala! En fin, la primer sorprendida sería la pobre Carlotita.

El Fabiano Madrigal, alias Parada y fonda, se puso casi dramáticamente serio.

—¿Por qué la llama usted pobre, si está viva? Mientras hay vida, hay esperanza, señora Presentación. Lo malo es cuando lo envuelven a uno en una sábana y se lo llevan con los pies por delante. ¡Pero mientras se vaya viviendo!

La Carlotita de Miguel, alias la Grillo

La Carlotita de Miguel es renegrida, flaca y desgarbada como un grillo. La Carlotita de Miguel habla con voz de grillo y sin parar, igual que hacen los grillos. A la Carlotita de Miguel, en el pueblo, la llaman la Grillo, como no deja de ser natural; a ella no le gusta y dice que a eso no hay derecho y que lo va a poner en conocimiento de las autoridades.

—¡Sí, claro! ¡Como si las autoridades estuvieran para aguantar rollos de nadie! ¡Mire usted que es ocurrencia!

La Carlotita de Miguel, alias la Grillo, lleva ya veintitantos años novia del Fabiano Madrigal, también llamado Parada y fonda, campeón de garrafina.

—Si hubiera un premio a la constancia, lo más seguro es que se lo diesen a la Grillo, ¿verdad, usted? ¡Hay que ver qué paciencia tiene la criatura!

La Carlotita de Miguel, alias la Grillo, no es cierto que tuviese mucha paciencia; lo que sucede es que a la fuerza ahorcan y el que se aguanta —ya es sabido— es porque no tiene arrestos ni condiciones para protestar. A la Carlotita de Miguel, como a los grillos, de haber protestado la hubieran metido en una jaula de alambre, con una hojita de lechuga de adorno. Esto de parecer un grillo tiene sus gajes y sus inconvenientes.

—¡Hombre, sí! Esto de parecer un grillo, la verdad es que no debe ser buena cosa, ¡qué quiere usted que le diga! Pero, en fin, ¡los hay que están peor!

—Sí, también eso es cierto. En todo caso, yo prefiero quedarme con lo malo conocido; lo bueno por conocer es muy arriesgado.

—¡Y tanto, amigo mío, y tanto! ¡Muy arriesgado y peligroso! ¡Y usted que lo diga!

La Carlotita de Miguel, alias la Grillo, como ya es más bien talluda, gasta bigote: vergonzante y como recatado, al principio; pujante y más bien descarado, después.

—¡Cómo pasan los años! —decían las personas ecuánimes, que tampoco faltan—. ¡Y pensar que yo a esta chica la conocí barbilampiña!

La Carlotita de Miguel, alias la Grillo, se tiñe el bigote de rubio, para que se le note menos; lo malo es cuando se descuida. El Fabiano Madrigal, alias Parada y fonda, suele llamarle la atención, en los descuidos.

—Carlotita.

—Qué.

—Que te tiñas el bigote, muchacha, que pareces un alabardero.

—¡Ay, hijo, qué formas! ¡Ahora ya no es como antes! ¡Antes me decías las cosas con mejores maneras!

—Sí; antes, sí. Pero antes tenías menos bigote, ya ves tú lo que son las cosas.

La Carlotita de Miguel, alias la Grillo, propende al llanto, la histeria y los sentimientos tiernos. El camino fácil es algo que las mozas bigotudas caminan con mucha facilidad.

—¡Para qué privarse!

—Eso, ¡para qué privarse!

La Carlotita de Miguel, alias la Grillo, tiene ya muy escasas esperanzas de matrimoniar; las novias cuarentonas, en su desorientación, llegan a confundir la suerte con la casualidad. Las sábanas bordadas y las mantelerías y los tapetillos, desde el fondo del baúl en el que llevan ya tantos años, tampoco se hacen más ilusiones de las necesarias sobre su incierto fin, su confuso destino.

Los dos hermanos de la Carlotita

La Carlotita de Miguel, alias la Grillo, tiene dos hermanos: el uno se llama Vicente, como el padre, y el otro Clemente, como San Clemente I, papa y mártir, el tercero que gobernó la Iglesia después de San Pedro y a quien Trajano, que era de las marismas del Guadalquivir, en las afueras de Sevilla, mandó tirar al mar. ¡También es ocurrencia! El Vicente de Miguel es futbolista, si bien amateur y no muy famoso. El Clemente de Miguel, en cambio, tiene mucha fama aunque carezca —de algo hay que carecer— de oficio; el Clemente de Miguel sueña con llegar a cineasta.

—¡Ay, el día que me veas en la pantalla, chata! —le dice a su novia, que es muy mona—. ¡Ese día se les va a cortar la digestión de envidia a tus amigas! ¡Ya verás, ya, la que armo!

La fama del Clemente de Miguel le venía por guapo; en un concurso de belleza masculina que se celebró en la capital, al Clemente de Miguel le dieron el segundo premio: un diploma y un objeto de arte, muy fino, todo pintado de purpurina. El padre, que no era partidario de los concursos de belleza masculina, le hizo comer el diploma, para que escarmentase, y le dijo cosas horribles y muy directas, de lo más directas que hay. El objeto de arte se lo perdonó.

—No, eso no te lo comas, que a lo mejor revientas. Eso ponlo encima del aparador.

—Gracias, papá.

—De nada, hijo, de nada.

El Vicente y el Clemente, aunque tienen puntos de vista tan dispares, se llevan bien y están muy unidos: se conoce que son complementarios. Cuando el Vicente mete un gol, el Clemente, al final del partido, le invita a un vaso de blanco o a una caña de cerveza. Cuando el Clemente tiene, si no contratos, sí al menos, buenas esperanzas, el Vicente le corresponde con generosidad.

Esto de que los hermanos estén unidos es algo muy reconfortador, muy ejemplar y plausible.

—¡Y mire usted que son distintos los dos!

—Sí, pero se quieren, ya ve usted, y eso es lo principal. El Vicente y el Clemente son dos hermanos que están hechos el uno para el otro. A lo mejor, si hubieran sido iguales, no se querrían tanto; esto del cariño es siempre muy raro y misterioso.

—Sí; eso, sí.

La Carlotita es bastante mayor que sus dos hermanos. La Carlotita era hija del primer matrimonio del señor Vicente, el maestro de obras. El Vicente y el Clemente, en cambio, venían de su segunda mujer. La Carlotita y su madrastra no se llevan ni bien ni mal; no se llevan y en paz. La madrastra de la Carlotita no es simpática y le está siempre diciendo que se ensaye en eso de vestir santos porque para otra cosa no sirve. La madrastra de la Carlotita es mujer de muy poca conciencia. El señor Vicente, aunque se percata de la escasa conciencia de su señora, prefiere no darse por enterado.

—Lo mejor es hacerse el sueco, ¿sabe usted?, si no todo son líos. ¡Si la Carlotita se casase! Lo malo es que ese zángano del Fabiano no acaba de decidirse. Yo no sé cómo son los jóvenes de ahora. En fin, ¡paciencia!

La madrastra de la Carlotita

La madrastra de la Carlotita se llama Felipa y se tiñe el pelo de color mandarina. La madrastra de la Carlotita es muy dada a cremas, polvos, coloretes, afeites y otras manos de gato y, a veces, aparece en público talmente como una calcomanía. Esto de calcomanía no suelen decírselo porque la gente, aunque no lo parezca, es más bien prudente.

—Pero, señora Felipa, ¡si parece usted un cromo!

—Sí, hija, sí; las mujeres casadas tenemos la obligación de gustar a nuestros maridos. ¡Si fuera como ese rábano de la Carlotita, que no tiene quien la mire a la cara!

—Claro; eso sería otra cosa, ¿verdad, usted?

La madrastra de la Carlotita viste de verde o de salmón, de verde lechuga o de salmón ahumado, y usa zapatos de tiras sujetos al tobillo. A veces, cuando se arregla un poco, parece una espía de la guerra del 14. La madrastra de la Carlotita fuma caldo de gallina, aunque no desprecia el rubio, cuando se lo ofrecen.

—No quiero que lo tome usted a desprecio. Una suele fumar picadura, pero, ¡mientras arda!

La madrastra de la Carlotita acertó el año pasado una quiniela de trece resultados y cobró cerca de las cuatro mil pesetas.

—Si el Betis llega a ganar al Madrid, ¡me forro! —decía con un empaque muy meditado—. Si el Betis llega a ganar al Madrid, me compro hasta una casa de pisos, ¡vaya si me la compro!, y un automóvil nuevo para sacar de paseo a mi Vicente, los domingos. En fin, ¡otra vez será!

La madrastra de la Carlotita no es limpia, sino relimpia —que es un grado más y bien molesto por cierto— y se pasa el día sacándole brillo a algo y explicando a las vecinas que otra cosa, no, pero que limpia, es más limpia que nadie y está dispuesta a demostrarlo.

—Mire usted, señora Julia, lo que yo le digo es que otra cosa no seré, pero, ¡anda que limpia!

La madrastra de la Carlotita, sobre limpia, es gorda y malintencionada. El pobre señor Vicente ni se atreve a respirar, no fuera a hacer el diablo que se le desaten a la señora los flejes de la ira, fieros y bien templados como los muelles de los colchones nuevos. La madrastra de la Carlotita es dama a la que conviene más no llevarle la contraria.

—¿Y usted no le lleva nunca la contraria, señor Vicente?

—No, hijo; para llevar la contraria ya está ella; yo bailo a su aire porque prefiero no exponerme. ¿Para qué?

—Tiene usted razón, señor Vicente; eso es lo que yo digo: ¿para qué?

La madrastra de la Carlotita tuvo un novio torero que murió en la plaza de Sanlúcar de Barrameda.

—¿De una cornada?

—No, de un ladrillazo que le dieron, de un ladrillazo con buena puntería y mala suerte.

La madrastra de la Carlotita, cuando quiere encelar al marido, le cuenta lo juncal y marchoso que era su antecesor. Al señor Vicente, el recuerdo de su antecesor le revuelve las tripas, pero disimula.

—Mire usted lo que le digo —suele decir—: el caso es tener la fiesta en paz. Cada uno es cada uno y lo que yo digo, ¿para qué vamos a reñir?

Ahora le digo Felipa, para variar

La madrastra de la Carlotita se llama Felipa, y se tiñe el pelo de color mandarina.

—Eso ya lo dijo usted.

—Sí, ya lo sé, pero ahora me viene bien repetirlo.

—Pues, nada; por mí no se prive, no faltaría más.

Antes, la Felipa se teñía el pelo de color violeta, que es muy chic y distinguido. El señor Vicente, puesto en trance de optar, no optó.

—¿Cómo quieres que lleve el pelo, Vicente: malva o anaranjado?

—Pues, hija, no sé..., la verdad es que no sé... ¡Qué quieres que te diga! A mí me gustas de las dos maneras...

La Felipa se esponjó como un pavo real; también

como la pasta de los pestiños al caer sobre el aceite hirviendo.

—Gracias, Vicente, ¡eres un sol!

Entonces la Felipa, en cuanto salió a la calle, fue y se tiñó el pelo de color mandarina, con reflejos de lo mismo pero más oscuro.

—Este color la hace a usted más joven, señora Felipa; ¡se va usted a hinchar de hacer conquistas!

La Felipa miró a la peluquera con un gesto ovejuno y lleno de gratitud y saludable esperanza.

—¡A mí nadie me mira a la cara, Josefina! ¡Estoy ya muy vista! En fin, ¡Dios la oiga! Y en todo caso..., ¡que Dios se lo pague, Josefina!

Cuando la Felipa salió a la calle se le acercó un jovencito.

—¡Ya picó uno! —pensó la Felipa—. ¡A lo mejor tenía razón la Josefina!

El jovencito era algo tartamudo, pero de muy buen ver, y gastaba sombrero verde con plumita.

—¿Pu pu puede de de decirme do do dónde hay un pe pe pedicuro?

La Felipa, mientras las cataratas del desengaño le anegaban el corazón que había llegado a estar casi remozado, dio al jovencito las señas de un pedicuro de confianza.

—Mu mu muchas gracias.

—De nada, hijo, de nada.

La Felipa no comentó con nadie el lance del jovencito. La Felipa, cuando quiere, es un modelo de discreción.

—¿Y su marido la deja salir tan arreglada?

—¡Anda! ¿Y por qué no? ¿Qué malo tiene que una quiera cuidarse y andar un poco curiosa?

Las vecinas de la Felipa, como no tienen un ochavo de más para arreglarse, forman en las apretadas filas de la sobriedad, en el compacto frente de la renunciación.

—Pues, no... Malo, lo que se dice malo, no es... Lo que pasa es que no es costumbre, entre casadas... En fin, ¡usted sabrá lo que se hace!

Respaldando a las vecinas, aunque más callada que un muerto, conspira la Carlotita, ese arenque, la hijastra de la Felipa. En las complejas y pacientes artes de la guerra fría (que antes se llamaba la guerra sorda), la Carlotita es una verdadera maestra. Si la frialdad y la sordera hubieran sido valores rentables, la Carlotita sería, a estas alturas, millonaria.

—Adiós, señora Felipa; ¡va usted hecha un brazo de mar!

La señora Felipa sonrió.

—Los buenos ojos con que usted me mira, Ricardito, ¡los buenos ojos con que usted me mira!

Y el Ricardito, igual que un paladín del tiempo de los caballeros, sonrió también. A veces, Versalles aflora sobre la parda cáscara del mundo: como un pozo artesiano que revienta pasmándonos a todos con sus chafarís.

Ricardito Barbate, sus labores

El Ricardito Barbate es tan fino que tiene trastornos neurovegetativos.

—¿Y usted no cree que eso se le quitaría trabajando?

—Pues, hombre, sí; pero no me atrevo a decirlo para no parecer inculto.

—Tiene usted razón; esto de tener ideas antiguas es algo que se perdona mal. En fin, ¡paciencia!

El Ricardito Barbate, como no da golpe, tiene tiempo para todo: para ser fino, para estar nervioso, para componer poesías, para pensar en los niños pobres, para decir que su vida no tiene objeto, etc. El Ricardito Barbate, amén de ser una calamidad, es bastante completo, eso es lo cierto.

—Adiós, señora Felipa, va usted hecha un brazo de mar.

Y a los veinte pasos.

—Adiós, señora Leocadia, la veo a usted muy bien.

Y al doblar la esquina.

—Adiós, señora Fernanda; dé usted recuerdos a las nenas.

Y así sucesivamente. El Ricardito Barbate es la quintaesencia de la amabilidad, la flor y nata de la más rendida cortesía.

—Pues, mire usted: yo, para hijo, lo hubiera preferido algo más gamberro, ¡qué quiere!

—¡Hombre, sí! ¡Yo también! Los muchachos tan finos y tan relamidos, a mí me dan mala espina; no lo puedo evitar.

El Ricardito Barbate es huérfano de padre desde muy niño y vive con su mamá y tres tías solteras, las cuatro muy hacendosas y piadosas.

—Ricardito.

—Dime, tía Eulalia, soy todo oídos.

—¿Has cambiado el agua al jilguero?

—Sí, tía Eulalia, y le he puesto los polvitos desinfectantes.

—¡Así me gusta, hijo, así me gusta! ¡Ejemplo debieran tomar de ti todos esos zánganos que no piensan más que en las chicas! ¡Ay, Dios santo, cómo anda el mundo! En fin, ¡menos mal que aún quedan jóvenes que saben respetar los principios!

El Ricardito Barbate colecciona pensamientos propios, con los que se propone hacer un libro, el día de mañana, si encuentra editor.

—¿Y tienes ya el título buscado?

—Sí, señora Andrea, a ver si le gusta: *Florecillas de mi sendero*. ¿Le gusta?

—Sí, hijo, ¡ya lo creo que me gusta! Es muy bonito, muy original y sugestivo.

El Ricardito Barbate, al oír lo que oye, entra en trance y se queda como una lagartija, pero con los ojos en blanco.

—¡Cómo le agradezco sus frases de ánimo y consuelo, señora Andrea! ¡Cuán cierto es que la poesía es inmortal e inmarcesible!

Entonces, la señora Andrea, que no tiene costumbre, se azara, se despide y se va.

—Bueno, Ricardito, adiós. Aún tengo que hacer la compra.

—Adiós, señora Andrea, que los hados le sean propicios y el blando céfiro oree sus sienes.

—Eso... Adiós, hijo.

El Ricardito Barbate, a veces, a fuerza de ser fino asusta a las señoras y les pega unos sustos tremendos. Las señoras, como la gente es tan ordinaria, van perdiendo el hábito de ser tratadas con los miramientos que se merecen. Es algo muy preocupador lo que viene ocurriendo. El Ricardito Barbate procuró sintetizarlo en una de las máximas de *Florecillas de mi sendero*, aquella que dice: «Las almas femeninas son como pétalos a los que el mundo hiere.»

—¿Le gusta, señora Jacinta?

—¡Un horror, Ricardito! ¡Me gusta la mar, lo que se dice la mar! ¿Lo discurriste tú solo?

La señora Leocadia, la señora Fernanda, la señora Eulalia, la señora Andrea, la señora Jacinta

El Ricardito Barbate regala a la señora Leocadia la caridad de verla muy bien, pero no: la señora Leocadia no marcha ni siquiera regular.

—¿Qué tal, señora Leocadia? ¿Cómo va ese ánimo?

—El ánimo, bien, hijo, ¡qué remedio! Pero las fuerzas ya me van faltando, la verdad es que cada día que pasa tengo menos fuerzas.

—Bueno, señora Leocadia, mejorarse.

—Gracias, hijo. ¡Que Dios te oiga!

El Ricardito Barbate hace a la señora Fernanda la merced de interesarse por sus nenas, que no le dan más que disgustos y sinsabores.

—Lo dicho, señora Fernanda, mis cariñosos saludos a las nenas.

Y la señora Fernanda piensa, por lo bajo:

—¡Lo que faltaba para el duro! ¡Si este gaznápiro supiera que lo que les sobra a las nenas, como él dice, es cariño y ocasiones de no quedarse en ayunas! En fin, ¡mientras las cosas no se pongan peor y lleguen a no tener remedio!

La señora Fernanda, en voz alta, no dice lo que piensa.

—Gracias, joven, les serán dados.

El Ricardito Barbate brinda a su tía Eulalia las más delicadas atenciones.

—Tía.

—Qué, hijo.

—¿Quieres que le mude otra vez el agua al jilguero?

—Como gustes, hijo, no te molestes, el jilguero tiene aún el agua clara...

El Ricardito Barbate ofrece a la señora Andrea las primicias de sus pensamientos.

—¿Quiere que le diga uno nuevo?

—Sí; no faltaría más; anda, dilo.

Entonces, el Ricardito Barbate entorna los ojos y atipla un poco más la voz.

—Verá: «Los compañeros lascivos son los cardos que dificultan nuestro caminar.» ¿Eh? ¿Qué le parece?

La señora Andrea está atónita. La señora Andrea se queda pasmadita y sin poder dar crédito a lo que escucha.

—¡Qué delicado pensamiento, Ricardito, qué hondo y ejemplar! ¿De verdad que no te ayudó nadie?

—¡Nadie, señora Andrea! Este pensamiento, como todos los que le voy diciendo, es sólo mío. ¡Exclusivo de mi minerva, señora Andrea!

—Ya, ya... ¡Si tú lo dices!

El Ricardito Barbate dedica a la señora Jacinta sus más espirituales homenajes. La señora Jacinta y la señora Andrea son las que mejor se percatan de las etéreas calidades de sus pensamientos; también es cierto que son las dos más desgraciadas y abandonadas, las dos más tristes e incomprendidas. Esto de la desgracia y el abandono, y aquello otro de la tristeza y de la incomprensión son cosas que unen mucho. ¡Ya lo creo que unen!

—Ricardito.

—Mande, señora Andrea.

—¿Tienes algún pensamiento nuevo?

—No, señora; ahora no.

La señora Andrea está casada con un hombre que es una calamidad, una verdadera calamidad.

—¿Incluso un depravado?

—Pues, sí, hijo; es doloroso decirlo, pero sí: incluso un depravado.

La señora Jacinta está casada con un hombre que también es una calamidad, pero en otro sentido.

—Un depravado no es, pero, ¡anda que holgazán!

Los maridos de la señora Andrea y de la señora Jacinta son muy amigos. El marido de la señora Jacinta admira mucho al marido de la señora Andrea.

—¡Ésos son hombres! —piensa—. ¡Menuda vida se da, todo el día de conquista!

El marido de la señora Andrea, en justa correspondencia, también admira de todo corazón al marido de la señora Jacinta.

—¡Caray qué tío! —dice—. ¡Ése sí que entiende la vida! ¡Lo conozco desde hace más de treinta años y todavía no le he visto dar golpe!

El marido de la señora Andrea

El marido de la señora Andrea se llama Tranquilino Tastavíns Torrevelilla, alias Juego de té, y tiene hechuras de pendón. El marido de la señora Andrea es tan respetuoso y obsequioso con las mujeres que, cuando habla de mujeres, jamás les llama mujeres. El marido de la señora Andrea, a las mujeres —¡ay, las mujeres!—, les dice ninfas, musas, tortolitas chatas y otros eufemismos y subterfugios. El marido de la señora Andrea es bajito, como suelen serlo los conquistadores, y muy decidido. El marido de la señora Andrea, en cuanto ve a una señora, va y se le declara. Su lema es: con el no ya estamos y el que no se arriesga no pasa la mar. La señora Andrea tiene más paciencia que el santo Job.

—Para llevar a mi Tranquilino se necesita mucha paciencia, ya usted lo ve. Mi Tranquilino es bueno pero enamoradizo. ¡Algún día sentará cabeza!

—Sí, señora, diga usted que sí. Lo importante es que sea de buenos sentimientos.

—Eso es lo que yo digo: lo importante es que tenga buen fondo. Lo demás, ¿qué importa?

—¡Claro!

El marido de la señora Andrea se llama Tranquilino Tastavíns Torrevelilla, alias Juego de té, como ya consta, y es natural de la provincia de Castellón de la Plana, sin precisar. El Tranquilino Tastavíns Torrevelilla, alias Juego de té, a más de marido de la señora Andrea, es empleado administrativo de la Estadística Municipal de Presupuestos, cargo que hace figurar en sus tarjetas, todo en iniciales: Tranquilino Tastavíns Torrevelilla, E.A. de la E.M. de P. Los vecinos le suelen sacar punta a tanta letra seguida pero el Tranquilino Tastavíns Torrevelilla, alias Juego de té, que es hombre de correa, disimula y lleva las bromas con buen humor e incluso con orgullo.

—¡Que hablen, que hablen! ¡Mientras hablen es señal de que está uno vivo y coleando!

El Tranquilino Tastavíns Torrevelilla, alias Juego de té, contra lo que algunos suponen, no es un depravado. El Tranquilino Tastavíns Torrevelilla, alias Juego de té, es un fresco, a secas, pero en ningún caso un fresco con agravantes. De haber nacido en una clase social más alta y postinera —y de no haberse llamado Tranquilino Tastavíns Torrevelilla, claro es, que es nombre de poco fundamento—, al Tranquilino Tastavíns Torrevelilla, alias Juego de té, se lo hubieran rifado las duquesas y las embajadoras. Pero cada cual nace donde puede. Y nunca peor porque los hay que ni nacen.

—Tranquilino.

—Qué hay, Florenciano.

—¿Vas a ir al fútbol?

—No sé, ¿por qué?

—No, por nada; para ir contigo.

El Florenciano Guadalén Mogón, alias Chaqueta, es el marido de la señora Jacinta y admira mucho al Tranquilino Tastavíns Torrevelilla, alias Juego de té, el marido de la señora Andrea.

—¡Eso son hombres! ¡Menuda vida se pega, todo el día de flete!

El marido de la señora Jacinta

—Decid, niño, ¿cómo se llama el marido de la señora Jacinta?

—Florenciano Guadalén Mogón, señor maestro.

—Muy bien. ¿Y de apodo?

—Chaqueta, señor maestro.

—Muy, pero que muy bien. Diez puntos. Puede usted sentarse.

—Gracias, señor maestro.

El marido de la señora Jacinta es tan haragán que casi ni se llama Florenciano Guadalén Mogón, alias Chaqueta. El marido de la señora Jacinta estuvo la mar de años nombrándose Floro, el Chaqueta, que es más corto. Lo de Florenciano Guadalén Mogón lo averiguó más tarde, cuando sacó los papeles para matrimoniar.

—¡Qué lío de papeles! ¡Si lo sé, no me caso!

—Bueno, hombre, ahora ya pasó todo.

—Sí; eso, sí...

El Florenciano Guadalén Mogón, alias Chaqueta, era más vago de lo necesario.

—¿No será que nació cansado?

—Pues, sí, lo más probable. Los hay que nacen con la lengua fuera, ya ve usted.

El Florenciano Guadalén Mogón, alias Chaqueta, no guarda memoria de haber trabajado nunca media hora seguida.

—Pero, ¿trabajó alguna vez?

—Hombre, trabajar, lo que se dice trabajar, más bien no. Eso es cosa que salta a la vista.

El Florenciano Guadalén Mogón, alias Chaqueta, vive de su señora, la Jacinta, mujer capaz de administrar el milagro. El Florenciano Guadalén Mogón, alias Chaqueta, es muy ahorrativo y de buen conformar y jamás protesta de nada.

—¡Hasta ahí hubieran podido llegar las cosas!

—Hombre, sí, pero ya ve usted, su amigo el Tranquilino Tastavíns Torrevelilla, en cambio, el que dicen Juego de té, se pasa la vida exigiendo y armando bronca si no está la comida a punto. El Florenciano, al menos, no da la lata; no debe usted quitarle mérito.

El Florenciano Guadalén Mogón, alias Chaqueta, tiene alma de caracol, inclinaciones y tendencias de caracol.

—Si el Florenciano Guadalén Mogón hubiera nacido indio, ¡menudo faquir! ¿Verdad, usted?

El Florenciano Guadalén Mogón, alias Chaqueta, no fuma más que de lo que le dan y no bebe sino de lo que cae, que algo siempre acaba por caer; todo es cuestión de paciencia y de saber aguardar y aprovechar el momento. El Florenciano Guadalén Mogón, alias Chaqueta, tiene fama de honrado y de buena persona. Los vagos —se conoce que por eso de que no hacen la competencia— suelen tener buen nombre de decentes. El Florenciano Guadalén Mogón, alias Chaqueta, cuando vino del pueblo, estuvo de guarda en las obras del Canal de Isabel II; lo tuvo que dejar porque, se conoce que de la humedad, se le torció la columna vertebral y anduvo una temporada escorado y como de perfil. El Florenciano Guadalén Mogón, alias Chaqueta, no es muy fuerte ni saludable, ésa es la verdad.

—¿Y desde entonces?

—Pues, hombre, desde entonces se está reponiendo. Eso fue sólo en el 35, poco antes de empezar la guerra.

—¡Ah, ya!

—La señora Jacinta, la esposa del Florenciano Guadalén Mogón, alias Chaqueta, con eso de que lleva ya tantos años preocupándose por la provisión del puchero, ha adquirido tal práctica en lo de fregar despachos, que friega ya despachos como nadie.

—¿Y no se cansa usted, señora Jacinta?

—Sí, hija, sí que me canso, pero, ¿qué quiere usted que haga? Mi pobre Florenciano, ¡tiene tan poca salud!

El Tranquilino Tastavíns Torrevelilla, alias Juego de té, admira sin reservas y descaradamente al Florenciano Guadalén Mogón, alias Chaqueta.

—¡Caray qué tío! ¡Ése sí que entiende la vida! ¡El Florenciano vive como un pachá! ¡Lo conozco desde antes de la guerra y aún éste es el momento en que no le he visto dar golpe! ¡Los hay con suerte!

El Florenciano Guadalén Mogón, alias Chaqueta, se pasa la vida soñando. Como es tan vago y tiene tantas horas libres, el Florenciano Guadalén Mogón, alias Chaqueta, quema (o ahoga, vaya usted a saber) el tiempo llenándolo de raras figuraciones que no llegan a realizarse nunca: de violentos y acogedores dislates que, bien mirado, jamás alcanzan a salir de la lenta y resquebrajada olla exprés de su cabeza.

—¿Qué cavilas, Florenciano? —le pregunta su esposa, la señora Jacinta.

—Pues nada, ya ves..., andaba a vueltas con eso de la ley del timbre, que para mí que necesita una reforma. ¿No te parece?

—Pues, hombre, no sé... ¡Pero si tú lo dices!

El Florenciano Guadalén Mogón, alias Chaqueta, una vez que soñó que era pichón de tiro de pichón, pasó tales ansias, mientras dormía, que la señora Jacinta tuvo que despertarlo.

—¡Florenciano! ¡Florenciano! ¡Despierta!

El Florenciano Guadalén Mogón, alias Chaqueta, se despertó lleno de sobresalto.

—¿Qué pasa?

—Nada, hombre, no pasa nada; que estabas pegando unos botes que pensé que ibas a llegar al techo.

El Florenciano Guadalén Mogón, alias Chaqueta, encendió la luz.

—¡Hombre, claro! ¡Como que me iba a dejar cazar así, de bóbilis, bóbilis!

La señora Jacinta, como no entendió claro lo de la cacería, se volvió de cara a la pared y se quedó dormida. La señora Jacinta tenía siempre sueño.

—¿Y cuando se despierta?

—También; cuando se despierta, también. Si la dejasen, la Jacinta era capaz de estarse durmiendo una semana entera.

—¿Y no será que está cansada, la pobre?

—Pues, sí: lo más probable. La Jacinta trabaja demasiado, yo siempre se lo estoy diciendo.

El Florenciano Guadalén Mogón, alias Chaqueta, es muy considerado con su señora; trabajar no trabaja, eso es cierto, pero es muy considerado con su señora. Al Florenciano Guadalén Mogón, alias Chaqueta, le fallan algunos resortes pero él no tiene la culpa: cada cual es como Dios lo hizo.

—¿Y usted no cree que los hombres puedan tener arreglo, si se lo proponen?

—¡Hombre, no sé! ¡Contra la naturaleza no se debe luchar! ¡La naturaleza es muy sabia y sabe muy bien lo que se hace! ¡Los seres humanos somos como pigmeos al lado de la naturaleza!

—¡Caray!

—Sí, amigo mío; lo que usted oye.

El Florenciano Guadalén Mogón, alias Chaqueta, tiene un proyecto para obtener petróleo del agua de mar, pero se lo calla. El Florenciano Guadalén Mogón, alias Chaqueta, una vez que se acercó a Barcelona a ver a un primo suyo que era guardia, se llegó al puerto y vio unas grandes manchas, sobrenadando las aguas, que no podían ser más que de petróleo.

—Lo raro es que no las viesen antes los demás, ¿no le parece?

—Pues, sí, yo también lo pensé... En esto de los descubrimientos pasan, a veces, las cosas más extrañas.

El Florenciano Guadalén Mogón, alias Chaqueta, soñaba con hacerse rico de la noche a la mañana y sin que nadie se enterase.

—A lo mejor ni yo mismo me entero, ya ve usted lo que son las cosas. Muchas veces los ricos, cuando se hacen ricos, se pegan tal susto que ni se enteran. Eso de hacerse rico de repente debe ser como una explosión, ¿verdad, usted?

El cuñado del Florenciano

El Florenciano Guadalén Mogón, alias Chaqueta, tiene un cuñado que se gana la vida haciendo el Don Tancredo por las ferias manchegas y castellanas. El cuñado del Florenciano Guadalén Mogón, alias Chaqueta, se llama Pelagio Cabezuela Rebollo y no es hermano de la señora Jacinta, la esposa del Florenciano Guadalén Mogón, alias Chaqueta, sino al revés: marido de la Benita Guadalén Mogón, alias Beni-Beni, hermana póstuma del Florenciano.

—Oiga, usted, y esto de póstuma, ¿usted cree que pega?

—Pues, hombre, no sé; la verdad es que a mí me gusta y por eso lo pongo.

—Bueno, bueno...

El Pelagio Cabezuela Rebollo está cargado de hijos y tiene que agenciárselas echándole valor, mucho valor a la vida. La suerte de Don Tancredo es lucida, sí, pero es también expuesta y peligrosa. El Pelagio Cabezuela Rebollo se anuncia en los carteles con su nombre y dos apellidos y su alias torero. El Pelagio Cabezuela Rebollo tiene dos apodos, uno taurino y el otro de paisano. El Pelagio Cabezuela Rebollo, en el ruedo, se hace llamar Míster Pipermín (¿verdad, usted, que parece el nombre de un domador de fieras?) pero los amigos de confianza prefieren decirle el mote familiar que siempre hace más próximo y como de más confianza. Al Pelagio Cabezuela Rebollo, en el redondel Míster Pipermín, los íntimos, fuera del redondel, le llaman Caca, con perdón, por el olor.

—¿Y si se diese con agua?

—¡Quite usted allá, hombre, quite usted allá! ¡No lo gafe, que le va la vida! El Pelagio dice que el olor es su defensa porque el choto, en cuanto que se le arrima y le huele, sale huyendo.

—¡Ah! Entonces no digo nada. ¡Eso es el instinto de conservación!

—Pues claro, hombre, pues claro, ¡lo más probable!

El Pelagio Cabezuela Rebollo tiene el cuerpo cosido a cicatrices, se conoce que de las cornadas de las reses con mal olfato, pero como es duro y tiene buena encarnadura, cura siempre. Su señora, la Beni-Beni, lo cuida muy bien y con mucho cariño y, cuando alguna herida se le abre, se la pega con un ungüento de seroformo y goma arábiga de su invención.

—¿Te encuentras mejor, Cabezuela? —le pregunta su señora, que le llama siempre por el apellido.

—Muy bien, Beni, me encuentro ya la mar de bien.

El Pelagio Cabezuela Rebollo actúa con la cara enharinada y el cuerpo envuelto en una sábana. Como es muy aficionado a los toros y no quiere perder detalle de la fiesta, cuando termina su número sin tener que pasar por la enfermería, se cuela en un burladero y allí se está quietecito y sin molestar a nadie, atento a la marcha de los acontecimientos. Con la cara de la color del albayalde y los cueros arropados en su blanco sudario, el Pelagio Cabezuela Rebollo, alias Míster Pipermín, asomando la gaita desde el burladero, semeja un fantasma al que dieron permiso —quizá por su buen comportamiento— para pasearse, durante un par de horas, por el mundo de los vivos. Después, cuando termina la corrida, se llega a la fonda, se limpia en seco para que no se le vaya el saludable tufo, y se mete en la primera tasca que encuentra, a beberse un par de blancos y a comentar las incidencias con los aficionados.

—Pues yo le digo a usted que el segundo era burriciego. En fin, ¡como también resultó burriciego el presidente!

El hijo mayor del Pelagio

El Sandalio Cabezuela Guadalén, el hijo mayor del Pelagio Cabezuela Rebollo, Míster Pipermín, y de la

Benita Guadalén Mogón, alias Beni-Beni, sabe, entre otras cosas, encender cerillas en los dientes, imitar el silbo de la lechuza y beber vino por la nariz. Bien mirado, el Sandalio Cabezuela Guadalén es un muchacho de gran utilidad y de muy raras mañas.

—Sandalio.

—Mande, doña Petrita.

—¿Sabes tocar un cable de alta tensión sin respirar?

—No, señorita, ni sin respirar ni respirando; eso, no.

La doña Petrita, que es la señora maestra, no demuestra tener buenas inclinaciones.

—¿Y caer de un salto desde el campanario hasta el tejado de la señora Elisa?

—No, señorita; eso, tampoco.

—¡Pues anda, hijo! ¡Y para eso tanto presumir!

Las habilidades del Sandalio Cabezuela Guadalén, como siempre pasa, tenían sus limitaciones.

—Si supiera de todo sería como Vedrines, ¿verdad, usted?

—Claro, hijo, claro; no se puede saber de todo.

El Sandalio Cabezuela Guadalén tiene ya diecinueve años, aunque se ha quedado retaco.

—¿Y tú por qué no creces un poco más, Sandalio?

—Pues ya ve usted, doña Petrita, se conoce que un servidor no es de crecer. En esta vida debe haber altos y bajos, no crea.

—Sí; eso, sí... Pero vamos, aunque crecieras un palmo tampoco perderías nada. Vamos, ¡digo yo!

—Sí, señorita. Pero ya ve usted: por más que me esfuerzo, no lo consigo. ¡Qué más quisiera yo!

El Sandalio Cabezuela Guadalén hubiera querido ser alto para que la doña Petrita lo mirase con mejores ojos. Lo que pasa es que en esto de las estaturas no rige la voluntad.

—Sandalio.

—Mande, señora Vicenta.

—Te veo como más alto, ¿qué has hecho?

El Sandalio Cabezuela Guadalén se quedó de una pieza.

—¿Más alto?

—Pues, sí; para mí que has crecido.

El Sandalio Cabezuela Guadalén, el hijo mayor del Pelagio Cabezuela Rebollo, Míster Pipermín, y de la Benita Guadalén Mogón, alias Beni-Beni, también sabe cazar estorninos con boina, arte que encierra mucha dificultad. El Sandalio, una mañana, salió a estorninos y le regaló un saco entero de estorninos a la señora Vicenta.

—Tome, para el arroz. Son casi tan buenos como los tordos; lo que pasa es que ahora tordos no hay, no es el tiempo.

El Sandalio, cuando caza estorninos, los mata aplastándoles la cabeza con los dedos; es una técnica práctica y muy limpia, muy higiénica y veloz.

—Así no sufren.

—Claro, así ni se enteran. ¡Animalitos!

La señora Vicenta colgó los estorninos de las vigas del desván, para que les diese el aire, y la familia de la señora Vicenta estuvo comiendo estorninos cerca de un mes.

—Sandalio, ¿me vas por agua?

—Sí, señora Vicenta, lo que usted mande.

Según dicen, el Sandalio Cabezuela Guadalén, desde que la señora Vicenta lo encontró más alto, creció. Hay quien dice que las glandulitas del crecimiento se espabilan y granan con la satisfacción. No es muy seguro ni está comprobado que esto sea así, pero es bastante probable. Los bajitos no crecen porque saben que lo son; si alguien les convenciera de que son altos, empezarían a crecer.

La hermana de la señora Vicenta

La señora Vicenta, la de los estorninos, tiene una hermana que se llama Eulampia y que quiere estar siempre en candelero.

—Porque lo que una dice: conforme se está poniendo todo, Dios sabe dónde iremos a parar. Una servidora se pasa el día aprovechando restos; lo malo es que ahora, conforme se está poniendo todo, ya no hay ni restos. ¡Ay, si no fuera porque una está siempre con cien ojos! En fin, ¡ésa es la que nos ha tocado!

La señora Eulampia gasta sotabarba, como los valerosos marineros bretones, y se pasa las horas y los días contando calamidades propias y ajenas.

—¿Se ha enterado usted de lo de la doña Virtudes, que le salió un cáncer en una oreja, dicen que de los malos tratos del marido? ¡Ay, Dios santo, qué cantidad de dolor cae sobre nosotras, las pobrecitas mujeres! Antes no era así, antes había más respeto y más decencia. ¡Pero ahora! ¡Que Dios nos coja confesadas! ¡Ahora cualquiera sabe a dónde iremos a parar!

A la señora Eulampia, cuando se le acerca el trance de narrar desgracias, se le baja la color y le invade una palidez mortal y muy ad hoc, como suele decirse.

—Parece que está usted muy blanca, tía —le dijo cualquier tarde, su sobrina Ramona, que era muy pavisosa.

—¡Nada me extraña, hija, nada me extraña! ¡Lo que no sé es cómo estoy viva, con tantos disgustos y sinsabores! ¡No sé a dónde iremos a parar, hija mía, con todas las cosas que pasan! ¡Sólo Dios sabe a dónde iremos a parar!

La señora Eulampia no tiene mucho sentido de la orientación. La señora Eulampia —¡menos mal que lo confiesa!— va pasando por la vida con la brújula floja de muelles y sin ritmo ni fundamento para marcar los cuatro puntos cardinales. La señora Eulampia no sabe a dónde iríamos todos a parar, con ella a la cabeza, claro es.

—¡Conforme se está poniendo todo!

La señora Eulampia viste siempre de negro. La señora Eulampia anda por los sesenta o setenta y tantos años y va de luto por su padre, que murió en la guerra de Melilla, al tiempo de que la señora Eulampia hacía la primera comunión. La señora Eulampia es aficionada a partos y a entierros, a colisiones ferroviarias, corridas de toros con intervención de la cirugía y, a ser posible, también de la guardia civil, catástrofes aéreas, niños escrofulosos y otras vicisitudes y donaires. La señora Eulampia, de haber nacido pájaro, hubiera sido buitre. La señora Eulampia se llama Eulampia (claro es) Cuervo Domeño y en el pueblo, para distinguirla, le dicen Cuerva; algunos jóvenes disolutos (que de todo hay en la viña del Señor) prefieren llamarla Comemuertos.

—Esta mañana he visto a la tía Comemuertos más pálida que nunca; eso es señal de que va a volcar el autobús de la estación.

—¡Calla, hombre, no seas gafe!

—Bueno, bueno..., ¡vosotros fiaros! Yo, por si acaso, ya le dije a mi Paquito que hoy no se va a casa de la madrina, que lo deje para la semana que viene; a la tía Comemuertos no se le quita la palidez de un día para otro.

La señora Eulampia, mientras los contribuyentes hacían cábalas sobre su palidez, recibió un telegrama anunciándole que su hijo Áureo estaba enfermo. La señora Eulampia, con el telegrama en la faltriquera, se puso aún más blanca y descaecida. La señora Eulampia sacó un billete del autobús de la estación para acercarse a la capital, a visitar a su hijo. Ése era su propósito, pero la realidad, como a veces pasa, fue muy otra. La señora Eulampia, en vez de llegar a la capital, se fue derechita para el otro mundo porque el autobús volcó pillándola debajo. La señora Eulampia, al menos, se ahorró el dolor de ver a su hijo agonizante. El hijo de la señora Eulampia duró poco, tres o cuatro días.

El otro hijo de la señora Eulampia, el que quedó vivo

El pobre Áureo Colomeco Cuervo (q.e.p.d.), el hijo de la señora Eulampia, la Comemuertos (q.e.p.d.), dejó un hermano vivo, el Ustazanes, que es protésico dental y que se gana muy bien la vida, con mucho desahogo. El Ustazanes salió muy apañado y trabajador y hasta es dueño de una radio, una moto vespa y un reloj de cuco. Su oficio es delicado y de responsabilidad, eso es cierto, pero está bastante bien retribuido.

—Mientras siga habiendo caries y piorreas —argumenta el Ustazanes—, estoy salvado. Lo malo va a ser el día en que a cualquier desaprensivo de Fleming anglosajón se le ocurra inventar unas píldoras que nos dejen a todos en la calle. Yo no quiero intervenir en política pero, ¡en fin!, eso me parece que debiera prohibirse. ¡Jugar con el cocido del prójimo es algo que no debe estar permitido! ¡No puede condenarse al hambre a capas enteras de la población! Vamos, ¡me parece a mí!

Al Ustazanes Colomeco Cuervo, como es tan redicho y bienhablado, los amigos le dicen Castelar. El Ustazanes está muy orgulloso del nombre que le han puesto y tan se llegó a creer que lo tenía patentado, que una vez que, paseando por Cádiz, se topó con un loro que se llamaba lo mismo, conminó al amo a que lo bautizase de otra manera o a que, si no acataba su ultimátum, se prestase a elegir arma y lugar y fecha para resolver el enojoso asunto en el campo del honor. El Ustazanes estaba muy rabioso y dispuesto a llevar las cosas hasta sus últimas consecuencias, pero al dueño del loro, que se conoce que no era muy versado en esto de los lances entre caballeros, le dio tal ataque de risa que a poco más se hernia. El duelo, por fortuna, no se llevó a efecto y la cosa se resolvió con un acta en la que el dueño del loro se comprometía a cambiarle el nombre. Lo malo fue que el Ustazanes encontró que el nuevo nombre buscado para el loro no se avenía con el espíritu de lo pactado y exigió una nueva reparación.

—¡Esto de llamar al loro Castelar II es peor aún porque huele a cachondeo! —rugía el Ustazanes.

—¡Repórtese, Ustazanes! —le aconsejó uno de sus padrinos—. ¡Un caballero no debe usar ese léxico plebeyo!

—Bueno, pues ponga usted otro. ¡Yo bien sé lo que quiero decir!

La segunda vez tampoco hubo duelo porque al dueño del loro, en vez de darle la risa, le dio la vena y dijo que o el Ustazanes se callaba o le hundía el esternón a palos. Entonces el Ustazanes, como es de sentido común, se calló.

—No sé, no sé..., pero a mí me parece, Ustazanes, que se te encogió el ombligo —le dijo su tío Wenceslao cuando volvió a su casa.

Ustazanes, al principio, guardó silencio y después cambió la conversación.

—Oiga usted, tío, a ver si tiene un momento y me arregla el reloj de cuco, usted que sabe. Lleva ya varios días dando las horas cambiadas.

El tío Wenceslao

El señor Wenceslao Colomeco Sánchez, el tío del Ustazanes, es cartero jubilado y hombre muy entendido en relojes, barómetros, cajas de música y otras mecánicas y pasatiempos.

—Si de joven llego a tener posibles para hacerme ingeniero, a estas horas, lo menos era director de la fábrica del gas. Pero, ya ve usted, a los pobres no nos queda sino tener paciencia. ¡Qué desgracia ser pobre!

El señor Wenceslao Colomeco Sánchez, el tío del Ustazanes, tiene los ojos de color violeta, como Liz Taylor, pero legañentos y sin pestañas, turbios y mondos y lirondos.

—Esto de tener los ojos pitañosos, señor Wenceslao, le desluce a usted mucho. Usted tiene los ojos bonitos pero pitañosos, ¡qué lástima!

—Sí, hijo, ¡y tanto! ¡No creas que no lo he pensado más de una vez!

—¿Y por qué no se los lava usted con camomila?

—No, hijo, ahora ya es tarde. ¿Para qué? Ahora, lo mejor es dejarlos que aguanten lo que puedan.

—Como guste.

El señor Wenceslao Colomeco Sánchez, el tío del Ustazanes, a pesar de sus goteras y jubilaciones, tiene una novia que se llama Aurorita y que es dueña de una pensión de estudiantes. El señor Wenceslao y la Aurorita se ven a diario y hablan de temas variados: de fútbol, de lo mucho que se quieren, de los pupilos nuevos y de sus familias, de si se toman o no se toman un vermú, etc. El señor Wenceslao y la Aurorita hablan de todo menos de casarse. El señor Wenceslao y la Aurorita son novios crónicos, como el asma o la úlcera de duodeno, pero se encuentran muy a gusto en su estado entre letárgico y consuetudinario.

—Si nos hubiéramos casado al final de la guerra del 14, Aurorita, cuando nos conocimos, ¿te acuerdas?, a estas horas a lo mejor teníamos ya nietos.

—¿Para qué, Wences? Estamos mejor así, no lo dudes. Los nietos ponen todo perdido.

—Sí, eso es verdad. Los nietos no suelen dejar títere con cabeza. Probablemente tienes razón, estamos mejor así.

—¡No lo dudes, Wences! ¡Los nietos son una calamidad, un torbellino! ¿Para qué vamos a añorar lo que jamás tendremos?

El señor Wenceslao Colomeco Sánchez, el tío del Ustazanes, a estas alturas del coloquio gasta la costumbre de quedarse ligeramente pensativo.

—¡Sí, verdaderamente!

La Aurorita es muy dispuesta y hacendosa y en su casa reinan el buen sentido y el orden. Si el señor Wenceslao Colomeco Sánchez, el tío del Ustazanes, lleva las camisas limpias y zurcidas es gracias a los cuidados de la Aurorita. Esto del amor es algo que se manifiesta siempre por senderos múltiples e insospechados. Ni la Aurorita ni el señor Wenceslao lo saben, pero esto es así, no hay duda.

—¿Y por qué no se casó usted con la Aurorita, señor Wenceslao, que es tan buena?

—¡Ay, hijo, si lo supiera! A veces pienso que la culpa fue del escalafón. ¡La verdad es que debí echarle más arrojo al noviazgo, ahora me doy cuenta!

Al señor Wenceslao Colomeco Sánchez, el tío del Ustazanes, le toca pagar a la vejez, ¡a la vejez viruelas!, toda una vida timorata. ¡Los hay sin suerte!

La familia de la Aurorita, liquidación por derribo

La Aurorita tuvo una niñez muy desgraciada. Su padre, el señor Barbaciano Alajero Tabique, Tribulete II, picador de toros, murió en el ruedo, en acto de servicio. Su madre, la señora Paquita Surrulla Figueroles, Miss Fly, domadora de tigres, murió en el circo, también en acto de servicio. La niñez de la Aurorita, con los desmanes de los toros de lidia y de los tigres de Bengala, vino marcada con la impronta del dolor y de la sangre.

—Aurorita —le dijo el dueño del circo cuando su

mamá pasó a mejor vida, destrozada entre las garras de la fiera.

—Mande usted, señor Cervantes —le respondió la niña.

—Anda, péinate un poco que te voy a dejar en la inclusa.

—¡Va en seguida! —musitó la Aurorita sorbiéndose las lágrimas.

—¿Estás acatarrada?

—No, señor, no.

Cuando al cabo del tiempo la Aurorita, hecha ya una mujer, abandonó la inclusa, se sintió muy sola y abandonada, muy al pairo o —como si dijésemos— muy horra de todo cobijo y protección. Su tía, la famosa cupletista Tomasa Surrulla, alias Parisina, se había ido de España y vivía ahora en Puerto Rico, casada con un pastor protestante, y sus tres hermanos mayores —el Barbaciano, el Zoilo y el Perpetuo— habían muerto, según le explicaron, en la explosión de la droguería de Lesmes, en Tetuán de las Victorias, suceso que tuvo conmocionado a todo el país. La Aurorita, a fuerza de trabajo y de privaciones, pudo hacer frente a la vida y levantar cabeza y, como es decidida y habilidosa, hasta llegó a ser propietaria de una pensión bastante aparente. Entonces fue cuando conoció al señor Wenceslao Colomeco Sánchez, el tío del Ustazanes, de quien se enamoró nada más verlo y por quien fue correspondida en su amor, desde el primer instante.

—Se conoce que estaban hechos el uno para el otro, que eran dos almas gemelas.

—Sí, eso es lo que yo me digo; si no, no tendría explicación.

La Aurorita es muy amorosa y maternal, muy ubérrima y dada al sentimiento, y el señor Wenceslao, como de novio está bien atendido y a gusto, pues claro, no se casa.

—Con lo de los estudiantes hay de sobra para los dos, Wences; yo creo que debieras dejar eso de la cartería, que es tan cansado.

—No, Aurorita; no y mil veces no. Eso es tuyo...

—¡Qué tontico es mi Wences! —susurra, dulce como una gata en enero, la Aurorita—. ¡Entre tú y yo no debe haber ni tuyo ni mío! ¡Todo lo que hay es nuestro, Wences, de los dos!

—Bueno, por si acaso. A mí me ofendería mucho que pudieras tomarme por un gorrón. (El señor Wenceslao Colomeco Sánchez, el tío del Ustazanes, ahuecó la voz: como los generales en el lecho de muerte, cuando se disponen a legar al mundo y a la historia sus últimas palabras y sus postreras necedades). ¡Mis principios no me lo permiten!

La Aurorita, entonces, deshecha en ternura y anhelante del calor del hogar que el destino, al alimón con la parca, le había tan violentamente robado, le prepara un café a su Wences.

—Mientras los huéspedes no deserten, Wences, a mi Wences jamás le faltará su tacita de aromático café. ¡Pues estaría bueno!

El señor Wenceslao Colomeco Sánchez, el tío del Ustazanes, sonríe rebosante de satisfacción.

—Y mientras al correo no le dé por quebrar, Aurorita, a mi Aurorita nunca dejará de asistirle mi amor.

La Aurorita y el señor Wenceslao Colomeco Sánchez, el tío del Ustazanes, llevan ya cuarenta y tantos años diciéndose ternezas.

—Los hay insaciables, ¿verdad, usted?

—¡Y tanto, amigo mío, y tanto! ¡Los hay como mantas!

Barbaciano Alajero Tabique, Tribulete II (q.e.p.d.), picador de toros

El papá de la Aurorita se llamó en vida el señor Barbaciano Alajero Tabique, Tribulete II, y fue un muy afamado picador de toros. El Barbaciano era culón, barrigón y cabezón, si bien de sentimientos relativamente delicados, y a los toros, aunque procuraba deslomarlos, no les tenía suerte alguna de inquina sino al revés: incluso cierta simpatía, cierto afecto. Tribulete II empezó a trabajar, poco antes de la guerra de Cuba, a las órdenes de Francisco Erades, Gangrena, a cuya sombra pasó más hambres que Carracuca. Cuando Grangrena se fue a Montevideo, Tribulete II no le acompañó porque se mareaba y, después de un año en que anduvo medio alejado de las lides taurinas, entró al servicio del cordobés Antonio de Dios, Conejito, con quien le fue bastante bien. A Tribulete II lo mató el miura Pocapena, en la plaza de Málaga, el 9 de setiembre de 1907, día de San Doroteo, mártir. Tribulete II fue un picador pundonoroso, que trabajó siempre con afición y responsabilidad. Que Dios le haya acogido en su santo seno. Amén.

—¡Aquéllos eran hombres! ¿Se acuerda, usted?

—¡Y tanto que me acuerdo! ¡Aquéllos eran otros tiempos que ya no volverán!

El señor Barbaciano Alajero Tabique, Tribulete II, había nacido en Chinchón, provincia de Madrid, el día de San Tito, obispo de los cretenses, del año en que mataron a Prim y designaron a Don Amadeo para rey de España. Hacía mucho frío el día que el niño Barbaciano vino al mundo, y su padre, el señor Gumersindo Alajero Muñoz, con eso de la emoción del primer hijo y también por calentarse un poco, enganchó semejante pea de aguardiente que tuvo que tomar cartas en el asunto (que llegó a ponerse feo porque al señor Gumersindo le dio por romper el pueblo) toda la guardia civil de los contornos. ¡Dios, qué borrachera histórica, qué toña digna del bronce y de ser cantada por los poetas antiguos: Homero, Virgilio, Espronceda, etc.!

—¡Aquéllas sí que eran cogorzas como Dios manda! ¿Se acuerda, usted?

—¡Y tanto que me acuerdo, amigo mío, y tanto que me acuerdo! ¡Aquéllos eran otros tiempos que jamás volverán!

El señor Barbaciano Alajero Tabique, Tribulete II, conoció a su esposa, la Paquita Surrulla Figueroles, Miss Fly, domadora de gatos, primero, y después de tigres, cuando actuaba en el Gran Circo Peláez, que desplegaba sus lonas, como suele decirse, en Valladolid. Como el Gran Circo Peláez era pobre y, gracias a Dios, no tenía tigres, la Paquita Surrulla pudo ganarse la vida (y ensayar de paso) haciendo su número con gatos, lo que, si bien mirado es menos emocionante, también es menos peligroso y arriesgado y váyase lo uno por lo otro.

—¿Y a la gente le gustaba eso de los gatos?

—Pues, hombre, la verdad, más bien no. Lo que pasa es que tenían que aguantarse porque tigres no había; en aquel tiempo los tigres escaseaban mucho y cuando salía alguno, era carísimo.

La Aurorita nació en La Roda de Albacete en agosto de 1901; sus tres hermanos mayores, el Barbaciano, el Zoilo y el Perpetuo, vamos, los que volaron con la droguería de Lesmes, eran naturales, al respective, de Burriana, de Almendralejo y de Órdenes. La Paquita Surrulla Figueroles, Miss Fly, con esto de los continuos desplazamientos, iba sembrando hijos por los más variados paisajes españoles.

Paquita Surrulla Figueroles, Miss Fly (q.e.p.d.), domadora de tigres

Los orígenes de la Paquita Surrulla Figueroles, Miss Fly, domadora de tigres, son tan confusos como la localización cronológica y la clasificación zoológica del *Pithecanthropus erectus* de la isla de Java; no es éste, por desgracia, el único enigma histórico que la humanidad tiene planteado. La tradición oral señala que la Paquita Surrulla existía ya en el año del pronunciamiento del brigadier Villacampa, que coincidió con las venidas al mundo de Don Alfonso XIII y del pintor Solana, ya que por entonces se la recuerda actuando por las plazas manchegas y extremeñas como señorita torera, oficio que ejerció antes que el de dueña de bar y que el de domadora de gatos y de tigres. Se ignora su naturaleza y el nombre de sus progenitores, pero está fuera de toda duda, claro es, que existió una mujer que se llamaba, o decía llamarse, Paquita Surrulla Figueroles, la cual contrajo justas nupcias con el señor Barbaciano Alajero Tabique, Tribulete II, de profesión picador de toros, al que dio cuatro hijos: el más joven de ellos, la Aurorita, la novia del señor Wenceslao Colomeco, el tío del Ustazanes.

—Y eso del matrimonio y de los hijos, ¿es legal?

—Sí, señor, de lo más legal que hay. ¡Absolutamente legal y documentado!

La Paquita Surrulla Figueroles, cuando se cortó la coleta y antes de que le diera por eso de los tigres, tuvo un bar de camareras (uno de los primeros que se instalaron en España), en Salamanca, detrás de la Clerecía, según se baja, a la izquierda, y no lejos de la famosa casa de la Petra, de tan amables memorias. El bar de la Paquita se inauguró con el nombre de El Paraíso Terrenal, que después cambió por el más corriente de A las Delicias de Baco, porque el señor obispo encontraba —y no sin razón— que el primero era más bien irreverente. La Paquita, una noche que había trasegado más anís del que su humor aguantaba, tuvo sus más y sus menos con unos parroquianos y como de la bronca resultaron varias cabezas rotas y algún que otro costillar partido, la policía cortó por lo sano y echó el cierre al local. La Paquita, entonces, saldó las existencias y se metió a domadora de gatos y, más tarde, de tigres. Debutó en esta su segunda especialidad, en Madrid, en el Gran Circo Europeo y Americano, que estaba instalado en la pradera de San Isidro, como ayudante del famoso artista Amaro Taula, Capitán Tenorio, que fue quien le enseñó el oficio de los tigres, que aprendió en seguida porque ya había practicado durante algún tiempo con gatos. El Capitán Tenorio se presentaba en público materialmente cubierto de condecoraciones y hacía verdaderos destrozos en los corazones femeninos. Dos años más tarde, cuando el Capitán Tenorio murió atropellado por un tranvía de mulas, la Paquita Surrulla Figueroles, Miss Fly, heredó los tigres y las condecoraciones y empezó a hacer la guerra por su cuenta y a actuar en plan de gran vedette internacional; tuvo mucho éxito y ganó sus buenos cuartos, pero de poco le sirvieron el renombre ni los caudales adquiridos. La pobre Paquita Surrulla, en pleno triunfo, murió el mismo año que su marido, esto es, en 1907, y también con las botas puestas. El luctuoso suceso acaeció en Sevilla y, como siempre pasa, en el momento en que mayor era su dominio de las fieras y menos podía esperarse tan sangriento fin. Su tigre preferido, el Alí Babá, le desgajó un brazo a cercén y la Paquita Surrulla Figueroles, Miss Fly, no llegó viva a la casa de socorro. Entonces fue cuando el director del circo, el señor Cervantes, metió a la Aurorita en la inclusa.

Tomasa Surrulla, Parisina, cupletista famosa

La Tomasa Surrulla Figueroles, Parisina, la hermana de la Paquita Surrulla Figueroles, Miss Fly, la domadora de tigres, fue en sus buenos tiempos la mujer más hermosa de España. A la Tomasa Surrulla Figueroles, Parisina, le llegaron a escribir el zar de Rusia, el sultán de Turquía y el maharajá de Patiala, largas cartas inflamadas de amor y rebosantes de proposiciones deshonestas; como la Tomasa Surrulla Figueroles, Parisina, no sabía ni el ruso, ni el turco, ni el bengalí, pudo conservarse decente o, cuando menos, consiguió no pasear su indecencia más allá de los Pirineos, lo que siempre hubiera sido una grave falta de patriotismo. La Tomasa Surrulla Figueroles, Parisina, era muy patriótica y, cuando actuaba en el extranjero, terminaba sus números con un sonoro ¡viva España! y envuelta en un mantón de flecos con los colores nacionales. La Tomasa Surrulla Figueroles, Parisina, era alta y garrida, morena y bien plantada, graciosa, dinámica y ocurrente; su voz era cálida y acariciadora; sus ojos, hondos y enigmáticos; su busto, poderoso y bien dibujado; su tez, aterciopelada y suavísima, etc. La Tomasa Surrulla Figueroles, Parisina, en una palabra, era una mujer muy completa y armoniosa, de esas que ya no quedan. Cuando empezó, allá por el año 96 o 98, en el Teatro Arte Selecta, de Zaragoza, la Tomasa Surrulla Figueroles, Parisina, que por entonces se llamaba Linda Tomasa, la mujer eléctrica, era aún un poco sosita y medio pava, pero cuando la vergüenza se le acabó (que no hay hucha que no se esquilme si no se la receba), la Linda Tomasa llegó a tener tanta desenvoltura y desparpajo tal que la gente, de una manera espontánea, empezó a decirle Parisina, apodo que ella adoptó, en lo sucesivo, como nombre de guerra. La carrera ascendente de Parisina fue meteórica y en alas de su arte se paseó en triunfo por Europa entera, norte de África y Asia Menor. El salto a América lo dio en circunstancias un tanto extrañas y cuando nada hacía suponer que fuese a tomar tal decisión. El caso fue que Parisina, que al decir de sus admiradores tenía el corazón más duro que el pedernal, se enamoró como una chota —y sin previo aviso— de un pastor protestante que se llamaba Rvdo. Pérez, de nacionalidad norteamericana, que hacía juegos de manos en las fiestas de sociedad con objeto de recaudar fondos para la misión presbiteriana de Viti-Levu, en las islas Fidji, Melanesia, Oceanía. El Rvdo. Pérez (que en inglés se dice Píris) le llenó la cabeza de viento a la Parisina y como la muchacha no tenía los sesos muy firmes, sino que era más bien romántica y temperamental, rompió los contratos pendientes y, a la francesa y sin despedirse de nadie, se largó detrás de su Pérez al Nuevo Mundo. Se supo, indirectamente, que anduvo una temporada por Aguadilla, Puerto Rico, recogiendo firmas contra el imperialismo y la segregación racial, pero después se le perdió la pista y su recuerdo cayó, ya para siempre, en el olvido. ¡Pobre Tomasa Surrulla Figueroles, Parisina, con lo buena que estaba! ¡Con las proposiciones que tuvo, y cómo fue a ahorcarse en el peor árbol que encontró! ¡En fin!

La doncella de Parisina

La doncella de la Tomasa Surrulla Figueroles, Parisina, fue la primer sorprendida de la extraña decisión de su señorita.

—Yo no puedo explicármelo —decía a los periodistas—, la señorita Parisina era muy feliz. ¡Aquí debe haber gato encerrado! No sé, no sé..., ¡pero para mí que le dieron un bebedizo! Si no, no se explica. La señorita Parisina tenía la cabeza muy en su sitio y no se dejaba engañar, no crean. La señorita Parisina no era ningún pardillo.

La doncella de la Tomasa Surrulla Figueroles, Parisina, se llamaba Transfiguración Culebras Calamocha y era de Mezquita de Jarque, en la provincia de Teruel. La Transfiguración era tuerta y un poco hombruna, pero muy leal; la Tomasa Surrulla Figueroles, Parisina, decía siempre que la Transfiguración era tan leal como un perro.

—Es igual que un perro, ¡Dios la bendiga!, talmente como un perro. Yo, sin ella, no podría arreglarme.

A la Transfiguración, la fuga de Parisina no le creó más que conflictos y líos con todo el mundo.

—¡Si hubiera dejado un anónimo dando instrucciones!

—¡Claro! ¡Ni sé cómo se le ha ocurrido! Eso de marcharse así, sin más ni más, es una desorientación y una falta de sentido común. En fin, ¡ella sabrá lo que se hace! La Transfiguración Culebras Calamocha, cuando recogió un poco las joyas y el vestuario, se plantó en Madrid, donde abrió un negocio de compraventa que pronto se acreditó porque pagaba mejor que nadie.

—El secreto de esta industria es no engañar —decía—. Los parroquianos se dejan estrujar, eso no les importa y hasta les gusta, pero lo que no quieren es que se les engañe. Yo ya me entiendo.

La Transfiguración Culebras Calamocha era muy psicóloga y, en sus apreciaciones, no andaba nada descaminada; la prueba es que, en pocos años, se forró.

—¡Anda, señora Transfiguración, que a usted no la ahorcan por sesenta mil duros!

—¡Ay, hija, no se fíe usted! ¡No es oro todo lo que reluce!

—No; si no tiene que disculparse..., si no le voy a pedir nada... A mí me alegra que el negocio vaya próspero, ¡ya ve usted!

La Transfiguración Culebras Calamocha, cuando vio que convenía ampliar el negocio, se trajo del pueblo a su hermano Tomás y a su señora, la Juliana, para que la ayudasen.

—Si hay que repartir, ¡mala suerte! Siempre será mejor repartir con los de casa que con los de la calle, ¿verdad, usted? Los de casa, con eso del cariño, suelen salir más baratos. Ahora es muy arriesgado eso de emplear a uno de fuera; la gente es muy desahogada y está una expuesta a que acaben subiéndose a la parra y ¡eso no! ¡Hasta ahí podíamos llegar! Al personal hay que pagarlo, bien lo sé; pero con los frescos, los holgazanes y los mangantes no hay mejor medicina que ponerlos en mitad de la calle. ¡Y las reclamaciones, al maestro armero!

La Transfiguración Culebras Calamocha, asomada al mostrador de su prendería, semeja un emperador romano dando órdenes desde su palco del circo: a éste que lo dejen vivo, a este otro que se lo coman las fieras y que se aguante, etc. La Transfiguración Culebras Calamocha que, según es sabido, era un tanto virago, tiene un aire muy ecuánime de hombre de acción: de corsario, de capitán negrero o de agitador fascista. La Transfiguración Culebras Calamocha es todo un carácter.

El Tomás y la Juliana

El Tomás Culebras Calamocha y su señora, la Juliana Sastre Moclín, se acostumbraron pronto a los amables hábitos de la ciudad. La vida del campo es muy dura y esclava y los campesinos, en cuanto pueden, se largan y se convierten en ciudadanos; algunos prosperan y hasta llegan a ricos, pero otros —eso va en suertes— son engullidos por la urbe y acaban muriéndose de asco y de estar mano sobre mano, desorientados y sin saber qué hacer. Los campesinos, pase lo que pasare, entienden la llegada al asfalto como la liberación o, al menos, como un ascenso, como un saludable cambio de postura.

—Es mejor que sean así las cosas, ¿no le parece?

—¡Hombre, sí! Yo creo que sí.

El Tomás y la Juliana trabajan en la prendería de la Transfiguración y los domingos y días de fiesta se ponen de punta en blanco y se van a pasear, bien cogiditos del brazo para no perderse.

—¡Qué grande es esto, Juliana!

—¡Ya, ya! ¡Aquí sí que hay riqueza!

El Tomás y la Juliana son aún jovencitos; ninguno de los dos ha cumplido veinticinco abriles. El Tomás y la Juliana llevan ya cerca de cuatro años casados, pero no han tenido hijos; por no tener, no tuvieron ni síntomas siquiera.

—¿Ni síntomas, siquiera?

—No; ni síntomas siquiera, ya le digo.

El Tomás y la Juliana son resignados y pacientes y no desesperaban.

—Aún es pronto para desesperar, Juliana; los hay que tardan más. Ahora, con los alimentos, ya verás cómo acaba viniendo el hijo.

—¡Dios te oiga!

El Tomás y la Juliana, en el pueblo, querían un hijo que llegase a cura o a maestro. En la ciudad revisaron sus puntos de vista y soñaban con el hijo que, si Dios les daba salud para criarlo y posibles para educarlo, se convirtiera, pasado el tiempo, en boticario o en aparejador.

—Para pobres ya sobramos nosotros, Juliana. A poco que podamos, nuestro hijo será boticario o aparejador, ya verás.

—Bueno, tú espera a que venga. Tiempo habrá de pensar lo que vaya a ser.

La Juliana es fuerte y saludable, pero el Tomás, no;

el Tomás es más bien enclenque y enfermizo, anda siempre padeciendo catarros y tomando tisanas para el estómago.

—Eso de andar al aire es malo, Tomás. En el pueblo, con tanto andar al aire, no podías echar fuera los catarros ni el dolor de tripas. Aquí en la ciudad, como te puedes resguardar mejor, ya verás cómo levantas cabeza y cobras fuerzas.

—Sí, yo creo que sí; en las ciudades se vive mejor y el trabajo no mata.

Los buenos augurios del Tomás y de la Juliana —como las cañas que se trocaron lanzas— salieron al revés y el Tomás duró poco. No lo mataron ni el trabajo ni el aire, pero el Tomás se murió. Entonces, la Transfiguración Culebras Calamocha puso a la Juliana en la calle.

—¿Y ahora qué vas a hacer? —le preguntó la Isabelita, una muchacha de la vecindad de quien se había hecho muy amiga.

—Pues, la verdad, no sé. Todo menos volverme al pueblo. De momento me pondré a servir y después, ¡Dios dirá! Si puedo, me caso, y si no, ¡pues mira! La vida hay que tomarla como viene.

La Juliana, chica para todo

La Juliana Sastre Moclín es lista y trabajadora, honrada y limpia.

—¿Es usted soltera?

—No, señorita, soy viuda.

—¿Viuda ya, tan joven?

—Sí, señorita, ¡qué quiere!

—¡Vaya por Dios, hija! En fin, ¡resignación! ¿Y tiene usted novio?

—No, señorita; a mi marido lo enterramos la semana pasada.

—¡Ay, hija, perdone! ¡No me figuraba que fuese todo tan próximo!

—Pues, sí, ¡ya lo ve usted! El miércoles hizo una semana que murió.

—Ya. Oiga, ¿y cómo era?

—Pues qué quiere que le diga, señorita, corriente...

—Ya. ¿Y era alto y guapo?

—Pues, no, alto no era... Y guapo..., ¡qué quiere que le diga! A mí me gustaba.

—Ya. ¿Y lo quería usted mucho?

La Juliana Sastre Moclín se echa a llorar. Su señorita, entonces, cierra el trato y la manda para la cocina.

—Mire, usted, Petra. ¡Ay, no! Petra era la otra... Usted, ¿cómo se llama?

—Juliana, señorita, para servirla.

—Bueno: mire, usted, Juliana, en esta casa no quiero lloros, téngalo siempre presente. ¡Ya bastantes sinsabores nos trae la vida para que nos busquemos los de los demás!

La señorita adopta un aire muy comedido y prócer, muy de mujer cristiana y española.

—Ande, váyase a la cocina, al final del pasillo, todo seguido, y empiece a colocar sus cosas en la alcoba, al lado de la despensa, a la izquierda; después le diré cuáles son las costumbres del señorito.

—Sí, señorita.

La Juliana Sastre Moclín, a los quince días, se da cuenta de que está a gusto en casa de doña Teodosia; en quince días hay tiempo más que sobrado para saber si en las casas se come o no se come, si el señorito es calentón, si la señorita es abusona, si el trabajo mata, si las camas son limpias o están llenas de chinches, y así todo lo demás.

—Juliana.

—Mande usted, señorita.

—Yo no quisiera humillarla, pero si le sirven a usted esas zapatillas viejas, quédeselas; a mí me ha traído unas nuevas el novio de la señorita Teo.

—Muchas gracias, señorita.

—No hay que darlas. Ya sabe usted que, en portándose bien, siempre verá en mí a una madre.

—Sí, señorita.

A los dos o tres meses de estar la Juliana en casa de la doña Teodosia, el pescadero le dijo:

—¿A dónde vas a ir el domingo?

—Pues no sé, a ningún lado. Puede que me quede en casa, ¿por qué?

—No, por nada... Te lo decía por si quieres que demos una vuelta.

La Juliana se quedó pensativa.

—Hombre, no sé... ¡Hace tan poco tiempo de lo del Tomás!

El pescadero, el domingo al mediodía, la llamó por teléfono.

—Si quieres dar una vuelta, baja. Podemos ir al Retiro, con mi hermana...

La hermana del pescadero se llama Sofía y es, sobre poco más o menos, de su edad. La Juliana y la Sofía se hicieron muy amigas. La Sofía es muy buena chica: lleva ya sirviendo más de cinco años en la misma casa. La Sofía tuvo un novio, pero, por estas cosas que suceden, riñó con él; el novio de la Sofía era algo fresco y le había gastado cerca de dos mil pesetas que tenía ahorradas en jugar a las quinielas. La Sofía tuvo un gran disgusto, pero prefirió cortar; los malos tragos, lo mejor es pasarlos cuanto antes.

Teoría de la vida en familia

La familia de doña Teodosia es como todas las demás: sucia, mal avenida y manga por hombro. En la familia de doña Teodosia cada cual va a lo suyo y el que pregunta, se queda de cuadra. La familia de doña Teodosia vive por inercia y un poco también de la infinita misericordia divina, que permite las trampas en el contador de la luz, los pagos diferidos al lechero, las buenas palabras en la pescadería y en la carnicería, la tierna ilusión de las quinielas y el esperanzador y cotidiano premio del cupón de los ciegos. Ahora, con esto de los concursos radiofónicos, siempre queda un benéfico portillo abierto al milagro que ni hace falta que llegue: que basta con saber que existe, aun tenebroso y remoto como las profundidades oceánicas, el mundo en el que todos los peces son pardos.

—Señorita, que traen la cuenta del sastre.

—Dígales que vuelvan, Juliana, que no está el señorito.

Los cobradores no suelen estar hechos para cobrar; si los cobradores cobrasen, probablemente se sentirían muy desilusionados, incluso muy desgraciados y confundidos. Los cobradores están hechos para pasear la ciudad, subir escaleras, tocar timbres, poner cara feroz —una cara más atemorizada que para atemorizar— y apiadarse, con una infinita indulgencia, de todos los argumentos. Los cobradores no llegan a cobrar en nombre de terceros, es cierto, pero tampoco pagan en nombre propio: ésa es su venganza, porque ellos también son pobres e imaginativos, tiernos y levemente holgazanes.

—Señorita, las hermanitas de los pobres.

—¡Ay, hija! Dígales que vuelvan, que no tengo suelto más que el vientre.

En la familia de doña Teodosia, trabajar, lo que se dice trabajar, nadie trabaja; lo bueno que tienen es que ni se quejan ni les remuerde la conciencia. La familia de doña Teodosia luce el alma, como un naranjo florecido, en los más puros y angélicos cueros. El más sólido pertrecho contra las desazones del espíritu, se lee en los santos padres, es la desnudez, la pobreza absoluta: bienaventurados los pobres de espíritu, etc.

—Señorita, la cuenta del gas.

—¡Espere, Juliana, que eso lo cortan!

Doña Teodosia tiene una prima que se llama doña Damiana y que hace trampas con las barajas, trampas muy científicas y bien pensadas que nadie descubre. Doña Damiana suele ir, de vez en cuando, por casa de doña Teodosia, a darle las quejas de su marido que, por lo visto, la hace muy desgraciada. Doña Teodosia le predica resignación.

—Tú, resígnate, hija, ¡no te queda otra! Tú, sácale lo que puedas y resígnate; las señoras debemos ser muy resignadas.

—Claro, eso es lo que yo me digo, pero, ¡me cuesta tanto trabajo!

—Ya te acostumbrarás, mujer; eso es sólo cuestión de acostumbrarse... Las señoras debemos ser muy resignadas, sí, pero también conviene que vayamos haciendo una hucha, aunque sea pobre, sisando de aquí y de allá, hoy una peseta, mañana seis reales, por si nuestros maridos se mueren de repente.

Doña Damiana, pese a sus buenos propósitos de resignación, no se resigna; el resignado es más bien el marido, que ni lo dice ni nadie se lo creería. Doña Teodosia piensa que el marido de doña Damiana es un monstruo, un vampiro que chupa la sangre a quien se deje.

—¡Anda que lo que es a mí! Tú que lo aguantas porque eres tonta, Damiana. En fin, hija, ¡resignación! A las mujeres casadas no nos queda más que la resignación.

Marcos Martínez, el pescadero

El pescadero se llama Marcos Martínez y es leonés de Astorga. A la hermana del pescadero le dicen Sofía, que es nombre muy espiritual. La Sofía tiene, sobre poco más o menos, la misma edad de la Juliana; los gustos, parejos; las aficiones, comunes; gemelas, las acrisoladas decencias. La Juliana y la Sofía son muy amigas y los domingos suelen salir juntas a pasear; desde hace algunos domingos las acompaña el Marcos, que las invita a coca-cola o a orange.

—Mi hermano es muy bueno —le dijo un día la Sofía a la Juliana—; quiere hablarte, pero no se atreve.

—¡Anda! ¿Y por qué?

—No sé, él te lo dirá.

Un domingo, el Marcos fue solo a buscar a la Juliana.

—La Sofía no puede venir; a su señorita se le puso un niño malo. Si no te importa, podemos salir los dos.

—Bueno.

El Marcos estuvo callado casi toda la tarde.

—¿Qué te pasa?

—Nada, ¿por qué lo dices?

—No, por nada, me parecía como si estuvieras con un pensamiento a vueltas...

El Marcos y la Juliana se sentaron en un aguaducho de Rosales; hacía algo de frío, tampoco demasiado.

—Juliana.

—Qué.

—Pues, eso..., ya ves... Yo tengo ya treinta años y trabajo, gracias a Dios, no me falta...

A la Juliana le entró una rara y delicadísima mezcla de escrúpulo y de bienestar, pero se calló; tampoco hubiera podido decir ni palabra. Cuando el Marcos, a las nueve y media, la dejó a la puerta de su casa, la Juliana sonrió.

—Marcos.

—Qué.

—¿Por qué no me das un beso?

El Marcos se quedó un poco cortado.

—Bueno..., el domingo que viene. Tú, piénsalo bien.

Después salió casi corriendo y se metió en un bar a tomarse un blanco, él solo. La Juliana subió las escaleras despacio, muy despacio, y también muy feliz. Aquella noche volvió la fotografía del Tomás de cara a la pared.

—¿Qué le pasa a usted, Juliana, que está cantando? —le dijo, a la mañana siguiente, doña Teodosia—. Ya le tengo dicho que no me gustan los cánticos ni el folklore.

—Dispense usted, señorita, estaba distraída.

—Bueno, que no vuelva a repetirse.

—Descuide, señorita.

Poco antes de la hora del almuerzo, la Sofía llamó por teléfono a la Juliana.

—¿Qué tal ayer?

—Muy bien, ¿por qué?

—¡Anda! ¿Y no lo sabes?

—Sí, mujer, ¡no voy a saberlo!, es que no sabía que lo supieses tú.

—Pues sí que lo sé, ¡ya ves lo que son las cosas! En cuanto el Marcos te dejó, vino a decírmelo. ¿Estás contenta?

—Sí, Sofía, muy contenta..., ¡te lo juro! No le digas nada al Marcos...

La Juliana, cuando colgó el teléfono, se echó a llorar. Después, para que su señorita no la viese, se metió en su alcoba y guardó la fotografía del Tomás en el baúl. Segunda etapa. La tercera fue al domingo siguiente, cuando el Marcos, al despedirse, la besó. La Juliana, al llegar a su alcoba, abrió el baúl, sacó la fotografía del Tomás y la quemó. La Juliana la quemó con lágrimas en los ojos, después de darle un beso —reverencioso, que no amoroso— y al tiempo de rezar un padrenuestro por él. La Juliana estuvo toda la noche en vela, con la luz encendida y los ojos abiertos y clavados en los mágicos desconchados de la pared, soñando. La Juliana, aquella noche, no se hubiera cambiado por nadie en el mundo.

Teoría de las chinelas

El novio de la señorita Teo regala, de vez en cuando, un par de zapatillas nuevas a su futura suegra. Doña Teodosia es muy aficionada a las zapatillas, chinelas, pantuflas, escarpines, babuchas y demás suertes de calzado íntimo y doméstico.

—¿Y lo cómoda que va una? ¡Ay, hijo! ¡Donde estén unas buenas zapatillas, que se quite de delante todo lo demás! ¡Los tacones, para las máscaras!

—Claro, tiene usted razón. ¡Donde estén unas buenas zapatillas!

Doña Teodosia tiene una colección de zapatillas muy aparente; las zapatillas son su debilidad y, en cierto modo, también su coquetería. El novio de la señorita Teo regala zapatillas a su futura suegra; lo que no se atreve a regalarle son chinelas, calzado más bien implicador y casi erótico.

—No sé por qué será, pero me da reparo. Las chinelas tienen un último punto de intimidad que me parece excesivo e incluso poco respetuoso. Yo prefiero zapatillas, que también le gustan y que están más en consonancia con su honorabilidad.

—Claro, hace usted muy bien; la gente es muy mal pensada y conviene guardar las apariencias. ¡La reputación de las damas es algo sagrado, mi joven amigo, algo que hay que defender con muy firmes corazas!

—Tiene usted razón, don Gabriel... Eso de regalar chinelas a mi futura suegra podría dar lugar a murmuraciones... ¡Qué barbaridad, cómo es la gente!

El novio de la señorita Teo se llama Evaristo Sastre Sastre, porque es hijo de primos, y estudia para intendente mercantil. Las chinelas, con su pompón verde o de color naranja, su falta de tacón y de recato, su lascivia y su equívoca y casi panteísta provisionalidad, no son regalo propio para una suegra, salvo que la suegra propia sea un pendón que no se lo salte un galgo, cosa que siempre está por ver porque los galgos saltan una barbaridad.

—Y usted que lo vea.

—Gracias.

—No se merecen.

A doña Teodosia, las chinelas se las regala su marido; ella no está dispuesta a admitir, así como así, un par de chinelas de cualquiera. ¡Hasta ahí podíamos llegar!

—A mí, las chinelas me las regala mi esposo, que para eso está. Yo no puedo admitir que cualquiera me regale un par de chinelas, así como si tal cosa. ¡Hasta ahí podíamos llegar! Ahora está todo revuelto y manga por hombro, pero la decencia, lo que yo digo, no conoce modas. ¡Pues estaría bueno!

Doña Teodosia, de haber sabido escribir, ¡qué libro sobre las chinelas se hubiera sacado del caletre! ¡Ahí es nada: una teoría de las chinelas, con la falta que a todos nos está haciendo!

—Yo no sé cómo son las chicas de ahora, que se dejan regalar chinelas sin venir a cuento. Cuando yo era joven, las chinelas era algo que ni se ponía en los escaparates. En fin, ¡vivir para ver!

Doña Teodosia adivina muy raras concomitancias entre las chinelas y el sexto mandamiento de la ley de Dios; lo malo es que no sabe expresarlas. ¡Si doña Teodosia fuera capaz de decir en voz alta lo que piensa! Pero no; doña Teodosia no tiene el preciado don de la oratoria. Doña Teodosia tiene otros dones, más usuales, aunque, en todo caso, tan respetables y loables como cualquier otro. Doña Teodosia, por dentro, ha estructurado, casi con un rigor cartesiano, su teoría de las chinelas. Lo malo es que, cuando quiere explicarla, se corta. Esto de las teorías es más difícil de lo que parece.

El novio de la señorita Teo

El novio de la señorita Teo se llama Evaristo Sastre Sastre. Su padre, don Jesús Sastre Sastre, y su madre, doña Lolita Sastre Sastre, eran primos hermanos. A sus abuelos, a lo que se ve, les había pasado lo mismo. Los primos pueden ser de varias clases: primos hermanos, primos segundos, primos lejanos, primos entre sí y primos absolutos. También hay primos a secas, a quienes se les ve en la cara —pintada de dulcísimo azulete— la inocencia: suelen ser fácil pasto de timador y a veces, cuando les preguntan qué hora es, hasta tartamudean. ¡Dios los bendiga, ya que no quiso espabilarlos!

—¿Tiene usted hora, por un casual?

—Sí, señorita, son las siete y diez —responden todos colorados y haciendo esfuerzos para no tartamudear.

El novio de la señorita Teo se llama Evaristo. La señorita Teo es moza propensa a expresar el cariño por abreviaciones, apócopes y otros metaplasmos; la señorita Teo, a su novio, le llama Eva, nombre que se aviene mal con el bigote. Eva (Eva Sastre Sastre, no la otra, la de Adán) gasta bigote.

—¿Por qué no me llamas Varisto, prenda?

—¡Ay, no, amor! Eva me gusta más, queda más íntimo... Varisto, ¡es tan largo!

—Bueno, como quieras. Llámame como quieras, pero no delante de la gente. Ya sabes que a la gente, lo que le gusta es el cachondeo.

—¡Qué palabras, Eva! ¡Repórtate, por favor!

—Perdóname, nenita.., te ruego que me perdones.

El novio de la señorita Teo estudia para intendente mercantil; el tiberio de las cuentas es algo que se le da como el pan frito. El novio de la señorita Teo es de Getafe, igual que don Silverio Lanza, pero la señorita Teo dice que es de Madrid.

—Así queda más normal, ¿verdad, usted?

—Hombre, sí..., más normal sí que queda, pero, en fin, ¡cada cual es de donde puede!

El novio de la señorita Teo tiene un hermano mayor que es una calamidad, una verdadera calamidad, y una hermana pequeña de pronóstico, que quiere ser Miss Europa y que no hace más que dar disgustos a los padres.

—¡A mí me parece que la niña va a acabar sus días en el patíbulo, Lolita! —exclamó una mañana don Jesús poniendo el pie un poco hacia adelante, como Cicerón o como Lagartijo.

—¿Igual que la Merche?

—No, Lolita, peor: el patíbulo, a ver si te enteras, quiere decir la horca.

—¡Por Dios!

—Sí, Lolita, ¡que Dios nos coja confesados!

El novio de la señorita Teo es muy ahorrativo y equidistante, muy mirado y como mandan los cánones.

—¡Menos mal que hemos tenido suerte con el Evaristo!, ¿verdad, Lolita?

—¡Y tanto, Jesús, y tanto! El Evaristo es una bendición, pero, ¡anda que los otros!

El novio de la señorita Teo tiene un terno color café, que no usa más que los domingos, y un pantalón gris y una americana vieja, que echa a diario.

—¿Y de corbatas? ¿Cómo anda el novio de la señorita Teo de corbatas?

—Pues mire, usted, más bien mal: el novio de la señorita Teo no tiene más que una corbata verde, de lacito prefabricado, que enseña las alas mortecinas y como sebosas. Quizás fuera prudente advertírselo a la señorita Teo, para que le regale una nueva el día de su santo o el de su cumpleaños, el que llegue antes. ¿No le parece?

—Pues, hombre, sí..., yo creo que sí...

La Tiburcia Sastre, en campaña Fifí

Fifí es el nombre de guerra de la Tiburcia Sastre: Fifí Cooper, para ver si entre la gente cuela el infundio de que es hija de Gary Cooper. La Tiburcia, vamos, la Fifí, es muy temperamental y rubicunda, muy mujer de su tiempo y sin prejuicios.

—¡Ay, mamá, qué antigua eres! ¿Qué tiene de malo que vuelva a casa cuando abren los portales? Vivimos en el siglo de la electrónica, mamá, tienes que percatarte.

La Fifí confunde las cuatro témporas con lo otro, pero como a su madre, aunque por causas y motivaciones diferentes, le acontece lo mismo, allí ni pasa nada ni hay síntomas, siquiera, de que pueda pasar. La doña Lolita, ¡qué bendición de señora!, tiene el alma pintada de manso albayalde, de violentísimo e inmaculado blanco de España. ¡Así da gusto!

—¿Dónde estuviste anoche, nena?

—Organizando el ropero de los pobres, mamá; preparando la nueva campaña.

La Fifí es más mentirosa que un enano; la doña Lolita, quizás por hacer juego, es crédula como el loro: animalito que tan se cree todo lo que escucha, que hasta lo repite. La Fifí es presunta cuñada de la señorita Teo, la hija de la doña Teodosia, la coleccionista de zapatillas. A la Fifí, la señorita Teo no le resulta simpática y, aunque se lo calla, piensa de ella que es una peligrosa mosca muerta, con cara de no haber roto un plato jamás, pero con soterradas y crueles inclinaciones de hiena. La Fifí no presumió nunca de tener ideas demasiado originales; la Fifí presume de otras cosas que saltan más a la vista.

—A mí, eso de tener ideas me parece muy poco femenino; las mujeres, son otras cosas las que debemos tener. ¡A una que no le vengan con gaitas ni con monsergas! ¡La vida es para vivirla y no para pasársela haciendo la cusca al prójimo!

La señorita Teo tampoco tiene demasiada propensión a las ideas, pero la Fifí, por si acaso, la mantiene a raya.

—Eso de que las cuñadas se suban a la parra, nunca fue saludable, ¿verdad, usted, que tengo razón?

—Pues, sí, hija, yo creo que en eso aciertas.

La Fifí, hace cosa de un par de años, fue novia de un boxeador muy famoso (el negro Kid Cucharilla, campeón del peso welter de España, Portugal, Marruecos y Mauritania) y en su casa, cuando quiso formalizar, hubo hasta desmayos.

—Pero, nena —le decía doña Lolita que, por lo visto, era partidaria de la discriminación racial—, ¿tú te das cuenta de lo que supone ser la señora de un negro y tener los nenes, el día de mañana, berrendos o entreverados? Debes recapacitar, hija mía, y no precipitarte. Esto del matrimonio es una cosa muy seria y que no se hace más que una vez en la vida, recuérdalo.

Las cosas —a veces sucede— se arreglaron solas y la paz pudo volver a reinar en el seno de aquella familia. Al principio, la doña Lolita estaba muy impresionada, pero después, a medida que pasó el tiempo, se le fue quitando el susto, poco a poco. La Fifí, como era más joven, encajó mejor el golpe.

Por el cielo se atropellaron los despavoridos angelitos.

—¿Qué golpe?

Y los serafines, igual que niños pequeños con dolor de oídos, se acurrucaron unos contra otros, temblorosos y amargos.

—El que le arrearon al Kid Cucharilla, ¡qué horror!, ¡qué coz de mula!, cuando lo dejaron ciego de repente. ¡Pobre Kid Cucharilla, cómo quedó!

Sobre el paisaje color azul purísima de los bienaventurados empezaron a navegar —torpes y múltiples— las moscas voladoras del oprobio.

—¿Y la Fifí?

Y por detrás del telón de fondo del mundo se arrumbó la vergüenza, ese pesado y violentísimo camión.

—Nada, se encogió de hombros. La Fifí dijo que ella no estaba para cuidar ciegos; se conoce que no le tenía verdadero cariño...

Más información sobre Tiburcia Sastre, alias Fifí

Cuando a la Fifí la eligieron Miss Peña Taurina El Rehilete de Oro, su padre, el don Jesús Sastre Sastre, pronunció un discurso de gratitud muy sentido; la gente no se explicaba demasiado lo que estaba sucediendo, pero, como la gente suele ser de buenas inclinaciones, aplaudió lo mismo.

—¡Qué hermoso tiene que ser para un padre esto de que voten para Miss a una hija, ¿verdad, usted?

—¡Ya lo creo! ¡Deben ser instantes de una gran emoción!

A la madre, a la doña Lolita, ya no le gustó tanto la cosa, porque, tras la gloria y la popularidad, adivinaba graves peligros agazapados como tigres crueles y cautelosos.

—Sí, yo también estoy muy satisfecha con el triunfo de la nena, eso es verdad, pero ya ve usted: yo la preferiría casada, ¿para qué le voy a mentir? Esto de andar en traje de baño por entre las mesas, a mí me parece un poco raro, ¡qué quiere! ¡Se conoce que me voy quedando antigua!

La Fifí, con su banda de reina de belleza, estaba radiante y repartía besos, autógrafos y sonrisas a diestro y siniestro y sin hartarse jamás. Su hermano Evaristo y su novia, la señorita Teo, ponían cara de circunstancias relativamente amables, y su otro hermano, el Antonino, que era más fresco que la escarola, aprovechó la noche para recibir plácemes y parabienes y para beber de gorra.

—¡Esto es vida! —clamaba rebosante de gozo—. ¡La lástima es no tener tres o cuatro hermanas como la Tiburcia! ¡Menuda vidorra!...

El Antonino era un filósofo pragmático y su doble lema era el de: que me quiten lo bailado y el que venga detrás, que arree. La Fifí se llevaba muy bien con él y decía que tenía un corazón de oro.

—A bueno le igualan pocos, créame usted, y mejores no hay. El Antonino es de oro de ley, si no, al tiempo. ¡Menudo es el Antonino! Para mí es una gran suerte que sea hermano mío.

La Fifí, escudada en su pelambrera rubia, se ponía a veces muy trascendente y solemne; en el fondo de su conciencia, la Fifí escondía muy concretas inclinaciones de diputado provincial.

—Mamá.

—Dime, hija.

—Quiero que este triunfo mío lo entiendas como un homenaje que se te tributa.

—¿A mí?

—Sí, mamá, a ti: sin ti, yo no existiría.

La doña Lolita pegó un respingo; la doña Lolita se ponía muy contenta cada vez que entendía algo.

—¡Anda, pues también es verdad!

Cuando la fiesta empezó a meterse en vino, el don Jesús aprovechó para perder el control y ejercitarse en el noble y vetusto entretenimiento de hablar por los codos, jurar amistad eterna a los circunstantes y declarar su amor a las señoras. Se puso tan pesado, que tuvieron que darle a oler amoníaco.

—Ya verá usted cómo vuelve en sí; esto del amoníaco es mano de santo, es algo muy milagroso y eficaz.

La doña Lolita pensó que estaba muy simpático, porque beber, lo que se dice beber, la verdad es que no había bebido. La Fifí, en cambio, lo encontró pelma y se buscó un admirador de confianza para que se lo llevase.

—¡Es incorregible! —decía—. ¡Mira que le advertí que tuviera cuidado con el vino! En fin, ¡mientras no dé el escándalo!

Aparece el Sánchez

La Tiburcia Sastre soñaba con enormes carteles con su retrato y una leyenda que dijese, en gruesas y llamativas letras: «Fifí Cooper, la gran revelación de la cinematografía, en *La mocita jaranera*, film neorrealista.» Bueno; a lo mejor, a los de la propaganda se les ocurría poner otras cosas, pero eso, como es de sentido común, ya no era de su negociado.

—Mientras lo que pongan quede bien y haga fino, por mí que pongan lo que quieran; en eso no me voy a meter. Las artistas no debemos preocuparnos más que de nuestro papel.

—Pero, ¿es ya fijo que vas a hacer esa película y que te podremos llamar artista?

—Hombre, fijo, fijo, no hay nunca nada, pero la cosa parece que va por buen camino. Ahora sólo falta que concedan a la productora el crédito del Sindicato del Espectáculo.

La Tiburcia Sastre, más Fifí que nunca, mientras a la productora le concedían o no le concedían el crédito del Sindicato del Espectáculo, se hinchó de hacer declaraciones a la prensa. El representante le había dicho:

—Tú no seas burra y no te metas con nadie. En esto del cine hay que andarse con cien ojos, porque, si no, después todo son líos; tú, tenlo presente.

—Descuida, que no me iré de la lengua. ¡Es mucho lo que me juego, Sánchez! ¡Es la ilusión de mi vida!

—Bueno, bueno, más vale que lo entiendas así.

El representante de la Tiburcia se llama Sánchez, Julito Sánchez, y es algo cojo; esto de la cojera es detalle que da mucha prestancia a los hombres de negocios. Los amigos del Sánchez, que son medio intelectuales, le llaman Lord Byron. El Lord Byron de veras, por lo visto, también había sido cojo; se conoce que al Sánchez le llamaban Lord Byron por eso.

—¡Mientras no sea más que por eso!

—Lo que yo digo, ¡mientras no sea más que por eso!

La Tiburcia y el Sánchez, vamos, la Fifí Cooper y el Lord Byron, empezaron a salir juntos y a exhibirse por las cafeterías y las boîtes.

—Una artista debe tener amores, Fifí, y dar que hablar. Mientras no aparezca otro en mejor uso, yo puedo servir para acompañarte. La verdad es que fue una lástima lo de Kid Cucharilla, ahora nos hubiera venido muy bien un negro. En fin, ¡paciencia!

La Tiburcia y el Sánchez se llevan bien, pero no hacen buena pareja; la Tiburcia le saca al Sánchez, que es más bien canijo, cerca de un palmo de estatura, sin contar los tacones.

—Los hombres no se miden por la estatura, Sánchez, sino por el talento.

—Sí, Fifí, te agradezco mucho que lo digas, pero, ya ves, yo hubiera preferido ser un poco más alto, ¡qué quieres!

—¡No seas bobito, Sánchez, tú estás muy bien así!

Aquella noche, el Sánchez estuvo más amable que nunca con la Tiburcia.

—¿No quieres un helado melba, preciosa?

—Bueno, ¡si te empeñas!

El Sánchez, aunque gasta tacón cubano, es muy sentimental y agradecido; es cosa frecuente esto de que los cojos sean ganado más bien sentimental y agradecido.

La vida secreta de Lord Byron

Julito Sánchez, Lord Byron, también tiene su vida secreta como cada hijo de vecino. La vida secreta del Julito Sánchez, Lord Byron, la vida secreta y la otra, la corriente y moliente, es más bien triste y sin substancia y, lo que es peor, ridícula y como desangelada. Al Julito Sánchez, Lord Byron, lo suspendieron en el examen de reválida del bachillerato.

—Eso le pasa a cualquiera, Julito; ahora, esto del bachillerato está muy difícil, no creas.

—Sí, ya sé..., pero, en fin, yo hubiera preferido aprobar.

Al Julito Sánchez, Lord Byron, lo declararon inútil en las quintas.

—No debes preocuparte, Julito, eso es mismo a consecuencia de la pata seca; eso no tiene ninguna importancia.

—Hombre, importancia, ya sé que no tiene..., pero, en fin, yo hubiera preferido pasar.

Al Julito Sánchez, Lord Byron, lo echaron del banco donde trabajaba porque estuvo más de un mes sin ir y un inspector se lo encontró varias tardes en el café.

—¡Peor para ellos, Julito! ¡Ellos se lo pierden!

—Pues mire usted, según, porque el que se queda sin cobrar soy yo... En fin, yo hubiera preferido que no me echasen, ¡qué quiere!

—Bueno, pero como te han echado...

El Julito Sánchez, Lord Byron, ha puesto su mejor ilusión en la cinematografía y en lo de representar artistas; listo —o por lo menos muy listo— no es, cierto, pero para esto del cine y para aquello otro de las representaciones, no se necesita ser listo: basta con tener un poco de suerte y arrimarle cara dura. El Julito Sánchez, Lord Byron, tiene cara dura, sí, pero de lo que no anda muy bien es de suerte.

—¡Hombre, Julito, yo creo que no puedes quejarte!

—No, si no me quejo... Lo que yo digo es que un poco de suerte nunca sobra.

—¡Hombre, como sobrar, sobrar, claro que no sobra! Pero tú no eres de los que están peor.

—No; peor están los muertos, ya lo sé.

—Y muchos vivos, Julito, no seas llorón.

La vida en familia del Julito Sánchez, Lord Byron, no es como para despertar el optimismo en los corazones. Hoy no corresponde contar calamidades y a la vida en familia del Julito Sánchez, Lord Byron, le toca —por fortuna— dormir en un piadoso segundo término.

—Más vale así.

—¿Por qué lo dice?

—No, por nada.

—¿Por nada?

—Bueno, o por algo que a usted no le importa. Yo bien sé por qué digo que más vale que dejemos estar las cosas como están.

—Como guste.

El Julito Sánchez, Lord Byron, es un poco hipertiroideo, no mucho: lo preciso para darle cierta gracia al semblante. El Julito Sánchez, Lord Byron, es muy activo y no se está quieto un solo instante: parece un ratón. Si el Julito Sánchez, Lord Byron, hubiera nacido rico o, al menos, no hubiera venido al mundo tan depauperado y miserable, a lo mejor a estas horas era un poderoso hombre de negocios a quien todos saludarían con respeto. Pero las cosas no rodaron propicias y el Julito Sánchez, Lord Byron, es un piernas que camina escorado, como Chencha la del cantar. La vida secreta del Julito Sánchez, Lord Byron, es tan vulgar y sin substancia que, aunque secreta, casi ni es vida. En esto no vale esforzarse, no merece la pena.

La paralítica de la calle de Apodaca

El Julito Sánchez, Lord Byron, vive en la calle de Apodaca, casi al final, a la derecha. Los vecinos del entresuelo, los señores de López-Barbero, con guión y en un solo apellido, tienen una hija paralítica, bella y triste como la solitaria flor del páramo. La vecina enferma de Julito Sánchez, Lord Byron, se llama Esther y compone poesías, escucha música de Chopin y lee novelas de Pereda y de don Armando Palacio Valdés. El Julito Sánchez, Lord Byron, algunas veces baja a visitarla.

—No vengas sin avisarme antes, para prepararte un poco de merienda.

—No, mujer, no faltaría más; lo que yo quiero es estar un rato de charla contigo.

La Esther, entonces, sonríe con una suave gratitud.

—Bueno..., pero tampoco quiero que me encuentres desarreglada. ¿Me avisarás cuando vayas a venir?

—Sí.

La Esther tiene veinticinco años y los ojos azules. La Esther lleva veinticinco años en un sillón de ruedas, mirando el áspero mundo con sus ojos azules y delicados.

—Julito.

—Qué.

—Cuando tengas novia, ¿me lo dirás?

—Sí, ¿por qué?

—Por nada, ya ves, para saberlo...

La conversación de la Esther y del Julito suele estar llena de sabias pausas, como las difíciles y dulcísimas conversaciones de los enamorados.

—Julito.

—Qué.

—Y ahora, ¿no tienes novia?

—No, Esther, ¿por qué me lo preguntas?

La Esther suspiró profundamente, como si estuviera haciendo gimnasia.

—¡Qué sé yo!

La Esther, una tarde que iba a ir Julito a verla, se peinó de peluquería, se puso su traje nuevo de seda y se pintó los labios.

—¡Qué guapas estás, Esther!

—¿Te gusto?

—Mucho, estás muy guapa...

La Esther, entonces, sacó el pañuelo, se secó las lágrimas y se despintó la boca.

—¿Por qué te despintas la boca?

—Por nada, Julito..., no preguntes.

Al salir Julito del cuarto de la moza enferma, su padre —el padre de la moza enferma— le cogió del brazo.

—Julito.

—Dígame usted, don Fernando.

—Quisiera hablar contigo media hora. ¿Tienes media hora libre?

El Julito empezó a sentirse preocupado.

—Sí, señor, estoy a su disposición.

—Bueno, pues vámonos a cualquier sitio de por aquí para poder hablar más tranquilos.

—Como guste.

Al Julito no le llegaba la camisa al cuerpo; por el camino, don Fernando ni despegó los labios.

—¿Nos metemos aquí?

—Sí, señor, donde usted quiera.

En el bar al que entraron no había casi nadie, se conoce que era todavía un poco temprano.

—¿Qué quieres tomar?

—Elija usted, a mí me es lo mismo.

—¿Un vermú?

—Bueno.

Don Fernando se volvió al camarero.

—Dos vermús.

—¿Algo para picar?

—Sí, traiga usted unas almendras.

Don Fernando volvió a guardar silencio hasta que les sirvieron los vermús; después, se lo bebió de un trago y se quedó mirando para Julito.

—El caso es que yo traía un discurso medio preparado, pero se me olvidó.

El Julito estaba cada vez más confundido.

—Mira, Julito, lo que pasa es que me da vergüenza hablar..., ¡tú ya me entiendes!

—No, señor, le juro que no.

—Bueno, es igual. Camarero, ¡otros dos vermús!

Don Fernando y el Julito se pasaron la tarde trasegando vermús. Después, cuando llegó la hora de la cena, don Fernando llamó por teléfono a su casa para decir que se quedaba con unos amigos. Don Fernando y el Julito, después de cenar, siguieron bebiendo. A la una y media, don Fernando besó en la frente al Julito.

—Si piensas que estoy borracho, te equivocas. Lo que pasa es que te quiero mucho, Julito, y te estoy muy agradecido... Tú, disimula... Toma estos veinte duros y mañana por la mañana, sin que se entere nadie, le mandas unas flores a Esther...

Don Fernando rompió a llorar.

—No me hagas caso, Julito, se conoce que estoy borracho...

El Blas y la Joaquinita

La Esther, la muchachita impedida, tiene un hermano, más pequeño que ella, que toca el saxofón; como el padre le prohibió que ensayara en casa, el hermano de la Esther lo hace en un garaje cuyo dueño es muy aficionado a la música moderna. Así, todos contentos. El hermano de la Esther se llama Blas y es algo amigo, tampoco mucho, del Julito Sánchez, el que dicen Lord Byron.

El Blas estudia para perito agrícola y tiene una novia, la Joaquina Borrego, con la que ganó una vez un disputado concurso de rock-and-roll.

—¿Y fue tan disputado como dice?

—¡Huy! ¡Y aún más! Al final, el público se pegó y todo.

—¡Vaya! Entonces, ¿fue un éxito?

—Sí, señor, ésa es la verdad: un verdadero éxito, todo el mundo lo decía.

El Blas y la Joaquinita son muy ágiles y gimnásticos, y tienen mucho sentido del ritmo. El Blas, siendo mocito, estuvo algo delicado de la pleura; después se puso bueno y se conoce que la gotera se le secó bien seca porque no volvió a resentirse jamás. La Joaquinita, de niña, tampoco fue muy fuerte. Es curioso lo que sucede pero los grandes bailarines, con frecuencia, tuvieron una niñez canija o una adolescencia debilucha (todo relativamente, claro es); la salud es algo que les viene más tarde, como de postre.

—¿Y si no les viene?

—Pues nada; si no les viene, se aguantan. ¡Qué remedio!

Al Blas le hubiera gustado ser de color: el Blas es muy técnico y no dice nunca negro sino de color: un músico de color, un bailarín de color, un conjunto de color con mucho ritmo, etc.; eso de negro es forma de señalar más bien de aficionados o de principiantes. El Blas, como no es de color, tiene que conformarse con ponerse como un zapato a fuerza de tomar el sol en las piscinas.

—¡Qué moreno estás, Blas! —suelen decirle las señoras.

—¡No, por Dios! ¡Ligeramente tostado y gracias! Éste es mi color natural...

—¡Caray, cualquiera lo diría! ¡Pareces un negro!

Entonces el Blas, esponjándose como un pavo, sonríe con muy cumplida reverencia y se larga silbandillo y con aires de triunfador.

—¡Adiós, Blas, que ya no conoces a las viejas amigas!

—Adiós, doña Adela, usted dispense, que no la había visto... Dé usted recuerdos a su esposo.

La Joaquinita es peluquera de señoras, el bachillerato tuvo que dejarlo porque los libros no se le daban bien. El Blas y la Joaquinita están hechos el uno para el otro y hacen muy buena pareja. El Blas y la Joaquinita se entienden muy bien y están muy compenetrados.

—¿Usted no cree que demasiado compenetrados?

—Hombre, no, ¡qué quiere que le diga! A mí me parece que en esto de la compenetración, el ideal es, contra más, mejor.

—Sí; puede ser que esté usted en lo cierto... A lo mejor, lo que pasa es que me estoy quedando antiguo, ¡todo pudiera ser!

El Blas y la Joaquinita sueñan con la compenetración absoluta. El día que la consigan piensan montar un espectáculo a base de compenetración. Los números rítmicos y bien conjuntados son de éxito seguro; el secreto está en la compenetración, en trabajar y trabajar sin descanso hasta que se consigue.

Don Moisés Borrego

El padre de la Joaquinita se llama don Moisés Borrego Cebollona y es natural de Corte de Peleas, en la provincia de Badajoz. El don Moisés Borrego está picado de viruelas y gasta lentes porque no ve tres en un burro.

—¿Y cuatro?

—No, cuatro tampoco. Vamos, depende de lo cerca que pasen.

El don Moisés Borrego, de mozo, se cayó al Guadiana y lo sacaron medio muerto, tan medio muerto que tuvieron que hacerle la respiración artificial. El don Moisés Borrego estuvo en la guerra de Melilla, en la que llegó a cabo debido a su buen comportamiento. El coronel, que le había tomado mucho cariño, le dijo:

—Ha sido una pena que esto acabase tan pronto; si dura un poco más, llegas a sargento.

—Bueno, ¡qué le vamos a hacer! —le respondió el cabo Borrego—. El caso es que usted y yo hayamos salvado la badana. ¡No todos lo pueden contar!

—Pues, sí; en esto no te falta razón.

El don Moisés Borrego, cuando volvió de la guerra, obtuvo plaza de auxiliar de oficina en el ayuntamiento de Chamartín de la Rosa; después, cuando inventaron lo del Gran Madrid, pasó al escalafón administrativo del ayuntamiento de la capital.

—¿Y le supuso a usted un ascenso?

—Pues, hombre, en el aspecto diríamos económico, no, ¡qué quiere que le diga!, pero en el aspecto diríamos social, sí, sin duda. Un funcionario del ayuntamiento de Madrid, siempre es más que un funcionario de un ayuntamiento de pueblo.

—Claro.

El don Moisés Borrego juega al gilé como los propios ángeles y suele sacar un sobresueldo mensual de la partida.

—Este dinero es sagrado —se le oye decir—, esto es para la ropa de los chicos; a mí me gusta que los chicos vayan bien curiosos.

—Hace usted muy bien. El lujo de los padres son los hijos, ¿verdad que sí?

El don Moisés Borrego tiene once hijos, pero la preferida y su ojito derecho es la Joaquinita, la novia del Blas. A la Valentina, en cambio, que es muy buena chica y bastante más seria y decente que la Joaquinita, le tiene un asco difícil de disimular. En esto —y en otras cosas también— los padres suelen ser muy raros, pero hay que tomarlos tal como vienen porque no queda otra.

—¿Usted cree que no tienen arreglo?

—Pues, hombre, no; más bien no.

Al don Moisés Borrego hasta le cae simpático el Blas, que ya es caer.

—¡Mientras respete a la Joaquinita y la haga feliz!

—¡Pues también tiene usted razón, diga usted que sí!

El don Moisés Borrego es partidario del Atlético y padece del estómago. Los domingos por la tarde, si el Atlético no gana, se toma lo menos un cuarto de kilo de bicarbonato.

—¿Y por qué no se hace usted hincha del Real Madrid y se ahorra el bicarbonato?

—¡Jamás! —vocifera el don Moisés Borrego—. ¡Yo nací del Atlético y pienso morirme del Atlético! ¡Estaría bueno! ¡La lealtad es el mejor adorno de los espíritus!

—¡No se ponga usted así, don Moisés, yo no he querido ofenderle!

—Ya lo sé, hijo, ya lo sé... En fin, dispensa.

El don Moisés Borrego también juega a las quinielas, arte en el que suele fallar porque los unos, las equis y los doses no los pone al voleo, como sería lo lógico, sino con arreglo a su deseo: rincón de la casualidad que la providencia, en sus locos designios, no suele respetar.

La Valentina

La Valentina, la hija de don Moisés Borrego y hermana, por tanto, de la Joaquinita, la novia del Blas, el hermano de la Esther, la chica enferma a quien Julito Sánchez, Lord Byron, va a visitar a veces, es una muchacha insignificante y hacendosa que no tiene afición a nada más que a los toros.

—Si quitan esa ley que prohíbe torear a las mujeres, me hago torera. ¡Vaya si me hago torera!

Imaginarse a la Valentina vestida de luces y dando naturales a un pablorromero, en una plaza atestada de personal y mientras la banda interpreta, a pulmón herido, *El gato montés*, no es nada, pero que nada fácil.

—Pero, mujer, ¿tú, tan poquita cosa, liándote con un morlaco? Será posible, si tú lo dices, pero yo, mientras no lo vea, no lo creo, ¡qué quieres!

—No me sorprende. En España está muy extendida la idea de que las mujeres no servimos más que para tener hijos y zurcir calcetines. ¡Si fuera en Francia!

A la Valentina, en el barrio, la llaman Nicanora, que es nombre muy taurino, y también Frascuelo, que es apodo aún más taurino todavía.

A ella no le importa y procura llevar la broma con buen humor, pensando en que hay que poner buena cara al mal tiempo.

—¿Y a ti no te importa?

—Pues, no, ya ve usted lo que son las cosas; yo lo echo a broma y, al mal tiempo, buena cara. ¡Ya verá, ya, cuando quiten la ley y debute en la Monumental, cómo se acaba el pitorreo! Lo único que tengo que hacer ahora es tener paciencia y torear de salón media horita cada mañana, para no perder facultades. Lo demás ya vendrá por sus pasos, descuide.

La Valentina, a pesar de lo delgadita que es, tiene tanto valor como presencia de ánimo.

—Lo que tengo es que no desfallecer. El que algo quiere, algo le cuesta y algo tiene que poner de su parte. Lo que hay es que no desesperar.

—Bueno, bueno..., si te lo propones, a lo mejor lo acabas consiguiendo. ¡Cosas más raras se han visto!

El padre de la Valentina, el don Moisés Borrego, no

quiere ni oír hablar de las aficiones taurinas de su hija. Al don Moisés Borrego, lo que le gustan son los rock-and-roll de la Joaquinita.

—Eso es ser moderna —dice—, las chicas deben ser modernas: lo cortés no quita lo valiente. Esto otro del toreo, en cambio, es una antigualla. ¡Mire usted que ser padre de una señorita torera! ¡Qué barbaridad! ¡Esto no le ocurre ni al que asó la manteca! Si los toreros se llaman matadores de toros, las toreras deberían llamarse matadoras de vacas, ¿verdad, usted?

—Pues, hombre, la verdad: yo creo que habría que pensarlo. Así, de repente, ¿qué quiere que le diga?

La Valentina tiene un novio que se llama Segundo y se prepara para correos. El Segundo, desde que está novio de la Valentina, frecuenta los ambientes taurinos, a ver si se le pegan las mañas de los apoderados.

—A lo mejor es el porvenir de nuestros futuros hijos, ¡quién sabe! En esto de los toros hay mucho dinero, el caso es saber buscarlo y tener suerte para que no se escape. Yo creo que la Valentina tiene valor y condiciones para triunfar, ¡ya veremos! Ahora, lo que hace falta es que quiten pronto esa ley. ¿No dicen que los hombres y las mujeres somos iguales ante la ley? Bueno, ¡pues a demostrarlo tocan!, ¿no le parece?

—Pues, hombre, sí; por mí que lo demuestren...

La madre de la Valentina está muy contenta con la hija porque siempre le echa una mano en el arreglo de la casa.

—Una no debe hacer diferencias con los hijos —suele decir—, pero como la Valentina no hay dos. ¡Si usted viera el punto que da al arroz con leche!

Segundo Lubrín, el novio de la Valentina

Al Segundo Lubrín Cherches, el novio de la Valentina Borrego, le mordió de niño un burro rabioso y tuvieron que ponerle la vacuna. El Segundo Lubrín Cherches es de Fernán Pérez, en el país que dicen Campo de Níjar, tierra famosa por la fiereza de sus burros rabiosos. Al Segundo Lubrín Cherches, a raíz de la mordedura, le pusieron Berbén de apodo, y así estuvieron llamándole hasta que se fue del pueblo. El Segundo Lubrín Cherches, alias Berbén, está preparándose para correos pero su verdadero fuerte es el billar, juego al que juega como las propias rosas.

—¡Qué tío, el Segundo con el taco en la mano! ¡Qué dominio de bandas, qué retrocesos, qué masés y qué forma de afinar las finas, acariciándolas un pelín! ¡Qué tío! ¡Eso se llama tener pulso y vista, diga usted que sí! ¡Eso es tener facultades y, el que quiera saber más, que vaya a Salamanca!

El Segundo Lubrín Cherches, alias Berbén, dadas las inclinaciones de la Valentina Borrego por la tauromaquia (rincón del conocimiento humano al que el Segundo llama, a lo clásico, el arte de Cúchares), empezó a frecuentar el trato con toreros y adheridos —que son una nube y también una maraña, según cómo se les mire—, compañía en la que adquirió unos modales muy jacarandosos y achulados que, mientras no le rompieran la cara, eran de mucho efecto. La doña Lola Jubilla de Borrego, la madre de la Valentina, está muy contenta con su futuro yerno porque le hace recados y le ayuda a elegir las lentejas que, a veces, están perdiditas de bichos.

—¿Verdad, usted, Segundo, que a usted no se le cae ningún anillo por ayudarme a elegir las lentejas o por acercarse a la tienda a buscarme una botella de lejía?

—No, señora; yo muy honrado en echarle una manita. ¿Por qué lo dice?

—No, por nada..., ¡por saber!

El Segundo Lubrín Cherches, alias Berbén, a quien cae gordo es a don Moisés, su presunto suegro. A don

Moisés quien le resulta simpático es el Blas, el novio de la Joaquinita.

—Ése es otro ganado. El novio de mi Joaquinita es muy fino y respetuoso, y baila el moderno la mar, pero que la mar de bien. En cambio, el novio de mi Valentina para mí que es un muerto de hambre. En fin, ¡el tiempo dirá!

El don Moisés Borrego mide a los novios por el rasero del cariño que tiene a las hijas, cosa —de otra parte— bastante frecuente y usual. A su señora le pasa lo mismo y el Segundo Lubrín Cherches, alias Berbén, como lo sabe, obra en consecuencia; el instinto político es algo con lo que se nace o no se nace, eso es todo.

—¿Y no sería mejor templar gaitas y tenerlos a todos contentos?

—¡Hombre, sí, como mejor sí que es, lo que pasa es que resulta difícil, por no decir imposible! La gente suele ser muy rara y como Dios la hizo.

El Segundo Lubrín Cherches, alias Berbén, como milita, aun sin saberlo, en el posibilismo, se conforma con ir tirandillo y con no recibir demasiados hachazos.

—Mientras la Valentina me corresponda al cariño que le tengo, todo irá bien. Eso de la ley prohibiendo torear a las mujeres, ya la quitarán algún día. El caso es que la chica siga toreando de salón, para no desentrenarse; lo demás, ya verá usted cómo acaba cayendo por su propio peso.

Doña Lola Jubilla de Borrego, sus labores

La doña Lola Jubilla de Borrego es una señora muy fecunda, con las pantorrillas llenas de varices y la sesera horra de ideas, que se pasa las horas y los días arreglando el revuelto mundo circundante. La doña Lola Jubilla de Borrego es más joven de lo que por su aspecto pudiera suponerse; esto del stajanovismo del embarazo y aquello otro de la concentración parcelaria de la lactancia, son algo capaz de derribar montañas orgullosas y no digamos madres de familia, aunque parezcan más duras que rayos. La doña Lola Jubilla de Borrego —de soltera Lolita Jubilla Bodonal— había nacido, poco antes de la guerra del 14, en Fuente del Maestre, no lejos de Corte de Pelas, el pueblo de don Moisés, el padre de sus hijos. La doña Lola Jubilla de Borrego se casó a los diez y siete años y, durante los diez y siete años siguientes (de haber habido un concurso de regularidad se hubiera llevado el primer premio), tuvo diez y siete hijos de los que se le murieron seis, afortunadamente muy pequeños todavía. Los once hijos vivos de la doña Lola son bastante variados y saludables, aunque ninguno alto; se conoce que no son de raza corpulenta, de raza de crecer.

—El caso es que estén sanitos, ¿verdad, usted?

—No lo dude, eso es lo más importante; los chicos altos, además, suelen ser muy propensos a enfermedades.

La doña Lola Jubilla de Borrego es mujer con notorias tendencias a las dialécticas más desorientadas y originales, más sorprendentes y de primera mano.

—Yo tengo una amiga que se llama también Lola, como yo, que tiene un hijo alto que es medio tonto. ¡Qué horror, da lástima verlo!

Los once hijos vivos de la doña Lola son corrientes —ni medio tontos ni tampoco listos de llamar la atención— y se van defendiendo. Doña Lola está muy contenta con ellos porque, no es porque ella lo diga sino porque es verdad, son muy buenos y de nobles inclinaciones. La mayorcita baila el rock-and-roll como los ángeles; tiene ya novio: un chico que estudia para perito agrícola y toca el saxofón bastante bien y con mucho ritmo, parece un negro. La segunda tiene aficiones taurinas y también presenta novio: un muchacho que se prepara para correos y para apoderado, a partes iguales. Después de la Joaquinita y de la Valentina vienen dos varones: el Moisés y el Ricardín; el mayorcito es escribiente en el Instituto Nacional de Previsión y se da muy buena maña para el dibujo; no tiene novia —al menos que se sepa— y todo lo que ahorra se lo gasta en carboncillos, en tinta china y en papel de barba. El Ricardín es soldado de aviación y tiene la cabeza a pájaros.

—Cuando este mozo siente la cabeza —suele decir el padre—, podrá hacer grandes cosas; lo malo es que, a lo mejor, no la sienta jamás.

La Lolita —que es la que viene siguiendo el orden del escalafón— es muy guapa y vistosa y, salvo los novios, que los renueva cada tres o cuatro semanas, no se le conoce ninguna afición concreta; la Lolita proyecta casarse bien, con un hombre guapo, rico y de buena familia, y va derecha a lo suyo, sin distraerse ni perder el tiempo. Seguramente acabará haciendo diana porque, según ya es sabido por la experiencia, el que la sigue, la mata; en esto de situarse en la vida, cuenta mucho la aplicación. Los números seis, siete y ocho de la lista los cubren el Jesusín, el Baldomero y el Pepito, que actúan bajo el peligroso lema (peligroso para los demás) de «La unión hace la fuerza» y el no menos arriesgado corolario (arriesgado para el resto de la especie humana) de «Uno para todos y todos para uno». El Jesusín, el Baldomero y el Pepito son el azote del barrio y el castigo, punto menos que bíblico, de la vecindad. Cuando se hizo el censo de población y a la doña Lola Jubilla de Borrego, en el apartado del oficio, le pusieron SL (que quiere decir sus labores), a la señora le dio un vuelco el corazón en el pecho porque creyó que el funcionario, con eso de sus labores, quería referirse al Jesusín, al Baldomero y al Pepito; don Moisés, aunque le costó trabajillo, logró tranquilizarla a fuerza de insistir. Los tres hijos pequeños de la doña

Lola Jubilla de Borrego —la Paquita, la Cloti y el Marianín— aún no tienen historia.

La cuñada arpista

La doña Lola Jubilla de Borrego padece una cuñada viuda que toca el arpa.

—¡Pero, hombre, qué cosas tiene usted! ¡Cómo va a tocar el arpa!

—Pues sí, señor: el arpa. ¿Usted sabe lo que es un arpa? Bueno, pues eso: el arpa. La cuñada de la doña Lola toca el arpa, ¿se entera? ¡El arpa! Yo no tengo la culpa.

—Bueno, bueno, ¡no se me ponga usted así!, por mí que no se prive y que toque lo que le dé la gana. ¡Mientras los vecinos no protesten! Si se lo decía es porque lo encuentro un poco raro, ¡qué quiere!

—Sí, raro lo encontramos todos pero, ¡ya ve usted lo que son las cosas! La cuñada de la doña Lola toca el arpa y además no hay quien se lo quite de la cabeza.

—No, no, ¡por mí que siga! ¡No seré yo quien me meta donde no me llaman, descuide!

A la cuñada arpista de la doña Lola la nombran Aurelia Borrego y, como no tiene posibles ni donde caerse muerta, vive con la familia. La cosa, bien mirado, es una lata, pero como doña Lola es muy buena y de tiernos sentimientos, hace de tripas corazón y disimula. ¡Qué remedio!

—Y los niños, ¿no le saltan los entresijos al arpa?

—¡Ca! ¡El arpa es sagrada y en ella no hurga nadie! Los niños ni la miran porque su tía Aurelia les convenció de que da calambres y chispazos y de que pueden morirse electrocutados. Además la tiene muy bien guardada, con su funda y todo, para que no se le oxide. La doña Aurelia es muy cuidadosa, ¡ya lo creo que es muy cuidadosa! ¡De lo más que hay!

Como la casa de la doña Lola es pequeña y su familia, por el contrario, es grande y numerosa, la doña Aurelia vive en la despensa donde, menos ventilación, tiene todo lo que necesita: un camastro de quita y pon adosado a la pared, un aguamanil que parece una araña, el arpa, un taburete, un orinal y un botijo.

—¿Para qué quiero más? —suele decir la doña Aurelia—. La vida de los artistas debe ser siempre un modelo de sobriedad. ¡Queden los lujos para quienes el arte no asiste con su acompañadora presencia!

—¡Joder, qué frase!

La doña Aurelia habló con los ojos entornados.

—¿Decía usted algo?

—No, nada..., hablaba solo.

La doña Aurelia, mientras su cuñada la doña Lola fríe empanadillas, cierra la puerta de la despensa para que no le moleste el humo e interpreta, con la cabeza poblada de resbaladizos fantasmas, el vals de *Las patinadoras*, de Strauss. De vez en cuando asoma la gaita para decir:

—¿Te gusta, Lolita?

La doña Lola, preocupada con la rara regla de tres de repartir cien gramos de escabeche entre setenta y cinco empanadillas, ni le contesta.

—Que te estoy hablando, Lolita, hija, ¡no seas despectiva!

Entonces la doña Lola, sin levantar la vista de la sartén, responde.

—Sí, Aurelia, mucho, me gusta mucho.

La doña Aurelia se quedó viuda y sin hijos, todavía joven. Con lo que le dieron por el seguro de su marido pensó comprarse un taxi, pero después prevaleció el sentido común y se compró el arpa; el resto se lo fue gastando, poco a poco, en anís.

—Lo del taxi no me hubiera traído más que complicaciones, ¿verdad, usted? Esto de los taxis es un negocio muy complicado y poco apto para señoras. ¡En cambio el arpa! ¡Si viera usted el sosiego que invade mi espíritu cuando toco el arpa!

Maximiliano

A la doña Aurelia, al año o poco más de quedarse viuda, le salió un novio que se llamaba Maximiliano.

—¿Y cómo te llamas de apellido, Maxi? —le preguntó la doña Aurelia en un rapto de amor.

El Maximiliano se puso hecho un basilisco.

—¿Y a ti qué te importa, desgraciada? ¡A las mujeres os pierde siempre la curiosidad! ¡A mí no hay nada que me horrorice tanto como tener una mujer curiosa al lado! ¿No te basta con quererme y con saberte correspondida?

—¡Ay, Maxi, vida mía, no te pongas así! ¡Yo no he querido ofenderte!

Los amores de la doña Aurelia duraron poco porque el Maximiliano era muy cascarrabias y estaba lleno de rarezas.

—¿Quieres que te dé un solo de arpa, Maxi?

—¡No! ¡Lo que quiero es que me des tres duros para una cerveza con boquerones!

Entonces la doña Aurelia, derritiéndose de amor, abría el bolso.

—Toma cinco duros, pichón, en vez de tres; así te darán más boquerones... Ya sabes, vida, que entre tú y yo no hay tuyo ni mío... ¿Me dejas en casa?

El Maximiliano, tras guardarse los cinco duros, la miró con un profundo gesto de desprecio.

—¿Es que no sabes ir tú sola? Vamos, que ya vas teniendo edad para haberte aprendido el camino, ¡digo yo!

—Como gustes, vida... Te lo decía para tenerte a mi lado un ratito más...

—¡Venga al metro como una bala, tía cursi! ¿Tú crees que estos dengues son serios para una viuda?

—¡Ay, Maxi, hijo, qué áspero eres! ¡Si no fuera porque una está por los huesos de su Maxi querido!

Un día, la doña Aurelia se encontró con que su Maximiliano de sus entretelas no estaba, a la hora convenida, en el lugar de la cita: ni a la media hora, ni a la hora, ni a la hora y media, tampoco. La doña Aurelia, a las tres horas, se marchó.

—¡Mira tú que si llegó a las tres horas y cuarto! —iba pensando por el camino—. ¡También sería fatalidad!

Al día siguiente, el Maximiliano tampoco compareció: ni al día siguiente, ni al siguiente, ni al otro, ni al otro. La doña Aurelia, a la semana de recibir plantones, no volvió.

—¡Mira tú que si mi Maxi llegó el primer día que yo falté! A lo mejor el pobre estuvo con la gripe y ahora hará bien, pero muy bien, en no perdonármelo. ¡Si al menos supiera dónde vive!

La doña Aurelia, hasta que se fue, poco a poco, haciendo de nuevo a la soledad, pasó por ratos muy amargos en los que lo único que la consolaba era tocar el arpa.

—El arpa es mi paño de lágrimas —decía—, ¡mi único refugio! Si no fuera por el arpa, ¿qué sería de mí?

Al mes o mes y pico de no ver a su Maxi, la doña Aurelia recibió por correo sus cartas y las dos fotos que le había dedicado. En una decía: «A mi Maxi de mi alma, con las llaves del atribulado corazón de su Aurelia (rubricado).» Y en la otra: «A mi Maxi querido, sin cuyo aliento no podría vivir su Aurelia (rubricado), ésta que tan poquita cosa es para él.» A pesar de haberse quedado sin el aliento del Maximiliano y sin la esperanza, siquiera, de recuperarlo jamás, la doña Aurelia siguió viviendo y tocando el arpa. Las mujeres, según demuestra la experiencia, son más duras de lo que suelen parecer a primera vista.

Doña Aurelia recibe una visita

Una tarde, a eso de las cinco, sonó el timbre en casa de los señores de Borrego.

—Buenas. ¿Está doña Aurelia, una señora que toca el arpa?

La puerta la había abierto Valentina.

—Sí, pase usted.

La Valentina levantó la voz.

—¡Tía Aurelia! ¡Aquí hay un señor que pregunta por ti!

Desde el fondo de la casa se oyó la voz de doña Aurelia.

—¿Por mí?

Y la Valentina, sin separarse de la puerta, le respondió:

—Sí, tía, por ti.

La voz de la doña Aurelia volvió a escucharse.

—¡Dile que qué quiere!

La Valentina se volvió al señor.

—Ya la oye usted: que qué quiere.

Y el señor, con su mejor sonrisa, le informó:

—Darle un recado personal.

La Valentina alzó de nuevo el gallo.

—¡Tía!

—¡Qué!

—¡Que lo que quiere este señor es darte un recado personal!

—¿A mí?

—Sí, tía, a ti. ¡A quién va a ser!

—Bueno, bueno, ¡que pase!

La Valentina pasó al señor a la despensa.

—Usted perdone que lo reciba aquí, caballero, pero éste es el único rincón de la casa que me pertenece. Los artistas tenemos que llevar una vida muy sobria..., usted sabrá disculpar la falta de confort... Espere, siéntese aquí...

La doña Aurelia volvió el bacín boca abajo para que el señor se sentase.

—No, no se moleste, yo estoy bien de pie.

La doña Aurelia se creyó en el deber de hacer los honores de su rincón.

—No, no faltaría más, no puedo consentirlo. Haga usted el favor de sentarse, caballero.

El señor se sentó en el bacín vuelto y la doña Aurelia siguió en su taburete.

—Usted dirá, soy toda oídos. ¿A quién tengo el honor de recibir en mi modesto aposento?

El señor estaba algo azarado.

—¿Un cigarrillo, señora?

—¿Es negro?

—No, señora, americano.

—Dispense, yo no fumo más que negro. ¿Quiere usted fumar negro? Picadura de la mejor; pruébela y verá.

—Bueno, sí, señora; por no despreciar. Muchas gracias.

La doña Aurelia y su visita liaron el pitillo en silencio; después, el señor le dio fuego.

—Veamos, señora; yo soy inspector.

—¿Del gas? —le atajó la doña Aurelia.

—No, señora, de la policía. Estoy destinado en la comisaría del distrito y quisiera solicitar de usted unos informes personales.

A la doña Aurelia se le secó la garganta. El señor continuó, muy amable.

—¿Usted sabe, señora, que el Maximiliano Rosinos, con quien usted mantiene relaciones íntimas —y perdone la manera de señalar— se dedica a la trata de blancas?

A la doña Aurelia se le fue la sangre de la cabeza, perdió primero el equilibrio y después el sentido, y se pegó una costalada tremenda contra el arpa, que se quedó sonando con un lastimero y prolongado lamento de bestia herida. Al estruendo acudió toda la familia.

—¡Qué horror! ¿Qué sucede?

—Nada, nada... Por favor; cálmense, que no sucede nada...

Cuando la doña Aurelia volvió en sí, el inspector ya se había marchado.

—Mañana volveré. No se preocupen ustedes porque doña Aurelia lo más probable es que sea inocente... Ya ven ustedes que ni procedo siquiera a su detención.

Su cuñada doña Lola Jubilla, que le estaba poniendo fomentos de agua de colonia en la frente, tenía los ojos llenos de lágrimas.

—¡Por Dios, Aurelia, hija! ¿En qué lío te has metido?

La doña Aurelia guardó silencio. Estaba triste, muy triste, pero en el fondo de su yermo corazón le hacía una ilusión tremenda que el Maximiliano se dedicase a la trata de blancas.

El mundo en torno al Maximiliano

El Maximiliano Rosinos, según se aclaró después, no se dedicaba a la trata de blancas. Cuando la doña Aurelia se enteró, tuvo que hacer verdaderos esfuerzos para ocultar su decepción. El Maximiliano Rosinos lo que tenía, sí, era una agencia de colocar criadas de servir, que a veces exportaba a Inglaterra o a Suiza igual que si fueran naranjas. Como en la documentación de los productos exportados se habían cometido ciertas irregularidades (vamos, quiere decirse que las mandaba sin pasaporte y más bien de matute), la policía, claro es, intervino y el Maximiliano fue a dar con sus huesos en chirona.

—Aquí no se está mal, ¿verdad?, por lo menos no llueve.

—Hombre, llover, llover, no llueve, ésa es la verdad, pero en fin..., ¡qué quiere que le diga!, yo hubiera preferido que no me encerrasen. ¡Esto de no poder ir al fútbol, siempre fastidia!

—Pues, sí; en eso tiene usted razón. ¡Pero por lo demás!

La doña Aurelia, en cuanto se enteró de dónde estaba su Maxi, preparó un bocadillo de tortilla y un paquete de celtas y se fue a verlo. En la cola de las visitas, la doña Aurelia se hizo muy amiga de una señora delgadita y algo patizamba que, según le dijo, era la legítima esposa del Maximiliano.

—¿De modo que usted es la legítima esposa del señor Maximiliano?

—Exactamente: una servidora es la legítima esposa del señor Maximiliano y la madre de sus trece hijos, uno detrás del otro. ¡Lo que tiene que hacer un padre, si quiere ser honrado, para sacar adelante a su descendencia!

—Sí, señora, ¡diga usted que sí! —respondió la doña Aurelia con la voz quebrándosele en la garganta—. ¡Lo que cuesta sacar a los hijos a flote!

La agencia de exportación de criadas del Maximiliano se llamaba Créditos Max y estaba instalada en una habitación con derecho a cocina que caía por detrás de la plaza de toros, en el camino del cementerio. La patrona del Maximiliano, mejor dicho, la patrona de Créditos Max, era una señora muy seria, pensionista del Estado, que tenía dos hijas —la Doroteíta y la Paquita— que cantaban por los veranos en los cabarets al aire libre. Cuando la policía la interrogó, para ver si le sacaba algo en limpio del funcionamiento de los Créditos Max, la mamá de la Doroteíta y de la Paquita divagó tan científicamente que el señor comisario, al final, estaba deseando perderla de vista.

—Bueno, señora, muchas gracias, puede usted retirarse; si la necesitamos, ya será usted requerida.

La mamá de la Doroteíta y la Paquita se sintió muy desilusionada.

—¿Y no quiere usted saber en qué paró el debut de las nenas en el Jardín Colonia, de Cercedilla, el verano pasado?

—No, señora, ahora estoy muy ocupado..., se lo agradezco mucho..., otro día seguiremos.

La mamá de la Doroteíta y de la Paquita recogió su bolso.

—Como guste. Cualquier mañana, si no tiene usted mucho trabajo, me pasaré por aquí. ¡Le aseguro que merece la pena! ¡Fue un debut memorable, señor juez!

—Comisario, señora; el juez es otro.

—Bueno, ¿qué más da?

La Doroteíta y la Paquita

El hijo mayor del Maximiliano, el primero de la serie de trece que le dio su señora, la doña Pepita, es el representante de la Doroteíta y de la Paquita.

—¿Y no es novio de ninguna de las dos?

—Pues, no; primero fue novio de la Paquita, después la cambió por la Doroteíta, pero después dijo que en los negocios no se debe mezclar el amor y cortó las relaciones.

—¡Qué tío más serio!, ¿verdad, usted?

—Pues, sí; pero yo creo que tiene razón: una cosa es el amor y otra son los negocios.

—¡Claro! ¡Así es como debe ser!

El hijo mayor del Maximiliano se llama Angelito, si bien en el mundillo profesional prefiere que le digan Jack, que hace muy moderno. El Jack, aunque espabilado, es barrigoncete y caderón y no tiene pelo de barba.

—¿Y qué tal representa a la Doroteíta y a la Paquita?

—¡Como nadie! ¡Eso lo hace como nadie! El Angelito, bueno, el Jack, es un lince para los negocios. ¡Anda, que la que se le escape al Jack!

La Doroteíta es morena y la Paquita lleva el pelo pintado de color caoba. Ninguna de las dos es alta, si bien ambas son espigadas y con muy buena figura. La Doroteíta está algo más metida en carnes que la Paquita. La Paquita, para compensar, es más simpática y graciosa que la Doroteíta. A la Doroteíta, en las tablas y en los carteles, le dicen Dor. A la Paquita, la llaman Francis, que también queda fino. Como el difunto papá de ambas se llamó, en vida, don Damián Conejo, las nenas, por respetar su memoria, se anuncian como The Rabbit Sisters, que no es por nada, pero que hace la mar de bien: «Dor and Francis, The Rabbit Sisters, famosas canzonetistas internacionales. Alegría. Juventud. Dinamismo. Ritmos caribes de muy cálidas resonancias y sensual melodía.» Lo que más les gusta interpretar a la Doroteíta y a la Paquita son ritmos caribes de muy cálidas resonancias y sensual melodía.

—¿Y saben inglés?

—No, hombre, no; ni falta que les hace. Eso de los ritmos caribes queda mejor en español.

—¡Ah, ya!

El Angelito les cobra la comisión aunque, según las malas lenguas, les hace trampas en las cuentas; eso es siempre una cosa muy difícil de demostrar. La mamá de las nenas, la doña Dorotea Novillo, viuda de Conejo, dice que son habladurías y que el Angelito hasta les paga de más. En todo caso, es mejor que se lo crea. La Doroteíta y la Paquita, el verano pasado, tuvieron un debut histórico en el Jardín de Colonia, de Cercedilla. Eso era lo que quiso explicar la doña Dorotea al comisario del distrito, cuando la llamaron para que contase lo que supiese de los manejos del Maximiliano, el padre del representante de las nenas; lo que pasa es que no la dejaron.

—Lo que pasa es que no me dejaron, ya ve usted... ¡Anda, que si me dejan!

La doña Dorotea es mujer propensa al ditirambo. A veces, aunque a primera vista no lo parezca, del ditirambo puede salir la clave del más lioso de los embrollos. Lo malo es que hace falta que le crean a uno.

Conversaciones femeninas

La doña Pepita, la legítima esposa del Maximiliano, el exportador de criadas, es patizamba —según ya consta— y más bien desangelada y escurrida de carnes:

—¿Escuchimizada?

—Eso, sí, señor: escuchimizada.

La doña Pepita es muy amiga de la doña Dorotea, la mamá de las Rabbit Sisters, que en español se dice las Hermanas Conejo, famosas canzonetistas internacionales que no habían salido aún del país, pero todo se andará porque no hay prisa. La doña Dorotea, al revés que la doña Pepita, desplaza un tonelaje de arqueo muy cumplido y aparente.

—Lo que una dice: más vale tener que desear. ¿Verdad, usted?

—Pues, sí; en general, sí. ¡Con el deseo no se va a ninguna parte!

—Y tanto, amiga mía, y tanto... ¡En fin! ¡Para qué hablar!

Las deleitosas conversaciones de la doña Dorotea y la doña Pepita se caracterizaban porque, de no haberse producido, todo —incluso ellas mismas— hubiera seguido igual. ¡Así da gusto!

—¿Y las nenas, amiga Dorotea?

—Bien, hija, bien, gracias a Dios; preparándose para destrozar corazones cuando llegue la temporada veraniega.

La doña Pepita, entonces, suspiraba con un descaro excesivo, con un descaro de violencia tal que hasta las piernas se le estremecían.

—¡Claro! ¡Con estas canillas que no tienen más que un huesín de pollo!

—¿Qué?

—Nada, no decía nada. ¡Hablar por hablar!

—¡Ah!

La doña Dorotea tiene dos realquilados con derecho a cocina; ella no lo necesitaba, ésa es la verdad, lo hacía tan sólo para ayudarles: el Maximiliano Rosinos, el marido de la doña Pepita e industrial de Créditos Max, y un joven célibe que se llama Amadeo y que está de meritorio en el depósito de cadáveres. Doña Dorotea mira al Amadeo con aprensión y no hace más que olerlo.

—¡Por Dios, mamá —le decían las hijas—, que pareces un sabueso!

—Bueno; vosotras dejadme, que yo bien sé lo que me hago. El primer día que el Amadeo huela a muerto, lo echo. ¡Vaya si lo echo! ¡En mi casa mando yo y aquí no se admiten gafes! ¡Hasta ahí podía llegar el tango!

Las hijas de la doña Dorotea, que en el fondo eran respetuosas, solían callarse.

—Bueno, mamá: lo que tú quieras.

El Amadeo, como es más bien pobre, no come sino lombarda cocida, verdura de mucho alimento, según dicen, pero que, puesta al fuego, huele a rayos.

—¡Este tío —decía la doña Dorotea— lo que quiere es matar un olor con otro olor! ¡Pero va listo! ¡Una entiende de olores y a mí no me la da con queso! Lo dicho: el primer día que huela a fiambre, lo pongo de patas en la calle. En mi casa estamos todos muy sanos, gracias a Dios.

A la doña Dorotea se le iba la fuerza por la boca; su amiga la doña Pepita siempre lo decía. Doña Aurelia, la del arpa, la ex novia del Maximiliano, lo aprendió en la cola de los presos: se lo explicó doña Pepita.

—Mi amiga doña Dorotea es buena, tiene un pronto algo brusco pero es buena, muy buena. Mi Maxi siempre lo dice.

La doña Aurelia, para distinguirse de la doña Pepita porque ella no es partidaria de promiscuidades, al Maximiliano le llama mi Max. Doña Pepita, como no se da cuenta del matiz, ni se lo agradece siquiera. ¡Las hay como mantas!

El Amadeo

Al Amadeo Pinilla Pardilla, joven natural de Valdezate, a mitad de camino entre Aranda de Duero y Peñafiel, en su pueblo le llaman Feto, apodo que había heredado, a falta de más provechosas herencias, de sus mayores. Amadeo, el Feto, es un mozo muy higiénico y aseado, que se afeita un día sí y otro no y que se lava la cara al levantarse, sin olvidarse jamás de hacerlo. La doña Dorotea, su patrona, no deja de reconocer que es limpio. El Amadeo, antes de emprender la conquista de Madrid, había sido medio volante en el equipo de su pueblo, el Valdezate F. C., famoso en todo el contorno por su fiereza y su pundonor. El Amadeo, desde que sentara plaza de funcionario público, decía que era célibe, situación que se le antojaba más administrativa y correcta que la de soltero.

—Soltero lo es cualquiera, ¿verdad que sí?, basta con no casarse. ¡En cambio célibe! Esto de célibe es casi como ser farmacéutico, ¿verdad que sí?

El Amadeo tenía ideas propias sobre la jerarquización del mundo y de la sociedad y, como nadie le llevaba la contraria, se iba defendiendo.

—Lo que importa es discurrir —argumentaba y no sin razón—, aprender cosas es sólo cuestión de paciencia.

El Amadeo está empleado de meritorio en el depósito de cadáveres y, como se porta bien y cumple con la obligación, espera que acaben metiéndolo en nómina, que es su sueño dorado.

—El día que me metan en nómina, doña Dorotea, la invito a usted y a las chicas a un batido, palabra. ¡Va a ser un día grande, doña Dorotea, cuando me hagan de plantilla y me apunten en el escalafón! En mi pueblo no se lo van a creer y más de uno ha de pasarse las noches rascándose de envidia, ¡ya verá, ya! ¡Menudos son en mi pueblo! Usted, siendo de capital, ni se percata.

El Amadeo es muy ahorrador y como quiere comprarse unos zapatos de ante, no se alimenta más que de lombarda cocida.

—¿Por qué no cambia usted el pienso, Amadeo? —le pregunta doña Dorotea—. Eso de la lombarda cocida, ¡da una peste!

—¡Quite usted allá, doña Dorotea, quite usted allá! —le responde riéndose el Amadeo—. ¡Peor huelen otras cosas y no sirven para llenar el bandujo ni para fuerzas!

—Pues, sí, hijo; eso también es cierto. En fin..., yo se lo decía porque nos tiene apestaditas..., perdone. Por lo menos, deje la ventana abierta.

—Sí, doña Dorotea, no faltaría más; si la dejaba cerrada es porque pensé que no le gustaban las corrientes.

El Amadeo tiene un hermano mayor que se llama Claudio y que es santero en la ermita de San Roque, en Valdezate, el pueblo burgalés donde nacieron ambos y todos los suyos. Al Claudio, en un concurso de los chocolates El Negrito, le tocó una lavadora eléctrica y, con lo que le diera la señora del secretario, a quien se la vendió barata, se había venido a Madrid, a echar una canita al aire. El Claudio, en sus días ciudadanos, vivió con el Amadeo para no gastar.

El Claudio

El Claudio es algo más alto que el Amadeo y también gasta los modales finos. El Claudio hubiera querido estudiar para cura o para maestro, pero su familia no tenía posibles y tuvo que conformarse con ser santero, que también es oficio noble y liberal; en la ermita de San Roque, en Valdezate, se vivía en paz y en gracia de Dios, que es lo importante, y desde ella podía verse con sosiego el aleccionador espectáculo del revuelto mundo, pintado cada mañana de diferente modo.

—¿Y no se aburre usted?

—No, señora, la soledad no es aburrida; la soledad está llena de pájaros que vuelan, de escarabajillos que se afanan, de nubes que van y vienen, de árboles que rebrotan todos los años, a fecha fija como los eclipses...

La doña Dorotea se le quedó mirando.

—¡Es usted muy poeta!

—No, señora, yo soy muy vulgar; lo que me pasa es que vivo decentemente.

El Claudio, en Madrid, pasea por el Retiro y se toma un blanco, de vez en vez, en las tascas que le salen al encuentro. Una mañana se metió en el museo del Prado y se quedó atónito, de tanta sorpresa y tanta maravilla como vio.

—¡Qué barbaridad! ¡Yo no me lo imaginaba tan pasmoso! ¡Aquí está encerrada toda la riqueza del mundo! Antes de volver al pueblo tendré que venir, por lo menos, una o dos veces más. ¡No me explico cómo se puede pintar tan bien y tan parecido!

—¿Y qué fue lo que más le gustó?

—Pues mire, usted: todo. El cuadro de *Los borrachos* está muy bien, ¡ya lo creo! ¡Están todos borrachos! Y el de *Las lanzas*, y el de *Las hilanderas*..., ¡todo! ¡Allí nada tiene desperdicio!

El Claudio, en casa de la doña Dorotea, se porta bien y no escandaliza, ni canta en alto, ni tira viajes a las chicas por el pasillo, ni se deja los grifos abiertos. La doña Dorotea, en premio, le da de cuando en cuando una mandarina o algo de conversación.

—A mí me gustan los hombres correctos —suele decir—; mi Damián, que en paz descanse, era un modelo de corrección y de buenos modales. Estos jóvenes de ahora que creen que todo el monte es orégano, no son más que unos gamberros mal criados a quienes debiera prender la guardia civil, para que escarmentasen. ¿No le parece?

El Claudio tarda en responder.

—Pues, sí..., seguramente. La verdad es, señora, que uno de esto de las costumbres de la ciudad entiende más bien poco.

Al Claudio, allá en los más remotos entresijos de su conciencia, le hubiera gustado ser un gamberro científico e infatigable, dispuesto siempre al desafuero. Lo que acontece es que el Claudio, en su inocencia, ignora hasta por dónde empezar.

—¿Y usted no baila?

—Pues, sí, señora, pero muy mal; yo no bailo más que el pasodoble. ¿Por qué lo dice?

—No, por nada... Si usted fuera aficionado al baile, una noche podríamos ir con las nenas y con el Amadeo a cualquier lado... ¿No le agradaría? A las nenas suelen darles vales en algún local, vales con derecho a consumición, no crea. ¡Como son del oficio!

El Claudio baila el pasodoble estilo pueblo: a la virulé y meneando el solomillo. El Amadeo, en cambio, baila muy rítmico y ciudadano, muy moderno y a compás. Cuando al Amadeo lo nombraron de plantilla en el depósito de cadáveres, se fueron todos, con la doña Dorotea al frente, a celebrarlo a Conga, que es un local muy grande y animado. Las nenas aportaron vales de los buenos, vales con derecho a consumición; el Claudio arrimó treinta duros; la doña Dorotea los invitó a cenar empanadillas de bonito y callos, y el Amadeo se sintió rumboso y echó la casa por la ventana.

—¿Como el olor a lombarda cocida?

—Eso exactamente: como el olor a lombarda cocida.

En Conga lo pasaron bien y se divirtieron la mar. Al final de la noche, la doña Dorotea y el Amadeo se ajumaron y bailaron un rock-and-roll que los dejó con la lengua fuera, pero la cosa no pasó a mayores. El Amadeo, al tercer cuba libre, empezó a dar vivas a los muertos (se conoce que de gratitud) y un camarero, eso sí, muy correctamente, le dijo que se reportara y que no hiciera el canelo. Entonces el Amadeo se reportó y dejó de hacer el canelo, y la velada pudo terminar en paz. El Claudio y el Amadeo, muy cumplidos, sacaron primero a bailar a doña Dorotea.

—¡Por Dios! ¡A mis años! —decía doña Dorotea muy coquetamente, mientras se levantaba: no fuera a hacer el diablo que se lo tomasen en serio y al pie de la letra y la dejaran sentada—. En fin, por no desairar..., sólo por no desairar...

La doña Dorotea baila como un león, mandando y pegando unas zancadas tremendas. El Amadeo aún se defendió mejor, pero el Claudio, el pobre, no dio pie con bola y no hizo más que tropezar.

—Usted dispense, doña Dorotea, pero es que a mí en sacándome del pasodoble, es que ni las huelo.

—¡Anda, no sea usted bobo! ¿Y qué más da? ¡El caso es que haya alegría!

—Pues, sí, eso también es cierto. ¡En habiendo alegría!

—Claro, eso es lo que una dice: en habiendo alegría y salud, lo demás, ¿qué importa?

Cuando el Claudio y el Amadeo cumplieron con doña Dorotea, se dedicaron a las nenas y a ella la dejaban en la mesa al cuidado de los bolsos. Al principio cambiaban algo de pareja, pero después —y como movidos por un extraño resorte o una fuerza misteriosa— el Claudio se dedicó a la Doroteíta, y el Amadeo, que era el rey de la fiesta, a la Paquita. El amor es una liebre imprevista que salta donde menos se piensa. Aquella noche, en los corazones del Claudio y del Amadeo saltó el amor, con su salto de gimnástica liebre y sus pujantes y arrolladoras energías de bienaventuranza y de deleite.

—Doroteíta.

—Qué, Claudio.

—Yo bien sé que soy poco para ti, pero no puedo evitarlo... ¡Te quiero!

La Doroteíta se dejó apretar un poco, ni siquiera demasiado.

—Yo también te quiero, Claudio. ¡Cuánto ansiaba que me lo dijeses!

La orquesta estaba interpretando *Eres diferente*, y la Doroteíta, moza muy versada en vagos presentimientos musicales, se sintió estremecer.

—¡Amor mío!

—¡Vida!

Al otro lado del salón, el diosecillo Cupido, etc., disparó las flechas de su carcaj, etc., sobre otros corazones. Se conoce que la noche pintaba propicia.

—Paquita.

—Qué, Amadeo.

—Yo bien sé que soy poco para ti, pero no puedo evitarlo... ¡Te quiero!

La Paquita se dejó apretar bastante, incluso demasiado.

—Yo también te quiero, Amadeo. ¡Cómo ansiaba que me lo dijeses!

La orquesta, que ya había terminado con *Eres diferente*, tocaba ahora *¿Por qué tardas, amor?*, que también es muy bonito y socorrido. La Paquita, ¡qué dicha vivir la vida!, sintió que un temblorcillo le subía por el espinazo.

—¡Vida mía!

—¡Amor!

Turno de proyectos

El Claudio y el Amadeo acordaron que eso de que sus novias fueran cómicas y se llamaran The Rabbit Sisters, bien mirado era lo de menos. A quien no le gustó ni un pelín la doble y amorosa novedad fue al Angelito, el hijo mayor de la doña Pepita y el Maximiliano y representante artístico de las hermanas Conejo, que veía hundírsele el negocio. El Claudio propuso darle una mano de palos, una soba a modo para que escarmentase y no se metiera donde nadie le llamaba, pero el Amadeo, que estaba más hecho a las tolerantes y mansas costumbres de la ciudad, opinó que lo mejor era dejarlo que se aburriera solo ¡y santas pascuas!

—Mientras no se propase...

—¡Hombre, claro! Si se propasa, ya sería otra cosa. Pero verás tú como no se propasa. ¡Lo conozco muy bien! El Angelito es un pardillo inofensivo, un grullo que no tiene media torta; ya verás como se está quieto y no molesta.

—Bueno, ¡por probar!

Al Claudio y al Amadeo, con la llegada del amor, empezaron a planteárseles problemas.

—Lo de la ermita voy a tener que dejarlo. En San Roque se está bien y a gusto, ésa es la verdad, pero no voy a tener más remedio que dejarlo. La Doroteíta ya me dijo que allí no se encierra.

—Hombre, yo creo que tiene razón. A esas chicas acostumbradas a la ciudad no les prueba el campo... Yo también voy a tener que dejar lo del depósito, ¡mira tú que es mala suerte, ahora que me habían hecho de plantilla!, la Paquita no hace más que decirme que huelo a muerto. ¡Si por lo menos me destinaran a la oficina!

El Claudio y el Amadeo, para sentirse acreedores al cariño de las chicas y también por hacer méritos ante la doña Dorotea, su presunta suegra, empezaron a discurrir oficio y a arbitrar negocios.

—Lo de los gusanos de seda dicen que deja mucho; en la despensa, bien instalados en cajas, caben lo menos un millón de gusanos. A poco que deje cada uno, nos hacemos ricos. Yo creo que un céntimo por gusano ya nos quedará, ¡vamos, digo yo! Si tenemos un millón de gusanos y cada uno nos produce un céntimo, salen veinte mil duros de ganancia.

El Claudio se quedó pensando.

—No; no son veinte mil duros..., son dos mil duros. Verás, saca un lápiz.

El Claudio y el Amadeo, por más que añadían y quitaban ceros con su lápiz, no llegaron a entenderse.

—Bueno, es igual. ¿Y los sellos? Los sellos valen mucho, y la gente, ¡ya ves!, los tira. Si conseguimos que nos dejen los sellos en un par de ministerios o tres, nos hinchamos. A lo mejor, echando instancia nos dicen que sí. Yo creo que lo mejor es probar; con el no, ya estamos. El kilo de sellos vale, por lo bajo, quinientas pesetas. ¡Malo será que no podamos recoger un par de kilos diarios!

El Amadeo no veía demasiado claro el negocio de los sellos.

—A mí me parece que eso tiene que ser muy difícil; si no, ya se le habría ocurrido a alguien.

—O no, ¡vete tú a saber! La gente es muy rutinaria...

Se formalizan las relaciones

La Doroteíta y la Paquita pensaban que lo mejor es que ellas siguieran trabajando, por lo menos al principio, para ayudarse, mientras el Claudio y el Amadeo encontraban una colocación a gusto. La doña Dorotea quería cultivar setas en tiestos, que rinden mucho y ocupan poco, y jugar a las quinielas, que es barato y puede ponerla a una en casa de la noche a la mañana y como de milagro.

—Si acertamos catorce resultados, monto una fonda que ni el Palace, ¡ya veréis, ya!, una fonda con atracciones y todo. Y aunque acertemos sólo trece, tampoco vamos mal. Esto de las quinielas es muy seguro porque, hombre, trece, aunque no sean más que trece, malo será que no acertemos. ¡Se necesita muy mala suerte para no acertar ni trece!

Mientras se ponían de acuerdo en el negocio a emprender y estudiaban un poco su financiación, el Claudio se colocó de listero en la Compañía Saresa (Saneamientos Reunidos, S. A.), empresa especializada en la instalación y conservación de pozos negros, menester que también olía y no a ámbar. La Doroteíta y la Paquita, una noche que tuvieron sus más y sus menos, se echaron en cara, por mortificarse, el respectivo aroma de sus novios.

—Tu Amadeo es un pelanas que huele a muerto. ¡Vergüenza te debiera dar!

—¡Anda! ¿Y tu Claudio a qué huele, rica? ¡Cualquiera diría que a perfume! ¡Tu Claudio huele a mierda, que es peor! ¡A mierda en conserva!

—Bueno, ¿y qué?

—Pues, nada: la verdad es que los dos hermanitos, en esto de los olores, pueden tratarse de tú a tú. En fin, ¡paciencia!

La Doroteíta y la Paquita, que son muy hacendosas, cuelgan la ropa de sus novios en la ventana, para que se ventile. La doña Dorotea, los sábados, les da flit para matar los microbios.

—No se moleste, señora; oler sí que olemos mal, ¡no hay más que olernos!, pero microbios no pegamos. ¡La gente se va a creer que tenemos el tifus!

—¡Que se crea lo que quiera! ¡La higiene nunca está de más!

—¡Pues, hombre, sí! ¡En eso, sí que tiene usted razón!

Cuando formalizaron las relaciones, el Claudio y el Amadeo estrenaron chaqueta nueva: una chaqueta marrón, muy aparente, que les caía que ni a la medida.

—No es por nada, pero, ¿de dónde habéis sacado los cuartos? Esas chaquetas os costaron, al menos, sesenta duros cada una.

El Claudio y el Amadeo sonrieron y guardaron silencio.

—Eso pertenece al secreto del sumario, señora.

—Bueno, bueno..., no hablar si no queréis.

El día que formalizaron las relaciones, la doña Dorotea organizó una pequeña fiestecita para presentarles a sus amistades más íntimas. Las amistades más íntimas de doña Dorotea, según aquella tarde pudo verse, eran nueve, a saber: el Maximiliano, su señora, la doña Pepita, y su hijo el Angelito, alias Jack, tres; el sereno del comercio y vecindad, que es asturiano y se llama Cesáreo Suárez, cuatro; la doña Rosenda Barquín, viuda de

Guerrero, que gasta peluca, y su hija Paca, que es tonta, seis; don Federico Parra, militar retirado, que ama en silencio a la doña Dorotea, siete, y la doña Martita y la doña Margaritina, que se pasan la vida haciendo jerseys para los chinos, nueve. En la fiesta de la doña Dorotea hubo mucha abundancia de croquetas y vino, y algunas amistades íntimas, al final, se sintieron indispuestas.

Doña Rosenda y su hija Paca

La doña Rosenda Barquín, viuda de Guerrero, es más bien sorda.

—¿Quiere usted una croqueta, doña Rosenda?

—¿Qué?

—¡Que si quiere usted una croqueta!

—¿Que que qué una bicicleta?

—¡No! ¡Que si quiere usted una croqueta!

—¡Ah, no, muchas gracias! ¡Ésa es mi prima!

El Claudio la dejó por imposible y le volvió la espalda.

—¡Ya se las arreglará, que ya es mayorcita!

La doña Rosenda Barquín, viuda de Guerrero, gasta peluca.

—Mis muertos tienen el pelo más lucido —le explica el Amadeo a don Federico Parra, el militar retirado que está por los huesos de doña Dorotea—. Si yo supiese las mañas de los indios, le escalpaba la cabellera a uno y se la traía de regalo el día de su santo. ¡La peluca que lleva da grima! ¿Verdad, usted?

La doña Rosenda Barquín, viuda de Guerrero, pasa a las croquetas, pero no al vino. Su hija Paca, que es tonta, hace al revés: pasa al vino y persigue, sañudamente, las croquetas. Es curioso, pero cierto: los tontos están más por lo sólido; parece como si en sus casas los tuvieran en ayunas. Los médicos saben, probablemente, la razón de que esto suceda así.

—¿Quieres una croqueta, Paca?

A la Paca se le ilumina el semblante.

—Tres, tres...

La Paca, con una croqueta en cada mano y otra en la boca, parece una tonta de película neorrealista, no una tonta vulgar y de la clase media, que es lo que es.

—¡Caray con la Paca! ¡Qué manía le dio con lo de las croquetas!

La doña Rosenda Barquín, viuda de Guerrero, achantó una botella de Valdepeñas y se sentó en una esquina, a hacer solitarios.

—¿Con la baraja?

—¡No, hombre, no, con el vino!

—¡Ah!

La doña Rosenda Barquín, viuda de Guerrero, bebe como un cosaco.

—Para mí que empapa el vino con la peluca; si no, no se explica.

—Pues, sí... La verdad es que la señora aguanta más que un cabo furriel. ¡Qué tía!

La doña Rosenda Barquín, viuda de Guerrero, a fuerza de trasegar acabó ajumándose y le pegó tal puñetazo en la boca a la hija tonta que, a poco más, la mata. Su fea acción fue muy censurada por todos los circunstantes, pero la doña Rosenda, entre la sordera y el vino, ni se enteró. La pobre Paca, sangrando por el labio partido, se consolaba del golpe con más croquetas.

—Saca las de la cena, Paquita —le dijo, en un aparte, doña Dorotea a su segunda hija—. Esta criaturita, con eso de que es tonta, es insaciable. ¡Válgame Dios!

La doña Rosenda Barquín, viuda de Guerrero, al final se quedó dormida en una butaca. El Amadeo, que estaba muy alegre, quiso meterle más vino con un embudo. El sereno Cesáreo Suárez le disuadió.

—Déjela usted, que a lo mejor le da un percance y

tiene que acabar interviniendo el juzgado. Lo mejor es que la duerma y nos deje en paz.

—Sí, amor —le susurró la Paquita al oído—, el señor Cesáreo tiene razón: estas viejas son muy delicadas y a lo mejor, a resultas de una broma, cascan y lo complican todo. ¡Mira tú que si mañana la tienes de clienta en el depósito!

La Paquita, con su más mimoso gesto de joven novia, reclinó su cabeza sobre el hombro, que olía a muerto, del Amadeo.

Doña Martita y doña Margaritina

La doña Martita y la doña Margaritina están escandalizadas.

—¿Del espectáculo que dio la doña Rosenda al entromparse?

—Pues, no; eso es lo de menos. La doña Martita y la doña Margaritina están escandalizadas siempre; se conoce que es su costumbre. Doña Martita y doña Margaritina se escandalizan como otros tienen tos o acidez de estómago, por pasar el rato.

—¡Ah, ya!

La doña Martita y la doña Margaritina se habían quedado solteras.

—¿Y para vestir santos, como suele decirse?

—Pues, no; más bien para vestir chinos. La doña Martita y la doña Margaritina calcetan jerseys para los chinos como nadie. ¡Qué presteza, amigo mío; da gusto verlas! En cuanto que se topan con una madeja de lana, la doña Martita y la doña Margaritina caen sobre ella en picado y —¡zas!, ¡zas!— la convierten en un jersey para los chinos en un santiamén. ¡Son unas verdaderas campeonas olímpicas, se lo juro! ¡Qué manera de calcetar! ¡Parecen máquinas tragaperras!

La doña Martita y la doña Margaritina son hermanas y viven juntas, en una vieja casa llena de recuerdos: fotos de papá vestido de teniente de la guerra de Cuba; fotos de mamá disfrazada de pierrot y de alsaciana; fotos del abuelito —que era marino— mirando el mar; fotos de la abuelita —que era de Soria— mirándose al espejo; mantones de Manila; conchas de nácar; *La estocada de la tarde*, grupo escultórico de don Mariano Benlliure, en escayola pintada de color bronce; novelas de don José María de Pereda; un pianoforte que se sabe de memoria los valses de Strauss; búcaros de flores de trapo; un reloj de cuco; novelas de don Armando Palacio Valdés; santos en fanal; las juveniles primeras trenzas de las dos formando una artística guirnalda, etcétera.

—¿Y no tienen una cajita de música?

—Sí, también, pero no anda; se conoce que se oxidó.

—¡Vaya! ¡También es mala pata!

—Pues, sí..., ya ve; se conoce que la casa es húmeda.

—¡Claro! ¡Como no la ventilan!

La doña Martita y la doña Margaritina, según malas lenguas, se dedican a prestar a usura. La cosa, probablemente, es cierta, pero lo que ellas dicen: ¿qué tiene de malo socorrer al prójimo en sus necesidades?

—Y no les falta razón, ¿verdad, usted?

—Pues, hombre, ¡según cómo se mire!

La doña Martita y la doña Margaritina eran jóvenes casaderas hacia finales de siglo, cuando Reverte tomó la alternativa; parece ser que eran hermosas y virtuosas, pero, por esas cosas que pasan, no tuvieron suerte con los novios y no se casaron.

—A lo mejor es que les olía el aliento, ¿no cree?

—Pues, sí, ¡vaya usted a saber! ¡Todo es posible!

La doña Martita y la doña Margaritina llevan ya setenta y cinco u ochenta años escandalizándose de todo; tienen tal práctica que se escandalizan de todo como nadie e incluso mejor que nadie: en eso demuestran una maestría indiscutible, todo hay que decirlo.

—¿Y por qué son tan amigas de la doña Dorotea?

—Pues, la verdad: no sabría decírselo. La doña Dorotea las respeta mucho y las tiene en gran consideración. Puede ser que las deba dinero..., la doña Dorotea, con frecuencia, anda algo alcanzadilla. Por los veranos, con eso de que las nenas cantan por los pueblos, aún se defiende, pero por el invierno las pasa moradas, se lo juro.

El sobrino de doña Martita y doña Margaritina

La doña Martita y la doña Margaritina tienen un sobrino que se llama don Leopoldo y que no hay quien le haga sentar la cabeza. El don Leopoldo anda por los sesenta años y es registrador de la propiedad en Cartagena, pero sus tías dicen que es un joven disoluto que acabará matándolas a fuerza de disgustos y sinsabores.

—¿Cuándo sentarás cabeza, Leopoldo? —le suelen preguntar sus tías, las veces que el Leopoldo se acerca hasta Madrid a echar una canita al aire—. No piensas en el mañana, Leopoldo, y eso trae siempre muy malas consecuencias. En fin, ¡allá tú!

El don Leopoldo, hace ya algún tiempo, tuvo unos amores tumultuarios con la Ginesa Pacheco, alias Ginesica la de Mazarrón, famosa cantaora de cartageneras y hembra de rompe y rasga y de inclinaciones bronquistas, que una vez, en el pueblo que dicen Purchena, en la provincia de Almería, mató a un cómico sacudiéndole estopa con un sifón.

—¿Y le acertó a la primera?

—No; a la primera lo derribó, pero después tuvo que apuntillarlo, ésa es la verdad. Los cómicos, a veces, son muy duros, no crea.

A la Ginesica, a raíz del malaventurado lance del cómico, la prendió la guardia civil y después, como siempre pasa, la empapelaron y acabaron mandándola a presidio, donde estuvo una larga temporada. Cuando cumplió condena y la soltaron, salió con las intenciones de un miura y cada vez que pasaba por delante de un teatro tenían que sujetarla porque, si no, le daba el arranque y le plantaba fuego.

—¡Repórtate, Ginesa! —le decía el don Leopoldo—. ¡Demuestra a todos que eres una señora!

—¡Qué señora ni qué niño muerto! —rugía la Ginesa—. ¡En donde me salte un cómico, lo trinco! ¡Vaya si lo trinco! ¡A mí, el que me la hace, me la paga! ¡Como hay Dios, que me la paga!

El don Leopoldo solía calmar a la Ginesica invitándola a zarzaparrilla con unas gotas de chinchón.

—¿Nos metemos aquí a tomarnos una zarzaparrilla con unas gotas de chinchón?

—Bueno, como quieras... ¿No habrá cómicos?

—No, mujer; los cómicos, en cuanto se enteran de que tú arrimas, se echan al monte. ¡Los cómicos tienen mucho instinto de conservación, Ginesa!

—¡Más les vale! En fin, dejemos esto.

El don Leopoldo, al acabar la guerra, pensó muy seriamente en presentarle a sus tías a la Ginesa, pero después lo fue dejando y, al final, se olvidó. Lo más probable es que la cosa fuera mejor así porque la Ginesa y la doña Martita y la doña Margaritina, tenían muy escasos puntos de vista comunes.

—Es que la doña Martita y la doña Margaritina, ¡son tan raras!

—Pues, sí: un poco rarillas, sí que son.

Al don Leopoldo lo liberó de sus amores con la Ginesa un banderillero de su pueblo, retirado ya del tejemaneje de la fiesta, que iba con buenas intenciones y que la hizo su esposa. El banderillero se llamaba Tomás

Gallardo, alias Meco, y siempre había tenido fama de valiente y pundonoroso.

—Entonces había más sentimiento y más vergüenza, ¿no cree usted?

—¡Vaya si lo creo! ¡La raza va para abajo, amigo mío! ¡Esto no hay quien lo pare!

A Ginesica la de Mazarrón, cuando se supo señora de Gallardo, no había quien la tosiese. ¡Caray, qué andares de duquesa y qué manera de presumir! ¡Cómo se le notaba el temperamento, nada más verla!

Tomás Gallardo, Meco, banderillero

El Tomás Gallardo Martínez, alias Meco, banderillero retirado y esposo de la Ginesa Pacheco Ortiz, alias Ginesica la de Mazarrón, ex cantaora de cartageneras, siempre fue hombre cabal y como Dios manda: templado, reposado y terne cuando había que serlo. El Tomás Gallardo empezó al revés, esto es, de matador, oficio en el que cobró muy justa fama de valiente, aunque no tanta de artista, hasta que allá por el 1927 y en la plaza de Manzanares, el novillo Confitero, de la ganadería de don Narciso Darnaute, antes de don Gregorio Campos, le pegó tal cornada en la espalda, entre las dos paletillas, que le cortó a cercén las facultades y las aspiraciones. El pobre Meco estuvo a la muerte y, cuando sanó y pudo ver que las fuerzas y las elasticidades ya no le respondían como antes, se refugió en la brega y en las banderillas, suertes de escasa gloria, pero que también tienen menos riesgos y exigencias. En el año 1928 figuró en la cuadrilla de Matías Lara, Larita, patrón que no le dio más que disgustos; Larita era un tipo caprichoso y mandón, que trataba con desorden a sus servidores. Al final de la temporada, Tomás Gallardo, Meco, harto ya de aguantar las rarezas y brusquedades de Larita, se fue con Rafael el Gallo a hacer las Américas, dilatado confín de donde no regresó hasta pasados cinco años largos. Con el cuento de las andanzas del Meco con Rafael por Méjico, Perú, Bolivia, El Ecuador, Montevideo, Buenos Aires, etc., se podría escribir un libro tan gordo como la historia de Roma con todos sus pelos y señales. Desde Buenos Aires, el Meco volvió a España con billete de repatriado y sin un ochavo en el bolsillo. En el año 1935 trabajó con Pepe Bienvenida y sufrió un serio revés en la plaza de Bilbao, donde lo pateó el toro Melenito, retinto del hierro de Pablorromero. Al acabar la guerra, en el 1939, Tomás Gallardo, Meco, que ya no era ningún niño, toreó todavía un par de temporadas sin pena ni gloria. Después le tocó la lotería, se retiró y se metió en un negocio de gasógenos que, si no le sirvió para enriquecerse, sí al menos le permitió defender el capital. En el 1945 se casó con la Ginesa, que tampoco era ya ninguna criatura, y se fue a vivir a Játiva, en el reino de Valencia, a la sombra de su amigo Cándido Giner Aguilera, propietario de un bar, una tahona, una funeraria, un taller de reparación de bicicletas y otros prósperos comercios. En Játiva, donde aún vive el matrimonio, consideran mucho tanto a la Ginesa como al Tomás, que son un modelo de honradez y buen comportamiento. A veces va a visitarlos el don Leopoldo, el registrador de la propiedad, y entonces se están tres o cuatro días seguidos bebiendo anís y disparando cohetes. El don Leopoldo es muy animado y como está bien de posibles, no suele reparar en gastos. El Meco le tiene mucha ley y lo respeta como se merece. El Meco es muy respetuoso y administrativo y sabe bien guardar las debidas distancias.

Cándido Giner Aguilera, industrial

Si el Cándido Giner Aguilera hubiera nacido en Nueva York, a estas alturas sería, por lo menos, presidente del Consejo de Administración de la General Motors. ¡Qué tío, qué manera de afinar! Pero el Cándido Giner Aguilera, en lugar de nacer en Nueva York, que hubiera sido lo propio, lo hizo en Mogente, a mitad de camino, más o menos, entre Játiva y Almansa, y un poco a un lado de la carretera y, claro es, se quedó en industrial ibérico: próspero, eso sí, pero ibérico. El Cándido Giner Aguilera, como es emprendedor y activo, gana muy buenos duros con los negocios y le luce el pelo que es una bendición.

—¿Qué capital le calcula?

—¡Hombre, no sé! Eso siempre es difícil. Para mí que no lo ahorcan por dos millones de pesetas o más, ¡quién sabe!

Al Cándido Giner Aguilera, en el pueblo le dicen Faruk, porque le gusta la buena vida y el cante. El Cándido Giner Aguilera, alias Faruk, está casado, pero su señora, la Vicenteta Barcheta, es más bien delicada de salud, y casi no sale a la calle; el Faruk, que sólo por casualidad entra en casa, se justifica diciendo que tiene que divertirse por los dos.

—Pues mire, usted: yo no quiero meterme en vidas ajenas, pero, para mí, que tiene razón. Eso de que la señora esté siempre delicada, es una pesadez. Y además, es un gasto superfluo, que son los peores y los que dan más rabia. Debiera haber un derecho foral en el que se dijese que cuando las señoras se ponen malas se pueden devolver a su familia, por inservibles.

—¡Hombre, no sé! Me parece usted un poco excesivo, ¡qué quiere que le diga!

El joven Darío Benimantell, que tiene aficiones artísticas, ensayó un vago gesto de escepticismo.

—Bueno, dejemos esto: yo no quiero escandalizar porque después todo son líos. ¡La sociedad española no está preparada para recibir ciertas innovaciones!

—Sí, ¡puede ser!

El Cándido Giner Aguilera, alias Faruk, es propietario del bar Kubala; de la tahona La Panificadora Setabense; de la funeraria El Deceso, Pompas Fúnebres Reunidas; del taller de reparación de bicicletas El Corcel de Acero; de la fonda El Comercio; de la droguería Nueva España, y de otros establecimientos de menor cuantía. Trabajar, no hay duda de que trabaja como un negro; si vive bien, la verdad es que se lo gana a pulso. ¡Eso no se lo discute nadie!

—¿Y tiene tiempo para todo?

—Pues, sí; y aún le sobra para divertirse. El Faruk es muy organizado y sabe buscar a la gente y pagarle bien, para que no se le vaya. Ya le digo: si el Faruk hubiera nacido en Nueva York, a estas horas paleaba los millones. ¡El Faruk es un tío muy espabilado, amigo mío! Lo que pasa es que a la gente la come la envidia.

El joven Gustavito de Pablos, que también tiene aficiones artísticas, pero más moderadas (vamos, quiere decirse, más corrientes), probó a ver si conseguía un gesto de filantrópico pesar.

—¡Qué lástima que la gente sea como es! La envidia, ya lo decía Schopenhauer, es mala cosa, ¡muy mala cosa!

El joven Darío Benimantell, artista

Las tías del joven Darío Benimantell aseguran que su sobrino se dedica al arte para meterse con ellas y darles rabia.

—Le aseguramos a usted que es verdad y muy verdad lo que le decimos. El Darío, antes no era así; era muy cariñoso y respetuoso y daba gusto verlo. ¡Pero lo que es ahora! Para nosotras, que son las malas compañías. El Darío, ¡anda con una gente tan rara!

El joven Darío Benimantell es artista, ¿cómo diríamos?, de una manera más bien tangencial, esporádica y aproximada.

—¡Caray, y no sabía decirlo!

—Bueno, ¡porque hubo suerte! En esto de acertar al decir las cosas, influye mucho la suerte.

El joven Darío Benimantell no se ha pronunciado aún sobre el arte más idóneo para expresar lo mucho que lleva dentro.

—La arquitectura no sirve. Eso de tener que sacar un título va contra los principios del arte. ¡Hasta ahí podían llegar las cosas! ¡El Partenón lo construyó un poeta, ¿se entera?, un verdadero poeta! ¡Qué lástima de especie humana! ¡Cómo va para abajo!

—Hombre, Darío, no se ponga usted así; las casas también conviene que no se caigan...

—¡Me pongo como quiero y a usted no le importa! ¡El arte no conoce barreras, fronteras ni cortapisas!

—¿Cortaqué?

—¡Cortapisas!

—¡Ah, cortapisas!

Descartada la arquitectura, el joven Darío Benimantell consideró las posibilidades de la escultura.

—¿Y la escultura? —se preguntó.

—No, la escultura tampoco sirve —se respondió por lo bajo—; con la escultura se pone todo perdido. ¡Salpica mucho!

—Sí, eso es verdad; la escultura es un arte muy poco higiénico. A veces, se pone uno de escayola hasta las cejas. ¡Quita, quita! ¡La escultura, para quien la quiera!

Desechada la escultura, el joven Darío Benimantell tanteó los pros y los contras de la música y la danza.

—No; los pros son pocos, la verdad es que casi todos son contras. Para dedicarse a la música hay que saber solfeo y eso es una pesadez. Y la danza..., no, tampoco: lo de la danza no es serio. Además, si no sé ni bailar el pasodoble, ¿cómo me voy a meter a danzar ballets y otras cosas? No, no: la música y la danza tampoco me sirven.

En los recovecos de su conciencia, un duendecillo caritativo le susurró, con un hilo de voz:

—¿Y la literatura?

El joven Darío Benimantell se pegó un susto tremendo.

—¡Hombre, sí! ¡Mira por dónde! ¡La literatura sí que creo que me sirve, ya ves lo que son las cosas! La literatura tiene más defensa... La poesía... ¡Círculos vegetales en pos de los niñatos, saltaban por encima de tazas y de platos! Sí; yo creo que en la literatura encontraré el anhelado vehículo de expresión de mis sentimientos... La novela... Margarita, mirándole fijamente, le dijo: ¡Traidor fementido: devuélveme la hija de mis entrañas! Sí —le respondió Federico—, no faltaría más... No; esta segunda frase no es buena. Pero ya la perfilaré, no hay prisa. ¡Daos preso! —exclamó el baronet—. Sí, yo creo que la literatura es lo mío...

El joven Darío Benimantell, aun sin repasar las chances —que también las tienen— del teatro y de la pintura, salió como un cohete camino de su casa y se sentó a escribir. Sus tías, todo hay que decirlo, están muy preocupadas.

El joven Gustavito de Pablos, también artista

Las tías del joven Gustavito de Pablos, que también es artista, se sienten muy felices con las inclinaciones del sobrino; las tías de los jóvenes artistas, con frecuencia, ni se enteran siquiera de qué va la cosa.

—Nuestro sobrino, no es porque nosotras lo digamos, no es como otros: nuestro sobrino es un verdadero artista, respetuoso, dócil y como debe ser. Nosotras, la verdad sea dicha, estamos encantaditas con él. ¡Si viera usted qué poesías compone!

El joven Gustavito de Pablos, sobre poeta, es huérfano, albino, canijo, miope y tosedor; las desgracias nunca vienen solas. Al joven Gustavito de Pablos, sus tías, que lo cuidan mucho, le dan aceite de hígado de bacalao, pero, ¡que si quieres arroz, Catalina!, el joven Gustavito de Pablos no levanta cabeza y está cada vez más asqueroso y descolorido.

—¿Y si lo pusiéramos al sol? A lo mejor, tuesta; algunos muchachos, cuando se les pone al sol, tuestan y les sale un color muy saludable y hermoso, un color bronceado que mismamente va pregonando la salud.

—Sí, a algunos muchachos sí que les pasa eso, es cierto, pero al Gustavito, no, estoy bien segura; el Gustavito es de los otros. El Gustavito es muy fino y con él no vale esto de ponerlo al aire; a lo mejor coge una pulmonía y después, para dejarlo otra vez como Dios manda, nos vemos negras. ¡Quita, quita!

El Gustavito de Pablos, además de componer poesías, dibuja bordados para embozos de sábana, escotes de camisón y otras localizaciones e interioridades. El joven Gustavito de Pablos tiene sentimiento y buena voluntad y buena mano. ¿Qué más puede pedirse para un artista?

—Eso es lo que yo digo, ¿qué más puede pedirse? Pedir más sería tentar a Dios, ¿no le parece?

—Pues mire, usted, señora: sí, a mí también me parece que sí.

El joven Gustavito de Pablos libró de quintas por cegato y estrecho de pecho. Cuando el joven Gustavito de Pablos libró de quintas, se puso novio de la joven Matildita Sánchez, sus labores, que tenía, sobre cualquier otro, el encanto de ser muy virtuosa. Las relaciones de ambos tórtolos fueron un ejemplo de cómo debieran ser las relaciones entre los novios de todo el mundo y, hasta que se casaron, no estuvieron a solas ni un solo momento.

—Como decía Arquímedes, el del principio —argumentaba el joven Gustavito de Pablos para consolarse—, quien quita la ocasión quita el peligro, ¿verdad, usted?

—¡Claro que sí, hijo, claro que sí! ¡Ejemplo debieran tomar de su comportamiento muchos jóvenes disolutos que andan por ahí, descalabrando honras y cometiendo toda suerte de desafueros!

Al joven Gustavito de Pablos, un día lo cogió el joven Darío Benimantell, que es un disoluto, a la puerta del bar Kubala y le arrimó semejante bofetada que le saltó tres muelas. La fea acción del joven Darío Benimantell, contra lo que podía haberse esperado, fue muy celebrada por todos.

—¿Por qué no le sacudiste más fuerte, Darío, a ver si nos deja en paz ya de una vez?

Los andares de la Matildita

La joven Matildita Sánchez Perdigón, casi prometida del joven Gustavito de Pablos Bobalar, tiene una pata más corta que la otra.

—Misterios de la naturaleza, ¿verdad?

—Pues sí, mi buen amigo, dice usted bien. ¡La naturaleza está llena de arcanos insondables!

La pata normal de la joven Matildita Sánchez Perdigón, que es la de la derecha, es una pata hermosa y bien torneada, quizás algo gordita, pero muy vistosa y aparente; la otra, en cambio, vamos, la pata mala de la joven Matildita Sánchez Perdigón (que es la de la izquierda), es un asco de pata, una pata que da grima y aprensión.

—¿Y por qué no se la arregla?

—No; eso no tiene arreglo. Cuando a una pata le da por quedarse corta, no hay más que aguantarse. ¡La ciencia tiene sus limitaciones, don Darío, y sus inabdicables servidumbres!

—Pues, sí; la verdad es que no había caído yo en eso, pero sí, está usted en lo cierto. ¡La ciencia, al final, sirve para poco!

—Hombre, exactamente no era eso lo que yo decía...

Don Darío dio un recorte a la conversación.

—Bueno, yo tampoco. ¡Usted ya me entiende!

A la joven Matildita Sánchez Perdigón, a quien la naturaleza había escorado y la ciencia, pese a los adelantos, no pudo devolver el equilibrio, la niveló el zapatero a base de suela.

—¡Mientras la suela no falte!

—Claro, ¡mientras no le corten a usted el suministro!

El zapatero que cuidaba del correcto nivel de la joven Matildita Sánchez Perdigón es bizco y durante las pruebas y para no engañarse, se tapa un ojo con la mano.

—A ver: dé usted media vuelta, por favor. ¡Cuidado, señorita! No meta un pie en el bote de la cola, que no están los tiempos para desperdicios. ¿A ver? ¿Quiere usted dar la vuelta para el otro lado?

La joven Matildita Sánchez Perdigón, como es de naturaleza obediente, marca el paso y da las medias vueltas sin rechistar.

—Muy bien, señorita, cada vez lo hace usted mejor. Al oído no se le distingue la cojera, vamos: el pequeño defecto. ¡Anda usted como un cabo de gastadores, señorita Matilde! ¡Enhorabuena!

—Muchas gracias, maestro Felipito; me da usted siempre muy buenos ánimos. ¡Que Dios se lo pague!

El maestro Felipito, entonces, se pone todo colorado y se destapa el ojo que se le iba.

—¡Si esto se pudiera arreglar gastando suela!

La joven Matildita Sánchez Perdigón, cuando estrena botas, semeja una reina en trance de inaugurar orfelinatos.

—¡Qué andares más señores y acompasados, don Darío! ¿Verdad, usted, que pudiera tomársela por una reina?

La joven Matildita Sánchez Perdigón, cuando estrena botas, camina tan derecha y a compás que, de llevarse la falda hasta el suelo, como antes, nadie hubiera podido adivinarla coja. Su novio, el joven Gustavito de Pablos, prometió a su suegra llevar siempre a la chica con botas nuevas, con relucientes y bien calculadas botas recién salidas de la zapatería.

—¡Cómo te lo agradezco, hijo! En fin, ¡que Dios os haga muy felices! La Matildita y tú, bien os lo merecéis.

El maestro Felipito

El maestro Felipito se quedó bizco en la plaza de toros, se conoce que de la impresión, la tarde que mataron a Granero.

—¿Pero se quedó bizco de repente?

—Sí, señor: bizco y tartamudo. Y no me extraña porque la cosa fue como para que se le encogiera el ombligo al más pintado. ¡Qué horror! ¡Qué tarde aquélla!

Al maestro Felipito, con el tiempo, se le quitó casi del todo la tartamudez, pero no así la bizquera, que se le fue acentuando de manera alarmante.

—Para mí que va a llegar el momento en que tenga los dos ojos en el mismo lado.

—Hombre, no sé, ¡pero al paso que va, nada me extrañaría! ¡La verdad es que ya le falta poco!

El maestro Felipito, después del traspiés que dio en los toros, se aficionó al mus, porque con el fútbol, que también es muy emocionante, no se atrevió.

—¡Quite usted allá, hombre, quite usted allá! —solía decir—. ¡Las impresiones fuertes, para quien las quiera! Por ahora tengo bastante con el mus, que es más civilizado y no destroza el organismo. ¡Uno ya no está para demasiados trotes ni experimentos! ¡Uno lo que quiere es vivir en paz!

El maestro Felipito es hombre artista y sentimental, muy aplicado y artista y sentimental, que aspira a pasar por este bajo mundo sin que los espectáculos le minen demasiado el organismo.

—Soy el único bizco —explica— que tuvo que pagar dinero para quedarse bizco. ¡Mire usted que es suerte, la mía! ¡Ahorrar para una andanada de sol y salir mirando contra el gobierno! En fin, ¡los hay que están peor!

El maestro Felipito no es ya ningún niño. El maestro Felipito, que gasta melena de violinista, aunque se conserva terne y saludable, anda ya rondando los setenta años.

—¿Pesan, maestro?

—Pues no, ¡qué quiere que le diga! La verdad es que, salvo en el espejo, tampoco los noto demasiado. Esto de hacerse viejo, como es cosa que viene poco a poco, no molesta. Lo que sí molesta es lo que se presenta de golpe y sin avisar.

—¿Lo dice usted por lo de la bizquera?

—Pues, sí... ¡más bien, sí!

El maestro Felipito es el mejor jugador de mus de todo el barrio; con las cartas en la mano no hay quien le tosa.

—Si fuera más joven, me apuntaba en los campeonatos y además me llevaba el primer premio, ¡vaya si me lo llevaba!

—¡Hombre, maestro, no sea usted fanfarrón, que a todo hay quien gane!

—Eso es lo que yo digo: a todo hay quien gane y al mus, mientras los demás no se espabilen un poco, el que gana es este menda. Vamos, ¡dígame usted de otro! Lo que pasa es que estoy viejo y no quiero meterme en berenjenales, diga usted que eso es lo que pasa. ¡Anda que si no!

El maestro Felipito tiene muy buen carácter; las malas pulgas sólo se le despegan de la camiseta cuando alguien pone en tela de juicio sus méritos y sus habilidades como jugador de mus.

Historia pretérita

El maestro Felipito es viudo; su señora, la Leocadia Criado, se ahogó en el Jarama poco después de acabar la guerra, el mismo verano del año 1939.

—¿Y quién le mandó bañarse?

—¡Ah, no sé! Yo me limito a informar.

—Tiene usted razón, dispense.

El maestro Felipito, cuando su señora dobló la servilleta, pensó si sería mejor casarse de nuevo o conformarse con seguir viudo y, tras darle bastantes vueltas en la cabeza, optó por la soledad.

—Sí; a mí me parece que lo mejor es tomar las cosas según vienen. Uno ya no tiene edad para empezar una nueva vida; eso debe quedar para los jóvenes. A mis años, seguramente se está bien de viudo; cómodo, no, pero descansado sí que debe ser descansado esto de estar viudo. En fin, ¡por probar!

—Claro, tiene usted razón: por probar nada se pierde. Para enmendarse y dar marcha atrás, siempre estará usted a tiempo.

La Leocadia Criado, la difunta esposa del maestro Felipito, fue en vida una señora muy dicharachera; algunos la encontraban simpática pero la verdad es que era más bien pesada y entrometida. Estas mujeres que están siempre metiéndose donde nadie las llama suelen ser más bien cargantes; las ven simpáticas quienes no tienen que aguantarlas, eso es todo. La Leocadia Criado, cuando le tocó palmarla, estaba todavía de muy buen ver; como era corpulenta y más bien metida en carnes, lucía mucho. A las señoras flaquitas les sucede al revés, que pasan desapercibidas porque no lucen. La Leocadia Criado, de joven, había sido taquillera del metro; fue una de las primeras taquilleras del metro que hubo en Madrid. La gente, que es amiga de fantasías, cuando aparecieron las primeras taquilleras, empezó a hablar de que hay que ver esto de las conquistas sociales del bello sexo, etc.; las taquilleras del metro, que lo que querían era ganarse el jornal, ni se enteraron hasta que salieron retratadas en los papeles. La Leocadia Criado, cuando matrimonió, tuvo que dejar el empleo, porque la empresa, que no es partidaria de tener bollos con los maridos, da el canuto a las que abandonan la soltería. Esto, como es natural, produce que muchas prefieran no ordenar los papeles y seguir solteras de por vida; arrimarse es más barato y menos expuesto que casarse: por lo menos en España, donde a la que se casa la echan del empleo. El maestro Felipito y la Leocadia se casaron en Valdemoro, que era el pueblo de ambos, y la boda fue de mucho rumbo y acontecimiento.

—¿Se acuerda usted de la pea que enganchó el padre de la Leocadia?

—¡Hombre que si me acuerdo! ¡Fue una rasca de las que entran pocas en tonelada! ¡Qué tío! ¡Qué forma de trasegar! ¡Aquéllos sí que eran temperamentos y no lo que hay ahora! En fin, ¡paciencia!

De la Leocadia Criado, a raíz y consecuencias de su

matrimonio con el maestro Felipito, brotaron dos esquejes —niño y niña— que de pequeños eran una verdadera monada; después, con el paso del tiempo, fueron afeando y quedaron más bien retacos y cabezorros. Fue lástima porque tenían las facciones correctas y el pelo muy bonito y sedoso.

Consideraciones sobre el porvenir

Los niños que tienen el pelo como la seda suelen llamar mucho la atención.

—¡Qué niño más rico —dicen las señoras—, tiene el pelo como la seda! ¿De quién es?

—Del señor Felipe, el que se casó con la del metro.

—¡Ah, ya decía yo!

En cambio, a los niños que tienen el pelo como la crin, la gente suele darles coces y empujones cuando se los encuentran por la calle o en el portal.

—¡Qué asco de niño —sentencian—, tiene el pelo que mismo parece crin! ¿De quién es?

—¡Vaya usted a saber, señora, vaya usted a saber!

El Felipín y la Leocadita, los hijos del maestro Felipito y la Leocadia, tienen el pelo como la seda, da gusto verlos.

—¿Pero no los encuentra usted un poco cabezotas?

—¡Quite usted allá, mujer, qué ganas de poner defectos a las criaturas!

—Bueno, es que a mí me lo parecían. ¡Puede que esté equivocada, no digo que no!

El Felipín y la Leocadita, cuando llegaron a los quince o diez y seis años, representaban ocho por la estatura y cien, lo menos, por el volumen de la cabeza, suponiendo que a la especie humana les creciera la cabeza con el transcurso del tiempo, como la copa al vetusto roble, al vetusto nogal, al vetusto castaño, etcétera.

—¿Dónde te compra tu mamá las gorras, hermoso? —le preguntó una vez al Felipito una vecina que ignoraba la misericordia—. ¡Anda que al paso que vas, veo a tu padre organizándote campeonatos de mus en la sesera! Ten cuidado no te desniveles al doblar las esquinas, galán, que después todo son líos...

El Felipín se pasó la noche llorando y a la mañana siguiente, bien temprano, le saltó los dientes al niño de la vecina sin caridad.

—Para mí que hizo bien, ¡qué quiere!

—¡Hombre, no sé! ¡Mejor hubiera sido darle a la madre!

—Pues, no; no estoy de acuerdo. Los muchachos deben ser siempre respetuosos con los mayores.

Cuando el Felipín llegó a hombre no quiso seguir el oficio del padre y aprendió para cocinero; en el Puerto de Pollensa, en la luminosa isla de Mallorca, encontró un tajo con posibilidades y allí está todavía —según noticias— hinchándose de ganar duros y de sacar planes con las turistas.

—¿Y no lo encuentran cabezón?

—Pues no; a la tercera copa ya ni distinguen, ésa es la ventaja. Además el Felipín, que no tiene un solo pelo de tonto, les explica que eso es muy typical.

—¿Como los souvenirs?

—Eso, como los souvenirs. El mismo Felipín lo dice: uno está aquí medio de cocinero, medio de souvenir, medio de bailón y medio a la que salte.

—Oiga, usted; perdone pero, con tanto medio, salen dos.

—Bueno, ¿qué más da? Arréglelo a su gusto.

El Felipín piensa que, de seguir así las cosas, dentro de un par de años podrá abrir un hotel por su cuenta.

—Como los turistas sigan aflojando la mosca, aquí el que no se hinche será porque no quiere. Y si no, al tiempo. ¡Esto es vida, amigo mío, y no eso de pasársela con la lezna en la mano, dale que te dale, sumando suela a las botas de las señoritas escoradas! ¡Déjeme, déjeme! Yo tengo que mirar por lo mío.

La Leocadita

La Leocadita, la hermana del Felipín, también salió cabezorra pero, en cambio, no tuvo suerte en esta vida, por lo menos por ahora; como aún es joven, a lo mejor acaban por arreglársele las cosas.

—Ojalá.

—Pues, sí, ¡ojalá! La chica bien se lo merece porque tiene buenos sentimientos.

La Leocadita se casó, muy enamorada, de un muchacho que estaba algo picado de la pleura y que duró no más que el tiempo necesario para dejarla esperando gemelos; después, ¡también los hay desconsiderados!, se volvió de cara a la pared y se murió como un pajarito, sin decir ni pío.

—¡Vaya por Dios! ¿Y ahora?

—Pues ya lo ve. Ahora la Leocadita vive con el padre y con los dos nenes y se ayuda yendo de asistenta a alguna casa que otra; es un trabajo duro y muy esclavo y la pobre, a fuerza de pasar calamidades, no anda demasido bien de salud.

La Leocadita representa diez o doce años más de los que tiene; eso de que el trabajo es salud no es verdad sino de muy relativa manera; lo que sí es salud es dar paseos, comer bien y no tener preocupaciones ni quebraderos de cabeza. La gente habla por hablar y casi todo lo que dice es mentira. Puede que sea más cómodo pasarse la vida entera mintiendo; en eso, ¡allá cada cual! La Leocadita no miente porque no tiene ni ánimos para mentir. Cuando las cosas se tuercen y la vida viene arreando, no queda tiempo para nada.

—¿Y qué va a hacer la Leocadita cuando el padre se

muera? El maestro Felipito tiene ya muchos años; el día menos pensado le da un aire y entrega la herramienta.

—¿Y yo qué sé lo que hará? ¡Si lo supiera! En fin, pensemos que el maestro Felipito dure todavía algún tiempo. ¡Pobre Leocadita, la verdad es que tiene la negra!

Esta conversación tuvo lugar —según debe suponerse— quince días antes de que al maestro Felipito le diera mulé, ¡qué conducta traidora!, el mal aire que se coló por debajo de la puerta.

—¿Y ahora qué vas a hacer? —le preguntó, con el padre recién enterrado, su hermano Felipín.

—¡Si lo supiera! —le respondió la chica—. ¿A dónde quieres que vaya con estas dos criaturas?

El Felipín se llevó con él a la hermana y a los dos sobrinos.

—Vente conmigo y Dios dirá. Allí hay tajo para todos y el que no quiere, no se muere de hambre. La vida es un poco rara, ya verás, pero uno se acostumbra pronto. Por el verano puedes ganar lo bastante para que no te falte nada por el invierno. Cuando los nenes crezcan, ya veremos de que también se traigan su jornal para casa. Allí es más fácil abrirse camino que por acá. ¡Mientras a los turistas no les dé por no venir!

La Leocadita recogió sus bártulos, traspasó el taller del padre por lo que le dieron, liquidó lo poco que sobraba y se puso en camino. El viaje desde Valencia fue malo y Leocadita se pasó la noche entera mareada y devolviendo la papilla; cuando pisó tierra firme y pudo tomarse un café caliente, se sintió mejor. Los niños tenían la carita asustada, pero no lloraron.

Recuerdo del Benjamín Gutiérrez

El difunto esposo de la Leocadita se llamó, mientras anduvo sobre sus dos pies, Benjamín Gutiérrez; más tarde, cuando se echó ya para siempre, dejó de llamarse de ninguna manera porque nadie, absolutamente nadie, le llamaba.

—Y de haberlo llamado alguien, ¿qué?

—Pues nada; de haberlo llamado alguien, hubiera sido lo mismo... Recuerde que ya lo dijo Bécquer: ¡Dios mío, qué solos se quedan los muertos!

—Oiga, usted perdone, pero a mí me parece que lo que dijo Bécquer es que se quedaban sordos.

—Bueno, es igual. ¡Yo ya me entiendo!

El Benjamín Gutiérrez tuvo dos gemelines póstumos, el Benjaminín y la Leocadinina, que andan ya por los ocho o diez años. El Benjamín Gutiérrez estaba algo picadillo del fuelle y la verdad es que no debió haberse casado; los jóvenes jadeantes, como están mejor es solteros y sin compromiso. El Benjamín Gutiérrez era empleado de la diputación; él, que tenía a gala de ser un modelo de pureza lexicoadministrativa, decía siempre la Excma. Diputación Provincial, todo con la inicial mayúscula. El Benjamín Gutiérrez era muy ordenado y respetuoso y de no haber sido porque la parca le segó en flor la existencia cuando el porvenir más parecía sonreírle, muy altos puestos de honor y de responsabilidad hubiera llegado a escalar.

—Estas últimas palabras, ¿son de usted?

—No; estas últimas palabras son del señor presidente accidental, que es mucho mejor hablado que yo.

—¿Por razón del cargo?

—Sí; por razón del cargo y porque es así de natural.

—¡Ah, ya!

El Benjamín Gutiérrez, la verdad sea dicha en su defensa, nunca creyó que la enfermedad había de matarle; él soñaba con vagas y casi milagrosas curaciones que le devolvieran la salud y, con la salud, las posibilidades de ascender. Si las cosas, más tarde, se torcieron y el desenlace se precipitó, ya no era culpa suya.

—Y con cuartos abundantes, ¿podría haberse curado?

—No, tampoco; el Benjamín estaba mal hecho, era

muy canijo y estrechito. Yo creo que aunque se hubiera gastado todo el oro del mundo, se muere igual; quizás seis meses más tarde, pero igual. Al Benjamín se le veía la muerte en la cara. ¡Pobre chico!

A la Leocadita, cuando su marido murió, le quedó una viudedad de 327 ptas. al mes, deducido el oportuno descuento de utilidades, el impuesto de lujo, el gravamen sobre los signos externos de riqueza, etc.

—¡Los hay que están peor!

—Pues, sí, algunos habrá..., a todo hay quien gane. Pero peor, peor, no crea usted que haya muchos que estén peor que la Leocadita. ¡Diga usted que la chica es resignada y no se queja!

—Sí, eso es verdad; la Leocadita es un modelo de resignación. A mí me parece que ya ni le quedan fuerzas para quejarse.

El Benjamín Gutiérrez (se supo, después de muerto, revolviendo entre los papeles que dejó) había escrito algunas poesías dedicadas a la Leocadita; no eran buenas, ésa es la verdad, pero rimaban bien y eran muy sentimentales y amorosas. A la Leocadita, cada vez que las leía, se le saltaban las lágrimas; no podía evitarlo.

La joven Angelita Porreras

El Felipín estuvo muy enamorado, incluso demasiado enamorado de la joven Angelita Porreras, Miss Son Sardina 1961, que se largó con un veterinario indonesio que estaba comprando souvenirs.

—¿Le agradan los souvenirs, my darling?

—¡Oh, yes! ¡Los souvenirs son de lo más beautiful que hay!

Entonces el veterinario indonesio, cogiendo ambas manos de Miss Son Sardina 1961, la miró a los ojos y exclamó:

—¡Somos almas gemelas, hermosa Angelita! ¡Estamos hechos el uno para el otro! ¡Huyamos en pos del amor!

Miss Son Sardina 1961 y su veterinario indonesio (que se llamaba Paquito) huyendo en pos del amor llegaron hasta Ginzo de Limia, provincia de Orense, donde él tenía una hermana, la Valentina, que era medio dueña de una granja de pollos.

—La avicultura es la base de la economía del futuro —solía argumentar la Valentina— y el fundamento de la vida del porvenir. El patrón huevo es más sólido, más lógico y menos fluctuante que el patrón oro. ¡Vivan las gallinas ponedoras!

A los dos meses de la tierna escena de los souvenirs, la familia de Miss Son Sardina 1961, alarmada por su prolongada ausencia, dio parte a la policía.

—Y en los dos meses que lleva la chica sin aparecer por casa, señora —les preguntó el señor comisario—, ¿no la han echado ustedes de menos hasta ahora?

—Pues, no..., ¡ya ve usted! —le respondió doña Rafaela, que era la mamá de Miss Son Sardina 1961—. ¡Como somos tantos!

Cuando el Felipín supo la noticia de la fuga de la Angelita, respiró con muy hondo y doloroso sosiego.

—¡Vaya! ¡Así le sacan a uno de dudas, qué caramba! Se conoce que no estaba de Dios que la hiciera mi esposa, ¿verdad, usted?

—Pues, sí..., ¡eso parece!

El Felipín, para olvidar el trance, se dio al vino y estuvo cerca de una semana que ni conocía.

—Te vas a matar, Felipín —le dijo su amigo Leopoldo Puerta, que era brigada de aviación—, una mujer así no se merece que un hombre se pierda por ella.

—¡Anda! ¡Pues es verdad! —exclamó el Felipín rechazando la última copa—. De ahora en adelante no voy a tomar más que pepsi-cola.

Miss Son Sardina 1961, mientras tanto, sin duda para hacerse simpática a la hermana de su veterinario indonesio, se pasaba las horas baldeando gallineros. ¡Qué horror, qué ansiosa!

—Oiga usted, Angelita —le decía, a veces, la Valentina, que no era partidaria de tutear al servicio—, el pabellón número 7 está mal baldeado. ¡Ya sabe que no me gusta tener que repetirle las cosas!

—Usted dispense.

La Angelita Porreras, Miss Son Sardina 1961, con eso del trabajo excesivo se conoce que perdió fuerzas y acabó enfermando.

—¿De anemia?

—No; de peste aviar, que es una enfermedad de los nervios. ¡Pobre Angelita, qué demacrada se quedó!

Su Paquito, para no verla sufrir, se dio el bote con una poetisa local que se llamaba Margot II, y entonces la Valentina, que era muy organizada, destinó a Miss Son Sardina 1961 al departamento de piensos.

—Es la costumbre, ¿sabe usted? Cuando mi hermano Paquito planta a una novia, la destino al departamento de piensos. Las mujeres abandonadas suelen ser muy cuidadosas y pacientes y más limpias que los chorros del oro. En el departamento de piensos, toda la higiene que se tenga es poca.

El departamento de piensos

En el departamento de piensos, mezclando proteínas y vitaminas e hidrocarburos, había a la sazón tres ex novias de Paquito, el veterinario indonesio: la Carlota, la Pura y la Angelita, que era la nueva, la recién llegada, y no conocía aún las costumbres.

—¿Y se llevan bien?

—Pues, hombre, según como se mire; esto de la vida

en comunidad ya sabe usted que tiene sus riesgos y sus más y sus menos. Sin embargo, por ahora, por fortuna, la sangre todavía no llega al río. La Valentina es muy enérgica y no permite plantes ni desmanes.

—¡Más vale así!

—Sí, eso es lo que yo digo. ¡Más vale así!

A la Carlota, la Pura y la Angelita, los jóvenes de Ginzo de Limia les llaman los tres lanceros bengalíes porque los domingos y días de fiesta salen siempre juntas a pasear. Los viejos les dicen los tres mosqueteros; esto de los apodos se conoce que va por generaciones.

—¿Usted cree?

—Pues, sí; yo creo que sí. En esto de los apodos influye mucho la moda.

El departamento de piensos de la granja de pollos de la Valentina, es la mar de ventilado y funcional; tan ventilado y funcional que las tres ex novias del Paquito no hacen más que coger catarros.

—¡Qué horror, cómo tose esa chica! —decían los visitantes—. ¿Qué le pasa?

—Pues nada, ya ve usted, que trabaja en el departamento de piensos.

—¡Ah, ya decía yo!

La Carlota, la Pura y la Angelita, unidas en el ostracismo y el desaire, odian con un odio africano a Margot II, la poetisa que se alzó con el santo (es un decir) del Paquito y la limosna (es una manera de señalar) de su cariño.

—Lo que es la Margot II una lo sabe pero que muy bien sabido. Diga usted que una es discreta de natural porque, ¡anda que si no! La Margot II es una hiena relamida y una muerta de hambre, ¡como usted lo oye! La Margot II es una tía cursi, ¡eso es lo que es!, que no comió caliente hasta que se arrimó al Paquito. ¡Menuda es la Margot II, todo el mundo lo sabe! En fin, ¡vivir para ver!

Entre el personal del departamento de piensos, la

Margot II no tiene lo que suele llamarse buena prensa: La Carlota, la Pura y la Angelita, cada una a su peculiar manera y en su propio estilo, le desean la muerte entre horribles tormentos orientales.

—¡Y que no quede ni el rabo, para que aprenda!

—¡Pero, mujer!

—¡Ni mujer, ni cáscaras! ¡Aquí conviene hacer un escarmiento!

La Carlota y la Pura son dos productos del secano: dos hembras corpulentas y morenazas, ascéticas, bravías y grandilocuentes. La Angelita, en cambio, es trigueña y dulce y sentimental; la pobre no gana para sustos.

—¿Y le sacuden candela las otras dos?

—Pues, no; afortunadamente, no. Como la ven pobre y desvalida, se limitan a despreciarla.

—Eso sale ganando, ¿verdad, usted?

—Claro, eso sale ganando. Si la Carlota y la Pura se le arrancasen, ¡Dios no lo haga!, la Angelita se moriría de un vuelco al corazón. ¡Pobre Angelita! ¡Y qué mal le salieron las cosas con lo felices que se las prometía!

La Carlota y la Pura

La Carlota Mataluenga Ordás, alias Turienza, es natural de Manganeses de la Lampreana, diócesis de Zamora. En cambio la Pura Santibáñez Bercianos, alias Argañosa, como había nacido más pobre y ruin, tiene que conformarse con ser de Manganeses de la Polvorosa, diócesis de Astorga. Cada cual nace donde puede y le dejan, si le dejan, y todos los sitios son buenos para empezar a sufrir.

—¡Y usted que lo diga, amigo mío, y usted que lo diga!

La Carlota Mataluenga Ordás, alias Turienza, de moza cazaba liebres y lagartos en el despoblado de Tumiel, perdices y sapos en el desierto de Herreros y culebras de tierra y conejos (que como están mejores es en salpicón) en el yermo erial que dicen de Casares. Maganeses de la Lampreana es pueblo muy rico en recuerdos de pasadas grandezas, hoy pálidos y coritos como la fantasma del hambre.

—¿Y la Pura?

—No; la Pura Santibáñez Bercianos, alias Argañosa, era más bien aficionada a la pesca. Las truchas del río Orbigo tienen fama en toda la comarca; aderezadas con piñones, que es guiso difícil, están muy sabrosas, si se acierta.

La Carlota y la Pura se hicieron amigas en León, adonde las dos se llegaron a servir, ambas por el mismo tiempo sobre poco más o menos. La señorita de la Carlota Mataluenga Ordás, alias Turienza, se llamaba doña Cátedra Verdugo Palomino y gastaba poderosa nariz de berenjena y jacarandosos andares de cabo furriel que en su juventud padeciera de orquitis. La señorita de la Pura Santibáñez Bercianos, alias Argañosa, era tan desgraciada y destartalada como presumida y se llamaba doña Archibasílica Mantecón Belmonte, aunque sus íntimos la conocían (costumbres de la provincia, señora) por Guarra de Boñar, su pueblo de origen. Doña Archibasílica, se conoce que de un lupus que en mala hora le brotó, vivía sin nariz y hablaba con voz de grillo de cementerio.

—¿Y a qué suena —usted, que lo sabe todo— la voz de los grillos de cementerio?

—Pues verá: la voz de los grillos de los cementerios, en la luna llena retumba como el clarín de las batallas. En cuaresma, en cambio, la voz de los grillos de los cementerios vibra con sordina y hay años en que, ¡ya lo ve usted!, ni vibra.

—¿Y por el carnaval?

—¡Quite usted allá, hombre, quite usted allá! Por el

carnaval, la voz de los grillos de los cementerios silba en falsete, se conoce que para disimular su congoja. No es por nada, se lo aseguro, pero el carnaval de los cementerios suele ser muy raro y acongojador...

La doña Cátedra Verdugo Palomino, la señorita de la Carlota Mataluenga Ordás, alias Turienza, y la doña Archibasílica Mantecón Belmonte, Guarra de Boñar, la señorita de la Pura Santibáñez Bercianos, alias Argañosa, son concuñadas, cofrades y correligionarias. La unión hace la fuerza. El marido de la doña Cátedra, que atiende por don Fabián, es hermano del marido de la doña Archibasílica, que se llama Luisín —casi como un silbido— porque, por haragán, se había quedado sin el don. El don Fabián, sobre hombre de provecho, es oficial de notaría, pero el Luisín —¡los hay como mantas!— se quedó en sereno y nunca peor. Su señora, la doña Archibasílica, dama que propende al eufemismo, llama autoridades nocturnas delegadas a los compañeros de oficio de su cónyuge. El que no se conforma es porque no quiere y el que quiera saber más, que no maree y vaya a Salamanca.

—¿Está claro?

—Sí, señora, la mar de claro. Para un servidor no hay duda alguna, se lo juro.

El primer novio de la Carlota

Tobías Pandorado Expósito, alias Fred Astaire, el primer novio de la Carlota, era bailón de oficio y un si es no es rubiasco de color. En Manganeses de la Lampreana, pueblo más bien tradicional, el Tobías Pandorado Expósito —aquel reformador— fue el primero que instauró la fórmula «¿Meneamos el solomillo, nena?», para sacar a bailar a las mozas. Algunas poco hechas a las fórmulas nuevas, le decían: «¿Qué?», y entonces el Tobías, mirándolas con un desprecio sobrecogedor, se limitaba a responderles: «Nada, hermosa, que Dios te ampare y que te saque a bailar tu padre. ¡Otra vez será!» El Tobías Pandorado Expósito era un hombre de principios.

—¿Y no le dieron nunca con la mano?

—Pues, sí, la mar de veces. Pero el Tobías, como iba a lo suyo y no era partidario de andar perdiendo el tiempo, jamás hizo cuestión de honor de minucias y se dejaba sacudir.

—Así cobro menos —decía—; en las peleas, contra menos zumbes, menos te zumban. Todo es cuestión de aprenderlo a tiempo y antes de que le salten a uno la muela del juicio. En esto de las broncas hay que demostrar mucha prudencia.

El prudente Tobías Pandorado Expósito, alias Fred Astaire, practica la resistencia pasiva y no es amigo de andar gastando la pólvora en salvas; se conoce que tiene más de Gandhi que de Abd el-Krim, actitud que suele darse, incluso con frecuencia, entre albinos, jaros, taheños y demás suertes pelirraras.

—¿Y le resulta bien?

—¡Hombre, qué quiere que le diga! Por ahora, al menos, va librando el pellejo.

El Tobías Pandorado Expósito, al igual que David, hijo de Isaí, y que otros muchos mozos zamoranos y leoneses, había nacido pastor, oficio solitario y que despierta los sueños y las imaginaciones. Andando el tiempo, cuando lo devolvieron de las quintas, el Tobías Pandorado Expósito, garzón al que aún nadie llamaba Fred Astaire sino todos Oterico, que es apodo bucólico, plantó el cayado, del que brotaron dos tiernos y verdes ojos cuando llegó abril, y se metió en el pueblo a trabajar a la sombra, que siempre es un ascenso.

—El monte es bueno para los conejos —decía el Oterico— y aún más para los lobos. Los hombres viven mejor bajo techado: no se mojan; se les clarea el tinte de la tez, y crían las buenas magras que después les sirven de anzuelo de enamorar. ¡El monte para quien lo quiera!

El Tobías Pandorado Expósito, entonces, bajó al pueblo, sentó plaza de peón en la tahona de Lucas, detrás de Santa María la Nueva según se va, y aprendió los pasos, los giros y los contrapasos de la gimnasia que llaman el fox-trot, que es baile agarrado y de mucha sabiduría y movimiento. Como demostró muy buena disposición, la gente fue olvidando lo de Oterico y empezó a decirle Fred Astaire, que es uno que baila en el cine y que hasta se sube por encima del piano sin que se le caiga la chistera. El Fred Astaire de Manganeses de la Lampreana, con eso de que se lo rifaban las mozas, se hizo muy terne y descarado. Menos mal que era medio rubiasco porque ¡anda que si hubiera nacido moreno!

El primer novio de la Pura

Hermengaudio Tobalina Villarroquel, alias Gronjo, el primer novio de la Pura, tocaba la corneta y, allá por San Martín, sacaba brillo al jifero y apuñalaba puercos: ambas cosas —si hemos de atenernos al rigor histórico— en Manganeses de la Polvorosa y las dos —si queremos que la verdad hable por nuestra boca— con muy evidente maestría.

—¿Y de qué se enamoró la Pura, del soplen o del pinchen?

—Pues ya usted lo ve; yo pienso que del conjunto.

Hermengaudio Tobalina Villarroquel, alias Gronjo, es tan escurrido de carnes como una espingarda mora y tiene la color tomada de gualda sucio, lo mismo que el pergamino amargo del triste y también amargo libro del obituario, con su contabilidad de muertos y sus bien ordenadas ringleras de muertes de las dos especies: violentas y naturales.

—¿Y tú no bailas, Hermengaudio?

—¡Déjeme, déjeme! ¡Donde esté un buen velorio!

El Hermengaudio Tobalina Villarroquel, alias Gronjo, es renegrido, solemne y ritual como los mandamases de las fuerzas vivas, esos que salen cada mañana en los papeles acariciando huerfanitos escuálidos o presidiendo saludables y muy loables comisiones gestoras. ¡Qué diputado provincial se perdió en los cueros de Hermengaudio, Dios santo! En fin, paciencia.

—Hermengaudio.

—Mande usted, doña Tránsito.

—¿A ti te hubiera gustado llamarte Ananías?

—No, señora, ¿por qué?

—No, por nada..., te lo preguntaba sólo por curiosidad... Ahora en serio, ¿cuánto quieres por despenarme dos gorrinos que tengo?

—Por eso no vamos a reñir, señora. ¿Qué día desea usted que vaya por su casa?

Doña Tránsito, a pesar de lo decente y seria que es (todo el mundo lo dice), gusta de gastar inocentes bromas al Hermengaudio; la técnica amorosa de las ejemplares damas que se preocupan —y hacen bien, ¡qué caramba!— de que en su hogar no falte la matanza, suele estar tejida de finísimas e impalpables hebras de oro, de inconsútil y tenue trama difícil de adivinar.

—Hermengaudio —le dijo un día la Pura.

—Dime, Pura.

—No vayas a casa de la doña Tránsito a hacer la matanza, te lo suplico.

—¡Anda! ¿Y por qué no?

—No sabría decírtelo...

El Hermengaudio Tobalina Villarroquel, alias Gronjo, como es de sentido común, fue a casa de doña Tránsito a hacer la matanza; se esmeró de tal forma y lo hizo tan limpiamente y a satisfacción que la doña Tránsito, en agradecimiento, le regaló una botella de anís además de pagarle lo convenido.

—¡Eso es suerte!

—Pues ya ve usted, según cómo se mire, porque la Pura en cuanto lo supo, se le largó a la capital, a servir.

—¿Y qué hizo el Hermengaudio?

—Pues nada, aguantarse. ¿Qué quería usted que hiciera?

El Hermengaudio Tobalina Villarroquel, alias Gronjo, es hombre muy cabal y contenido, punto que no se deja arrebatar por la emoción.

—Ya volverá, si quiere. Y si no..., pues ya ve usted: de tal día en un año.

Cuando don Adriano Brime y Brime, alias Tabuyo, el marido de doña Tránsito, la diñó —¡pobre don Adriano, qué ridículo estaba de smoking en su caja de muerto!—, el Hermengaudio, como es de ley, formó en las apretadas filas del pésame y las alabanzas. En un aparte, su desconsolada viuda le musitó al oído:

—¡Estoy por tus huesos, chato! ¡No me abandones, que aquí hay para todos!

El Hermengaudio arregló los papeles y cuando se cumplieron los plazos que marca el reglamento, se casó por la iglesia con doña Tránsito. La cencerrada fue de las de órdago a la grande y tente tieso, pero, al poco tiempo, la gente —que para eso es olvidadiza y perdonadora— fue olvidando y perdonando y el corneta y matarife Tobalina, que abandonó ambos oficios para darse de lleno a la administración del patrimonio conyugal, empezó a gozar de la mucha consideración que aún hoy le acompaña.

Historia de Lorencita Brime, hermana del finado don Adriano el Tabuyo

La Lorencita Brime, la hermana del finado don Adriano el Tabuyo era, como el carbón de cok, un subproducto. Su cuñada doña Tránsito se lo explicaba a todo el que quisiera escuchárselo.

—La Lorencita para mí que está hecha de materiales de derribo, la pobre está llenita de goteras. Yo la pego, para ver si reacciona, pero nada; la verdad es que no hay manera de que levante cabeza. A lo mejor, lo que la pasa es que está podrida.

—Pues, sí; lo más probable. De otra manera, no se explica.

La Lorencita Brime es calva y tiene el cuero cabelludo plagadito de escamas de color azul, como el lomo de las sardinas; ella está tan desmoralizada y abandonada que ni se pone peluca.

—¿Para qué? Todo el mundo sabe que estoy calva y, además, ¿qué malo tiene esto de la calvicie? ¡Pues anda, hijo! ¡En este pueblo parece como si no hubieran visto un calvo en su vida! ¡Qué barbaridad!

La Lorencita Brime tiene la cabeza, sobre monda, pequeña como una naranja mandarina y toda llena de arrugas.

—Guapa no soy, ya lo sé; pero tampoco creo que la cosa sea como para que me ladren los perros. Vamos, ¡digo yo! En este pueblo lo que falta es caridad, eso, y buenos principios. Este pueblo está lleno de víboras sin corazón que lo que quisieran es que reventase en medio de la calle para mojar pan. ¡Menudos son en este pueblo!

La Lorencita Brime, de joven, tuvo un novio barbero que después, por esas cosas que pasan, se metió a ermitaño, salida de pie de banco muy de barberos. El ex novio de la Lorencita Brime se llamaba Casto Gallardo y había nacido, se conoce que por un error de la naturaleza, con una oreja de menos. A la Lorencita le hubiera sido igual, pero ni aun así se le arreglaron las cosas. Al Casto Gallardo, una vez que tuvo unas palabras con la doña Tránsito Quintanarruz de Brime, la cuñada de la Lorencita, le tocó cobrar; la doña Tránsito era más bien pegona y echada para adelante y, cuando se arrancaba, no había quien la sujetase. El Casto Gallardo, a raíz del varapalo recibido, renunció a seguir viviendo en sociedad y se echó al monte; como le faltó valor para hacerse bandolero, se quedó en ermitaño.

—De ermitaño tampoco se está tan mal, vamos, ¡digo yo!

—Pues hombre, mal, mal..., no creo; pero bien, tampoco. Eso de pasarse la vida criando paciencia no debe ser muy divertido.

A la Lorencita Brime, cuando se quedó sin novio, le mermó todavía más, si cabe, la cabeza.

—Yo creo que con esa chica, bien disecada, se podría hacer un puño de bastón bastante aparente. Lo malo es que lo más probable es que lo prohíba la ley. ¡Mire usted que son manías, eso de andar siempre prohibiendo todo!

—Sí, pero, ¡qué quiere! Las cosas son como son, amigo mío, y a los contribuyentes no nos queda más que tener resignación. Lo mejor es respetar la ley, por disparatada que nos parezca. Si no, ¿adónde iríamos a parar?

Don Ildefonso

La Lorencita Brime (y por tanto también su hermano, el difunto Tabuyo) es medio prima de doña Cátedra, la esposa del don Fabián, el de la notaría; ella presume mucho de tener parientes en la capital. La Lorencita Brime es hija del agrimensor don Moisés Brime Algadefe, que inventó la rara suerte de medir las tierras por suspiros y que estuvo casado en segundas con la señora doña Filonila Brime Rodrigatos, de quien era primo, dama famosa por sus hercúleas fuerzas. Esta doña Filonila Brime Rodrigatos, o séase la mamá de la Lorencita y del finado Adriano el Tabuyo, era a su vez prima de la primera esposa de su marido, la doña Eduarda Rodrigatos Boeza, que falleció, muy joven y sin descendencia, de un grano que le salió en el hocico. La mamá de la Eduarda era hermana de Luisita, la señora de don Pantaleón Palomino, tío de doña Cátedra Verdugo y pariente, por tanto, de la Lorencita.

—¿Lo entiende usted?

—Pues, la verdad, no mucho.

—Sí, hombre, la cosa es fácil. Verá: los papás de la Lorencita fueron el agrimensor don Moisés y la doña Filonila, la de las fuerzas, ¿está claro?

—Sí; por ahora sí.

—Bien, sigamos: la doña Filonila, la mamá de la Lorencita, era prima de la doña Eduarda, la del grano, que fue la primera esposa de su marido. ¿Sigue claro?

—¡Psché!

—Bueno, es igual; no me interrumpa. Esta doña Eduarda, o séase la prima de doña Filonila, la mamá de la Lorencita, era sobrina de la Luisita, la señora de don Pantaleón, y este don Pantaleón era hermano de la doña Claudia, la mamá de la doña Cátedra, la señora del don Fabián el de la notaría. ¿Lo entiende ahora?

—No, señor; usted dispense, pero no lo entiendo.

—Bueno, ¡allá usted! Eso ya no es culpa mía sino de sus escasas dotes de inteligencia.

El Daciano Quiruelas le salió al paso a su interlocutor.

—Oiga, usted, don Ildefonso, ¡sin faltar!

Pero como el don Ildefonso ni le miró, la cosa no pasó a mayores.

—¡Lo que hay en el agro hispano es mucha incultura, amigo Quiruelas!

—Pues, sí, don Ildefonso; en eso lleva usted razón, ¡qué quiere!, y un servidor es el primero en dársela, ¡sí, señor!

El don Ildefonso Galindo y Parahuy aunque, por esas cosas que pasan, tenía antecedentes penales, era un señor muy culto que se sabía los libros de memoria; la pena es que albergaba en su cabeza ideas disolventes, lo que siempre, claro es, desluce, ¡que anda, que si no!

—Oiga usted, don Ildefonso —le preguntaba, a veces, la juventud ansiosa de cultura—, ¿es verdad que en la luna hay habitantes?

Don Ildefonso Galindo y Parahuy es rentista aunque él, para justificarse, da clases de gimnasia y de esperanto a quienes se dejan. El lema de don Ildefonso es «mens sana in corpore sano», porque está convencido de que el esperanto no puede ser aprendido a la perfección más que por quienes, antes, hubieran cultivado el músculo y la correcta forma de respirar. A lo mejor tiene razón. Don Ildefonso que, allá en el fondo de su conciencia, es un cuáquero de secano, sueña con un mundo gimnástico y saludable en que el hombre fuese, por derecho propio, el rey de la creación; un rey tolerante y amigo de la hermana hormiga, del hermano lobo, de la hermana gaviota, etc.: un rey franciscano y transeúnte al que casi ni se le notara su condición real.

Doña Dulcenombre Gazapo

Don Ildefonso Galindo y Parahuy está separado de su señora, de soltera doña Dulcenombre Gazapo Madrigalejo, alias Cuquita, dama —aunque teñida de rubio— rebosante de resignación y de decencia. (Debe entenderse que esto es un decir, vamos: va y dice, digo, lo que dicen...)

—Lo que yo le digo a usted es que una mujer así,

hubiera sido acreedora de mejor suerte. ¡Eso es lo que yo le digo, para que usted se entere!

El Excmo. Sr. don Circasiano Vila Pouca de Aguiar y Moimenta da Beira, alias Carreco, un portugués que oficiaba las nobles artes de afilar cuchillos, se encogió de hombros: se conoce que el tema no le interesaba. Entonces don Teoprópides Cazanuecos Alisque, alias Ceque, el panegirista de la doña Dulcenombre, harto ya de predicar en desierto, cambió de auditorio.

—¡Este Circasiano es un hombre sin corazón —se le oyó musitar—, un monstruo capaz de las mayores aberraciones! ¡Alejémonos de su cruel escepticismo!

Don Teoprópides Cazanuecos Alisque, alias Ceque, huyendo de las amargas indiferencias del Excmo. Sr. Don Circasiano Vila Pouca, etc., alias Carreco, cayó en las bien trabadas —aunque disimuladas— redes de la doña Dulcenombre Gazapo Madrigalejo, alias Cuquita, pescadora de amor.

—¡Caray, qué título para una zarzuela!

—Pues, sí, tiene usted razón; me salió por casualidad, se lo juro, pero ahora veo que queda la mar de bien.

—¡Y tan bien, amigo mío, y tan bien! Reciba usted mi enhorabuena.

—Muchas gracias.

—No hay que darlas, no se merecen.

En lo que íbamos. Cuando el don Teoprópides se vio ante la doña Dulcenombre, fue y —sin más aviso— le soltó un soneto.

—¡Será guarro! ¿Cómo que le soltó un soneto?

—¡Sí, hombre, sí: un soneto! ¡No sea usted inculto! Un soneto es un verso, ¡a ver si se entera!

—¡Ah! Un soneto de verso..., ¡menos mal!

Don Teoprópides, no más que hubo leído el soneto a la doña Dulcenombre, se la quedó mirando con arrobo. Doña Dulcenombre ensayó un desmayado mohín de muy científica languidez.

—¿Qué te pasa, Cuquita? —inquirió don Teoprópides—. ¿Sufres, vida?

Entonces Cuquita, sobreponiéndose, exclamó:

—No, Ceque mío... A tu lado no sufro, ¡pero me sofoco! Abre el balcón, te lo ruego, para que el aire oree mis sienes.

—¡Va en seguida!

Los clandestinos, si bien purísimos, amores de la doña Dulcenombre Gazapo Madrigalejo, alias Cuquita, y el don Teoprópides Cazanuecos Alisque, alias Ceque, crecieron en la sombra: igual que el tierno y poético brote del culantrillo de la escondida fuente.

—Oiga, ¿y aquí no pegaría llamarle nemorosa a la fuente?

—Pues sí, ¿por qué no? Eso de nemorosa pega siempre y, además, hace muy fino. Las palabras finas se deben usar siempre que se pueda.

Cuando el don Teoprópides abrió el balcón para que el aire, digo, el céfiro, orease las sienes de la doña Dulcenombre, desde la casa de enfrente le arrearon un tomatazo que a poco más lo dejan tuerto. Don Teoprópides encajó el tiento con muy ejemplar caballerosidad.

—¡Qué país! —pensó mientras se apartaba de la trayectoria del segundo tomate, que ya venía de camino—. ¡En Francia no pasan estas cosas!

SEGUNDO TIEMPO

...CINCO, CUATRO, TRES, DOS, UNO.

El Excmo. Sr. don Circasiano Vila Pouca de Aguiar y Moimenta da Beira, alias Carreco

—¿Y dice usted que es afilador?

Don Trudo Gazapo Zaidín, alias Catoute, hermanastro de la doña Dulcenombre Gazapo Madrigalejo, alias Cuquita, y cuñadastro —por tanto— del don Ildefonso Galindo y Parahuy, es un señor muy lacónico.

—Sí.

—Pero, vamos a ver, ¿de los de la rueda y el caramillo?

—Sí.

—¡Pues mire usted que también son ganas de gastar nombre de preboste!

—Sí.

El interlocutor de don Trudo es un forastero que se dedica a hacer juegos de habilidad y cartomancia; cada cual, mientras los guardias no empujen, vive de lo que puede.

—¿Y se defiende con eso del afilen?

—Sí.

—¡Pues también es suerte!

El interlocutor de don Trudo luce bigote a la borgoñona y una nube de condecoraciones en la solapa. El interlocutor de don Trudo, no obstante ser un pardillo sentimental, habla con voz de trueno; el oficio manda. El interlocutor de don Trudo es de Albocácer, provincia de Castellón de la Plana, y aparece en los carteles como Profesor Rutilus, Arte-Magia; a veces lo prenden y no lo sueltan hasta que explica el truco de sus pasmosas experiencias.

—¡Qué incultura!

—Sí.

El afilador, vamos, el Excmo. Sr. don Circasiano Vila Pouca de Aguiar y Moimenta da Beira, alias Carreco, y el Profesor Rutilus, en cuanto se trataron se hicieron amigos entrañables y acordaron constituirse en sociedad.

—En sociedad, ¿de qué?

—Pues sociedad, a secas. La verdad es que sus intenciones no estuvieron nunca demasiado claras.

—¡Ah!

El don Teoprópides Cazanuecos Alisque, alias Ceque, el amador platónico de la doña Dulcenombre Gazapo Madrigalejo, alias Cuquita, y el don Trudo Gazapo Zaidín, alias Catoute, su hermanastro, se les quisieron unir, pero el afilador —no obstante el parecer del profesor— se opuso; el Excmo. Sr. don Circasiano el Carreco es hombre duro y, cuando se lo propone, hasta inasequible. Según lenguas, el don Circasiano es un noble venido a menos que, en cuanto se le rasca, deja asomar la oreja del feudalismo.

—¡No y mil veces no! —rugía don Circasiano el Carreco—. ¡Ni el don Teoprópides el Ceque, ni el don Trudo el Catoute, son dignos de figurar entre nosotros! ¡Yo sé muy bien lo que me pienso!

—¡Cálmese, excelencia, serénese! —le suplicaba el Profesor Rutilus—. El Ceque y el Catoute es probable que vengan con buenas intenciones.

—Bueno, ¡por si acaso! —argüía el afilador—. A mí me parece que son poco respetuosos, ¡qué quiere que le diga!

—Pues mire usted: en eso sí que tiene usted razón, ya ve que no me duelen prendas. El Ceque y el Catoute, respetuosos, lo que se dice respetuosos, no son respetuosos, ésa es la verdad: son ahorrativos e incluso serios, pero respetuosos, lo que se dice respetuosos, no.

—¿Y entonces?

—¡Hombre, no sé! A lo mejor aportaban algo de capital...

—No se fíe. Y además, ¿qué se nos da a nosotros el capital?

El Profesor Rutilus entornó, resignadamente, la mirada.

—Perdóneme, excelencia: a veces no consigo desligarme del bajo lastre terrenal...

El don Teoprópides Cazanuecos Alisque, alias Ceque, se consoló del desaire refugiándose en el amor de doña Dulcenombre Gazapo Madrigalejo, alias Cuquita. Don Trudo Gazapo Zaidín, alias Catoute, como no tenía amores —al menos conocidos— se dio al juego y a la disposición para velar, con una nube dorada y falsa, su fracaso.

Usos caballerescos

Cuando cobró confianza, el Profesor Rutilus, que era muy pasional, declaró su amor a la doña Dulcenombre Gazapo Madrigalejo, alias Cuquita, y desafió en singular combate al don Teoprópides Cazanuecos Alisque, alias Ceque.

—¡Elija usted arma y sitio! ¡Uno de los dos sobramos sobre el planeta Tierra! ¡Y no se preocupe, que yo corro con sus honras fúnebres!

El don Teoprópides, recién se hubo repuesto del susto que le dieron, le arrimó semejante sifonazo al Profesor Rutilus que no lo mató de verdadero milagro. ¡Dios, qué toba!

—¡Así aprenderán los cómicos a no meterse con los contribuyentes!

Entonces intervino el afilador.

—¡Ése no es proceder para un caballero! ¡Me solidarizo con mi amigo el Profesor Rutilus y le prevengo a usted que hago mías y suscribo en toda su integridad sus palabras de desafío!

El Excmo. Sr. don Circasiano Vila Pouca de Aguiar y Moimenta da Beira, también llamado el afilador Carreco, cambió el tono de voz para aclarar:

—Bueno, en toda su integridad, no; yo no corro con sus gastos de entierro.

El don Teoprópides (que, según testigos, miraba como un lobo en aquellos momentos) habló con una vocecita cruel y estremecedoramente aguda.

—¿Quiere usted sifón?

Por fortuna, pudieron intervenir a tiempo las autoridades, y el duelo —y el escándalo consiguiente— no llegó a tener lugar.

—¡Qué bochorno, en los tiempos que corremos, que puedan ocurrir estas cosas! Y el civismo de las gentes, ¿dónde está? ¡Enterrado bajo siete llaves! ¡Ahí es donde está! ¡Qué bochornosa y vergonzosa ignominia!

Don Ildefonso Galindo y Parahuy, alias Choto, tenía un concepto muy europeo de la existencia; no es extraño que en el pueblo no se encontrara a gusto.

—¿Pero usted cree, don Ildefonso, que esto de los duelos está mal?

Don Ildefonso escupió en el pañuelo (don Ildefonso jamás escupía en las paredes) antes de responder.

—Si lo creyese admisible en lo que pudiéramos llamar conciencia ciudadana, amigo mío, ¿no supone que soy yo y sólo yo quien hubiera tenido que matar a pinchazos al Ceque, al cómico y al portugués, por este orden? ¿Olvida usted, mi ilustre coterráneo, que Dulcenombre, a pesar de todos los pesares, es mi legítima esposa?

Daciano Quiruelas se quedó un poco cortado.

—Dispense usted, don Ildefonso, yo no hubiera querido traerle recuerdos tristes...

Don Ildefonso Galindo y Parahuy sonrió con cautelosa amargura, igual que el enfermo crónico que escucha los piadosos y falsos argumentos y las buenas y también falsas palabras que no cree.

—No, amigo Daciano: mis recuerdos no son tristes... Las horas pasadas en compañía de Dulcenombre fueron muy hermosas, se lo aseguro... Mi compañero de andanzas infantiles don Moisés Brime Algadefe, que era un verdadero poeta de la agrimensura, podría contarle, ¡pobre Moisés!, de mi felicidad de entonces... En fin, corramos un tupido velo sobre la memoria.

A Daciano Quiruelas se le hizo un nudo en la garganta.

—Don Ildefonso, usted perdone, ¿podría tomar un vasito de agua?

Don Ildefonso, entonces, repicó la campanilla y a Daciano Quiruelas le trajeron, como quería, un vaso —que no un vasito— de agua. El Daciano Quiruelas (se conoce que el hombre estaba seco) cerró los ojos y se lo bebió de un trago y sin respirar.

—¿Quiere usted otro?

—No, don Ildefonso, muchas gracias, está bien así.

Los fallidos amores de la Lorencita

Don Moisés Brime y Algadefe, agrimensor e inventor, tuvo dos esposas: la doña Eduarda Rodrigatos Boeza, que se murió, y la doña Filonila Brime Rodrigatos, prima de su marido, por Brime, y también prima de su antecesora, por Rodrigatos. Don Ildefonso Galindo y Parahuy, alias Choto, el separado marido de la doña Dulcenombre Gazapo Madrigalejo, alias Cuquita, había ido a la escuela con don Moisés, que era muy aplicado y respetuoso.

—¿Y obtenía brillantes calificaciones?

—¡Ya lo creo: de lo más brillantes que hay! El don Moisés fue siempre un alumno modelo, un mozo en el que —según el señor maestro— deberían mirarse todos sus condiscípulos, a ver si se les pegaba algo.

El Daciano Quiruelas (nadie lo sabe porque tampoco a nadie se lo dijo) tuvo sus miras respecto a la hija de don Moisés: la Lorencita, la calva.

—Mira, Daciano Quiruelas —se decía, mirándose al espejo, trance en el que jamás se llamaba tan sólo por el hombre de pila: Daciano, mártir de Roma, 4 de junio—, si matrimonias con la Lorencita asciendes en la escala social.

—Sí —se respondía—, pero, ¿y la calvicie? Esto de tener como legítima esposa a una señora que te recuerda a Rafael el Gallo, queda algo deslucido. Vamos, ¡digo yo!

—¡No hagas caso, Daciano Quiruelas, y déjate de prejucios! ¡Tú, vete a lo tuyo!

—Bueno, bueno...

El Daciano Quiruelas, por más que se esforzó, no fue a lo suyo y permitió que la ocasión se le escapase.

—¿Como una anguila?

—Pues, sí... O como una avecica, ¿qué más da?

El Daciano Quiruelas era más bien tímido y retraído, y los hombres tímidos y retraídos, según demuestra la experiencia, no suelen prosperar.

—¡Pero, hombre, Daciano Quiruelas! ¿Por qué no te arrancas?

—Bueno, déjame coger fuerzas. ¡Del lunes no pasa!

El ermitaño Casto Gallardo Cigudosa, alias Cubete, antes de que huyendo del mundanal ruido se diera a la soledad y a la contemplación, también había puesto sus ojos y sus mejores intenciones sobre la más bien desconcertada y parva naturaleza de la Lorencita. De no haber sido por el espanto que le produjeron las tortas que cobró de la doña Tránsito, a lo mejor hasta hubiera terminado pasando por la vicaría, como suele decirse: vamos, recibiéndola por esposa; la Lorencita —moza a la que no salió una a derechas en la vida— se hubiera sentido muy feliz y reconfortada de todas sus taras y calvicies. En fin, el hombre propone y Dios dispone.

—Y contra el destino no vale rebelarse, ¿verdad, usted?

—No, hijo: ante el destino no cabe sino tener resignación, ¡mucha resignación!

El Casto Gallardo había formado pareja, años atrás y en el juego de pelota, con el galán Hermengaudio Tobalina Villarroquel, alias Gronjo, que llegó a terrateniente consorte a resultas de su matrimonio con la doña Tránsito Quintanarruz Corachar, cuando la dama enviudó de don Adriano Brime, alias Tabuyo, el hermano de la Lorencita. La amistad entre el Casto y el Hermengaudio se fue enfriando con el tiempo y murió de muerte natural cuando la doña Tránsito derribó al Gallardo a tortas y a patadas. La paliza fue el tema de conversación del contorno durante varios meses. ¡Dios, qué somanta!

El Hermengaudio

Al Hermengaudio Tobalina Villarroquel, alias Gronjo, no le hubiera gustado llamarse Ananías. Los matarifes suelen ser muy exigentes con esto de los nombres. Los pregoneros, también lo son. El Hermengaudio Tobalina Villarroquel, alias Gronjo, cuando estaba novio de la Pura Santibáñez Bercianos, alias Argañosa, era las dos cosas a la vez: oficial palomo y matachín. Después, cuando se casó con la viuda del Tabuyo, ascendió. Los hay que van para arriba, pero también los hay que van para abajo sin que pueda sujetarlos ni la paz ni la caridad.

—Hermengaudio.

—Dime, Tránsito, amor.

—¿Te acuerdas cuando te pregunté si te hubiera gustado llamarte Ananías?

—¡Ya lo creo que me acuerdo, prenda dorada!

La doña Tránsito sonrió, invadida por una dicha inefable.

—¡Qué ajenos estábamos entonces a que el difunto Tabuyo, con su oportuna muerte, habría de dejarnos en libertad!

El Hermengaudio cogió ambas manos de su esposa.

—¡Para querernos siempre, tortolita mía!

Y la esposa del Hermengaudio, amorosa y tierna como una tortolita, respondió con la voz quebrada por la emoción:

—¡Siempre, Her...! ¡Siempre, Hermen...! ¡Siempre, Hermengaudio mío...! ¡Siempre jamás!

Después la esposa del Hermengaudio, siguiendo la costumbre de las mujeres inmensamente felices, se echó a llorar.

—Tráeme un pañuelo.

—No marees, pichón; sécate con la manga.

El Hermengaudio Tobalina Villarroquel, alias Gronjo, es galante pero no con exceso: de ahí, quizá, su aptitud para el triunfo. El éxito con las mujeres —decía Leopardi, que era medio chulo— es de quien las seduce, las goza y las pisotea.

—¡Caray, qué tío el Leopardi!

—Pues, sí; la verdad es que no se paraba en barras.

El Hermengaudio Tobalina Villarroquel, alias Gronjo, es el marido más como Dios manda de todo el dilatado país que dicen de la Polvorosa, a la sombra de la villa de Benavente, en la provincia de Zamora, diócesis de Astorga y reino de León: Fresno de la Polvorosa, Vecilla de la Polvorosa, Santa Cristina de la Polvorosa, Arcos de la Polvorosa, Milles de la Polvorosa, Manganeses de la Polvorosa, etc. El Hermengaudio Tobalina Villarroquel, alias Gronjo, que lo sabe, a veces se esponja como un pavo y entonces no lo aguanta ni su padre.

—¿Qué te pasa, Hermengaudio? Parece que te has tragado el molinillo, de tieso como vas.

—Pues, no..., no, señora, usted perdone, es que uno es así de natural...

El Hermengaudio, cuando era mozo que le pegaba a la pelota de pareja con el Casto Gallardo, tuvo amores con una joven —la Pura— que estaba por sus huesos; la cosa terminó porque la Pura, aunque honesta, era algo exigentona y metomentodo y quería fiscalizarle las matanzas. Claro es que no hay bien que por mal no venga, porque si la Pura no le achucha y no se le larga a la ciudad, a servir, él tampoco hubiera podido hacer la buena boda que hizo. La Pura, en León, donde estuvo de chica para todo en casa de la doña Archibasílica Mantecón Belmonte, alias Guarra de Boñar, se hizo muy amiga de la Carlota Mataluenga Ordás, alias Turienza, que era de Manganeses de la Lampreana. Después, como tuvieron mala suerte, se enamoraron del famoso veterinario indonesio llamado Paquito y acabaron en Ginzo de Limia, en la granja de pollos de la Valentina.

El Tobías

Manganeses de la Lampreana, el pueblo del Tobías Pandorado Expósito, alias Fred Astaire, y de la Carlota Mataluenga Ordás, alias Turienza, queda al sur de Manganeses de la Polvorosa, el pueblo del Hermengaudio Tobalina Villarroquel, alias Gronjo, y de la Pura

Santibáñez Berciano, alias Argañosa. Para ir de Manganeses de la Polvorosa a Manganeses de la Lampreana, hay que seguir el camino vecinal que, desde Alcubilla de Nogales, lleva hasta Benavente; desde aquí se mete uno por la carretera de Villalpando y, al llegar al cruce de Castropepe, no más salvado el río Esla, se toma el rumbo de Zamora, que corre paralelo, aunque no a la vera, de las aguas; a las cinco leguas de andar, en Riego del Camino, se tuerce a oriente —vamos, a la izquierda según se viene— y a la legua escasa y pegadito a la vía del tren, se encuentra Manganeses de la Lampreana. Andando, se tardan unas seis horas, y en bicicleta, si se llega, aún menos.

—¿Y a caballo?

—Pues mire, usted, según: eso depende del caballo.

A levante de Manganeses de la Lampreana duerme Villalba de la Lampreana, a orillas del arroyo Salado, y al sur y perdido en la carrera de la liebre y el galgo corredor, se despereza Pajares de la Lampreana, en el remoto confín de San Cebrián de Castro; para llegarse desde Manganeses hasta Villalba y Pajares, hay que dar un rodeo por Villarín de Campos, al norte; por Castronuevo, al sureste, y por Arquillinos, al oeste. Como en el país no se estilan los indicadores de carretera, lo mejor es sacar la brújula y navegar.

—¿Y al llegar a Arquillinos?

—Es fácil: Villalba queda mismo debajo de la estrella Polar, y Pajares, metiéndose por la querencia de la rienda, se guarece a la sombra del Camino de Santiago, al que algunos dicen Vía Láctea.

El Tobías Pandorado Expósito, alias Fred Astaire, no quiso seguir siendo pastor, oficio hermoso pero inclemente. Entonces, como tenía el pelo del lucido color de la zanahoria, se dio al baile de salón, entretenimiento en el que adquirió muy justo renombre porque la verdad es que lo hacía muy bien. Su novia, la Carlota Mataluenga Ordás, alias Turienza, estaba orgullosa del Tobías.

—Si en vez de nacer en el pueblo, nace en la capital, a estas horas a lo mejor es duque. ¡Ay, mi Tobías, y qué maña se da para enamorar!

Aunque después riñeron y se separaron (¡qué cierto y qué triste es que no hay bien que cien años dure ni amor al que no se trague el tiempo!), la Carlota guardó siempre muy buena memoria del Tobías. Cuando, en Ginzo de Limia, la destinaron al departamento de piensos, la Carlota escribió una carta al Tobías, una larga carta explicándole lo desgraciada que era e implorando, arrepentidamente, su perdón. Como el Tobías era analfabeto, la carta se hizo vieja sin que nadie la abriera y sin que nadie, tampoco, llegara a conocer con qué dolor y con qué sinceridad fue escrita. Al Tobías le dio vergüenza dársela a leer a los demás. Hay cosas que a nadie, absolutamente a nadie, le interesan.

Las consecuencias de querer sacar los pies del plato

—¿Nombre?

—Luis Garganchón Rábanos, pero me llaman Luisín.

—¿Hijo de...?

—Santiago y Eulalia, fallecidos ambos.

—¿Nacido en...?

—San Feliz de las Lavanderas.

—No; eso viene después. A eso se refiere la pregunta que sigue; ahora lo que quiero saber es la fecha de su nacimiento.

—¡Ah, usted dispense! Ya entiendo: 1 de junio de 1901; un servidor va casi con el siglo.

—Bien. ¿Natural de...?

—San Feliz de las Lavanderas.

—¡Eso no es Ayuntamiento!

—Bueno, ponga usted Quintana del Castillo.

—¿Estado?

—Casado.

—¿Con quién?

—Con la Archibasílica Mantecón Belmonte.

El amanuense levantó la pitañosa y desvaída mirada del grueso libro de sus apuntaciones.

—¿La que dicen Guarra de Boñar, y usted perdone?

—Sí, señor; la misma.

—Bien, sigamos. ¿Profesión?

—Sereno del comercio y vecindad.

—¿Domicilio?

—Padre Isla, 132, entresuelo derecha.

—¿Tiene antecedentes penales?

—No, señor.

—¿Padece algún defecto físico o enfermedad crónica?

—No, señor.

—Bien, está todo en regla. Búsquese usted la garantía o aval (que de ambas formas puede decirse) de dos industriales solventes establecidos en la localidad y, cuando los tenga, pásese por aquí de nuevo con diez letras de cambio, que deberá abonar de su bolsillo, aceptadas y con gastos, por las cuantías y en las fechas que se indican en el contrato. El televisor podrá llevárselo en el acto. ¿Entendido?

—Sí, señor: entendido. Muchas gracias.

—De nada, no se merecen.

Doña Archibasílica Mantecón de Garganchón, para los íntimos Guarra de Boñar, estaba encantadita con la idea del televisor; su criada, la Pura Santibáñez, también se las prometía muy felices.

—Es como tener el cine en casa —le decía a su compañera Carlota Mataluenga— y aún mejor, no creas. ¿Por qué no le dices a tu señorita que se compre uno?

—No, ¿para qué? Mi señorita está sin una perra; a mí me parece que el don Fabián no gana ni para pagar al casero.

Don Fabián Garganchón Rábanos se sabía el oficio tan bien como el notario, por lo menos; sin embargo, mientras el notario se paseaba en coche todo el día, como un duque o como un torero de postín, el don Fabián Garganchón Rábanos no conseguía levantar cabeza y andaba siempre atropellado y a la quinta pregunta. Su señora, la doña Cátedra Verdugo, está desesperada.

—¿Por qué no te vas a Venezuela, Fabián, a probar fortuna?

—¡Quita, quita! —le cortaba don Fabián—. ¡Yo estoy bien donde estoy!

Don Fabián, cuando se enteró de la compra del Luisín, no quiso ser menos y le pidió un anticipo al señor notario.

—¿Para qué lo necesita usted, amigo Garganchón?

El amigo Garganchón, como tuvo vergüenza de la verdad, prefirió mentir.

—Es que tengo que operar a la señora, don Rómulo.

Entonces el señor notario, que se llamaba don Rómulo Tirabeque Ruiz y era muy histérico y aprensivo, montó en cólera.

—¡Apártese de mi presencia, Garganchón, que no quiero ni verlo! ¡Largo de aquí! ¡Debería usted saber que no estoy para templar gaitas ni aguantar calamidades de nadie! ¡Fuera! ¡Queda usted despedido!

Aunque las cosas, como cabe suponer, pudieron arreglarse, el don Fabián, en la notaría, dejó de representar todo lo mucho que en tiempos representara.

—Le ruego que me perdone, don Rómulo —le dijo al cabo de varios meses don Fabián—, por haberle hablado de la operación de mi señora... Mi señora no necesita operarse...

—Vaya, me alegro. ¿Está mejor?

—No, señor; mi señora no estuvo nunca mala.

Entonces, el don Fabián se echó a llorar y el don Rómulo, para consolarle, guardó silencio y le regaló un purito habano de calidad extrafina. Don Rómulo, aunque maniático, tenía buen corazón y jamás volvió a hablarle al don Fabián de su mal momento.

El último rabo del amor

Quien mal anda, mal acaba, y la Carlota y la Pura, por aturulladas y enamoradizas, terminaron en el departamento de piensos de la granja de la Valentina; al poco tiempo se les unió la Angelita Porreras, Miss Son Sardina 1961, también con el corazón deshecho por el Paquito, que era mismamente un Landrú.

—¡Caray con el Paquito, con la cara de infeliz que tiene!

—¡Sí! ¡Para que se fíe usted de las apariencias!

El Paquito Liverpool Domínguez, alias Confucio, es veterinario indonesio y, para que se le note y no haya lugar a dudas, tiene cara de chino; su hermana, la de la granja de pollos, también es de la amarga color de la acebuchina y, se conoce que para que caiga en verso, se llamaba Valentina.

—Valentina.

—Dime, Paquito.

—Ya te tengo dicho que no me gusta que tortures al personal; a ver si aprendes de una vez para siempre que vivimos en el occidente europeo.

—Bien, Paquito.

La Carlota, la Pura y la Angelita esperan ver entrar por la puerta del departamento de piensos —y de un momento a otro— a la Margot II, la poetisa local que anida, como una cursi víbora puesta de punta en blanco, en el insaciable corazón del Paquito.

—¡Ya llegará, ya! —se dicen para darse ánimos y mantener enhiesta la moral y firme e incorruptible la presencia de ánimo—. ¡Aquí no hay prisa!

Los domingos y días de fiesta, la Carlota, la Pura y Angelita, después de misa, se van a dar un paseo por el pueblo; a veces, se llegan hasta la laguna de Antela, que es grande como un mar, y sueñan, poéticamente y en silencio, con que sobrenadando las aguas se presenta, medio comido ya por los barbos, el cadáver de Margot II. ¡Qué raras, pero qué parecidas siempre, suelen ser las figuraciones en las que se enquista, igual que el cuesco en el melocotón, el último rabo del amor perdido!

—Carlota.

—Mande usted, señora Valentina.

—Cargue usted un poco la mano en la harina de pescado; los últimos piensos los encontré algo flojos.

—Bien, señorita Valentina, ¿manda algo más?

—No, gracias; puede retirarse.

En el departamento de piensos hay mucho orden y limpieza; lo que no hay es demasiada buena armonía, cosa bastante razonable.

—Pura.

—Mande usted, señorita Valentina.

—Deje usted siempre bien cerrados los envases, que no se lo tenga que volver a repetir. El enemigo público número uno de los piensos, es la humedad; recuérdelo siempre.

—Bien, señorita Valentina, ¿manda algo más?

—No; gracias; puede retirarse.

En el departamento de piensos grana la contenida mala uva y pinta en sujetos y aherrojados bastos a punto de estallar, la envidia que condena las almas y tiñe, de color veneno, los azotados y jubilados cueros aún ayer frescos y en sazón.

—Angelita.

—Mande usted, señorita Valentina.

—El domingo, en vez de salir de paseo, se quedará usted baldeando el piso. ¿Se ha dado usted cuenta de que lo tiene hecho un asco?

La Angelita Porreras, Miss Son Sardina 1961, guardó silencio.

—¿No sabe usted hablar, Angelita?

La Angelita Porreras, Miss Son Sardina 1961, es una moza sentimental y dulce que luce los ojos azules y el pelo suavemente ondulado y de color trigueño. Aunque lo más probable es que Agustina de Aragón fuese todo lo contrario, la Angelita Porreras, Miss Son Sardina 1961, en aquellos momentos parecía Agustina de Aragón. La Valentina Liverpool Domínguez, que no tenía pelo de tonta, se percató del peligro y recogió velas.

—Bueno, Angelita, no se ponga usted así... El domingo saldrá usted a pasear con sus compañeras, como siempre... Ande, serénese...

Soliloquios morales

¡Qué ajena estaba la familia de la Angelita Porreras, Miss Son Sardina 1961, al dolor de la muchacha!

—Claro, ¡como eran tantos!

Cuando, a los dos meses de su fuga, la doña Rafaela, que era la mamá de la Angelita, dio parte a la policía, la miss estaba ya a punto de entrar, ¡pobre miss!, en el departamento de piensos: el desolladero del último y definitivo rabo del amor. El Paquito Liverpool Domínguez es muy inconstante y veleidoso, y los amores, aun los que más arrebatados parecieran, suelen durarle menos que unas medias suelas de cartón.

—¿Le gustan los souvenirs, my dear?

—¡Oh, yes! ¡Los souvenirs son very, pero que muy very pretty! ¡Mi vida, sin souvenirs, no tendría objeto!

La fórmula acarreaba riesgos escasos, quizás incluso demasiado escasos, y las damas, atraídas por el engañoso señuelo de los souvenirs, picaban como pardillos: pájaros que, según es fama y tradición, pican mejor que ningún otro.

—¿Bailas, prenda?

Ésta era la segunda etapa y a la tercera...

—Perdone que le interrumpa. ¿Usted ha oído decir que a la tercera va la vencida?

—Sí, ¿por qué?

—No, por si le servía para algo.

—¡Pues claro, hombre, pues claro que me sirve! Aquí, para que usted se entere de una vez para siempre, no se desperdicia nada.

A la tercera, como se intentaba explicar, venía la fuga: ¡Huyamos en pos del amor!, etcétera.

—¡Huyamos en alas de la dicha, vida mía!

—¡Huyamos presto, chato!

La familia de la joven Angelita Porreras, Miss Son Sardina 1961, parece una manifestación.

—¿Por lo tumultuaria?

—Bueno, pero también por lo numerosa.

La familia de la joven Angelita Porreras, Miss Son Sardina 1961, es tan numerosa que cuando alguien se larga, no lo echan de menos hasta pasados dos meses.

—Y eso, ¿usted cree que resulta cómodo?

—Pues mire usted, según: para unas cosas, sí; pero para otras, no. En esto de las familias, nunca se sabe bien lo que es cómodo o incómodo.

La joven Angelita Porreras, Miss Son Sardina 1961, antes de su fuga del hogar paterno, tuvo un pretendiente que se llamaba Felipín y que era un modelo de hombre trabajador y de buenas costumbres. La Angelita Porreras, antes de enloquecer con el anzuelo de los souvenirs que le puso, mismo delante del hocico, el veterinario indonesio, llegó a estar incluso interesada por el Felipín.

—Buen chico, sí parece —se decía—, y de porvenir. Lo malo es que lo encuentro algo cabezorro.

—Bueno, mujer —se respondía—, el caso es que sea decente y te trate bien. Lo demás ¿qué importa?

—Hombre..., ¡como importar, importa...!

Cuando en el horizonte de la joven Angelita Porreras, Miss Son Sardina 1961, apareció, en forma y arrolladoras pujanzas de meteoro, el veterinario indonesio, todos los morales soliloquios de la moza rodaron, estrepitosamente, por tierra. ¡Qué cierto es que contra los buenos y ordenados propósitos, siempre triunfa, en los enamorados y juveniles corazones, la pirueta en el vacío de la loca aventura!

—¡Caray, qué frase!

—Nada me extraña que le sorprenda, amigo mío. ¡La he pensado y rumiado durante muy largos años!

Tristes consideraciones alrededor de Benjamín Gutiérrez

El Felipín tuvo un cuñado que, por esas cosas que pasan, se le murió; el muerto al hoyo y el vivo al bollo, y al que le toca vivir no hay quien lo mate y al revés; al que le da la hora lo entierran y aquí, aunque parezca lo contrario, no ha sucedido nada. La verdad es que el cuñado del Felipín, saludable, saludable, no anduvo nunca; se conoce que estaba medio apolillado, ¡vaya usted a saber! A la viuda del cuñado muerto, a la Leocadita, se le vino el mundo encima cuando su esposo palmó dejándola, como todo recuerdo, los dos gemelines que venían de camino.

—¡Los hay desahogados!

—¡Quite usted allá, mujer, quite usted allá! ¿Usted cree que se puede admitir el comportamiento de un hombre que embaraza a la señora para después decirle, como si tal cosa: bueno, pichón, que yo me voy para el otro mundo, ahí queda eso...? ¡Le digo a usted, amiga mía, que hay casos que claman a los cielos! ¡Yo no sé cómo no intervienen las autoridades! En fin, ¡vivir para ver!

Cuando el Benjamín Gutiérrez se murió, el suceso fue muy desfavorablemente comentado en toda la vecindad. Su viuda, la Leocadita, era muy buena y delicada y el público, claro es, se puso de su parte.

—¡Mire usted que es faena, abandonarla en la flor de la juventud!

—¡No me haga hablar! ¡Qué horror, qué cosas pasan!

El Benjamín Gutiérrez era empleado de la diputación y más probo que nadie; su jefe, el don Romualdo Mula Cabriel, un señor al que le olía el aliento, siempre lo decía.

—Gutiérrez, ese chico que está medio tísico, es más probo que nadie; lo malo es que no va a durar más que un suspiro. El día menos pensado tenemos vacante, ya verá.

—Pero hombre, don Romualdo, ¡no lo gafe!

—No, descuide, ¡el pobre bien gafado está! En fin, esperemos.

El Benjamín Gutiérrez, a la edad de quince o diez y seis años, iba para poeta; después, según costumbre, se quedó en amanuense y menos mal porque los hay que tardan más en reaccionar y, claro es, se estrellan. El Benjamín Gutiérrez era muy blanquito y sentimental y mucho talento no tenía, con lo que quiere decirse que condiciones para el noble oficio no le faltaban.

—¿Y llegó a escribir versos?

—Sí, señor: sonetos y romances y octavas reales y..., bueno, de todo. Y le salían muy bien, no crea, muy armoniosos y emotivos; lo malo es que, de repente, se secó. ¡Se conoce que la parca, con su inexorable mandato, le cortó el chorro de la inspiración!

—Sí, lo más probable.

El Benjamín Gutiérrez, para hacerse perdonar —quizás— su deslucida presencia, solía sonreír con una mueca dulce e imploradora, casi repugnante. Los enfermos crónicos están mejor y más dignos manteniendo la seriedad y la distancia que regalando la babosa cortesía; el condenado a muerte no salva el pellejo por caerle en gracia al espectador, cuya misericordia se ve agostada, ¡también es mala suerte!, por la venenosa y ardorosa nube de sutil complicidad que le atenaza, en el seco meollo del gaznate, el grito de protesta que jamás pronuncia. El Benjamín Gutiérrez, ¡pobre Benjamín Gutiérrez!, ignoraba el raro mecanismo que da cuerda al corazón: ese reloj esquivo, caprichoso y atroz que acaba siempre parándose, tarde o temprano.

La segunda boda de la Leocadita

La Leocadita, la viuda del Benjamín Gutiérrez, aunque es algo cabezota y no tiene ya ni juventud ni demasiados encantos, se casó en el Puerto de Pollensa con un alemán (a lo mejor era un sueco) que tenía un negocio de gaseosas en su ciudad natal.

—¿Y cuál era su ciudad natal?

—Pues mire, usted, lo ignoro; eso no me lo dijeron.

—Bueno, siga; la verdad es que el dato tampoco tiene mayor importancia.

—Claro, eso es lo que yo me digo.

El alemán de la Leocadita, que se llama Albert Magnus von Wietzendorf-Schneverdingen, es un aristócrata albino y venido a menos que pinta abstracto, tiene afición a la pesca submarina y se alimenta de dry-martinis, very very dry; la Leocadita, sobre todo al principio, estaba más bien extrañada de los usos y costumbres de su novio, pero después, cuando fue cobrando confianza, hasta llegó a encontrarlo normal.

—Mi Magnus —solía decir— es muy bueno y cariñoso conmigo y con los nenes, y les compra jerseys y helados y calcetines y de todo. ¿Que se divierte ensartando besugos con un pincho? Bueno, ¿y por qué no? A lo mejor, en su país es mucha costumbre. Y además, a mí, ¿qué daño me hace?

Al verano siguiente de haberse conocido, el Magnus se presentó en el Puerto de Pollensa con toda su familia (que eran ciento diez) y los papeles en regla y, después de las presentaciones de rigor, que resultaron algo engorrosas por eso del tumulto, se casó con la Leocadita. La boda fue muy sonada y rumbosa y el Magnus, la verdad sea dicha, echó la casa por la ventana. La Leocadita estaba muy feliz e incluso casi guapa y, contra lo que se temía, no lloró ni se acordó en todo el tiempo del Gutiérrez.

—Si me llego a casar en Madrid, la cosa hubiera sido peor. ¡Pero aquí tan lejos! Mi difunto no estuvo nunca en Mallorca; yo creo que no salió de Madrid en su vida. ¡Él sabrá perdonarme! Si contraigo nuevas nupcias, es sólo pensando en que los nenes, el día de mañana, puedan tener una fábrica de gaseosas en propiedad. ¡Lo que una mujer no haga por sus hijos!

El Felipín, a raíz de la boda de la Leocadita, presumía mucho de cuñado extranjero.

—Mi cuñado que, no es porque yo lo diga, es extranjero...

El Felipín, con eso de que tenía un cuñado extranjero, se hizo muy moderno y cosmopolita y aprendió a bailar el rock-and-roll; si no se dejó la barba fue porque se lo prohibió, sin que hubiera lugar a dudas, el dueño del hotel donde trabajaba de cocinero.

—Si te dejas la barba, te echo a patadas. A los clientes, aunque van hechos unos guarros, les gusta mucho la higiene. ¡Tú verás lo que haces!

El Felipín, como es lógico, entendió y siguó afeitándose, cada mañana, con su maquinilla eléctrica.

—Y la Leocadita y los nenes, ¿se van a ir a Alemania por el invierno?

—No lo sabemos todavía; mi cuñado está pensando en abrir un bar, aquí en Pollensa.

—¿Pero van a liquidar la fábrica de gaseosas?

—No; de momento, no. Las comunicaciones son fáciles y él dice que se pueden atender bien los dos negocios. Ya veremos. Estos extranjeros son muy organizados y además se mueven con mucha facilidad; no son como nosotros.

Consideraciones sobre el pelo de los niños

Los niños que tienen el pelo rizado son más bien apañatundas; en los colegios, cada vez que llega un niño con el pelo rizado, los demás suelen perseguirlo, sañudamente, durante el recreo, al grito de: ¡niña, niña, que eres una niña! A las señoras, que por lo común son muy burras e ignorantes, aunque haya alguna que resulte mona, les gustan mucho los niños con el pelo rizado.

—¡Qué bucles! —dicen poniendo los ojos en blanco, como si estuvieran en trance—. ¡A cuántas jovencitas les gustaría tener un pelo así!

El Benjaminín y la Leocadinina, los hijos de la Leocadita e hijastros del Albert Magnus von Wietzendorf-Schneverdingen, se quedaron con el Felipín por el invierno; como son buenos y aplicados, casi ni le dieron la lata. El Felipín tiene muy buen corazón y los cuida con mucho cariño y miramiento.

—Son los hijos de mi hermana —dice poniendo la cara importante—, por sus venas corre mi misma sangre...

El Benjaminín y la Leocadinina no tienen el pelo rizado, aunque sí sedoso. El Benjaminín y la Leocadinina no son fuertes, si bien sí listillos y casi simpáticos. El Benjaminín pesca cangrejos y colecciona estampitas de futbolistas, de esas que vienen en los chocolates; la Leocadinina canta canciones italianas y habla, con sus amigas, de los dorados sueños que parecen ya a la vuelta de la esquina.

—Oiga, usted, ¿y qué deparará el porvenir a los hijastros del von de las gaseosas?

—¡Ay, amigo mío! ¡Cualquiera lo sabe! Yo tengo muy escasas dotes de augur y ni me atrevo a opinar. ¡Si fuera mi primo Federico, que las acierta todas!

Los niños que tienen el pelo lacio, salvo excepciones, suelen ser camorristas; algunos hay que no hacen una a derechas y que no discurren nada con fundamento. El Benjaminín y la Leocadinina, los hijos del fallecido Gutiérrez y sobrinos del Felipín, aunque de ellos no pueda decirse que tienen el pelo rizado, tampoco lo enseñan lacio o, al menos, lacio del todo, como los chinos; se conoce que no tienen ascendencia china, sino corriente, vamos, española. El Benjaminín y la Leocadinina gastan pelo de contribuyente, de ese que no llama la atención ni por demasiado hermoso ni por demasiado ruin; su madre y su tío, cuando eran pequeños, lo tenían mucho más lucido y de mejor calidad.

—¿De quién son esos niños con ese pelo tan bonito? —decían las señoras forasteras.

—Del señor Felipe, el zapatero, el que se casó con la taquillera —les aclaraban las señoras de la vecindad, siempre impuestas en los secretos del barrio.

—¡Y qué igualitos parecen! ¿Es que son mellizos?

—Acierta usted. ¿Verdad que no hay más que verlos?

La Leocadinina y el Benjaminín no resultan tan llamativos como su madre, la Leocadita, ni como su tío, el

Felipín; claro que también son menos cabezorros y pasan más desapercibidos. Los niños con la cabeza corriente no llaman tanto la atención y pueden vivir más tranquilos y sosegados; de mayores, se nota en que son menos histéricos y caprichosos, menos lunáticos y trascendentes.

Crónica de la Leocadia Criado

El maestro Felipito, el zapatero y padre del Felipín y de la Leocadita, se llamó en vida Vargas Belmontejo, de apellido. Su señora, la Leocadia Criado, la que se ahogó en el Jarama a poco de acabar la guerra, se llamaba Valverde, por parte de madre. El Felipín Vargas Criado está de cocinero y la Leocadita, su hermana, pasa unos apuros horribles porque en el país de su marido, el von de las gaseosas, no se entiende con nadie. El Benjaminín y la Leocadinina Gutiérrez Vargas lucen ya muy crecidos y de buen color; los niños, cuando no cascan, acaban por levantar cabeza. Esto de la historia es algo que, por más vueltas que se le dé, siempre queda muy raro y misterioso y no se detiene jamás; a lo mejor ésta es la razón por la que los historiadores están siempre llenos de manías. La Leocadia Criado fue —todos la recuerdan— una señora muy aparente, tirando a gorda, que se peinaba con fijador. La Leocadia Criado tenía un abrigo de peluche verde seminuevo, que entraba en funciones el día de Difuntos, y dos batas de cretona —por eso del quita y pon— que salían a relucir por San Isidro. En general, la Leocadia Criado andaba siempre muy curiosa y aseada y hasta se lavaba los pies y los sobacos de vez en cuando; ella no era como otras que, en cuanto se casan, se abandonan y se presentan hechas unas zarrapastrosas.

—Vergüenza les debiera dar, ¿verdad, usted?

—Pues mire, usted, según; a lo mejor la vergüenza la guardan para otros menesteres, ¡vaya usted a saber!

La Leocadia Criado, de joven, vamos, cuando era taquillera del metro, tuvo un novio aparejador que se le mató en una carrera de motos: el garzón estaba en una curva peligrosa para ver bien y sin perder detalle cómo se daban el toñazo los motoristas, y en esto llegó uno que tomó la curva por donde no era y, claro es, derrapó y, ¡zas!, se dio la toña. El novio de la Leocadia no pudo disfrutar del espectáculo como hubiera deseado, porque el motorista, con evidente falta de espíritu deportivo, salió por el aire y fue a estrellarle la máquina en los mismos morros; el pobre mozo quedó tan hecho puré que tuvieron que recogerlo con una esponja. La Leocadia, para restañar la herida que dejara en su corazón la imprevista manufactura del novio, prestó oídos a las palabras del maestro Felipito, que por entonces aún no era bizco, y acabó casándose con él, que siempre la respetó y la tuvo en mucha consideración. Su matrimonio, andando el tiempo, le salió como todos: ni bien ni mal; ella se conformaba porque, según anda el mundo, tampoco pueden pedirse gollerías.

—Eso es tener talento.

—Pues, hombre, no sé lo que decirle. La Leocadia tenía mucho sentido común, pero talento no crea usted que le sobraba; la Leocadia era como todas, vamos que ni fu ni fa.

Cuando la Leocadia se ahogó en el Jarama, su muerte fue muy sentida en todo el barrio y el maestro Felipito recibió numerosas muestras de condolencia. A la gente le gusta eso de dar pésames, la verdad es que resulta bastante entretenido. La gente suele ponerse cachonda en los pésames (es algo muy estudiado ya) y algunos, los más ansiosos, hasta mojan pan en el muerto.

Al maestro Felipito, la bizquera hasta le hacía gracia. Hay bizcos graciosos y jaraneros, aficionados al cante y al vino fino, y hay bizcos malages, a los que reconcome la envidia y mala uva, que no beben más que sifón y, para eso, poco. El maestro Felipito era de los primeros y, salvo cuando alguien dudaba de sus artes y sus predisposiciones para el noble juego del mus, mostraba siempre un carácter muy jovial y cordial, muy espontáneo y alegre.

—¡Qué hay, maestro! Se vive, ¿eh?

—Pues, sí, no hay queja. ¡Mientras vayamos tirandillo!

La ciencia de remendar zapatos, remozar botas y rejuvenecer, a lentos y constantes golpes de lezna y de paciencia, los escarpines que parecían definitivamente derrotados y al pairo, suele criar muy útiles y firmes resignaciones, muy saludables y recomendables filosofías. El maestro Felipito, desde que se quitó de los toros, ve el mundo con un temple estoico y sosegado, casi de monje oriental. A medida que se fue haciendo viejo, al maestro Felipito se le endulzó el carácter y al final, cuando estaba —aun sin saberlo— con un pie en el sepulcro, llegó a unas perfecciones beatíficas y, feo y bizco y melenudo, era talmente como un ángel. En el barrio, la gente lo respetaba y a nadie pasó ni por la imaginación siquiera la idea de apedrearlo.

—¡Qué hay, maestro! ¿Se trabaja?

—Pues, sí, no hay queja. ¡Mientras queden peatones!

—Claro, ¡diga usted que sí! Y cuando se acaben, pues mire, de tal día en un año porque será el fin del mundo. ¿Verdad, usted?

—Pues, sí... Pero eso va todavía para largo.

El maestro Felipito, por el remoto tiempo en el que

su señora, antes de ser ni su novia, estuvo en relaciones con el Matías Caldas Revilla, el aparejador a quien mató una moto que salió por el aire como un cohete, anduvo haciéndole la rosca a una vecina que se llamaba Lola Terrinches, de oficio peinadora, que lo rechazó porque, según decía, aspiraba a más y no quería ahorcarse en el primer árbol que encontrara. La Lola Terrinches se casó con don Tadeo Suárez, de oficio procurador de los tribunales y, como era de natural fecundo, le dio seis hijos —tres nenes y tres nenas— en los seis primeros años de su matrimonio. Después, se conoce que de la debilidad, la Lola Terrinches acabó loca y tuvieron que encerrarla en Ciempozuelos porque quería cargarse a medio mundo, empezando por su marido y por la descendencia.

—¡De buena libró usted, maestro! —le decían las vecinas al Felipito—. ¡Anda que si llega usted a matrimoniar con la Lola, va listo!

—Pues, sí —contestaba el maestro Felipito, un si es no es estremecido—. ¡Se conoce que no estaba de Dios que la hiciera mi esposa! En fin, ¡lo peor fue para mi sucesor!

El maestro Felipito calzaba a familias enteras desde hacía ya muchos años porque tenía crédito y justa fama de honrado y concienzudo. A la joven Matildita Sánchez Perdigón, que tenía una pata más corta que la otra, la nivelaba con verdadero primor. Cuando el maestro Felipito se murió, la joven Matildita Sánchez Perdigón, no más caérsele de viejo el último par de zapatos que le hizo, volvió a cojear de una manera incluso desconsiderada.

Una muchacha más bien rarilla

La costumbre suele ser que las mozas tengan las dos patas del mismo tamaño, así no se escoran. Algunas, no obstante, hacen excepción a la regla y dejan crecer más una pata que la otra. Esta imperdonable desidia acarrea males muy diversos: el primero de todos, la cojera. Las mozas, cuando no tienen ambas patas a nivel, cojean a ojos vistas y sin que nadie pueda remediarlo. A veces los zapateros, a base de suela, consiguen medio equilibrarlas, pero su caritativa solución —según cabe suponer— jamás pasa del bienintencionado artificio. No, no es eso; es evidente que no es eso. Los hombres que andamos por la calle (los repartidores del pan, los pintores abstractos, los sacristanes, los artríticos, los padres de familia, los cesantes, los triunfadores) queremos muchachitas bípedas, homobípedas, balanceantes —¡así se pisa, hermosa!— y corrientes y molientes. Es forzoso reconocer que los hombres que andamos por la calle estamos llenos de prejuicios. Los hombres que andan por los más altos y peligrosos aleros y que duermen colgándose de los tirantes en los pararrayos, son otra cosa. La joven Matildita Sánchez Perdigón no lo sabe, pero lo adivina. La joven Matildita Sánchez Perdigón obra por pálpitos e intuiciones; su novio, que no es hombre de demasiadas luces, está más bien alarmado. El maestro Felipito le había cogido el aire a la cojera de la joven Matildita Sánchez Perdigón. Pero cuando el maestro Felipito (la verdad es que no era ya ningún niño) se enfrió para siempre, la joven Matildita Sánchez Perdigón, harta de contenciones y disimulos, volvió por sus fueros de coja y rompió a cojear con más descaro del que jamás tuviera.

—Pero, ¿por qué no te esfuerzas un poco en andar derecha, hija mía? ¿Qué trabajo te cuesta?

Entonces la joven Matildita Sánchez Perdigón, pálida como la cera y con la opaca y ronca voz de los criminales débiles tropezándole por las paredes de la garganta, se limita a responder:

—Porque no quiero. A mí, lo que me gusta es ser coja.

La joven Matildita Sánchez Perdigón, acto seguido, se echa a llorar. La joven Matildita Sánchez Perdigón es una muchacha más bien rarilla; su madre sufre viéndola sufrir, pero ignora las terapéuticas que matan a cercén los sufrimientos.

—¿Quieres que vayamos al cine, hija? En el Monumental echan una película muy bonita.

—No; no tengo ganas. Prefiero quedarme leyendo en la habitación.

—Como gustes.

La madre de la joven Matildita Sánchez Perdigón sueña con el último cartucho de la esperanza: la boda de la hija. El novio, el joven Gustavito de Pablos Bobalar, parece muy buen muchacho, muy artista y sensible; también muy serio y respetuoso y como Dios manda.

—¿Y va con buenas intenciones? —le preguntan las señoras a la madre de la joven Matildita Sánchez Perdigón.

—Pues, sí..., yo creo que sí. A nosotros nos parece muy buen chico...

A la madre de la joven Matildita Sánchez Perdigón, al llegar a este trance, suele nublársele la voz.

—¡Pobre hija! ¡Daría lo que me queda de vida por verla feliz!

Después, la madre —quizá sea la fuerza de la costumbre— también se echa a llorar. Se conoce que en aquella casa son de lágrima pronta.

—Dispensen ustedes, a veces no puedo contenerme.

El mozo manso

El joven Gustavito de Pablos Bobalar, sobre parecerlo, es buena persona aunque defectuosillo en lo que al físico se refiere. El joven Gustavito de Pablos Bobalar, por prescripción de sus tías, toma aceite de hígado de bacalao, menjurje que en teoría le da fuerzas aunque, en la práctica, no pasa de revolverle el estómago. El joven Gustavito de Pablos Bobalar es un canijo con tendencias líricas.

—Lo mejor sería quemarlo, ¿verdad, usted?

—¡Hombre, no! ¡Qué ocurrencia! ¿Cómo se le pueden ocurrir semejantes cosas?

Don Marcial Abejuela Javalambre, alias Marcelino, sonrió.

—¡Pues ya ve usted!

El joven Gustavito de Pablos Bobalar no le cae en gracia a don Marcial Abejuela Javalambre, alias Marcelino, tratante en novilleros.

—¡Cómo tratante en novilleros!

—Sí, señor, usted perdone: tratante en novilleros, como su nombre indica, igual que hay tratante en caballos, en puercos o en lo que sea. El don Marcial, vamos, el Marcelino, es tratante en novilleros; todo el mundo lo sabe y él no lo disimula.

El señor Simeón, el del fielato, se encogió de hombros.

—Bueno, ¡si usted lo dice!

El joven Gustavito de Pablos Bobalar está de novio de la joven Matildita Sánchez Perdigón, que tampoco es un modelo de anatomía prudente.

—¿Habla usted en sentido figurado?

El Florentino Valdeajos, el de la notaría, se quedó medio con la boca abierta.

—No, señor; yo hablo sólo por hablar, se lo juro.

Según las leyes de Mendel, el día que el Gustavito y la Matildita se casen y tengan descendencia, se va a armar la de Troya. Don Marcial, el señor Simeón y el Florentino se entretuvieron en pintar en un papel el pronóstico y les salió un alacrán.

—¿Cebollero?

El tío Pelayo Griñón, el de la fábrica de luz, cerró los ojos para responder.

—No, señor: de los otros, de los venenosos.

El joven Gustavito de Pablos Bobalar, en vez de alacranes, pinta embozos de sábana y otras suertes de bodoques de bulto.

—Pues eso ya no lo creo, ¡ya ve usted lo que son las cosas! No hay un solo animal venenoso que sea manso.

El joven Gustavito de Pablos Bobalar, amén de manso, lleva la mansedumbre pintada en las facciones: en la boca, en la nariz, en los ojos, en las orejas, etc.; en seguida se ve que es mansejón consciente, mozo mansueto y al baño de María.

—Gustavito.

—Mándeme usted, doña Flavia Domitila.

—¿Quieres un poco de carne de membrillo?

—No, gracias, que estriñe.

El joven Gustavito de Pablos Bobalar tiene tres muelas de menos.

—¿Es que no le salieron?

—Sí, señor: es que le salieron disparadas por el aire, de la torta que le arrimó el Darío Benimantell a la puerta del bar Kubala. ¡Dios, qué capón de campeonato!

El joven Darío Benimantell, aunque también es artista, en la práctica viene a resultar más bien pegón; a veces hay excepciones a la regla general y uno se lleva muchas sorpresas porque no hay nada que desoriente más que lo imprevisto. El joven Gustavito de Pablos Bobalar, como no cree en la fuerza bruta, cuando ve que viene el joven Darío Benimantell en dirección contraria, cruza de acera.

Teoría de la novela

¡Buena diferencia entre la conducta —modelo de afables y respetuosos comportamientos— del joven Gustavito de Pablos Bobalar con sus tías, y el proceder

—espejo de repugnantes y materialistas ignominias— del joven Darío Benimantell con las suyas!

—¿Y eso, por qué?

—Lo ignoro, amigo mío, pero a veces pienso que ambos jóvenes ni pertenecen siquiera a la misma especie zoológica. ¡Estamos rodeados de tinieblas y de inescrutables misterios!

Don Jaime Guadalmez Conquista, propietario y sargento del somatén, suspiró profundo y rítmico como un gimnasta.

—En fin, ¡qué poco sabemos, amigo Teodosio, y cuán honda es nuestra ignorancia!

Mientras el joven Gustavito de Pablos Bobalar, que es un encanto, dibuja camisones, el joven Darío Benimantell, que es un disoluto, está escribiendo una novela.

—¿De costumbres campesinas?

—No, ni eso; de malas costumbres, en general.

El joven Darío Benimantell, como no las piensa, a lo mejor acierta, ¡quién sabe! Esto de la novela es algo muy revuelto y misterioso, algo sin norma fija y muy ad hoc para dar rienda suelta a la mala uva; la cosa no tiene mayor mérito y la juventud, la descarriada juventud, en vez de arbitrar satisfacciones para sus tías (cuyos desvelos bien se lo merecieran) se pone a escribir y a escribir, ¡hala, hala, a lo loco!, para darles rabia. El joven Darío Benimantell es el arquetipo de la juventud amarga y perseguidora de tías, que ignora el reglamento y desprecia, con un rictus vicioso, los principios. ¡Qué horror! ¡Qué triste sino el de nuestro tiempo, con las tías por un lado, los sobrinos por otro, las familias escindidas y la civilización estremeciéndose en sus cimientos! ¡Cualquiera sabe a dónde iremos a parar!

—¡Pero, hombre, don Ermolao, no se ponga usted así! ¡A lo mejor acaban arreglándose las cosas!

—No, hijo mío: bien lo siento, pero no. Conforme se ha puesto todo, el mundo ya no tiene arreglo, créame. ¡Es tan doloroso como cierto! ¿Para qué engañarnos?

El joven Darío Benimantell se pasa el día por los bares, trasegando vermú y otras bebidas espirituosas que le minan el organismo, le nublan la conciencia —si es que le queda— y le sueltan el chafarís de los denuestos. Un día le van a partir la cara.

—Para mí que ya está tardando; yo creo que hubiera sido mejor y más saludable que la trajese ya partida.

El joven Darío Benimantell debe ya más de cien pesetas en el bar Kubala. El joven Darío Benimantell hace tiempo que anda sin un real en el bolsillo, fumando de lo que cae —que algo siempre acaba por caer—, bebiendo al fiado —sistema viejo como el mundo—, comiendo a la que salta —y el garbanzo, como suele estar duro como el pedernal, salta que es una bendición—, amándose a sí mismo y escribiendo, escribiendo sin parar y sin darse respiro, escribiendo obsesionadamente, aplicadamente, fatalmente: como si estuviera enfermo, igual que si le fuera la vida en poner el último punto y respirar, casi triste, de orgullo y de estupor. Salvadas sean las distancias, así fue escrito *Crimen y castigo*, por ejemplo, o *Los hermanos Karamazov*, o *Ana Karenina*, que son tres novelas estimables. Las tías del joven Darío Benimantell ni se imaginan que tienen un sobrino ejemplar.

Los méritos del Faruk

El propietario del bar Kubala se llama Cándido Giner Aguilera, aunque le dicen Faruk porque le gusta vivir bien y no privarse de nada.

—Hombre, ¡mientras pueda!

—Eso es lo que yo digo, ¡mientras pueda y no moleste a los demás!

El Faruk tiene mucho instinto comercial y como es animoso y terne y trabajador, va para arriba; en esto de los negocios, según ya es sabido, el ser valiente tiene, sobre emoción, su premio. El mundo de los negocios no se hizo ni para los mezquinos, que cuentan por reales, ni para los timoratos, que todo lo ven negro y cuajadito de peligros. El Faruk cuenta por duros, como los antiguos, y además no las piensa. ¿Que hay que meterse en un negocio y, además, arrimarle cuartos y valor? Pues allí está él, en primera fila, para lo que ustedes gusten mandar. ¿Que hay que sentirse espartano o numantino, o algo tan grave y trascendente como espartano o numantino, y jugarse el bar, y la tahona, y la funeraria, y el taller de reparación de bicicletas, y la fonda, y la droguería, y lo que sea a la primera carta que salte? Pues también allí está el Faruk, como sin darle importancia, siempre dispuesto a todo. A la gente no le van bien o mal las cosas por casualidad. Por lo común se cosecha lo que se siembra y el Faruk, no hay más que verlo, está hecho de la heroica madera de los sembradores de decisión, que al final resultan los próvidos cosecheros de la gavilla del oro y quienes se levantan, sonriendo al tendido, con el santo y la ganancia. El Faruk cree, a pie juntillo, en que hay una particular providencia que vela por el buen éxito del valeroso y que jamás, pase lo que pasare, lo deja en la estacada. El joven David Ortiz, que explica filosofía en el colegio de los escolapios, dice que el poeta Schiller (o el poeta Heine, no recordaba bien) pensaba lo mismo; no parece probable, sin embargo, que el Faruk haya leído a los poetas. Al Faruk, lo que más le gusta es el *Supermán*, pero esto pertenece a su mundo privado y no viene a cuento aquí. El Faruk no es amigo, lo que se dice amigo, del joven Darío Benimantell, pero lo admira y lo protege: le invita a copas, le da tres duros de vez en cuando, etc. El Faruk no se cachondea de los intelectuales, como otros comerciantes, sino que los respeta y les da todo el mérito que tienen.

—A mí me hubiera gustado ser escritor —le explicó una mañana el Faruk al joven Darío Benimantell—, lo que me pasa es que no sé escribir. ¡Anda, que si yo nazco sabiendo escribir!

La señora del Faruk, la Vicenteta Barcheta, compone poesías; la cosa tiene cierta disculpa porque la pobre es débil y enfermiza y, claro es, se aburre. El Tomás Gallardo Martínez, alias Meco, banderillero retirado, y su esposa, la Ginesa Pacheco Ortiz, alias Ginesica la de Mazarrón, ex cantaora de cartageneras, cuando van a visitar a la Vicenteta le llevan siempre unas pasas o unos polvorones, de regalo. El ser amables y respetuosos, ¿qué trabajo cuesta?

Un matrimonio feliz

El joven Darío Benimantell y el Tomás Gallardo, Meco, y su señora, la Ginesica, no son los únicos clientes de la munificencia del Faruk, hombre que gana dinero pero que también lo gasta y lo reparte.

—El dinero no es de todos —argumenta el Faruk—, el dinero es de quien lo gana; eso bien lo sé. Pero el que lo gana debe echarlo a rodar de nuevo, porque para eso es redondo; el dinero pesa demasiado en el bolsillo y aún más en la conciencia, y después se enquista y pasan las cosas que pasan y se arman los líos que se arman. En el mundo hay mucho dinero, hay dinero para todos y para dar y tomar; lo que no tiene sentido común es guardarlo para mirar para él como si fuera un cuadro. El dinero es para ser gastado con alegría; si no, quema y lo peor es que la quemadura del dinero acaba siempre infectándose; se conoce que es venenoso.

El Tomás Gallardo Martínez, alias Meco, está de encargado en la funeraria El Deceso, Pompas Fúnebres Reunidas, propiedad del Cándido Giner Aguilera, alias

Faruk; su señora la Ginesa Pacheco Ortiz, alias Ginesica la de Mazarrón, regenta la fonda El Comercio, también del mismo propietario, y por las mañanas echa un vistazo a la caja de la droguería Nueva España, que tiene dependiente nuevo y aún no se sabe si es honrado o no. La Ginesica es mujer de mucho empuje, mujer a la que no se le pone nada por delante; su marido, el Meco, está medio atontolinado (se conoce que de la cantidad de anís que bebió en esta vida), pero para lo de la funeraria sí que sirve porque es muy circunspecto y ceremonioso. Al principio le daba algo de aprensión pero después, cuando se fue haciendo al oficio, se le quitó y ahora se maneja hasta incluso con desenvoltura; en esto, como en todo, el secreto está en acostumbrarse.

—¡Qué hay, Meco! ¿Se trabaja?

—Pues no mucho, no crea; en esta industria, cuando se trabaja más es en el otoño, con los primeros fríos. ¡Entonces sí que se mueve la mercancía! Ahora, con esto de que hace buen tiempo, la cosa está más bien parada.

En el despacho de la funeraria El Deceso, Pompas Fúnebres Reunidas, el Meco, por entretener a los amigos y a la clientela y un poco también para recordar los tiempos idos, torea de salón; la figura ya no le acompaña, verdad es, pero el estilo todavía sigue siendo depurado y, más que depurado, mandón y muy de torero antiguo. Algunas tardes, a última hora, lo va a recoger la Ginesica y si alguien se gasta tres duros en una botella de vino fino de a granel, que incluso es bastante bueno, hay algo de cante y de alegría y la gente lo pasa bien y con agrado. Tanto el Meco como su esposa gozan de mucha consideración porque saben ser amables y serviciales y no permiten que se cotillee en su presencia; esto del cotilleo no trae más que disgustos y líos y sinsabores y lo mejor es no meterse donde a uno no le importa. ¡Allá cada cual!

—Tiene usted mucha razón y, además, me gusta oírle decir lo que dice. Eso de andar metiéndose en vidas ajenas no trae nunca nada bueno. ¡Yo no sé cómo la gente no escarmienta!

El Tomás Gallardo, Meco, y su señora, tienen sus ahorrillos; de ellos no puede decirse que sean dos muertos de hambre. El negocio de gasógenos que tuvieron no les sirvió para hacerse ricos, pero tampoco les arruinó. Al final salieron lo comido por lo servido.

Un señorito de tronío

La ex cantaora de cartageneras, vamos, quiere decirse la Ginesa Pacheco Ortiz, en los tablados Ginesica la de Mazarrón, la parienta del Meco, tuvo un novio en su juventud que se llamaba don Leopoldo Alcaucil Cordero, aunque le decían Cheche, que era registrador de la propiedad en Cartagena, perito en cantes de las dos especies —grande y chico—, catador de manzanilla y punto fuerte en el naipe que llaman de ventaja y que prohíbe, con el reglamento en la mano, la guardia civil. El don Leopoldo, que era un señorito de tronío y de natural alegre y más bien aflamencado, gastaba diente de oro, sortija de piedra en el meñique, botas color corinto y flexible marrón de feriante con agallas y con tanta prestancia como dinero y arte para gastarlo. Don Leopoldo el Cheche, que se sabía poderoso, miraba como un duque, andaba como un torero y, por distraerse, escupía por el colmillo como nadie y con más fuerza y puntería que nadie. Si el don Leopoldo no llega a ser registrador de la propiedad, ¡Dios, qué contrabandista de alcurnia hubiese hecho!, ¡qué guapo de postín!, ¡qué taita de cortijo de vaquillas gabasas y desorejadas por aquello de la horqueta, el zarcillo y el rabisaco de la señal: que con el ganado bravo todas las precauciones son pocas!

—En fin, ¡para qué lamentarse de lo que no tiene arreglo!, ¿verdad, usted?

Don Fraterno de Chiva y Palanqués-Conejo, de Tortajada de Galve y Tronchón de Puertomingalvo, protésico dental y vizconde consorte de Villaferrueña, miró con aire distraído por la ventana del café.

—Sí, ¡verdaderamente!

Don Leopoldo, cuando lo del sifonazo con el que la Ginesica desgració al cómico, a poco más pierde la carrera. Don Leopoldo, tan se vio ya en la calle, que anduvo pensando en convertirse en apoderado de la Virtudes Pacheco Mirlo, alias Jodeña, señorita rejoneadora y muy aparente, que era prima carnal de la Ginesa; después, un poco porque las cosas se le fueron arreglando y otro poco también porque la Ginesica le amenazó con dejarlo ciego con vitriolo, el Cheche abandonó la idea y se reincorporó, con el rabo entre piernas, al registro. A veces, conviene llevarse un susto para volver al redil y no andar mareando. El don Leopoldo heredó a sus tías doña Martita y doña Margaritina Tardáguila Alcaucil, alias Cobeja y Pastorita, respectivamente, que vivieron cerca de cien años, aunque, gracias a Dios, se los pasaron ahorrando. Doña Martita y doña Margaritina eran partidarias de Alfonso XII y ni admitían siquiera que se hubiera muerto; su sobrino, el don Leopoldo, había desistido ya de intentar convencerlas. ¿Para qué?

—Tiene usted razón: cuando las viejas se ponen burras, lo mejor es dejarlas. ¡Anda y que se mueran! ¡Mire usted que se ponen burras, las viejas, cuando les da por no entender! ¡Qué barbaridad, qué forma de dar la lata!

El don Leopoldo llegó a pensar (aunque quizá no con demasiado entusiasmo) en casarse con la Ginesa; la verdad es que ni llegó a dar el primer paso: presentársela a sus tías. La Ginesa y la doña Martita y la doña Margaritina hubieran tenido poco que decirse, ésa es la verdad. Las aficiones de la Ginesa no coincidían ni siquiera un pelín con las de la doña Martita y la doña Margaritina, que se habían quedado antiguas y que pensaban que eso de cantar por cartageneras era menester plebeyo y poco recomendable.

Cobeja y Pastorita

Cobeja y Pastorita, o séase la doña Martita y la doña Margaritina Tardáguila Alcaucil, las tías de don Leopoldo el Cheche, murieron atufadas.

—¿Con el gas?

—No; con un fontanero que fue a desatascarles el bidet y que olía a rayos. ¡Como eran tan finas!

—¡Pues sí que es cierto! ¡Qué horror, qué sensibilidad!

A la doña Martita le pusieron Cobeja porque, cuando lo de sor Patrocinio, la monja de las llagas, tuvo un novio natural de Alicante que estaba de escribiente en la Exposición Universal de Barcelona.

—Pues mire, usted: la cosa será tal como la dice, pero yo, ¡qué quiere!, no acabo de verlo claro.

—Ni yo, no crea. Se lo cuento tal cual me lo contaron, pero la verdad es que yo tampoco lo entendí nunca.

A la doña Margaritina le llaman Pastorita porque sí: aquí no hay engaño.

—Vaya, ¡menos mal!

—Sí, señor; a la doña Margaritina, un buen día, se le acercó en el paseo su primo Rogaciano Monclús Tardáguila, que era brigada de oficinas militares, y fue y le dijo, dice: me gustaría ser cabrito..., bueno, cabrito no..., corderillo de tu aprisco, gentil pastora, para darte mi lana y mi amor. La fina ocurrencia del primo Rogaciano fue muy celebrada por todos, como no deja de ser natural, y a la doña Margaritina, desde entonces, le quedó Pastorita. ¿Verdad que es una bella historia?

—Pues, hombre, verá usted, ¡qué quiere que le diga!

Don Melas de Grillo y Mauro ni pensó los alcances de su insistencia.

—Dígame, buen amigo, dígame usted lo que quiera. ¡Exprese su sentimiento! ¡Soy todo oídos!

Y don Licarión Barbuñales Fernández, con su mejor sonrisa, musitó:

—¡Pues a mí me parece una mentecatez, sólo apta para ser contada por mentecatos como usted y su padre!

Al don Melas tuvieron que darle aire con un ABC mientras el don Licarión, con un infinito desprecio pintándosele en el mirar, volvió la espalda a la escena que juzgaba bochornosa e indigna.

(Mutación.)

—Siga con lo de doña Martita y doña Margaritina, se lo suplico.

(Otra mutación.)

Doña Martita y doña Margaritina fallecieron al tiempo y de repente, cada una sentada en su mecedora y ambas con un jersey para los chinos sobre el regazo y a menos de medio hacer. Doña Martita y doña Margaritina siempre habían sido muy partidarias de vestir al desnudo, sobre todo cuando el desnudo que se dejaba vestir era chino; los chinos, por lo común, son pacientes y resignados y no se niegan jamás a nada. Doña Martita y doña Margaritina no solían decir nunca chino, que hace tan basto y ordinario, sino infiel, que es evidente que queda mucho mejor. Para doña Martita y doña Margaritina los infieles se clasificaban en dos grandes grupos: infieles nacionalistas, que eran los de Chang Kai-chek, e infieles comunistas, que eran los otros. Doña Martita y doña Margaritina, como alcanzaron una edad muy provecta, tuvieron tiempo de hacer jerseys para casi todos los infieles, sin distinción de tallas ni infidelidades.

—¿Que éste le viene grande? No se preocupe; déselo a ese otro infiel que está más gordo. Aquí nadie se queda sin jersey; no empujen, por favor, que hay para todos.

Al entierro de doña Martita y doña Margaritina —que según malas lenguas se dedicaban a prestar a usura—, fueron todos los que (al decir de la Blasa Jiménez, que es una víbora) les debían dinero: el Maximiliano y su hijo el Angelito, alias Jack; el sereno Cesáreo; don Federico Parra, militar retirado; el Claudio Pinilla Pardilla, el Amadeo Pinilla Pardilla, hermano del anterior, etc. La verdad es que, cierto o no cierto el runrún, el doble entierro de las señoritas de Tardáguila, en el mundo Cobeja y Pastorita, se vio muy concurrido. Don Leopoldo el Cheche, sobrino y heredero de las finadas, no llegó a tiempo. ¡Fue todo tan precipitado!

La estoica doctrina de las croquetas

El don Federico Parra, militar retirado, está que bebe los vientos por la doña Dorotea, la mamá de la Doroteíta y la Paquita, las novias —al respective— del Claudio y del Amadeo Pinilla Pardilla. La doña Dorotea es algo amiga de la doña Rosenda Barquín, viuda de Guerrero, que tiene una hija tonta, gasta peluca y se da al vino. ¡Las hay ansiosas!

—¿Quiere usted una cocreta?

—¡Qué horror, qué manera de pronunciar! —Y levantando la voz—: ¡Venga la cocreta! ¡En donde esté una buena fuente de cocretas, que se quite todo lo demás! ¡Cocretitas calientes, cocretitas! ¡Ay, las cocretas!

La doña Rosenda Barquín, viuda de Guerrero, aunque sorda, es muy dicharachera.

—¡Cocretitas calientes! ¡A la rica cocreta de bacalao!

A la doña Rosenda Barquín, viuda de Guerrero, le tocó una botella de chartreuse en la tómbola diocesana; las croquetas con chartreuse hacen una combinación muy digestiva. La Paca, la hija tonta de la doña Rosenda Barquín, viuda de Guerrero, se encerró en el water de la criada y se comió una fuente entera de croquetas. Su madre, la doña Rosenda, encerrada en el water de señoras, dejó temblando la botella de chartreuse; cuando salió, semejaba un fiero alabardero en el día de la patrona.

—¡Viva el rumbo! —rugía.

Y como era sorda, se respondía:

—¿Eh?

—¡Que viva el rumbo!

—¡Ah!

La doña Rosenda Barquín, viuda de Guerrero, es muy dada al vino y otros honestos placeres propios de su estado y condición.

—Si la doña Rosenda llega a nacer rica, ¡ni el duque de Osuna! ¡Qué tía, la doña Rosenda! ¡Qué temperamento!

A la doña Rosenda Barquín, viuda de Guerrero, el vino le daba peleón; su difunto, el don Teodoro Guerrero de la Haba, profesor de ciencias muy dado a los curiosos y aleccionadores experimentos de física recreativa, bien probado en sus propias carnes llegó a tenerlo. La doña Rosenda, desde que enviudó, da rienda suelta a sus agresivas inclinaciones sobre el costillar (tampoco demasiado resistente) de su hija Paca, que para eso es tonta.

—¡Paca!

—Dime, mamaíta.

—¡Acércate, que te sacuda!

La Paca, con eso de que es obediente, apaña unas tundas de padre y muy señor mío, cada vez que su mamá lo cata. ¡Virgen santísima, y qué manera de arrimar candela!

—¿Y no le decían nada las visitas?

—No, ¿para qué? En estos casos es peor meterse porque después, cuando las visitas se van, se suele repetir el número desde el principio y se complican las cosas. Eso de que la gente de fuera se meta a arreglar familias, suele dar mucha rabia.

Don Veturio González, del comercio, entendió.

—¡Sí, eso también es verdad!

La doña Rosenda Barquín, viuda de Guerrero, le casca las liendres a la Paca, es cierto, pero también la quiere y la cuida bien cuando está enferma. Cada cual es como es y además la Paca tampoco se entera demasiado. ¡En habiendo croquetas!

—Sí, tiene usted razón. ¡Mientras no falten! Lo malo es cuando las croquetas se acaban y las tortas, por el camino inverso, arrecian. ¡Pero mientras tanto!

Los amores tardíos

La Paca, la hija tonta de la doña Rosenda Barquín, viuda de Guerrero, mira con aprensión a la Doroteíta y a la Paquita, las nenas de la doña Dorotea; un día hasta las llamó guarras y les sacó la lengua.

—¡Qué horror, qué ordinariez! ¿Y ellas, qué hicieron?

—Pues nada, callarse. ¿Qué quiere usted que hicieran? ¡Como es tonta!

—Claro, pobrecita... Alguna ventaja habían de tener las tontas, ¿verdad, usted?

La Doroteíta y la Paquita, con eso de que actúan en público, tienden a lo fino y, como cuidan mucho las formas y el vocabulario, no dicen jamás ni leñe, ni cocretas, ni jolines, ni nada por ese soez estilo. Su mamá, la doña Dorotea, presume de niñas de modales elegantes y así se lo suele explicar al paciente don Federico Parra, militar retirado al que trata con mucha confianza.

—Mira, Fede: no es porque yo lo diga, pero a finas, lo que se dice a finas, no hay quien gane a las nenas. Yo no sé a quien salen, pero es verdad. ¡Cada hora que pasa están más finas!

—Bueno, mujer —le responde el don Federico—, mejor es que sean así; una señorita ordinaria siempre desluce.

—Sí, eso es cierto; yo estoy muy contenta con los modales de las nenas..., ¡lástima que tengan esos novios tan malolientes!

El don Federico prefiere no entrar en interioridades.

—El caso es que sean buenos chicos, Dorote. Lo demás, ¿qué importa? El hedor puede que se les quite ventilándolos.

La doña Dorotea puso un gesto más bien escéptico.

—No creas..., ya hemos probado todo...

Don Federico Parra, en la intimidad, llama Dorote a doña Dorotea.

Don Federico Parra tiene sus proyectos y sus aspiraciones sobre la blanca mano de doña Dorotea.

—¿No eran los dos libres? Bien, ¿y por qué no se unían entonces, en indisoluble lazo, para dejar de serlo?

—¡Claro, eso es lo que yo me digo!

El don Federico Parra, que es viudo, tiene vocación de casado. La doña Dorotea, que ya fue casada, tiene vocación de viuda. La ley de las compensaciones es algo que no falla.

—¿Tiene usted hora?

—Sí, pero no quiero decírsela.

—Dispense.

Don Federico Parra es de buen conformar; se conoce que el amor le había dado manso.

—A mí esos novios pegones que se peinan con brillantina —le dijo un día la doña Dorotea—, llevan el pantalón estrechito y se pasan el tiempo dándoles tortas a las novias, no me gustan ni un pelo. ¡Qué quieres!

Don Federico tomó buena nota de los gustos de la doña Dorotea y, como aspiraba a conquistar su corazón, se abstuvo muy mucho de ponerle la mano encima o, como vulgarmente se dice, de lavarla con jabón de Palencia. La verdad es que ni le costó trabajo porque era muy señor y de sanas costumbres.

—Y ella, ¿no le correspondía en su afecto?

—Pues mire, usted: sí, pero con moderación. La doña Dorotea, lo que quería era casar a las nenas. Si no aparece mejor postor, yo creo que las casaría hasta con el Claudio y el Amadeo, a pesar del tufillo que despiden. La doña Dorotea, aunque parece medio loca, es una madre consciente de su deber.

—Sí; eso se la ve en seguida, no hay duda.

La boda

La noticia de la boda de la doña Dorotea y el don Federico, que se fraguó de repente y contra todo pronóstico, cayó como un petardo entre la afición.

—¿Pero usted sabe que es verdad? ¡A ver si resulta una broma de mal gusto y nos tiramos todos una plancha!

—No, no, descuide; lo que le digo a usted es tan cierto como que ahora es de día o como que me llamo Estanislao. La doña Dorotea se casa, ¡vaya si se casa! En su domicilio ya descolgó el retrato de su primer esposo, el don Damián, que en paz descanse.

—¿Y qué hizo con él?

—Pues nada, lo que se acostumbra en estos casos: se lo vendió a un trapero. ¡Como el marco es de talla y está dorado con oro fino!

—Claro, esos marcos tienen fácil salida y los traperos, que son muy psicólogos, se los llevan hasta con muerto. ¡Pobre don Damián, en qué trotes lo meten: a él, que en vida jamás quiso meterse en nada! ¡Vaya por Dios!

El Estanislao Riber, que se da mucha importancia porque tiene un tío latinista, no es partidario de que la doña Dorotea se case.

—¿Y a él qué le importa?

—Eso es lo que yo digo, pero ya ve usted: por lo visto, sí que le importa. Se conoce que es por eso de que se siente defensor de las costumbres.

Don Mariano del Toro, cariavacado y reparado del derecho de una torta que le dieron hace ya muchos años, en la verbena de San Isidro, al bajar de darse una vuelta en el güitoma, bebe un sorbito de café.

—¡Pues también son ganas de meterse! En fin, ¡eso va en gustos!

Las dos hijas de la doña Dorotea, la Doroteíta y la Paquita, en las tablas The Rabbit Sisters, están muy contentas con la boda de la madre.

—Mamá es aún joven y está de muy buen ver. Nosotras —añadían, jugando con las pestañas— respetamos los dictados de su corazón.

—Claro; hacen ustedes pero que muy bien en ser respetuosas; eso las honra y las dignifica. Así deben ser las hijas con sus madres, respetuosas siempre.

La boda de la doña Dorotea y el don Federico se celebró en la mayor intimidad; en estos casos conviene ser discretos y si además se ahorran unos duros, mejor que mejor. Las cosas no están como para tirar el dinero por la ventana. La doña Dorotea, con su traje sastre color salmonete, lucía muy señora. Como se pasó todo el tiempo llorando y venga a llorar, igual que si fuese una Magdalena, se le corrió un poquito el maquillaje y terminó como si fuera un clown; por lo demás, sin novedad. El don Federico estrenó todo: traje, camisa, camiseta, calcetines, zapatos, tirantes, braguero..., todo: lo que se dice todo. El don Federico iba hecho un brazo de mar. Durante la ceremonia, se conoce que de la emoción, al don Federico —que padecía del vientre (nada grave, por fortuna; gracias)— se le cortó el vientre; la cosa no pasó a mayores porque el don Federico, que era muy resistente y voluntarioso, pudo resistir a fuerza de voluntad. Fueron padrinos la doña Pepita, la señora del Maximiliano y mamá del Angelito, alias Jack, y el Claudio Pinilla Pardilla, el novio de la Doroteíta, que había sido santero en la ermita de San Roque, en Valdezate, y es muy ducho en usos eclesiásticos. Los asistentes desayunaron en casa Angulo, en Cuatro Caminos, y los novios, que recibieron muchas felicitaciones, salieron para Guadalajara, en coche de línea, que es muy moderno y confortable; el que había antes lo trasladaron al servicio de los pueblos: Torija, Brihuega, Trillo, Sacedón, Pastrana, etcétera.

Igual que el sarampión

Cuando la doña Dorotea recuperó su condición de señora casada substituyendo al fallecido don Damián Conejo por el militar retirado don Federico Parra, seminuevo y en regular uso, pero, en todo caso, vivo, sus nenas, la Doroteíta y la Paquita, aceleraron los trámites y se casaron también. Esto de las bodas, a veces, es como el sarampión que, en cuanto entra en una familia, lo pasan todos.

—Sí; esto de las bodas, como usted muy bien dice, es la mar de contagioso. La gente se casa por razones diversas, pero quizás, antes que por ninguna otra, por tristeza. La gente suele estar triste y entonces, para ver si varían, van y se casan; después siguen tristes, claro es, pero como ya están casados, ni se enteran... ¡Qué triste es todo!, ¿verdad, usted?

—Pues, hombre, sí: más bien sí. Lo que salva a los hombres es que ya están muy acostumbrados a la tristeza. Si de repente todo el mundo estuviera alegre, y comiese, y se llevara bien con el prójimo, nadie iba a entender nada. Yo creo que es mejor que las cosas sigan como hasta ahora.

—Sí; puede que esté usted en lo cierto... En fin, dejemos este tema.

A don Olegario de Paz y García de Paz, contable de Saresa (Saneamientos Reunidos, S. A.), la compañía en la que trabaja el Claudio, el ex santero y novio de la Doroteíta, no le gustan las conversaciones que hacen pensar, aunque fuere no más que al tacto y por aproximación.

—¡Ya bastantes sinsabores nos acarrea la existencia! ¡Hartas amarguras nos brinda! ¡Hondos anhelos que jamás se cumplen!

El don Olegario de Paz y García de Paz, a quien llaman Mondejo por la color del cuero, en determinadas fases de la luna se muestra orador; su buen amigo don Acacio Jaganta, que lo conoce muy bien, ni siquiera se lo toma en consideración.

—Don Olegario.

—Dígame, don Acacio.

—¿Tendría usted un pitillo, por un casual?

—Sí, amigo mío. ¿Cuándo no he tenido yo un pitillo para ofrecérselo a las buenas amistades?

Al Amadeo, en su pueblo, le llaman Feto por causa de herencia; su novia, la Paquita, procura disimular. Al Claudio, en un concurso, le tocó una lavadora eléctrica; su novia, la Doroteíta, está muy celosa de que se la hubiera vendido a la señora del secretario.

—¡Si al menos te hubiera dado veinticinco o treinta duros más!

El trato del Amadeo y del Claudio con el padrastro de las chicas fue siempre un modelo de discreción y buen sentido. La doña Dorotea estaba tan contenta que los invitó a Conga, establecimiento que tan gratos recuerdos tenía para todos.

—¿Me sacas a bailar, Fede?

Don Federico Parra, militar retirado, sonrió con un enternecedor gesto de oveja.

—Dispénsame, Dorote, hija; si bailo, me viene la taquicardia.

Las parejas jóvenes se hincharon de dar saltos y más saltos, con las caritas juntas y con mucho sentimiento. La Doroteíta y la Paquita, de enamoradas como aparecen, ni notan ya el peculiar aroma de sus novios: a muerto, el Amadeo, y a pozo negro, ¡también es mala suerte!, el Claudio. A lo mejor es que, a fuerza de acostumbrarse y de tomarles cariño, ya lo encontraban hasta natural.

El uno para el otro

El Claudio y la Doroteíta estaban muy guapos en la ceremonia. El Amadeo y la Paquita también, pero ahora —sin hacer de menos a nadie— toca hablar del Claudio y de la Doroteíta.

—¡Qué buena pareja hacen! —decía la gente—. ¿Quiénes son?

Las respuestas eran de tres clases. Primera clase:

—Pues la Doroteíta, la de doña Dorotea, que es un encanto de muchacha, seria, trabajadora y responsable, y su novio, el Claudio, un chico muy aplicado que vino de su pueblo a conquistar Madrid y ahí lo tiene: con traje nuevo y con posibles para matrimoniar.

Segunda clase:

—Pues la Doroteíta, la de doña Dorotea, una cabra

loca que trabaja en los cabarets, ¡qué horror!, ¡qué vergüenza!, y el desaprensivo de su novio, que ni sé cómo se llama: yo lo distingo por el olor.

Tercera clase:

—Pues la verdad, no lo sé; yo soy nuevo en el barrio.

El Claudio y la Doroteíta entraron en la iglesia muy serios y derechos, muy imbuidos de su papel, como diciendo a todos que no ignoraban la trascendencia del paso que iban a dar. La Doroteíta iba de blanco y el Claudio de gris marengo, color muy de moda.

—¿Quiere usted por esposa, etc.?

—Sí, quiero.

—¿La recibe, etc.?

—Sí, la recibo.

—¿Se otorga, etc.?

—Sí, me otorgo.

El cura, que era un viejecito pulcro y atildado, se encaró con la novia.

—¿Quiere usted por esposo, etc.?

—Sí, quiero.

—¿Lo recibe, etc.?

—Sí, lo recibo.

—¿Se otorga, etc.?

—Sí, me otorgo.

La Doroteíta, entonces, se echó a llorar; es un fino detalle que a poco más, de emocionada como estaba, se le olvida.

—Hubiera sido imperdonable, ¿no le parece?

—Pues, hombre, ¡no sé si tanto! En todo caso, hubiera sido una lástima y más valió que se acordase a tiempo.

Los compañeros de trabajo del Claudio le regalaron, por suscripción, un Quijote de bronce con peana de mármol veteado que daba gozo verlo.

—¿Le gusta a usted, amigo Pinilla?

—Mucho, ¡ya lo creo! Les estoy a ustedes muy agradecido. En cuanto tenga posibles, me compro una mesa de despacho para ponerlo encima y que luzca bien. ¡Es un verdadero objeto de arte!

—¡Vaya, nos alegramos de haber acertado!

El Claudio y la Doroteíta renunciaron al viaje de novios para poder comprarse una batería de cocina: incompleta, pero batería. El Claudio y la Doroteíta eran dos espíritus prácticos y sensatos que no gastaban la pólvora en salvas, como otros.

—¿Por quién lo dice?

—No, por nadie; no lo digo por nadie. Yo digo como otros, simplemente, y el que se dé por aludido, ¡allá él! El que se pica, ya se sabe...

—¿Ajos come?

—Eso, ajos come.

El Claudio y la Doroteíta, en casa Angulo, donde ya hacían rebaja a la familia, estuvieron todo el tiempo cogidos de la mano. Como la estación era más bien calurosa, al Claudio y a la Doroteíta les rompieron a sudar las manos y los sudores, simbólicamente, se mezclaron y entremezclaron, se cruzaron y entrecruzaron, se emulsionaron, se fundieron y confundieron, se amaron igual que ríos que se encuentran y llegaron a ser, ¡qué bella circunstancia!, un solo tibio y caudaloso sudor.

—¡Qué cierto es —pensó por lo bajo el Claudio— esto de que ya no hay ni tuyo ni mío!

Después, invadido por una pegajosa y sudorosa dicha inefable, el Claudio sonrió en silencio a la Doroteíta.

Y el otro para el otro

El Amadeo y la Paquita se casaron al mismo tiempo que el Claudio y la Doroteíta; las ocasiones de ahorrarse unas perras deben aprovecharse porque no está el horno para bollos.

—Y aunque estuviese.

—Bueno, sí, pero entonces con menos entusiasmo.

El Amadeo y la Paquita también estaban muy elegantes el día de autos. No más, es cierto, que el Claudio y la Doroteíta (tampoco menos), pero ahora —sin despreciar a nadie— quienes entran en turno son el Amadeo y la Paquita. Esto de la historia tiene su orden y sus servidumbres y a veces, por olvidarlos, acontecen graves e inexplicables males.

—Tiene usted mucha, pero que mucha razón... Vamos, tiene usted toda la razón del mundo. Siga, se lo suplico.

Al Amadeo, en su pueblo, le decían Feto; como a su padre, y a su abuelo, y a su bisabuelo, y a su tatarabuelo y así sucesivamente y hasta el siglo XVI (en que por vez primera se lo llamó, al antecesor de turno, fray Luis de Escobar, de la Orden de Menores), porque la dinastía de los Fetos es pobre pero antigua, tan antigua como la que más. El Amadeo tan orgulloso se siente de su familia y de su sangre que ni le molesta siquiera que lo llamen por el nombre dinástico, ya que, amante como era de la tradición, hasta lo encontraba plausible y muy de agradecer.

—Feto.

—Mande usted, señora Ramonita.

—¿Mucha gente por San Roque, este año?

—¡Vaya, no hay queja!

En Madrid, una de las pocas cosas que echaba a faltar el Amadeo es que nadie le decía Feto: ni su novia, siquiera, la Paquita, a pesar de ser tan complaciente y amable como era.

—¿Y cómo te las arreglas?

—Pues ya usted lo ve: aguantándome.

El Amadeo y la Paquita entraron en la iglesia algo

encogidos y rabigachos, diríase que abrumados por la trascendencia del paso que iban a dar. Tendidos sobre las mesas de mármol del depósito de cadáveres, con una sábana por encima y asomándoles los pies sucios por abajo, aparecía cada mañana algún que otro cliente que también había dado, tiempo atrás, el desorientador paso de casarse con una muchachita mona —¡y qué felices se las prometían los dos!— que al final acabó escapándosele con uno de la Renfe, o con un torero, o con aquel primo pobre que parecía tonto y que salió más espabilado que nadie.

—¡Los hay cenizos!

—Pues, sí, ¡los hay que más les hubiera valido ni nacer!

Los compañeros de trabajo del Amadeo le regalaron, por suscripción, una lámpara de cuatro globos verdes (uno grande y tres más pequeños) que daba verdadero placer mirarla.

—¿Le gusta a usted, amigo Pinilla?

—¡Ya lo creo! ¡Me gusta la mar! Les agradezco a ustedes de todo corazón el fino obsequio; realmente es una obra de arte. ¡Cómo va a lucir, colgada del techo de mi hogar, bueno, de mi habitación, esparciendo sus efluvios verdes hasta los más remotos rincones!

—¡Vaya, nos satisface el que sea de su agrado! Que la disfrute con salud, en compañía de su señora.

—Y que todos lo veamos.

—Eso, que todos lo veamos.

El Amadeo y la Paquita cambiaron el viaje de bodas por ropa blanca; para todo no daban los ahorros y la ropa blanca, según pensaron, era más necesaria y más duradera que el viaje. En este detalle pudo apreciarse el sentido común bajo cuyo saludable signo empezaban a vivir.

La doña Dorotea, cuando se casó y casó a las hijas, puso de patas en la calle al Maximiliano Rosinos, el exportador de criadas y propietario de la firma Créditos Max.

—No es por nada, pero estoy harta de realquilados. Y no lo digo por su esposo, tenga usted la completa seguridad, ya que su esposo se portó siempre conmigo como lo que es: un verdadero caballero. El detalle de que lo hayan metido en la cárcel a mí no me importa, porque eso le puede ocurrir a cualquiera. Lo que me pasa es que estoy cansada de bregar. ¡Son ya muchos años de contigua brega, mi buena amiga, los que llevo a cuestas! Además, a mi Fede no le gusta que tenga huéspedes ni que trabaje; dice que ya trabajé bastante en mi vida y no le falta razón, créame.

La doña Pepita, la señora del Maximiliano, tiene las pantorrillas como lápices.

—¡Qué horror! ¡Qué grima!

—Sí; a veces da hasta reparo, no crea.

La doña Pepita, la señora del financiero de Créditos Max, tampoco se distingue por su facilidad para entender, se conoce que nació burra y eso no es cosa que pueda quitarse con jabón. La doña Dorotea, aunque la encuentra un tanto inútil (y a lo mejor por eso), la protege y le brinda muy saludables recomendaciones.

—Para el cutis, lo mejor es la manteca de cerdo con limón y azúcar.

—¿Usted cree?

—¡Vaya si lo creo! Y además, como es dulce, tiene la ventaja de que se puede chupar.

—Sí..., eso, sí...

—Y para las almorranas, no hay nada como el tomate.

—¿En salsa?

—No, en ensalada.

—¡Ah!

La doña Pepita, cuando las hijas de la doña Dorotea se casaron y dieron el canuto a su representante, el Angelito, alias Jack, su hijo mayor, estuvo algo distanciada de la familia de las artistas; después, como tampoco tenía demasiada memoria, lo fue olvidando y volvió a su ser. La doña Pepita no es de natural vengativo y para todo acaba por encontrar disculpa.

—Yo me explico que la gente se afane por buscar el garbanzo; las cosas están cada vez peor y todo el mundo tiene que vivir. ¡Mientras sea honradamente! ¿Verdad, usted?

Los interlocutores de la doña Pepita no pueden evitar el dedicarle un piadoso recuerdo del pensamiento al Maximiliano, que ahora purga en chirona su manía de exportar criadas.

—Claro, eso es lo que una dice, ¡mientras sea honradamente!

La doña Pepita es madre de trece hijos y mientras su Maximiliano meditaba a la sombra, las pasó moradas para darles de comer. Al final, como Dios aprieta pero no ahoga, todos acabaron vivos aunque de milagro.

—¿Qué, doña Pepita, qué noticias tiene de su esposo?

—Pues muy buenas, gracias a Dios, la última vez que lo vi, vamos, el jueves, estaba gordo y guapo como nunca. ¡Como se acuesta pronto!

—Claro; eso de acostarse pronto es muy saludable, los médicos siempre lo dicen.

—Y los que no somos médicos, doña Juana, y los que no somos médicos... Lo que pasa es que a los que no somos médicos no suelen hacernos ni caso.

—Sí, eso también es verdad, pero claro, como no somos médicos, ni nos escuchan siquiera... Los hombres, ¡son tan raros!

Doña Juana

La doña Juana es partidaria de beber malta clarita, de acostarse pronto y de aplicar la pena de muerte a los descarriados.

—Porque lo que una dice: si se inventó la horca será para usarla colgando descarriados y delincuentes en general, ¿verdad, usted?

La doña Juana es algo amiga de la doña Pepita, aunque la desprecia de todo corazón.

—Una mujer con esas canillas no puede tener buenas inclinaciones, se lo aseguro.

—¡Anda! ¿Y por qué no? ¿Qué tendrán que ver las canillas con los sentimientos?

La doña Juana se alegra de que el Maximiliano, el marido de la doña Pepita, purgue a la sombra sus pecados contra la sociedad y las buenas costumbres.

—¿Qué, doña Pepita, qué noticias tiene de su esposo?

—Pues ya ve usted, doña Juana, bien gracias a Dios...

A la doña Juana no le gusta el Angelito, alias Jack, el hijo mayor de la doña Pepita y ex representante de las nenas de la doña Dorotea: Dor and Francis, The Rabbit Sisters, famosas canzonetistas internacionales. Alegría. Juventud. Dinamismo. Ritmos caribes de muy cálidas resonancias y sensual melodía.

—A mí estos mozos tan redonditos y finolis me dan mala espina. ¡Qué quiere!

La doña Juana, para ir contra el Angelito, se deshace en lenguas sobre la Doroteíta, que es morena, y sobre la Paquita, que lleva la pelambrera teñida de color caoba.

—¿Como el nogal?

—Sí; o como la caoba, mismamente.

—Ya.

A veces, sin embargo, la doña Juana se olvida de sus aborrecimientos y entonces —y como por distraerse— entona el ditirambo del Angelito, alias Jack, y la paralela diatriba de la Doroteíta y la Paquita.

—¡Dos pendones desorejados!

—¡Por Dios, doña Juana! ¡Repórtese, se lo suplico!

—¿Que me reporte? ¡Que se reporten ellas, amigo Julián, que yo llevo reportada toda una vida! ¡Qué horror! ¿Se da usted cuenta?

La doña Juana, a fuerza de reportarse, crió muy venenosos reconcomios que le afloran, en figura de granos de variadas suertes —ántrax y diviesos, forúnculos y golondrinos, callos y ojos de gallo, panadizos, orzuelos y otras calamidades—, por el bigote y el cogote (los primeros, señora, siempre encierran un peligro cierto), el mirar, el sobaco o las extremidades: según la especie. La doña Juana, cuando la pus se le remueve, semeja —¡qué confusión!— una tolvanera.

—Buenos días, doña Juana.

—Menos cachondeo, amigo Gastón, que tengo la sangre en cataclismo.

—Vaya, usted dispense.

—Está usted dispensado, amigo Gastón, pero otra vez pruebe usted a saludar a su padre.

El amigo Gastón, carabinero muy discreto, guardó silencio.

—En fin, ¡paciencia y barajar! —musitó para su capote, que era de paño verde—. Con las señoras, de nada vale sentirse caballero.

La Doroteíta y la Paquita, a raíz de su boda, prescindieron de los servicios del Angelito.

—Mira, Angelito: te estamos muy agradecidas, pero ahora, con esto de que somos señoras casadas, ya no necesitamos representante.

El Angelito se quedó mustio y cariacontecido.

—Pero, ¿no vais a darme una indemnización?

—Sí, ya habíamos pensado en eso. ¿Hacen ochenta duros?

El Angelito habló sin mirar de frente.

—¿Cada una?

Y la Doroteíta, que es quien lleva la voz cantante, le respondió casi soplándole en el hocico.

—No; entre las dos.

Concha Capote

Doña Juana tiene una sobrina, la Concha Capote, que quiso irse a servir al extranjero, donde pagan muy bien y dan libertad y tratan a las criadas como personas.

—Eso es signo de que han superado la etapa de la esclavitud, no crea; la cosa no tiene mayor importancia porque, antes de superar la etapa de la esclavitud, pensaban como nosotros.

—Sí, ¡eso también es cierto! Lo que pasa es que los españoles somos muy aficionados a darle mérito a los extranjeros. A mí me parece que en todas partes cuecen habas y que somos todos sobre poco más o menos y tal para cual.

—¡No lo dude, amigo mío! Los españoles nos mostramos demasiado indulgentes con los de fuera. ¡Si los viera usted en su salsa!

La Concha Capote, cuando decidió buscarse el garbanzo allende el Pirineo, como suele decirse, se puso en contacto con la organización Créditos Max, que está especializada en el trasiego de cocineras, doncellas, pinchas y similares. El gerente de Créditos Max es un señor muy serio y respetable que se llama don Maximiliano Rosinos y que no cobra por anticipado más que una pequeña cantidad para gastos.

—La señorita, ¿prefiere países latinos o países anglosajones?

La Concha Capote se quedó algo cortada.

—Pues la verdad, no sé... Yo no le dije ni palabra a la señorita.

El Maximiliano Rosinos, indulgentemente, aclaró:

—Dispense: la señorita es usted. Mi organización, señorita, ha sido creada bajo la base de la igualdad entre las diversas clases sociales.

La Concha Capote, tras haber escuchado tan solemne declaración de principios, dijo que bueno, que le era igual, que lo que ella quería era comer caliente y que no tenía rabia en especial a ningún país.

—Así serán más fáciles nuestros objetivos, señorita. Vuelva usted dentro de una semana con doscientas cincuenta pesetas para pólizas y primeros gastos. Servidor de usted.

El Maximiliano Rosinos se puso en pie y extendió la mano a la Concha Capote.

—Le deseo buena suerte. Ya sabe: dentro de una semana y con cincuenta duros. ¿Estamos?

—Sí, señor, sí que estamos. Que usted lo pase bien.

—Servidor de usted, señorita. A conservarse.

La Concha Capote se ahorró sus cuartos porque, durante la semana de plazo, la policía le desbarató el tinglado al Maximiliano. La doña Aurelia, una señora muy como Dios manda (¡ay, si fueran así todas las señoras!) y que preparaba bocadillos de tortilla para los presos como nadie, inició a la Concha Capote en los arcanos del confuso bochinche.

—La verdad acaba siempre por resplandecer, hija mía, y sobre el Maximiliano, que es un caballero y un verdadero mecenas, no podría gravitar por mucho tiempo la turbia acusación que se le hace.

La doña Aurelia, al llegar a este punto (se conoce que lo tenía ya muy ensayado), pone los ojos en blanco y la voz gargarismal, como para dar más énfasis a lo que dice:

—¡Ay, hija mía! ¡Qué fuerza puede tener un mal querer!

La doña Aurelia, embargada por la emoción, se echó a llorar. La Concha Capote le recogió del suelo el bocadillo de tortilla. ¡Ay, qué poco faltó (faltó el canto de un duro de los cincuenta ahorrados) para que la Concha Capote, todo sentimiento, le hiciera el contrapunto de las amargas lágrimas a la doliente doña Aurelia!

—Por favor, no se me coma el bocadillo de tortilla. Gracias.

La voz, la vocación, un oficio cualquiera

La Concha Capote tiene un novio que arregla neveras y que, de no habérsele torcido las cosas, iba para tenor.

—¿De ópera?

—Pues, sí; de ópera, y de zarzuela, y de todo lo que le hubieran echado. ¡Qué maravilla de voz! ¡Qué timbre diáfano! ¡Qué metal cristalino! ¡Qué ágil inflexión! ¡Qué límpida tesitura! ¡Qué prócer registro!

—¿Tanto?

—¡Ya lo creo: tanto y aun más! ¡De haber tenido padrinos, hubiera sido una de las voces de la historia!

—¡Caray!

Don Emilio entornó los ojos.

—¿Por qué no dice usted cáspita, que suena mejor? ¿Qué trabajo le cuesta?

—Es cierto, don Emilio, usted perdone... ¡Cáspita!

La Concha Capote, por el contrario, tiene voz de cristobita de guiñol: aguda, cascada y entrecortada.

—Pero le hace gracioso, ¿verdad, usted?

—Pues, hombre, no; yo creo que la Concha Capote tiene un asco de voz, una voz tan repugnante que más le hubiera valido nacer muda.

—¡Caray!

Don Emilio, ¡qué manera de matizar!, no entornó los ojos.

—Aquí sí vale decir caray. ¡Las cosas como son!

El novio de la Concha Capote tiene el pelo rizado y se llama Toribio Panadero. En las tablas —¡qué sueños que jamás fueron realidad!— tenía pensado llamarse Tori Farina.

—¿Por eso de la harina?

—Sí, lo más probable.

El Toribio Panadero y la Concha Capote forman una pareja muy simpática y apañada y además, para ejemplo de tantos novios que se llevan mal, se llevan bien y procuran amarse mansamente y sin hacerse la pascua, ni la cusca, ni la puñeta, ni nada. La doña Aurelia, por eso de las comunes aficiones musicales, aprecia mucho al Toribio y le da un trato muy afectuoso y cumplido; cuando supo que estaba novio de la Concha Capote, se sorbió el orgullo, de un largo y amargo trago, con una gran dignidad.

—Aurelia —se dijo—, el arte está por encima de las clases sociales.

—Claro es —se respondió—, ¿quién puede pensar lo contrario?

Al Toribio Panadero, cuando le falló el vano tinglado de la solfa, le anduvo mucho en la cabeza el irse a las misiones, a convertir indios y negros y todo lo que se presentase. Si desistió fue porque un compañero de fonda, el Canuto Gil, que era telegrafista, le contó un refrán muy en boga en el Congo[1] y que, como es natural, le llenó de sobresalto y le encogió el ombligo.

—No; para eso carezco de verdadera vocación. Una cosa es ir a las misiones, a predicar la verdad, y otra

1. *N. del E.* — Probablemente el refrán a que el autor se refiere es el que dice: «Del mar, el mero, y de la tierra, el misionero.»

muy diferente es que acaben metiéndole a uno en el puchero. ¡No y mil veces no! Conmigo no hay quien haga caldo o, por lo menos, yo no lo facilito. ¡Pues estaría bueno!

Después, cuando se puso novio de la Concha Capote, se le borró definitivamente la vocación.

—¿Y usted sabe si piensan casarse, doña Aurelia?

—¡Ay, hijo! ¡Cualquiera sabe! ¿Quién es capaz de leer en el remoto fondo de los corazones?

El lechero, que se llama Policarpo Mediano, se cayó del guindo.

—¡Anda, pues sí que es verdad! ¡Eso de leer en los corazones, es lo más difícil que hay! ¡Diga usted que sí, doña Aurelia, diga usted que sí!

Un amor imposible

El Maximiliano carece de nevera eléctrica, la verdad es que su posición no da para nevera eléctrica, sino para nevera de las otras: de las de hielo y paciencia y usted perdone que el hielo se haya derretido, ¡con el calor que hace! El Maximiliano conoce al Toribio de verlo en la taberna del Segundo Suárez, un asturiano poco de fiar que había rodado medio mundo.

—¿Qué va a ser?

—Un blanco.

—¿Pongo un pinchito?

—Bueno, un día es un día.

El Maximiliano no sabe bien a qué se dedica el Toribio.

—Este tío tiene hechuras de funerario, se le nota en la afición al cante. Claro que, a lo mejor, no es funerario, sino chófer de taxi...; no, chófer de taxi no parece...; o sacristán...; no, sacristán, tampoco...; o practicante, ¡cualquiera sabe! Hay gentes a las que se les nota el oficio en la cara; otros, en cambio, son como más misteriosos y no lo dejan traslucir. ¡Allá cada cual!

El Maximiliano ignora la resignación, pero se aguanta. ¡Qué remedio! El Maximiliano tiene cara de empleado municipal.

—¿Es usted empleado municipal?

—No, señora; yo me dedico a negocios de importación y exportación, ¿por qué lo dice?

—No, por nada..., mera curiosidad.

Al Toribio Panadero no le gustó ni un pelín que su novia, la Concha Capote, fuera a ver al Maximiliano.

—¿Tan mal te va a mi vera que quieres emigrar?

—No, Tori, amor mío... A tu vera soy inmensamente feliz, te lo juro... Lo que pasa es que ya estoy harta de que no salgamos de pobres.

Al Toribio Panadero le dio vergüenza ser pobre.

—¿Lo dices por mí?

—No... Lo digo por todos..., yo no conozco más que pobres.

La Concha Capote (la verdad es que la cosa había venido rodada) se echó a llorar; las ocasiones hay que aprovecharlas.

—Este Maximiliano, para mí que no es trigo limpio. ¡Ándate con ojo, no te líe!

A pesar de las piadosas teorías de la doña Aurelia, cuando al Maximiliano lo encerraron, la Concha Capote se echó a temblar.

—¿Y ahora, qué dices? —le preguntó el Toribio.

—Nada, amor mío: que tenías razón... Me da rabia, pero, al final, siempre tienes razón.

El Toribio se esponjó como un pavo.

—¡Para que después digas que exagero y que son manías! ¡Anda, que si no me tuvieras al quite, ya ibas lista, ya!

El Policarpo Mediano, el lechero, es concuñado del Segundo Suárez, el de la tasca; su señora, la Cipri Azcona, es hermana de la señora del Segundo, la Menchu Azcona, que había sido muy guapa; las dos son de Bilbao. La Cipri y la Menchu tienen una hermana pequeña, la Begoñita, que es pelotari. A la Begoñita la pretende, aunque sin suerte, el telegrafista Canuto Gil, que le resulta algo bajo para su talla. La doña Aurelia asegura que el detalle carece de la menor importancia.

—Yo creo que la doña Aurelia tiene toda la razón.

—Usted, sí, pero la Begoñita, que es la interesada, piensa al revés y dice que los bajos le dan rabia. ¡Así no hay manera de arreglar las cosas!

—¡Verdaderamente! En fin; cuando una joven se pone cabezota, lo mejor es dejarla. ¡Para lo que se va a sacar en limpio!

El Toribio Panadero vive en la misma pensión que el telegrafista Canuto Gil y tiene que aguantarle, incluso poniendo cara de interés, los rollos, que tampoco son mancos, de los desaires de la Begoñita, que en el fondo es una frívola que no sabe ni lo que quiere.

—¿Que soy bajo? ¡Ya sé yo que soy bajo! ¿Y qué tiene de malo ser bajo? Napoleón también era bajo y ya ves lo lejos que llegó. ¡Menuda carrera la de Napoleón! ¿Es que los bajos no vamos a tener derecho a la vida?

El Toribio Panadero, mientras el Canuto Gil le narraba sus cuitas, no le interrumpía jamás; el Canuto Gil, en muestra de agradecimiento, le daba a veces una copita de malvasía y un polvorón. El Canuto Gil es hombre de finos detalles: bajito, sí, pero de muy finos detalles.

Arpa, armónica y bandurria

La Begoñita Azcona Iturriberri, en la cancha Chiquita de Larrabezúa, antes Begoña XV, toca la armónica de oído y con mucha aplicación. La doña Aurelia Borrego, la cuñada de doña Lola Jubilla de Borrego y conocida arpista, la anima a seguir sus inclinaciones musicales.

—Mira, hija mía: si la música se mete en el corazón, desengáñate, es como un realquilado, que no hay quien la eche. Cuando cuelgues la raqueta, que algún día será, no encontrarás consuelo comparable a la música. ¡Te lo digo yo, muchacha, que soy vieja y he sufrido muchísimos sinsabores! ¡Si no fuera por el arpa, a estas horas estaría muerta!

La Begoñita Azcona Iturriberri, Chiquita de Larrabezúa, a la armónica, interpreta zorcicos y otros aires regionales.

—Tienes que depurar el repertorio, Begoña; esto de los zorcicos está muy bien, ¡quién lo duda!, pero una señorita no debe olvidar que existió un Strauss, por ejemplo, todo delicadeza y armonía.

—Sí, doña Aurelia, ya me hago cargo —respondía la Begoñita que, en el fondo, era muy sumisa—. ¿Querrá usted enseñarme algo de Strauss, a ver si lo aprendo?

La Begoñita conoció una mañana, al salir de misa, a un estudiante de Económicas que se llamaba Canuto Gutiérrez Táliga y que, al revés del telegrafista Canuto Gil, era alto y apuesto como un húsar de Pavía.

—¡Vaya tipazo! —pensó la Begoñita—. ¡Parece del Atlético de Bilbao!

El Canuto Gutiérrez Táliga abordó a la Begoñita, le dijo las frases de costumbre y, también siguiendo la costumbre, la invitó a un vermú con gambas a la plancha: detalle de mucho efecto.

—¿Cómo te llamas?

—Canuto.

La Begoñita soltó la carcajada.

—¡No puede ser!

El Canuto Gutiérrez Táliga se amoscó.

—¡Anda! ¿Y por qué no va a poder ser? ¿Qué tiene de malo llamarse Canuto?

La Begoñita, ya más recuperada de la sorpresa, recogió velas.

—No; eso de llamarse Canuto no tiene nada de malo. Al revés, incluso: Canuto es un nombre muy bonito. Lo que pasa es que yo conozco a un Canuto que es bajito y, claro, me dio la risa.

El Canuto Gutiérrez Táliga tuvo que conformarse con la explicación y hacer como que creía lo que era cierto.

—¿Y tú, cómo te llamas?

—Begoña Azcona Iturriberri.

El Canuto Gutiérrez Táliga se sintió ingenioso.

—¿Andaluza?

Y la Begoñita, como era vasca, le respondió:

—No, vasca.

La Begoñita y el Canuto Gutiérrez Táliga empezaron a salir juntos y, como es natural entre jóvenes decentes, terminaron novios.

—¿Me quieres mucho?

—Mucho.

—¿Más que a nadie?

—Más que a nadie.

—¿Y me querrás siempre?

—Siempre.

—¿Pase lo que pase?

—¡Hombre, según!

Como el Canuto Gutiérrez Táliga toca la bandurria, las relaciones de los tórtolos, basadas en eso de las comunes aficiones, discurrieron muy sosegadas y como sobre ruedas. La Begoñita presentó a su novio a la doña Aurelia que después, un día que se la encontró sola, le dijo que era un hombre que estaba la mar de bien y que lo que tenía que hacer era conservarlo.

—Pues claro que tengo que conservarlo, ¡qué más quisiera yo! ¡El caso es que sepa!

—¡Sí, mujer, claro que sabes! Para una chica de tu edad, esto es fácil.

—¿Usted cree?

—¡Vaya si lo creo!

La doña Aurelia, la Begoñita y el Canuto terminaron formando el trío Los Poetas del Ritmo, que consiguió un señalado éxito en su presentación, acontecimiento que tuvo lugar en Navalcarnero. Aunque el conjunto —arpa, armónica y bandurria— resultaba un tanto heterodoxo, como estaban muy ensayados, la cosa quedó bastante bien, y cosecharon aplausos y hasta ganaron algún dinero.

Igual que giran los trompos y las peonzas

La doña Lola Jubilla de Borrego no acaba de explicarse las inquietudes artísticas de su cuñada.

—Esta Aurelia es incansable. ¡Mire usted que, a sus años, metiéndose a formar compañía!

La doña Lola Jubilla de Borrego lleva ya muchos lustros viviendo por inercia, igual que giran los trompos y las peonzas, sin sufrir ni padecer, sin disfrutar ni gozar, criando niños y varices, templando gaitas domésticas, bailando —¡animalito!— al zafio son de mona conyugal que su mala estrella —¡vaya por Dios!— le deparó.

—Aurelia.

—No me interrumpas, Lolita, por favor, que estoy afinando el arpa.

La doña Lola Jubilla de Borrego ni siquiera sabe cuándo interrumpe o deja de interrumpir; la pobre es como una mariposita desvaída (ni joven ni vieja: desvaída) que vuela tropezando, y sonriendo, y pidiendo perdón por volar, y por tropezar, y hasta por sonreír.

—Aurelia.

—No me interrumpas, Lolita, por favor, que voy a entrar en trance de un momento a otro.

La doña Lola Jubilla de Borrego hace equilibrios chinos para dar de comer a su cohorte de hijos con los escasos cuartos que maneja.

—¿Y se lo agradece alguien al menos?

—¡Qué preguntas! A doña Lola nadie, absolutamente nadie, le agradece nada. Cuando está de suerte, se lo perdonan y, a veces, ni aun eso.

Por el invierno, mientras los gatos se adiestran en derribar tejados a maullidos y la luna, esa mala mujer, se agazapa tras la negra nube que amamanta los oprobios del frío, la doña Lola Jubilla de Borrego, cuajadita de rosados y escocedores sabañones, llora, piadosamente y sin saber demasiado por qué, mientras piensa o no piensa en la lejana fábula del principito azul al que una bruja, ¡también es mala sombra!, convirtió en cucaracha de la carbonera.

—Aurelia.

—No me interrumpas, Lolita, por favor, que estoy concentrándome.

La doña Lola Jubilla de Borrego, de moza soltera, tierna y sin compromiso, cuando todavía se llamaba Lolita Jubilla Bodonal y polleaba (no como una pollita sino como una pavita) en su pueblo, Fuente del Maestre, y por los lugares y en las circunstancias de costumbre (en la plaza y a la salida de misa mayor, ¡tiempos aquéllos!), padeció un ataque de paperas que la tuvo entre la vida y la muerte; la muchacha las pasó moradas y bien, lo que se dice bien, no quedó nunca.

—¿Y los hijos?

—Eso no tiene nada que ver: los hijos vienen solos, son como una costumbre, igual que ir a la oficina, o hacer la cena, o abrir el balcón por las mañanas para que se airee la alcoba y se mueran los últimos microbios de la noche.

El don Porfirio Sarmiento y de Felipe, apoderado de las Bodegas Segovianas, S. L., asintió con muy prócer empaque.

—Eso también es cierto, ¡sí, señor!

La doña Lola Jubilla de Borrego tiene once hijos vivos y coleando, holgazaneando y, mal que bien, trampeando y pudiéndolo contar, que es de lo que se trata.

—¡Mientras lo puedan contar!

—Y que por muchos años lo veamos todos, don Porfirio. Amén. Que los muertos, aunque no se enteran, están peor.

A todo hay quien gane

El don Porfirio Sarmiento y de Felipe, alias Rumbo, apoderado de las Bodegas Segovianas, S. L., se hizo muy amigo del Segundo Lubrín Cherches, alias Berbén, apoderado (y también novio) de la señorita torera Valentina Borrego Jubilla, alias Nicanora y Frascuelo, a elegir, la segunda hija de la doña Lola Jubilla de Borrego y su marido, el don Moisés Borrego Cebollona, natural de Corte de Peleas, provincia de Badajoz, y muy consciente aficionado al gilé.

—Oiga usted, amigo Segundo, ¿me puede prestar tres duros, que no llevo suelto?

El Segundo, a veces, ni mira siquiera para el peticionario.

—No.

El don Porfirio, que sabe que el triunfo no se hizo para los pusilánimes, encaja lo que le echen —y aun lo que le escupen— con un estoicismo rayano en la ejemplaridad.

—¡Así me gustan a mí los hombres: claros en la respuesta, diáfanos en el concepto, concisos en lo que quieren expresar!

El don Porfirio carraspeó muy medianamente, tan medianamente como un actor dramático.

—¿Y dos duros? ¿Me puede prestar dos duros, que no llevo suelto?

El Segundo se puso de perfil, como los héroes de las monedas.

—No; dos duros, tampoco.

Sobre la acera, aromando faroles y oliendo esquinas, un perrillo de deslucidas lanas sin historia no consigue mirar al mundo con antipatía; la esperanza es lo último que se pierde.

—¿Y un duro? ¿Un durito pelado?

—No: ni pelado ni sin pelar. ¿Hace una peseta de obsequio, y se larga?

El don Porfirio pensó que menos daba una piedra.

—Venga la peseta. Aceptándola, le demuestro a usted la mucha ley que le tengo.

El Segundo Lubrín Cherches, alias Berbén, juega al billar como un verdadero campeón.

—¿Y qué tal elige las lentejas?

—Bien... Oiga, ¿cómo sabe usted que el Segundo está especializado en elegir lentejas?

Don Romano Regla, violinista sin café en el que rascar, sonrió con un gesto ovejuno.

—¡Ah!

El don Moisés Borrego Cebollona piensa —y hasta lo dice a gritos— que el Berbén es un desaprensivo y un muerto de hambre.

—¡Pobre hija mía! ¡Y en qué malas garras ha ido a caer!

El don Romano tiene ideas propias sobre la sarna, el gusto y el picor.

—¡Déjela usted, don Moisés! ¡Sarna con gusto, no pica! A lo mejor la chica está enamorada, ¡vaya usted a saber!

El Segundo Lubrín Cherches no acababa de conseguir que lo admitiesen en correos.

—¡Mire usted que son ganas de amolar, esto de suspenderme siempre! Con lo nutrido que es el escalafón, ¿qué trabajo le costaría hacerme un hueco? ¡Total por uno!

La doña Lola Jubilla, su preconizada suegra, piensa que el Segundo está rebosante, lo que se dice colmadito, de razón.

—A mí, que no me digan pero son manías. ¡Total, por uno!

El don Moisés, por el contrario, se alegra de los suspensos del Segundo Lubrín Cherches.

—Contra más tarde en sacar la plaza, más tardará en llevarse a la Valentina. ¡Críe usted hijas para esto! ¡Para que acaben largándose con un desaprensivo!

El don Romano Regla, quizá porque está hecho a todos los desconsuelos, se da muy buena maña para consolar.

—No tiente a Dios, don Moisés, ni juegue con el destino. El Segundo es pobre y un poco tarambana pero, en el fondo, es buena persona. ¡Peor hubiera sido que a la Valentinita la pretendiese el Sarmiento, el de las Bodegas Segovianas!

A don Moisés se le hizo un nudo en el gaznate.

—¡Hombre, sí! ¡En eso tiene usted razón!

La consideración pública

Es muy probable que el Segundo Lubrín Cherches, ¡pobre Segundo Lubrín Cherches, con lo bien que juega al billar!, no sea un novio como para echar las campanas a vuelo de alegría. En todo caso, Nicanora o Frascuelo, vamos, la Valentina, tampoco es ningún momio sino más bien al revés: un fiasco, al que hay que arrimar mucho valor para cargar con él. El Blas, el novio de la Joaquinita, la hermana de la Valentina, siente escrúpulos del Segundo porque se lo imagina, ¡qué imaginación sin caridad!, muerto a estoque, desorejado y arrastrado por las mulillas. ¡Qué horror! El Blas es muy poeta e imaginativo, muy lleno de sueños, ideaciones y otras aprensiones.

—¿Y la novia?

—Pues ya ve usted, la novia es lo más diferente que pueda haber de la hermana. La Joaquinita es más dulce que el arrope de miel, más suave que el vellorín e incluso que el terciopelo, más delicada y amable que el manso pétalo de la rosa que dicen de Alejandría.

El don Romano Regla se quedó pegado. El don Romano Regla ni podía sospechar que el don Acilino Ruiz fuera tan preciso y elegante y florido orador. El mundo está lleno de sorpresas.

—¿Quiere un pitillo?

—Muchas gracias; permítame que lo deje para luego, para después de almorzar.

—Como guste, suyo es.

La Valentina no tiene buena prensa en la vecindad, se conoce que esto de las aficiones taurinas no encaja con los moderados y consuetudinarios hábitos de la vecindad. Lo que salva a la Valentina es que es poquita cosa, muy poquita cosa; si llega a nacer gorda y cumplida, la actitud de los vecinos hubiera sido probablemente peor.

—¿Peor aún?

—Sí, peor todavía. ¡Usted no sabe hasta qué extremos de vileza son capaces de llegar los vecinos, movidos por la envidia y por las ganas de hacerle la mismísima al prójimo!

El don Acilino Ruiz se quedó perplejo y cariacontecido.

—¡Qué horror! ¡Qué pena da pensarlo!

Los vecinos, a quien ven con simpatía es a la Joaquinita, que baila el rock-and-roll y es peluquera de señoras: dos actividades previsibles y que no molestan a nadie. El Segundo Lubrín Cherches, alias Berbén, desde su olimpo por el que ruedan las ágiles y elásticas bolas del billar, mira a los vecinos de la novia con un desprecio rayano en la agresión.

—Hacen bien en reírse y en aprovechar lo que les quede; el día que se levante la veda, no voy a dejar ni uno.

La Valentina, como tiene muy arraigada la vocación, ni se ocupa siquiera de las habladurías en torno.

—Déjalos, ¡pobre gente! A nosotros, ¿qué más se nos da que hablen? A mí, lo único que me preocupa es ver si acaban de quitar de una buena vez esa ley que nos prohíbe ser toreras a las mujeres; mientras tanto, con torear de salón y mantenerme en forma, ya cumplo.

—Sí, mujer; ya sé que tienes razón que te sobra pero, ¡qué quieres!, los deslenguados siempre me han dado rabia. ¿Por qué no se meten en sus cosas?

La buena voluntad

El padre de la Joaquinita y la Valentina y nueve más, y esposo de la doña Lola Jubilla, se llama don Moisés Borrego y es más cegato que un pan de munición; la verdad es que ve menos que un pez de escayola por el culo.

—¡Qué hay, don Moisés! ¿Qué tal va la vida?

—Pues ya ve usted, hijo: a tientas. ¿Cómo quiere que vaya?

El don Moisés, por mor de unas viruelas juveniles, tiene la cara llena de agujeros, igual que una criba; como es muy blanco y sin brillo, en la penumbra semeja una calavera.

—¿Hace un vasito? Hoy pago yo, ¡los del Atlético somos así!

El don Moisés Borrego Cebollona, aunque se lo calle, está deseando casar a las hijas, una detrás de otra y sin que libre ninguna. ¡Qué alivio, el día que se quede solo (bueno: con la Lola, pero la Lola, ¡pobre Lola, qué buena es!, no molesta) y pueda dedicar todas sus energías al gilé!

—Don Moisés, usted que está en el Ayuntamiento, ¿quiere ayudarme a llenar la hoja del padrón? Es que con tanto casillero, ¡me armo unos líos!

El don Moisés, por ayudar a los vecinos y vecinas a llenar las hojas del padrón, no cobra nada (—Encantado, no faltaría más; para eso estamos, para ayudarnos los unos a los otros) pero admite la voluntad: una cajetilla, un duro, un vasito de vino, lo que sea, que la voluntad —cuando existe— es próvida e insospechada.

—Don Moisés.

—Mándeme siempre, amiga doña Rita, ¿qué se le ofrece?

—Pues ya ve usted, que a mi nene le han puesto una multa por arrancar un farol. ¿No podría usted intervenir para que se la perdonasen?

El don Moisés jamás dice que no a nada.

—Veremos de hacer algo, amiga doña Rita, veremos de hacer algo... Pero dígale a su nene que hay que tener más civismo y que esto de arrancar faroles es impropio de personas civilizadas.

La doña Rita de Casia Godojos, viuda de Cubel, bajó el mirar con muy humilde gesto.

—Sí, don Moisés; yo siempre se lo estoy diciendo, pero no me hace caso. ¡Yo no sé lo que va a ser de mí, sola y con cinco hijos que son como cinco bestias desatadas!

La doña Rita de Casia Godojos, viuda de Cubel, se echó a llorar.

—Dispénseme, don Moisés; no puedo evitarlo.

Al don Moisés no le disgusta la doña Rita de Casia; como es medio —o más que medio— burriciego no la ve bien, pero la adivina. La doña Rita de Casia es aún relativamente joven y va teñida de rubio. A veces tarda más de lo necesario en volver a teñirse y entonces, por la raíz del pelo, se le presenta una hermosa rebaba, negra y brillante, del violento color de su naturaleza; es un noble y sucio espectáculo, tan íntimo como sugeridor y evocador. El don Moisés hubiera dado cualquier cosa por tener influencia, verdadera influencia, en el Ayuntamiento. ¡Qué ilusión, poder decirle a la doña Rita de Casia!,

—Amiga doña Rita, al asunto del nene le han echado tierra encima. He tenido mucho gusto en poder complacerla. Servidor de usted.

Al don Moisés Borrego, buena voluntad no le falta; lo malo es que en el Ayuntamiento no le hacen ni caso. ¡Son tantos los empleados!

El Blas y su circunstancia

La Joaquinita admira mucho a su madre: como es medio pavisosa, la Joaquinita confunde el cariño con todo lo que rodea al cariño, pero va viviendo que, en el fondo, es de lo que se trata. Lo del rábano y las hojas, y aquello otro de las cuatro témporas y la retambufa (pido perdón por expresarme en árabe) cabría muy bien aquí. El novio de la Joaquinita se llama Blas, que es nombre muy económico y moderno. El Blas, sopla en el saxofón con un entusiasmo meritorio; la verdad es que le arrima tales energías al instrumento que hasta le saca chispas.

—Un día te vas a quemar, Blas.

—¿Y a mí qué me importa arder en el fuego del arte?

—¡Anda, pues también es verdad! ¡Parezco tonto, no haberme dado cuenta antes!

El Blas está muy tostado por el sol; hay mozos que nacen con vocación de churrasco, sobre gustos no hay nada escrito. El padre del Blas no está moreno sino más bien blanco, se conoce que es pálido de natural. El padre del Blas no ama la naturaleza, ni el aire libre, ni nada. El padre del Blas es de tendencias conservadoras y antiguas y gusta de andar siempre arropado y muy puestecito; se conoce que tiene vocación de croqueta, o de calamar romana, o de escalope, o de gamba con gabardina, o de algo por ese caducado y pretérito estilo.

—¡Déjeme, déjeme! El sol produce cáncer y otras calamidades. ¡El sol, para los lagartos! ¿Ha visto usted alguna vez en su vida un cerdo tumbado al sol?

El padre del Blas tampoco es partidario del saxofón y su hijo tiene que ensayar en el garaje del Deogracias Callosa, alias Deo Carnero y Deo el de la señora Florita, mecánico de profesión y batería amateur. La novia del Blas, la Joaquinita, le está muy agradecida al Deo Carnero y, para expresarle su reconocimiento, peina de balde a su señora, la Paquita Recio, que es algo coja pero tan poco, tan poco, que casi ni se le percibe. El Blas y el Deogracias se llaman de tú, a pesar de que el Deogracias tiene quince o veinte años más que el Blas. La Joaquinita y la Paquita, en cambio, se llaman de usted y con mucha reverencia; la Paquita no es mujer propensa a dar ni a tomarse confianzas. El don Moisés Borrego Cebollona, suegro preconizado del Blas, le tiene a la Paquita más miedo que a un tornado porque, una vez que quiso propasarse (la verdad es que nada más que por probar e incluso sin mala intención), se encontró con semejante torta que, a poco más, dobla. Lo defendió el Deo Carnero que, por fortuna, pudo llegar a tiempo de que la cosa no pasase a mayores.

—Y el don Moisés, ¿qué hizo?

—Pues, hombre, ¡qué pregunta! ¡Disimular! ¡Qué quería usted que hiciese!

El Blas y el Deo Carnero están pensando en la posibilidad de abrir un local exclusivamente dedicado a la música moderna. La Joaquinita los anima porque piensa que es un gran negocio; la Paquita, por el contrario, cree que no, que es un negocio ruinoso y que lo bueno es comprar solares y esperar a que suban, que suben siempre.

—La tierra no hay quien la mueva: pase lo que pase, la tierra está siempre en el mismo sitio. Lo de la música es muy arriesgado porque cambia a cada momento. ¿Quién me puede asegurar a mí que lo que gusta hoy ha de seguir gustando mañana?

La timidez, ese encanto

La Esther, la moza paralítica de la calle de Apodaca, aplaude los proyectos del Blas, su hermano.

—¿Pero la muchacha no escucha música de Chopin y lee a Palacio Valdés y a Pereda?

—Sí, pero no importa; la Esther quiere todo lo que quiere el Blas; la Esther, desde su mecedora, sueña con que el hermano triunfe: en lo que sea, el caso es triunfar y no morirse de asco, como una dalia, sin poder huir, ni rebelarse, ni gritar siquiera...

El Julito Sánchez, Lord Byron, no está de acuerdo pero traga saliva y se calla; el Julito Sánchez, Lord Byron, es como un ángel, es igual que un ángel.

—Julito.

—Qué.

—Cuando tengas novia, ¿me lo dirás?

El Julito Sánchez, Lord Byron, entonces mira para el suelo mientras responde.

—¡Qué tonta eres, ya te dije que sí!

La Esther, por las tardes, suele arreglarse un poco, por si viene el Julito a verla. La Esther es muy mona y de facciones correctas y delicadas; la pena es que no pueda moverse. El padre de la Esther se llama don Fernando López-Barbero y es un señor más bien triste y de elegante y sosegado ademán al que, como cabe pensar, le horrorizan las estridencias del saxofón. El don Fernando siente mucho cariño por el Julito, incluso mucha gratitud.

—Julito.

—Dígame, don Fernando.

—¿Quieres que vayamos el domingo al fútbol? Me dan dos entradas y he pensado que, a lo mejor, querías acompañarme.

—Encantado, don Fernando, y agradecido de que se haya acordado de mí.

El don Fernando sonrió.

—De ti me acuerdo siempre, Julito, más de lo que tú piensas.

Al Julito no le gusta el fútbol, pero disimula. El Julito siente un gran respeto por el don Fernando, se conoce que adora al santo por la peana.

—Y después, si quieres, podemos venir a merendar a casa y le hacemos un rato de compañía a Esther.

El Julito no se atrevió a mirar para el don Fernando.

—¡Si es su deseo!

La Esther tiene los ojos azules, la boca bien dibujada, la tez suave. Si la Esther, que gasta las piernas lánguidas y de trapo, como las desmayadas muñecas de adorno, las gastara firmes y con hueso por dentro, como todo el mundo, el Julito Sánchez, Lord Byron, probablemente, ni la hubiera mirado.

—Julito.

—Qué.

—¿Me juras que no tienes novia?

El Julito sintió brotar, mismo debajo del corazón, la tenue llamita que alumbra los días de los insurrectos.

—Te juro que no tengo novia..., te juro que ni voy con chicas, siquiera...

A la Esther se le encendieron las mejillas.

—¿Por qué?

—Por nada, ¿a ti, qué te importa?

El Julito Sánchez, Lord Byron, es un doncel indeciso, un joven de los que ya no quedan. La Esther no le explica, todavía más claro, que le quiere, que le quiere mucho y que no puede vivir sin él, porque piensa que tanta claridad, a lo mejor, es pecado.

—¿Y tampoco la buscas, Julito?

—No, Esther, ¿para qué?

—Pues, hombre, ¡qué sé yo! Para salir con ella, para invitarla a un café, para llevarla al cine o a bailar...

El Julito Sánchez, Lord Byron, no encuentra las palabras que precisaría para contarle a Esther que eso de salir con una chica, e invitarla a café, o llevarla al cine o a bailar, no tiene la menor importancia.

—Lo que importa es quererla..., aunque no pueda salir de casa...

A la Esther se le agolparon las lágrimas por dentro de los ojos.

—¿Qué dices?

—Nada, Esther, no digo nada... hablaba solo...

La lotería del cotidiano garbanzo

El Julito Sánchez, Lord Byron, sabe que es poca cosa, muy poca cosa incluso para la Esther, que no es gran cosa, pero se sobrepone, saca fuerzas de flaqueza y sonríe, sonríe siempre. Al Julito Sánchez, Lord Byron, lo suspendieron en la reválida del bachillerato, lo declararon inútil en las quintas y lo echaron de la oficina en la que trabajaba. La verdad es que el universo mundo parecía como haberse confabulado contra el Julito Sánchez, alias Lord Byron, petimetre sentimental y algo cojo que lucía, a veces (pocas veces) y cuando menos se esperaba, más arriesgado y más cara dura que nadie. El

Julito Sánchez, Lord Byron, está hecho de la inquieta substancia de los activistas y, aun así, vive de milagro y de la amarga caridad doméstica; lo que le dejan las representaciones de los cómicos (porque el Julito Sánchez, recuérdese, representa cómicos) es una miseria.

—¿Tiene usted algún número de malabar en cartera, Sánchez? Me interesaría un número de malabar que estuviera en precio, vamos, que no me saliese demasiado caro.

El Julito Sánchez, ¡también es mala pata, la suya!, no tiene ningún número de malabar en cartera: ni caro ni barato.

—Pues, no; de momento no puedo ofrecerle nada, ¡ya ve usted!, el malabar anda muy escaso de un tiempo a esta parte. Tengo flamencos, contorsionistas —muy buenos, por cierto—, frívolas, rumberas y un número de hipnosis muy científico y cotizado, pero malabar, concretamente, no. ¡Bien lo siento!

El Julito Sánchez, por más que rebusca en el cuaderno donde tiene apuntadas las direcciones de los artistas, no puede encontrar un solo malabar disponible.

—¿Y enanos? ¿Tiene usted enanos?

—Pues, no, tampoco; tenía uno pero se me escapó con una condesa austriaca.

—¡Vaya, hombre! ¡También es faena!

—Pues, sí, porque me dejó colgados muy buenos contratos. En fin..., ¡mala suerte! La verdad es que era un enano de muy poco fundamento, yo ya estaba empezando a hartarme de él.

El enano del Julito Sánchez, Lord Byron, se llama Filomeno Gil y la condesa austriaca, que es muy presumida, lo pasea por el mundo vestido, más o menos, de caballero del Greco: con golilla escarolada, jubón de paño, calzas de seda verde, escarpines con hebilla de plata y espada al cinto; los domingos, el Filomeno Gil luce una túnica palmada muy ostentosa y aparente. Como la condesa es más bien alta, el Filomeno Gil, cuando la lleva del brazo, aunque hincha el pecho y procura andar muy derechito, parece que va colgado, como un bolso.

—Pues ya ve usted, tampoco puedo complacerle: el único enano que tenía es el que retiró la condesa.

El elenco del Julito Sánchez, Lord Byron, no es ni numeroso ni escogido. El Julito Sánchez, Lord Byron, está empezando y, claro es, a cada momento se queda sin existencias.

—Lo que tengo que hacer —se decía el Julito Sánchez, Lord Byron, en su diaria recapitulación— es no desmoralizarme. Si el Filomeno se portó mal e incumplió los contratos, ¿a mí qué se me da? La vida es larga y el Filomeno, ¡también es pretensión!, no es el único enano del mundo... La verdad es que hay enanos mucho mejores... ¡Mientras el garbanzo no falte!

Julito Sánchez, Lord Byron, lanza a una artista

El Julito Sánchez, Lord Byron, no tiene malabares ni enanos, es cierto, pero en cambio sí que tiene a la Tiburcia Sastre, también llamada Fifí Cooper, joven que empezó su meteórica y siempre ascendente carrera cuando la eligieron, entre las aclamaciones de la multitud, Miss Peña Taurina El Rehilete de Oro.

—¡Viva la Tiburcia! —rugían los señoritos de su barrio mientras la paseaban en hombros por el salón y aprovechaban para tocarle el culo—. ¡Vivan las rubias como Dios manda!

La Tiburcia Sastre, bueno, Fifí, sonreía a diestro y siniestro y saludaba con las dos manos, como los boxeadores.

—Gracias, gracias... Yo no me merezco tanto...

La Tiburcia Sastre, vamos, Fifí, a los pocos días del suceso empezó a adoptar poses de gran revelación de la cinematografía. Al principio le quedaban un poco artificiales y postizas, un tanto embarazadas y envaradas, pero después, cuando se fue haciendo al ambiente, la cosa fue ya coser y cantar. ¡Qué tía, la Tiburcia, qué instinto! ¡Qué pronto se espabiló, la indina! ¡Qué aptitud para asimilar los ademanes y fórmulas del oficio! ¡Qué barbaridad! El Julito Sánchez, Lord Byron, está orgulloso de la Tiburcia y dice a todo el mundo que la muchacha es lo que se dice un temperamento arrollador, algo así como Greta Garbo y Gina Lollobrigida todo en una pieza.

—Esperen ustedes al estreno de *La mocita jaranera*, film neorralista, y ya me lo dirán, ya. ¡Lo único que yo siento es que acabaré perdiéndola porque se la llevarán a Hollywood! ¡Estos americanos son insaciables! ¡Claro, como manejan verdaderos chorros de dólares!

El Julito, cuando pasea a la Tiburcia Sastre, saca el pecho y mira de costadillo como los triunfadores.

—¡Viva la vida! ¡La verdad es que, para cojo, no se puede pedir más!

En cambio, cuando va a visitar a la Esther, ¡pobre Esther!, el Julito se siente mínimo y elemental como un San Francisco.

—Te juro que no tengo novia, Esther, ni ando con chicas. ¿Para qué iba a engañarte?

El Julito Sánchez, Lord Byron, sólo espera a que en el Sindicato del Espectáculo tramiten lo del crédito, para cobrar. Las cosas de palacio, van despacio. Para el primer golpe de manivela de *La mocita jaranera*, film neorrealista, el Julito tiene preparada una fiesta por todo lo alto, una fiesta con marquesas, y escritores, y toreros, y pintores abstractos, y todo lo que se pueda desear.

—Las cosas, o se hacen bien o no se hacen.

—Diga usted que sí, Julito: el que no se arriesga no pasa la mar. En este mundo del arte, la decisión vale mucho, ¡ya lo creo que vale mucho!

Al Julito Sánchez, Lord Byron, decisión no le falta: lo que le faltan son los sesenta duros iniciales.

—¿Y de dónde los va a sacar?

—Pues, la verdad, no lo sé... Las cosas se están poniendo difíciles para los artistas pero, en fin, ¡malo será que no me encuentre con alguien que arrime los sesenta duros!

El Julio Sánchez, Lord Byron, se quedó pensativo.

—¡Mira que tener estos agobios cuando lo que está en juego es el espíritu! ¡Qué pena de civilización! ¡Cómo degenera!

El Antonino

Uno de los hermanos de la Tiburcia Sastre, en la pantalla Fifí Cooper, el Evaristo, tiene novia formal, novia para casarse. El otro, no; el otro se llama Antonino y ama, sobre todas las cosas, la libertad.

—¡Abajo las novias formales y que se mueran los feos! —suele decir, a voz en grito y aunque no venga a cuento—. ¡Vivan los bienes comunales!

Lo que el Antonino entiende por bienes comunales, es cosa que no se supo jamás; el Antonino es muy propenso a hablar por imágenes, costumbre que siempre confunde.

—¿No será que es medio moro? Los moros también son muy aficionados a la metáfora.

—Pues, sí, ¡vaya usted a saber! Del Antonino puede esperarse cualquier cosa.

El Antonino Sastre no es ya ningún niño, el Antonino Sastre va para solterón. En castellano, las señoras suelen llamar amigotes a los amigos de los hijos o del marido, cuando no les resultan simpáticos, que es casi siempre. Al Antonino Sastre, sus amigotes le llaman Mustafá, que en chelja, que es un dialecto que hablan los bereberes, quiere decir don Juan Tenorio. El Antonino tiene mucho éxito con las señoras (e incluso con las señoritas, que son ganado más difícil) y el mote le viene que ni pintado. Su hermano Evaristo, que es el serio (para eso es también más joven), no ve con buenos ojos los devaneos del Antonino y si no le llama la atención es porque no se atreve. La señorita Teo, la novia del Evaristo, odia a muerte y con un odio africano al Antonino, porque el Antonino, para meterse con ella, le compuso una vez una poesía muy ordinaria que se titulaba *Oda al caucholín*, y que se subtitula, para que no hubiera lugar a dudas, *Romance a la faja de la cuñada del poeta*. El Evaristo se calló pero, en el fondo de su corazón, la broma le supo a cuerno quemado, que es un olor acre y penetrante.

—¿Y siguieron siendo amigos los dos hermanos?

—Pues, hombre, sí..., pero con reservas. Esto de ser hermanos, une mucho.

—Sí, eso también es verdad.

El Antonino, la noche que eligieron a su hermana Tiburcia Mis Peña Taurina El Rehilete de Oro, lo pasó en grande porque le dieron de beber de oque, lo que siempre anima.

—¡Vivan las misses! —rugía por entre las mesas, bebiendo culitos de martinis para hacerse el gracioso—. ¡Vivan los taurinos!

La Tiburcia, mientras su papá y su hermano se ajumaron, repartía sonrisas para templar gaitas y quedar un poco bien con la gente, no fuera a hacer el diablo que le quitaran la banda.

—¡Mira que si ahora me destronan y me dicen que ya no soy ni miss ni nada!

—¡No, mujer! ¡A quién se le ocurre! ¡Por más que hagan el burro tu papá y tu hermano, a ti no te pueden quitar de miss! ¿Qué tiene que ver una cosa con la otra?

La Tiburcia, hasta que se llevaron a rastras al padre

y al hermano mayor, no pudo respirar tranquila. ¡Qué alivio, cuando los perdió de vista!

Las tres tías teologales

El Antonino —y, como es lógico, también sus hermanos el Evaristo y la Tiburcia— tiene tres tías en el pueblo, tía Fe, tía Esperanza y tía Caridad, a las que llama, como cabe suponer, las tres tías teologales. La tía Fe es viuda, la tía Esperanza es casada y la tía Caridad...

—¡Ya sé lo que va a decir! ¡Es soltera!

—Pues no, amigo mío, se equivoca de medio a medio. La tía Caridad también es casada. Eso le pasa a usted por interrumpirme.

—Dispense, no he querido molestarle.

El marido muerto de tía Fe se llamó, hasta que el mixto ascendente número 106 lo hizo migas, don Saturnino de Mut y de Berzal y era agente de los famosos motocarros Paquito para toda la comarca. Don Saturnino, que había sido concejal con Primo de Rivera, gozaba de mucha consideración en la provincia porque, aunque más bien feo, era muy piadoso y generoso.

—¡Qué gran caballero se perdió con la desaparición de don Saturnino!

—Sí, verdaderamente don Saturnino fue un hombre ejemplar.

El marido de tía Esperanza es de menos representación que el difunto de tía Fe: la norma general es que los vivos sean menos representativos que los muertos. El marido de tía Esperanza se llama don Justo Méndez Busto y es arboricultor de oficio; en la fachada de su casa tiene pintado un árbol al que se le ven las raíces y, a un lado y a otro, dos leyendas. En la una pone: Amando al árbol hacéis patria (Justo Méndez Romea, padre del propietario de los viveros). Y la otra, que está escrita en verso, dice:

La copa de los árboles pomposa
grata sombra nos da, nido a las aves,
y dulce juego al céfiro lascivo.

MANUEL JOSÉ QUINTANA
(1772-1857)

Don Justo Méndez Busto, amén de arboricultor, es empresario del Salón Conchita, local que tanto sirve para un roto como para un descosido.

—¿Y dan cine?

—Sí, señor, y varietés y bailes y lo que haga falta. El Salón Conchita, no es por nada pero está muy acreditado.

El marido de tía Caridad está reparado de la vista y como además se pasa el día haciendo visajes con la nariz y con la boca, es capaz de poner nervioso al más templado. El marido de tía Caridad se llama Orencio, sin don, Orencio Escamilla Palacios, y tiene una heladería en la plaza, a la derecha, según se viene; por el invierno, como la gente se quita de los helados, el Orencio vende y compra y cambia y alquila tebeos y novelas por entregas con opción a regalos de dos clases: magníficos (reloj despertador, mantelería o lámpara de sobremesa) y suculentos (salchichón, caja de magdalenas o rueda de mazapán de Toledo). El Orencio es muy apañado y buscavidas y, mejor que peor, va saliendo adelante.

—¿Y da de comer a los suyos a diario?

—¡Hombre, eso no! ¡Conforme está todo, eso sería pedir demasiado!

Las tres tías teologales del Antonino, del Evaristo y de la Tiburcia —tía Fe, tía Esperanza y tía Caridad— son hermanas de don Jesús Sastre Sastre, padre del trío, y primas de doña Lolita Sastre Sastre, esposa del anterior y madre de los ya citados. Hay familias en las que los apellidos —¿para qué variar?— varían poco.

La teoría de los genes

En los matrimonios entre primos por partida doble, la teoría de los genes adquiere una complejidad excesiva. La doña Lolita Sastre Sastre no cree en la teoría de los genes y piensa que son ordinarieces y pasatiempo de desocupados.

—A mí que no me vengan con cuentos. Eso es igual que lo de Gagarín, ¡que se lo crea quien quiera, que una está ya muy escarmentada!

En cambio, su marido, el don Jesús Sastre Sastre, que es muy progresista y avanzado, sí que cree en la teoría de los genes. No la conoce, es cierto, pero cree en ella, que es lo meritorio.

—¡La teoría de los genes! ¡Qué gran conquista del pensamiento!

En los matrimonios entre primos por partida doble, según la teoría de los genes, el segundo hijo se dedica a la contabilidad. El Evaristo Sastre Sastre estudia para intendente mercantil; el tomate de las cuentas es algo que se le da de dulce. ¡Qué tío, el Evaristo, multiplicando! ¡Qué manera de repentizar!

—¿Cuántas son 7.823 por 175, Evaristo?

Y Evaristo, sobre la marcha y casi sin tomar aliento, responde.

—1.428.725.

—¡Qué bárbaro, qué velocidad!

El truco es fácil: el Evaristo dice lo primero que se le ocurre y lo que le da la gana y, como nadie se toma la molestia de sacar un lápiz, nadie, tampoco, le contradice.

—¡Es un verdadero calculador mental! ¡Un as de los guarismos!

A la doña Lolita, que es muy propensa a la náusea, esto de los guarismos le da un asco horrible porque piensa que son gárgaras: guarismos de limón, guarismos de agua oxigenada, guarismos de bicarbonato, etc. La doña Lolita es fina de nacimiento, no lo puede evitar, y las licencias del lenguaje le hacen verdadero daño.

—¿Qué trabajo le costará a la gente el hablar bien?

—Sí, realmente. El hablar a la pata llana, sobre todo si es para contar vulgaridades, es algo que no tiene perdón de Dios.

Al Evaristo, su novia, la señorita Teo, le regaló una corbata el día de su cumpleaños; la verdad es que ya le iba haciendo falta porque la que tenía estaba viejísima y toda sucia y despeluchada.

—Muchas gracias, Teo, mona: es muy bonita.

—¡Los buenos ojos con que tú la miras, Eva querido! Es una corbata corriente, en ella no debes ver más que la buena intención de tu nenita...

Según la teoría de los genes, en los matrimonios entre primos por partida doble, el segundo hijo, amén de contable, suele ser dado al sentimiento. El Evaristo es tan sentimental que cuando su novia, la señorita Teo, le regaló la corbata, no pudo contener las lágrimas.

—¡Son lágrimas de dicha, Teo mía, lágrimas de felicidad! ¡Cómo te agradezco el detalle!

A la señorita Teo, que padece de lombrices, le dio la tos, pero, aun medio ahogándose, consiguió sonreír con una dulzura inefable. ¡Cuán cierto es que el amor salta barreras, allana montañas y derriba los más insalvables obstáculos!

—¿Quieres que te dé aire, amor mío?

—No, gracias, no te molestes..., ya voy sintiéndome mejor.

La chineloteca de doña Teodosia

Doña Teodosia, la mamá de la señorita Teo, la novia del Evaristo, tiene una colección de chinelas muy meritorias; de haber nacido rica, la doña Teodosia tendría la mejor colección de chinelas de todo el mundo, incluido el Oriente lejano y misterioso. El Evaristo, que es muy hogareño, fomenta la colección de chinelas de su suegra.

—Es un museo, un verdadero museo. A la doña Teodosia, no es porque yo lo diga, la nación le debe un homenaje.

—¿Tanto?

—¡Ya lo creo que sí, mi buen amigo, ya lo creo que sí! Doña Teodosia, con su fino espíritu, está haciendo posible la futura y tan necesaria historia de las chinelas. Yo creo que haríamos patria poniéndolo en conocimiento del Consejo Superior de Investigaciones Científicas.

La doña Teodosia, a pesar de su fino espíritu, no se da demasiada cuenta de su plausible contribución a la cultura.

—A mí lo que me pasa es que las chinelas me chiflan. En cuanto que ve unas chinelas nuevas se me va la vista, no puedo evitarlo. ¡Ay si tuviera posibles!

El joven Pudente Menjuana, estudiante de filosofía y letras (sección de pedagogía) y vecino de patio de la doña Teodosia, llama chineloteca (del genovés *cianella*, forma dialectal del italiano *pianella*, diminutivo de *piano*, plano, y del griego θήκη, caja) al armario en el que la doña Teodosia guarda sus chinelas y, en segunda acepción, también al conjunto de esas chinelas. El joven Pudente Menjuana es muy estudioso y sus bromitas, claro es, son siempre educativas.

—A ese pardillo, lo que le hacía falta es que le sentaran las costuras. ¡Mire usted que pasarse las horas muertas, parapetado detrás de sus lentes, leyendo libros que no lee nadie! ¡Le digo a usted que pasa cada cosa!

—Pero, hombre, don Quinto, ¿qué le hizo a usted el Pudente, con lo buen chico que es?

—¡Yo ya me entiendo, amigo Fidelito, yo ya me entiendo!

El don Quinto Zamayón Valverdón, del comercio, siente por el joven Menjuana un asco rigurosamente gratuito.

—Pero, ¿qué le hizo a usted el Pudente, don Quinto, con lo buena persona que es?

El don Quinto, mientras se atusa el bigote, responde casi comiéndose las palabras.

—Nada, ésa es la verdad. ¡Dios le libre! El día que ese feto inflagaitas me mire, fallece en el acto. ¡Se lo juro!

—Bueno, bueno, no se ponga usted así.

Doña Teodosia, la mamá de la señorita Teo, la novia del Evaristo, recibió el día de su santo unas chinelas color butano, que es el color de moda, con una tarjeta de don Quinto Zamayón Valverdón. Al marido de la doña Teodosia el detalle le pareció impropio, pero no dijo ni mu; en estos casos, lo más discreto es el silencio.

—¿Te gustan, maridito?

—Sí, Teodosia, son la mar de elegantes.

El Evaristo, tras consultar con su novia, la señorita Teo, se abstuvo de enviarle un par de chinelas a su futura suegra.

—Cuando estemos casados será otra cosa, Eva mío, pero ahora, ¡qué quieres que te diga!, me parece impropio. ¡La gente es tan mal pensada!

El Evaristo encontró muy sensata la actitud de su novia.

—Sí, Teo, tienes razón..., cuando estemos casados será otra cosa.

El Evaristo, el día del santo de la doña Teodosia, le mandó una caja de polvorones y media botella de vino dulce; con esto de los regalos a las suegras, todo cuidado es poco.

Segundas nupcias de la Juliana Sastre

La Juliana Sastre Moclín enviudó muy joven; para la desgracia cuenta poco el calendario. Cuando la Juliana Sastre Moclín enterró a su marido, el Tomás Culebras Calamocha, pensó que se le venía el mundo encima. Después, cuando se percató de que no, de que al mundo le era igual que hubiese una viuda más o menos, se puso a servir en casa de la doña Teodosia; como no había tenido hijos, la cosa fue fácil. La señorita Teo, la hija de la doña Teodosia, tiene un novio que se llama Evaristo Sastre Sastre. El Evaristo y la Juliana no son nada, no se tocan nada; eso de que gasten los dos el mismo apellido es mera coincidencia. La Juliana Sastre Moclín salió de la casa de doña Teodosia para casarse; la iglesia permite que las viudas se casen y a nadie debe parecer mal que lo hagan. El segundo marido de la Juliana Sastre Moclín es muy bueno y decente. El segundo marido de la Juliana Sastre Moclín se llama Marcos Martínez Castrillo y es astorgano, pescadero y saludable. El primer marido de la Juliana Sastre Moclín no era saludable sino enfermizo; tampoco era pescadero ni astorgano pero esto, para lo que aquí se cuenta, importa menos. El Marcos Martínez Castrillo, el día de la boda, se presentó hecho un brazo de mar; la Juliana Sastre Moclín también estaba muy mona, con su traje sastre y su ramo de claveles blancos. El ramo se lo regaló su señora, la doña Teodosia. El Marcos Martínez Castrillo y la Juliana Sastre Moclín se llegaron a Astorga, en viaje de novios. La familia del Marcos Martínez es muy numerosa y vive de cultivar el campo y de criar media docena de vacas; de ellos nadie puede decir que sean unos muertos de hambre. La Juliana Sastre Moclín, como es modosa y recatada, hizo muy buen efecto a la familia del Marcos.

—Es muy buena chica, ya la verá usted; no parece viuda.

En el pueblo del marido, la Juliana Sastre Moclín se hizo querer de todos.

—El Marcos tuvo suerte porque en Madrid, ¡Dios nos libre!, la que no corre, vuela.

Cuando regresaron a la capital, la Juliana iba, de vez en cuando, a visitar a la doña Teodosia; como ya no es criada sino visita, la doña Teodosia la trata muy bien y hasta la deja sentarse en la mecedora. A los pocos meses del matrimonio, la Juliana Sastre Moclín empezó a tejer jerseys y botitas de punto de lana de color azul.

—¿Y cómo sabe usted que va a ser niño?

La Juliana Sastre Moclín, para responder, sonreía.

—¡Pues ya ve usted! ¡Ideas que le dan a una!

Cuando nació el niño, que era muy hermoso y sanito, el Marcos Martínez Castrillo echó la casa por la ventana. El bautizo fue de verdadero rumbo y al neófito, en la pila bautismal, le pusieron los nombres de Marcos, Justo y Erasto. La Juliana Sastre Moclín, aunque guardaba piadoso silencio, se sentía muy feliz de saber que no había sido ella quien fallara en su primer matrimonio.

Rafaelita la de los Guarrates está bien donde está, o sarna con gusto no pica

El Marcos Martínez tiene una hermana que se llama Sofía, que es nombre de tísica guapita. El Marcos Martínez, aunque huele a besugo por razón de oficio —te conozco, bacalao, aunque vengas remojao—, gasta unos modales que llaman mucho la atención por su esmero e incluso por su equidistancia.

—Permítame una pregunta, ¿a qué llama usted modales equidistantes?

—Pues mire, usted; a ciencia cierta, lo ignoro. Yo llamo modales equidistantes, para entenderme, a aquellos que denotan la buena voluntad. ¿Le parece que acierto?

—Sí, lo más probable.

El niño que se le puso malo a la señorita de la Sofía, acabó muriéndose. Hay niños que resisten poco a las enfermedades; otros, en cambio, son duros como croyos y no los mata ni la centella. Aunque la gente diga lo que diga, esto de los aguantes de las criaturas es algo que se les ve en la cara y en la manera de andar; lo que pasa es que muchas madres prefieren no enterarse, por egoísmo; las madres son muy egoístas y arbitrarias y los hijos, para vengarse, se mueren de meningitis o de disentería. El niño que se le puso malo a la señorita de la Sofía, se fue para el otro mundo porque tenía demasiado grande el corazón; cada cosa requiere su tamaño y tan malo es pasarse como quedarse corto. La Sofía, a raíz de la muerte del niño, se pasó tres días enteros llorando; después, como era domingo y le tocaba salir, se lavó la cara con agua fresca y se fue al cine, a ver una película de Cantinflas que era de mucha risa. La Sofía, desde que se casó la Juliana, sale con la Rafaela Fadón, alias Rafaelita la de los Guarrates, que está de chica para todo con los señores del entresuelo que, no es por nada, pero son unos hambrientos, unos verdaderos pelados; la Rafaelita está cada vez más flaca y consumida.

—¿Por qué no buscas otra casa? Donde estás, acabarán matándote de hambre.

—Sí, ya lo sé, pero me da reparo.

La Rafaelita, a fuerza de criar buenas inclinaciones, va por muy mal camino. Las mozas suelen ser de dos clases: sentimentales y precavidas. A las mozas sentimentales les pasa como a la miel: que se las comen las moscas o, subsidiariamente, el señorito. La Rafaela Fadón es un puro hueso, tiene ya poco que comer.

—Te estás quedando en los huesos, Rafaela.

Rafaelita la de los Guarrates sonríe, sonríe siempre.

—Sí, ya lo sé... Carne no tengo mucha, ésa es la verdad, el caso es que quede bien repartida.

La carne de la Rafaela está repartida con arte; de tener media docena más de kilos, hasta sería guapa y de buen tipo. A la Rafaela, como tiene novio en el pueblo, no le preocupa que en la ciudad la vean deslucida; a los habitantes de las ciudades, a veces, también les gustan las mozas deslucidas. Rafaelita, la de los Guarrates, si no es la imagen misma de la decencia, virtud confundidora, lo parece; hay chicas de servir que tienen verdadero temperamento.

—¿De qué? ¿De golfas?

—Bueno, sí. Y de actrices dramáticas, también.

—Lo que importa es ser decente y casarse, cuando llegue el momento, como Dios manda: lo que una pase mientras, aunque lo que una pase mientras sea algo de hambre, ¿qué más da? No hay mal que dure cien años y, además, el gusto que le dan a una también cuenta. ¡Vaya si cuenta!

—Sí, eso es cierto, pero, ¡qué quieres!, el pasar calamidades, aunque a una le den gusto de vez en cuando, nunca fue bueno. ¿Por qué no buscas otra casa? Lo primero es comer, muchacha. Conforme está todo, es más fácil encontrar un señorito calentón que una tajada de carne en el cocido.

Escándalo en la vecindad

El señorito de Rafaelita la de los Guarrates se llama don Norberto Izalzu y tiene muy buen tipo porque, de joven, fue pelotari; en la cancha se llamaba Chiquito de

Imbuluzqueta II y hubo un momento en que no tuvo enemigo en el remonte. La señorita de la Rafaela, o séase la señora de don Norberto, se llama doña Fernanda y es gorda y tirando a sucia. Esto de las señoras gordas y tirando a sucias es muy frecuente y no tiene peligro ni tampoco mayor importancia; la prueba es que, aunque hay muchas, jamás explotan, ni se derriten, ni pasa nada. La doña Fernanda y el don Norberto, como es de sentido común, se llevan mal. El don Norberto se da al vino y los sábados y, a veces, hasta entre semana, se ajuma y engancha unas toñas de campeonato; la doña Fernanda, que es muy vengativa, lo recibe llorando para darle rabia. Algunas noches, sobre todo cuando el don Norberto tarda algo más de la cuenta, la doña Fernanda se aburre de llorar y se queda medio dormida; sin embargo, cuando oye la llave de la cerradura, rompe a llorar de nuevo entusiásticamente e incluso con frenesí. La doña Fernanda tiene tal práctica en esto de hacer la puñeta al prójimo, que sería capaz de estarse llorando semanas enteras sin parar. ¡Qué barbaridad, qué energías! A Rafaelita la de los Guarrates, la doña Fernanda le da mala vida y se pasa el día riñéndola y diciéndole que está todo mal y mangas por hombro; si la Rafaelita aguanta es por lo que es y a nadie importa. Cada cual manda en su corazón y hace lo que le da la gana con lo que es suyo.

—Pero, ¿usted cree que...?

—Mire, usted, yo ni creo ni dejo de creer, y no quiero meterme donde no me llaman. ¡Allá cada cual!

La doña Teodosia es más entrometida de lo necesario. La doña Teodosia propende al consejo y la predicación. A la doña Teodosia le hubiera gustado ser árbitro del mundo para luchar contra los desafueros. La doña Teodosia, proablemente, jamás leyó aquello de la viga en el ojo propio y la paja en el de los demás. El don Norberto Izalzu, un día, como sin querer, la tiró rodando por las escaleras. El don Norberto Izalzu se comportó de forma muy desconsiderada.

—Usted perdone, doña Teodosia, ¡como está todo tan oscuro!

La doña Teodosia se torció un tobillo, pero, como era dura de natural, se arregló sola. La doña Fernanda le hizo compañía durante la convalecencia y hasta le llevó unas peras que había recibido de su pueblo, para que las probase.

—Le traigo unas peras que me mandaron de mi pueblo; cuando las recibí, me dije: estas peras son para mi buena vecina doña Teodosia, para que las pruebe. Mi marido le desea que le sienten bien.

La doña Teodosia, al tiempo de dar las gracias, aprovechó para lamentarse; lo que dijo fue tan sibilino que casi ni se pudo entender.

—Muchas gracias, Fernanda, hija, es usted muy buena conmigo. ¡Lástima que estas peras que me ofrece no sean granadas de mano!

—¿Para qué, doña Teodosia?

—Para nada, hija, para nada. ¡A las viejas ya nadie nos hace caso!

La doña Fernanda, una tarde, al bajar de casa de la doña Teodosia, se encontró a su marido bailando el tango *Yira, yira* con Rafaelita la de los Guarrates. A la doña Fernanda, le hizo tal impresión el espectáculo que se desmayó. Cuando volvió en sí, tuvo que arreglárselas sola porque el don Norberto y Rafaelita la de los Guarrates, aprovechando la inefable paz del desvanecimiento, iban ya escaleras abajo, en pos de la felicidad y la aventura. En la vecindad, cuando trascendió el suceso, estalló un escándalo mayúsculo. La Juliana Sastre Moclín, que estaba de visita en casa de la doña Teodosia, fue corriendo a buscar agua de azahar.

El mundo es un pañuelo. La gente suele decir que el mundo es un pañuelo y, además, es verdad. Rafaelita la de los Guarrates, cuando al don Norberto Izalzu —antes Chiquito de Imbuluzqueta II— se le acabaron los ochenta duros que llevaba encima, entró en la prendería de la Transfiguración Culebras Calamocha, la hermana del primer marido de la Juliana Sastre Moclín, el difunto Tomás (q.e.p.d.).

—Aquí el trabajo es duro, se lo digo para que no me venga después con reclamaciones.

—No, señorita, a mí el trabajo no me asusta.

—¡Más vale así!

La Transfiguración Culebras Calamocha, como es tuerta y un si es no es virago, fuma caldo de gallina.

—¡Yo fumo lo que me da la gana!

—Nadie se lo discute; por mí, como si fuma usted hollín.

La Transfiguración Culebras Calamocha tiene andares de carabinero y gasta un bigote, a lo chino, de mucha circunspección.

—Lo que vea usted en esta casa no le importa a nadie, ¿se entera? Yo no soy amiga de que la gente, que suele ser más mala que el sebo, ande metiendo el hocico y husmeando todo lo que hago.

—Descuide, usted: yo tampoco. En eso, me parece que jamás podrá tener queja de mí.

Rafaelita la de los Guarrates pronto le cogió el truco a la Transfiguración, que era mujer burra pero fácil.

—A mi señorita de ahora, lo que hay que hacer es dejarla. Tiene sus rarezas, pero, en el fondo, es buena.

Rafaelita la de los Guarrates, los sábados por la noche y los domingos por la tarde se ve con el don Norberto, que había vuelto al hogar con el rabo entre piernas y más suave que un guante. La Transfiguración

Culebras Calamocha, una vez que vino la cosa rodada, le aconsejó a la Rafaelita que se anduviera con ojo y que no se metiera en líos.

—Mire lo que le digo: las mujeres perdemos siempre. Mientras no se enamore, todo irá bien; pero el día que se enamore, la pringa. Los hombres tienen todos muy mala leche, ¡no lo olvide!

—No, no lo olvidaré.

La Transfiguración Culebras Calamocha es más bien avara pero leal; el oficio le enseñó a guardar la bolsa pero, afortunadamente, no le ha borrado del todo la huella de los buenos principios.

—La gente cree que vivo de chuparle la sangre a los demás... La gente no me perdona que pueda comer caliente todos los días...

A la Transfiguración Culebras Calamocha, cuando le daba elegíaca, se le nublaba la voz con nublos que inducían a la misericordia.

—La gente piensa que todo el monte es orégano, que es oro todo lo que reluce... La gente no sabe, de la misa, la mitad...

Rafaelita la de los Guarrates, un sábado, invitó a la Transfiguración Culebras Calamocha a salir con ella y con don Norberto.

—No me lo tome a mal, señorita, lo que pasa es que mi Norberto quiere conocerla y me dijo que la dijese que si quiere salir con nosotros.

A la Transfiguración Culebras Calamocha le emocionó el detalle.

—Dígale que sí, que muy gustosa. Lo que no quisiera es molestar...

—No, señorita, por eso no se preocupe.

El don Norberto Izalzu llevó a Rafaelita la de los Guarrates y a la Transfiguración Culebras Calamocha a cenar a casa Ciriaco, una tasca de muy buena cocina que hay en la calle Mayor, ya al final. A la hora de tomar café, el don Norberto propuso a la Transfiguración un negocio de recauchutados, de mucho porvenir.

—Déjemelo pensar, la cosa puede ser interesante.

La Transfiguración Culebras Calamocha ha aprendido a ser cauta y jamás dice que no, a secas, como antes, cuando no se había metido en el mundo de los negocios y se limitaba a acompañar, en sus turnés, a la Tomasa Surrulla Figueroles, también llamada Parisina.

Aparece el bombero Tonano

La Transfiguración Culebras Calamocha sufrió mucho cuando la inexplicable fuga de la señorita Parisina.

—¡Si al menos hubiera dejado un anónimo con sus últimas voluntades!

—Tiene usted razón. Eso de marcharse así, a la francesa, es impropio de una dama que se estime. En fin, ¡las artistas son muy raras!

—Sí, ¡demasiado!

La Transfiguración Culebras Calamocha, cuando la señorita Parisina se dio el piro, se puso a beber, para olvidar, y bebió tanto, tanto, que no se acuerda de nada.

—Vamos a ver, serénese. Cuando la señorita Parisina se largó, ¿usted qué dijo?

La Transfiguración Culebras Calamocha hablaba con el mirar perdido y la voz como saliéndole del bazo.

—¡Otro tinto!

—¿Nada más?

—No, señor, nada más. Me quedé tan anonadada con el suceso que hasta me olvidé de hablar. Las dos únicas palabras que brotaban de mis labios eran: otro tinto. ¡Se conoce que la congoja me dejó medio muda!

—Sí, lo más probable.

A la Transfiguración Culebras Calamocha, cuando le dieron amoniaco de postre —y empapadora almohadilla— de tanto vino, le volvieron a funcionar las voluntades y, con los primeros ímpetus, arrambló con todo lo que se le puso por delante, llenó seis baúles y se subió al tren que, después de mil tumbos, la dejó en Madrid.

—Y ahora, ¿qué vas a hacer?

La Transfiguración Culebras Calamocha estaba tan cansada como indecisa.

—No sé... De momento, dormir, y después ya veremos. Quizás abra una tienda de compraventa; en los baúles guardo un verdadero tesoro.

A poco de llegar a Madrid, la Transfiguración Culebras Calamocha abrió una tienda de compraventa. Fue entonces cuando se trajo del pueblo a su hermano Tomás, el muerto, y a su señora, la Juliana Sastre Moclín, la que ahora está casada con el pescadero Marcos Martínez.

—Del negocio, si queréis trabajar, podremos comer todos. En Madrid hay mucha necesidad y en esta industria, ya se sabe: contra más hambre tenga el prójimo, más carne echamos nosotros al puchero.

—Sí, eso también es verdad. ¡El caso es que las cosas no se arreglen demasiado de prisa!

—No, descuida que no se arreglarán; pierde cuidado.

La Transfiguración Culebras Calamocha está pensando en meterse con el don Norberto en el tejemaneje de los recauchutados; la cosa, tal como él la presenta, parece clara, y riesgo, lo que se dice riesgo, tampoco hay, porque los pagos son contra entrega de la mercancía. Esto del comercio es como una droga: el que prueba repite, si su bolsillo se lo permite.

—¿Y el que no prueba?

—Nada, a ése no le pasa nada: ése libra y se mantiene puro y del aire, o de cortar el cupón, o de la nómina, eso va en gustos.

La Transfiguración Culebras Calamocha, a poco de llegar a Madrid, tuvo un novio bombero que se llamaba

Tonano Caspe Cerollera, que le resultaba muy práctico porque, como lucían las mismas iniciales, podían intercambiarse las camisas.

—Mi Tonano tiene un tipito de banderillero que da gusto verlo —decía la Transfiguración Culebras Calamocha, poniendo los ojos en blanco—, se conoce que es de la gimnasia porque los bomberos, para que usted lo sepa, se pasan el día dale que te dale, haciendo gimnasia. Mi Tonano es campeón de paralelas; a mi Tonano, cuando se sube a las paralelas, no hay quien le moje la oreja. ¡Qué tío, mi Tonano! ¡Es un verdadero atleta, se lo aseguro!

El triste fin de Parisina

El bombero Tonano es natural de Villaseco de los Gamitos, provincia de Salamanca, y tan fuerte que no hay quien le lleve el pulso, al menos que se sepa. El bombero Tonano, que tiene un primo cura en Nicaragua, supo indirectamente de la Tomasa Surrulla Figueroles, Parisina, por un periódico de aquel lejano país que le llegó envolviendo una piña tropical —regalo de su primo— y que traía, en lugar destacado, la noticia del sangriento y triste suceso que le costó la vida a la artista. Si hemos de creer lo que cuentan las crónicas —y tampoco tenemos motivo alguno para ponerlo en duda—, la Tomasa Surrulla Figueroles, Parisina, murió en la mar de Gracias a Dios, en la costa de los Mosquitos, devorada por los tiburones y en trance de salvar a su esposo el Rvdo. Pérez (léase Píris), presbítero presbiteriano que asimismo fue pasto del enorme pez al que, con harta razón, se le conoce con el nombre de tigre de los océanos. A lo que parece, de la Tomasa Surrulla Figueroles, Parisina, no quedó ni el rabo, lo que dice mucho a favor de las fauces del tiburón que se la merendó porque, dada su provecta edad, no debe suponerse que estuviera nada tierna. La Transfiguración Culebras Calamocha, cuando supo el trágico fin de su ex señorita, le guardó luto, como correspondía al cariño que le profesaba, y le mandó decir un funeral por todo lo alto al que invitó a sus amistades y el que presidió al alimón con el Tonano Caspe Cerollera.

—Aquí mi prometido —decía para justificar la presencia del bombero.

El Tonano escribió a su primo el cura para que le ampliase detalles, pero, por más que insistió, nada pudo sacar en limpio; el primo del Tonano era muy divagatorio y retrospectivo y como, además, tenía veleidades literarias, no hubo forma de entender lo que quería decir. Y eso que —por decir, que no quede— lo que no consiguió decir lo dijo en cerca de cien hojas escritas por los dos lados.

—¿Y no pudieron sacar ustedes nada en limpio?

—No, señor, ni palabra; mi primo, no es porque lo diga, escribe tan bien y con tanta propiedad que no hay manera de entenderlo. Claro, ¡como uno no es culto!

El Tonano Caspe Cerollera tiene un concepto quizás excesivamente idealizado del arte literaria y, como consecuencia de ello, propende a achacarse fallos de los demás. Los escritores, si tuvieran conciencia del oficio, levantarían una estatua al bombero Tonano, lector siempre dispuesto a cargar con las innúmeras culpas del prójimo. ¡Dios lo bendiga!

—Y la Tomasa, ¿no tenía parientes aquí en España?

—Pues, sí; pero la verdad es que o no se enteraron o no les dio la gana, porque por el funeral ni se dignaron asomar el hocico. ¡Hay que ver cómo son las familias, a veces! ¡Qué barbaridad!

La pensión de la Aurorita

La Aurorita, la más joven de los cuatro sobrinos de la Tomasa Surrulla Figueroles, Parisina, está novia, desde hace ya cerca de medio siglo, del señor Wenceslao Colomeco Sánchez, de profesión cartero, el tío del Ustazanes Colomeco Cuervo, el hermano del Áureo (q.e.p.d.) e hijo de la señora Eulampia (q.e.p.d.), alias Comemuertos. La mamá de la Aurorita, esto es, la Paquita Surrulla Figueroles, Miss Fly, murió despedazada por un tigre, lance que en su oficio —domadora de tigres— es bastante frecuente, por desgracia. El tigre que mató —y medio se comió— a la mamá de la Aurorita se llamaba Alí Babá y era todo a franjas y de color atigrado. Cuando la Paquita palmó, el señor Cervantes, que era el director del circo en el que trabajaba, aprovechó para meter a la Aurorita en la inclusa, moderno establecimiento de beneficencia sobre cuya puerta principal se leían las consoladoras palabras de ordenanza: Abandonado de tus padres, la caridad te recoge.

—¡Así da gusto! ¡Diga usted que sí!

—¡Y usted que lo vea! ¡Viva el Racing de Santander!

La Aurorita, en la inclusa, creció lozana como la venenosa flor de la adelfa —es un decir— y si no crió peores intenciones de las que cabe suponer fue porque era buena de natural. ¡Animalito! Cuando salió de la inclusa, la Aurorita se encontró sola en el mundo, quizás demasiado sola. Sus padres habían muerto (su padre, a cuerno de toro, y su madre, a garra de tigre) y sus tres hermanos, el Barbaciano, el Zoilo y el Perpetuo, también y también de mala manera: a explosión de droguería. La Aurorita, más sola que un hongo, las pasó muy estrechas pero, al final y a fuerza de sudores y sinsabores, hasta llegó a ser propietaria de una pensión que le permitía comer y dormir bajo techado: dos bendiciones de Dios que el hombre nunca agradecerá bastante.

—No se lamente; el hombre es mamífero de inclinaciones desagradecidas y, por más que se haga, no hay manera de cambiarlo.

—¡Qué cierto es lo que acaba usted de decir! El hombre es una mala víbora sin principios, un alacrán que se peina y se pone corbata para engañar a sus semejantes. ¡Y el caso es que sus semejantes, siempre pican!

La Aurorita, en su fonda, freía pescadillas como nadie y era capaz hasta de hacer caldo con piedra pómez. Sus huéspedes estaban más bien depauperadillos pero, como hacía calor, lo atribuían al calor.

—Con la calor que hace, ¿verdad, usted?, ¡cualquiera engorda!

—Claro; eso de engordar se da mejor por el invierno. ¡Mire usted el Wenceslao, el novio de la patrona, lo lucido que se pone por el invierno!

La Aurorita es dueña de unas raras suertes de dominio que ejercita, implacablemente, sobre el personal del que vive.

—Mientras no se me suban a la parra, todo irá bien. En las fondas, en cuanto a una se le escapa el mando, está perdida sin remisión.

El Wenceslao, como lleva ya tantos años novio y ha cogido confianza, le resulta muy útil a la Aurorita. La evolución del Wenceslao fue la prevista: empezó abriendo botellas de vino (¡Qué fuerza tienes, Wences —le decía la Aurorita a guisa de recompensa—, qué bien abres botellas, con qué arte y prontitud!) y, tras ir a la calle por recados fáciles (traer el periódico, comprar un real de vinagre, etc.), acabó fregando platos y haciendo camas. Los novios crónicos, según demuestra la experiencia, dan mejor resultado incluso que los maridos. La pensión de la Aurorita se llama Pensión Aurora y está siempre llena; el secreto estriba en tratar a los pupilos como hijos.

¡Así se escribe la historia!

La Aurorita guarda una foto de su padre, el señor Barbaciano Alajero Tabique, Tribulete II, en la que aparece con el rey de España: cierto es que entre trescientos o cuatrocientos ciudadanos más, pero —nadie debe dudarlo— con el rey de España, al que se distingue, niño aún pero ya de uniforme y muy lucido, en primera fila.

—Y su padre, ¿era amigo del rey?

—Pues, hombre: amigo, amigo, no, ésa es la verdad, mi papá era más bien conocido, a secas. El rey cuidaba mucho sus amistades y no permitía que se le acercara ningún pelagatos. ¡Menudo era el rey!

La Aurorita tiene la histórica foto de su padre puesta en un marco de purpurina al que, se conoce que del paso del tiempo, se le rompió el cristal; el señor Barbaciano aparece con una cruz en la barriga, como las fotos que se publicaban en el *Blanco y Negro* de antes de la guerra.

—Y todos éstos, ¿quiénes son?

—Pues mire usted, no he podido aclararlo; yo creo que son los empleados de la alcoholera.

—¿De la alcoholera?

—Sí, de la alcoholera; recuerde usted que mi papá era de Chinchón.

—¡Ah, ya!

La historia del tiempo no está demasiado acorde en la interpretación de los últimos años del señor Barbaciano Alajero Tabique, Tribulete II. Algunos cronistas, en su irresponsable y confundidor afán de sensacionalismo, llegaron hasta a atribuirle las graves lesiones que se papó, sin comerlo ni beberlo, el conocido banderillero Alfonso Saldaña, Saldañita, en la verbena de San Isidro de 1904 y que motivaron una dura campaña en los periódicos de la oposición. Nada puede ser más falso ni más ajeno a la realidad histórica, ya que el día de San Isidro de 1904, que cayó en domingo, Tribulete II actuó en la plaza de Málaga a las órdenes del diestro Antonio de Dios, Conejito, que cortó oreja en su primero y dio la vuelta al redondel y saludó desde los medios en el segundo. Fue aquélla una corrida memorable en la que el Conejito alternó con Ricardo Torres, Bombita, y con Ángel Carmona González, Camisero, que también quedaron muy valerosos y artistas; los toros eran del hierro de Surga, ganado al que Conejito tenía más bien odio desde el cornadón que le diera, el 12 de abril del año anterior y en la plaza de Barcelona, el cárdeno calzado Cariñoso, que tomó quince puyazos sin volver la cara, mató nueve jacos y no abrió la boca ni para morir. El señor Barbaciano Alajero Tabique, Tribulete II, obedeciendo órdenes del maestro, cargó la suerte con tanto exceso como maña y fue multado por el señor gobernador civil.

—¿Y por qué lo culparon de las puñaladas del Saldañita?

—¡Ah, eso no se supo nunca! Para mí, que fue un mal querer. ¡Así se escribe la historia, señor mío! ¡Qué falta de vergüenza!

El señor Barbaciano Alajero Tabique, Tribulete II, cuando matrimonió con la Paquita Surrulla Figueroles, Miss Fly, estuvo considerando con mucho detenimiento la conveniencia de abandonar su arriesgado oficio; si no se decidió a dar el paso que lo alejara del mundillo taurino fue porque, en su ánimo, pudo más la afición y también —que todo hay que decirlo— porque, salvo picar toros, no sabía hacer ninguna otra cosa más que le permitiera ir tirando. Leonardo de Vinci fue más completo, es cierto, pero a la gente no se le puede exigir que sea Leonardo de Vinci; cada cual da la talla que puede y el que no nace renacentista, peor para él. El señor Barbaciano Alajero Tabique, Tribulete II, no había nacido renacentista sino picador de toros. Las cosas, a veces, tienen mal arreglo y ni vale la pena el intentar cambiarlas.

Al señor Cervantes lo tiran al Guadiana

El señor Cervantes, el director del circo en el que había trabajado la Paquita Surrulla Figueroles, Miss Fly, y el hombre que tomó, por sí y ante sí, el acuerdo de dar con los tiernos huesos de la Aurorita en la inclusa, se llamaba Gabriel porque a su hermano mayor —la antigüedad es un grado— ya le habían puesto Miguel en la pila bautismal. La mamá de ambos que, según dicen, había muerto en olor de santidad, respondía al hermoso nombre de doña Lucrecia Martínez-Mostaza, con lo que los hijos (doña Lucrecia no tuvo más que dos, que son los dos varones ya citados) resultó que se distinguían de sus demás compañeros de especie porque eran conocidos por Miguel y Gabriel de Cervantes y Martínez-Mostaza, al respective. El Gabriel, que es el que aquí interesa, heredó el Gran Circo Peláez de doña Carlota Mozoncillo Astudillo, viuda de Peláez, tía de su señora y dama que le había cobrado manifiesta (e incluso escandalosa) afición. El padre del señor Wenceslao Colomeco Sánchez, novio de la Aurorita y tío del Ustazanes Colomeco Cuervo, se llamó en vida el señor Simón Colomeco Carrascalejo, y fue gañán en su pueblo, Cordobilla de Lácara, en la provincia de Badajoz. Este Simón Colomeco Carrascalejo tuvo una vez un altercado, hace ya muchos años, con el señor Cervantes, que le faltó al respeto y le dio un empujón al salir de la bodega del Montañés, en Mérida. El padre del Wenceslao Colomeco Sánchez, que era fuerte como un toro, en cuanto que se sintió empujado, trincó al señor Cervantes por el fondillo del pantalón y, visto y no visto, lo tiró al Guadiana; los mirones, que nunca faltan, felicitaron muy efusivamente al Simón Colomeco Carrascalejo, porque la verdad es que el salto que le hizo dar al señor Cervantes fue un modelo de precisión y sobre todo de limpieza. El señor Cervantes estuvo en un tris de matarse, cosa que no sucedió de verdadero milagro ya que la costalada fue de pronóstico.

—¿Y qué hizo cuando lo sacaron del río?

—Pues mire, usted: salir huyendo. ¿Pero no quiere usted secarse un poco?, le decía la gente. No, no, muchas gracias —contestaba—, ya me secaré por el camino. Para mí, que había cogido miedo, o por lo menos, aprensión.

—¡Hombre, la cosa no era para estar confiado!

—Sí, eso también es cierto... El que le tiren a uno de cabeza al río, no suele gustar.

Como el señor Cervantes no denunció el hecho a la guardia civil, al padre del Wenceslao no le molestó nadie. El Wenceslao, cuando descubrió, por tradición oral, la hazaña de su padre, se sintió muy reconfortado y consolado porque interpretó que el suceso fue una rara e indirecta venganza del destino por la fea acción que el señor Cervantes cometiera al echar en el torno de la inclusa a la Aurorita, niña tan tierna como indefensa, a la sazón. Bien sabido es que Dios castiga sin palo y sin piedra y que las ruindades, tarde o temprano, acaban siempre por pagarse.

—¡Qué feliz soy, Wences —le decía la Aurorita a su Wences—, al saberte hijo de tu padre!

El desmayo del señor Wenceslao

Al señor Wenceslao Colomeco Sánchez, el hijo del señor Simón y tío del Ustazanes, le dio un día un vahído en la vía pública; la Aurorita se asustó mucho cuando se lo llevaron, pálido como un muerto y con el mirar perdido.

—¡Ay, qué horror, qué horror! ¿Qué le ha pasado?

—Pues nada, señora, que se conoce que se desmayó.

—¡Ay, pobre Wences! ¡Ay, Dios mío, Dios mío!

El señor Wenceslao, en cuanto se tomó un café caliente y una aspirina, empezó a sentirse mejor; se conoce que el percance, aunque alarmante, no revestía gravedad alguna.

—¿Te encuentras mejor, vida mía?

—Sí, Aurorita, me encuentro ya muy bien, muchas gracias. ¡A tu lado me siento el hombre más feliz del mundo!

Los cinco transeúntes, cinco, que habían llevado al señor Wenceslao hasta la fonda de su novia, probaron a despedirse, discretos y circunspectos, cuando los tórtolos, no obstante su aspecto caduco y valetudinario, empezaron a decirse ternezas.

—Bueno; nosotros nos vamos, si no mandan ustedes otra cosa.

El señor Wenceslao hizo una seña a la Aurorita y la Aurorita, que era lista, entendió.

—Esperen ustedes un momento, que voy a sacar cualquier cosilla.

La Aurorita se fue y volvió, al poco rato, con una barra de pan, un canuto de mortadela, un sifón y media docena de copas.

—Sírvanse, se lo suplico. Aquí mi Wences y una servidora quisiéramos agradecerles a ustedes el auxilio prestado.

Un señor de bigote que, según se supo después, se llamaba don Nicanor Catadau y era empleado del Banco Urquijo, carraspeó antes de hacer uso de la palabra.

—¡Por Dios, señora, nos hace usted demasiado favor! ¡Estos señores y yo, no hemos hecho más que cumplir con nuestro deber de buenos ciudadanos!

La Aurorita estaba tan emocionada que no comprendió del todo los simbólicos alcances de las palabras del don Nicanor Catadau.

—Bueno, aunque así sea. Aquí mi Wences y una servidora les suplicamos que no desprecien nuestra mortadela.

Otro de los señores, que no tenía bigote pero que estaba un tanto desaseado y sin afeitar, intervino con mucha decisión.

—¡No faltaría más, señora! ¡Todo antes de que ustedes puedan tomar nuestra discreción a desprecio! ¡Venga la mortadela!

El señor decidido se llamaba don Magín de la Vega y Peralejo y era fagot suplente en la banda municipal.

—La mortadela con sifón es sumamente diurética y digestiva. ¿Se siente usted más aliviado, jefe?

—¡Vaya —respondió el señor Wenceslao—, parece como que ya voy volviendo a mi ser!

Los otros tres acompañantes —el señor Silvio Topas, cobrador del gas; el señor Judoco Sanchón, cobrador del autobús, y el señor Sinesio Carpio, cobrador de la parroquia—, como eran tímidos, no dijeron ni palabra, pero le arrimaron tales tientos a la mortadela que la dejaron temblando y en camiseta. ¡Qué tíos! ¡Qué forma de engullir, más a lo vivo!

El don Nicanor Catadau, como el cónclave le permitió decir varias veces más aquello tan hermoso del deber de los buenos ciudadanos, pidió permiso para mandar por una botella de vino.

—El caso es que hoy le tocó salir a la chica —murmuró, casi con tristeza, la Aurorita.

El señor Judoco Sanchón, que era muy oportuno, hizo el quite sobre la marcha.

—No se preocupen; si es por eso, bajo yo mismo.

La velada, que resultó muy agradable, se prolongó hasta altas horas de la noche.

Tristes augurios

Don Magín de la Vega y Peralejo, fagot suplente de la banda municipal, interpretaba al fagot la pavana y la gallarda de *El conde de Salisbury*, de William Byrd. *El conde de Salisbury* es música inventada para el clavecín, pero, como don Magín de la Vega y Peralejo, fagot suplente de la banda municipal, no tenía clavecín, arcaica herramienta que no tiene casi nadie, lo tocaba al fagot y en paz.

—Cada cual toca lo que quiere con lo que le da la gana, ¿verdad, usted?

—Pues, hombre, según. A un conocido mío, que es protésico dental y que quiso tocarle el rulé a una dama con una sola mano (no recuerdo ahora si era la derecha o la izquierda) le arrimaron semejante soba al morro que, a poco más, lo desgracian.

—Bueno, eso será un caso aislado, pero, en general, creo que no me falta razón al pensar lo que pienso.

Don Tigido Mojarra, cortador camisero de tanta habilidad como renombre, se encogió de hombros.

—¡Allá usted! Yo no he sido nunca partidario de discutir.

El conocido del camisero Mojarra se llama Ustazanes Colomeco Cuervo y habla tan bien y con tanto aplomo que la gente, por distinguirlo, le dice Castelar. El don Tigido Mojarra y el Ustazanes se conocen de ver la televisión en el snack-bar New Francis, antes bar Paquita, donde suelen hacer una quiniela a medias.

—Aquí ponga usted un uno.

—¡No, hombre, no! ¡Qué locura! Aquí hay que poner un dos.

—Bueno, ponga lo que quiera.

El camisero Mojarra y el Ustazanes, aunque ponen lo que quieren, no aciertan jamás; se conoce que no son afortunados en el juego.

—Ya se sabe, afortunados en amores...

—Pues, no, ¡ya ve usted!, en amores tampoco venden una escoba.

—Eso ya es peor. En fin, ¡mientras haya salud!

Al Ustazanes Colomeco Cuervo le da mucha rabia no ser afortunado en amores, pero, como es de sentido común, disimula; hay fracasos que no se arreglan pregonándolos y que escuecen menos silenciándolos.

—Parece que tenemos buen tiempo, ¿eh?

—Pues sí, ¡ya era hora!

El Ustazanes Colomeco Cuervo es vecino del señor Silvio Topas, cobrador del gas.

—Un día se va a atufar usted, por andar jugando.

—¡Hombre, Ustazanes, no me gafe! ¡Dios no lo haga!

—Bueno, bueno, ¡usted, confíese! En la confianza está el peligro, recuérdelo siempre.

—Sí; eso sí...

Al señor Silvio Topas, desde el percance del señor Wenceslao, el tío del Ustazanes, no le llega la camisa al cuerpo. El señor Silvio Topas —no puede evitarlo— no las tiene todas consigo.

—A lo mejor, lo del señor Wenceslao es que se atufó.

—No, no creo. Al señor Wenceslao lo que le pasa es que está ya para el arrastre; para mí, que va a durar poco.

—Sí; es triste, pero cierto. El día menos pensado tenemos funeral. ¡Pobre señor Wenceslao, con lo generoso y noble que fue siempre! ¡Qué doloroso es ver cómo la vida se va acabando, sin remisión, igual que un queso manchego tampoco demasiado grande!

El señor Silvio Topas, con el mirar velado por la emoción, lucía tan triste como Praxinoa cuando la bella Gorgo se le largó con el cabo furriel Peláez, que era un ansioso, y descabaló el tango de *Las siracusanas*, sainete de Teócrito que viene dando mucho que hablar.

Los estorninos y la sabiduría o al revés: sabidurías sobre los estorninos

La señora Eulampia Cuervo Domeño, la mamá del Ustazanes, salió en los papeles, ¡menos mal!, en la lista de víctimas del vuelco de autobús que le costó el pellejo. Los hay que no salen más que en las esquelas y algunos, ni aun eso. A la señora Eulampia, que siempre había sido muy aprensiva y amiga de contar calamidades, unos le decían Cuerva y otros, menos clementes, la llamaban Comemuertos, apodo ibérico que significa lo que se lee: en primera instancia y sin concesión alguna a la fantasía.

—Comemuertos, para que usted se entere, significa que come muertos, ¿se entera, usted?

—¡Anda, pues no había caído!

La señora Eulampia tenía un hijo que se llamaba Áureo, que se le murió; la verdad es que el Áureo siempre había tenido pinta de muerto. La señora Eulampia también presentaba hermana, la señora Vicenta, dama a la que el mozo Sandalio Cabezuela Guadalén, que es casi enano, regala estorninos para el arroz.

—Los estorninos son muy sabrosos y tienen mucho fósforo. En China, los sabios no se alimentan más que de estorninos, para discurrir mejor.

—Oiga, usted, y comiendo estorninos, ¿no se me volverán chinos los hijos?

—No, señora; eso no tiene nada que ver, puede estar tranquila.

La señora Vicenta, a pesar de subsistir prácticamente alimentada de estorninos, jamás lució por su propensión a la sapiencia ni a otros escapes o ejercicios intelectuales. Bien es cierto, sin embargo, que —quizá para compensar— tampoco se adornaba con sotabarba, como su hermana Eulampia (q.e.p.d.).

—¿Y qué pasa? ¿Es que no le gusta la sotabarba?

—No, no es eso. Lo que sucede es que la señora Vicenta, que es muy seria, la entiende como una innecesaria coquetería. A lo mejor, tiene razón.

—Pues, sí; lo más probable. Las señoras serias suelen ser muy miradas en esto de las concesiones a la frivolidad y los respetos humanos.

El joven Sandalio Cabezuela Guadalén está tratando de convencer a la señora Vicenta de que pruebe a hacer dulce de estornino, o mermelada de estornino, o jalea de estornino, o algo de estornino.

—Mire, usted, señora Vicenta: el estornino es pájaro de mil aplicaciones, avecica que lo mismo sirve para un roto que para un descosido, puede creérmelo. A mí me parece que con los estorninos se podría hacer dulce, como con las manzanas; o mermelada, como con las ciruelas claudias; o jalea, como con el membrillo. ¿Por qué no prueba? ¿Qué trabajo le cuesta? Nada se pierde por probar, señora Vicenta, y, si los estorninos se le estropean, usted no se preocupe que yo proveo. Para mí que los estorninos en aguardiente y con mucho azúcar, tienen que estar buenísimos. A la gente, lo que le pasa es que no tiene imaginación.

La señora Vicenta, que es más bien tradicional y apegada a la costumbre, se resiste a admitir que a los estorninos pueda dárseles el mismo tratamiento que a las guindas.

—Bueno, Sandalio, hijo, ya veremos más adelante. ¡Mientras los estorninos sigan abundando!

El Sandalio, contribuyente que gusta de dar rigor al conocimiento, tiene ya escritos seis u ocho cuadernos de letra muy chica y apretada sobre el tema *Costumbres y aprovechamiento industrial y doméstico de los estorninos (vulgar, negro y rosado).*

—Cuando la señora Vicenta lea mi libro, se convencerá. Por ahora no tengo prisa.

Recuerdo del Gastón Revilla Tabanera

El Sandalio Cabezuela Guadalén es culto —e incluso muy culto— en estorninos, pero, en cambio, no sabe tocar un cable de alta tensión sin respirar, ni tampoco tirarse de un salto desde el campanario de la parroquia hasta el tejado de la señora Elisa Verdugo, la del alguacil. ¡Cuán cierto es que el conocimiento humano tiene sus inabdicables limitaciones!

—¿Y hacer gárgaras con lejía, Sandalio? ¿Tú sabes hacer gárgaras con lejía?

—No, señorita; eso, ni lo pruebo siquiera. ¡La lejía escuece un horror, se lo juro!

La doña Petrita Capellán Domínguez, también llamada Petra la Buchona porque en las bodas y bautizos no deja nunca nada para los demás, es mujer de inclinaciones torcidas y más bien como tirando a crueles.

—Sandalio, ¿quieres que te invite a una paella de arena con murciélagos?

—No, señorita: la prefiero de arroz con pollo.

—¡Sí, claro! ¡Como que voy a matar yo mi pollo para que te lo comas tú! ¡En eso estaba pensando!

La doña Petrita Capellán Domínguez, que es la señora maestra, luce gorda y solemne de la cintura para abajo y pilonga y flaca de cintura para arriba.

—¿Verdad usted que parece de la familia del tordo, con la cabeza pequeña y el rabel gordo?

—Pues, sí: para mí, que son primos hermanos.

La doña Petrita Capellán Domínguez es casi viuda; vamos, quiere decirse que se le enfrió el novio quince días antes de casarse.

—¡También es mala pata!

—Pues mire, usted, según; para el novio fue mejor, no crea. Apencar toda una vida con la doña Petrita, debe ser muy duro.

—¡Sí; eso sí! ¡En eso tiene usted razón!

El novio muerto de la doña Petrita se llamaba Gastón Revilla Tabanera y había nacido en San Cebrián de Buenamadre, provincia de Palencia, lindando ya con Burgos. El Gastón, que era muy cabezota, se murió porque quiso demostrar a un vecino suyo, el Hermógenes Siguera Casla, albañil de oficio, que era capaz de comerse un palomar entero, con plumas y todo, a fuerza de pan y vino tinto. Cuando el Gastón Revilla Tabanera iba ya por el palomo número setenta y uno, expiró. Su amigo Hermógenes le mandó decir tres misas, y su novia, la doña Petrita, otras tres.

—Con seis misas a cuestas, lo más probable es que el Gastón Revilla Tabanera se haya salvado, ¿verdad, usted?

—Pues, sí; puede ser.

La doña Petrita Capellán Domínguez, cuando se quedó casi viuda, tuvo un cólico hepático, dicen que de la impresión.

—¿Qué? ¿Duele?

—¡Vaya si duele! Un cólico así no se lo desearía yo ni a mi peor enemigo.

—¿Está usted segura?

—Bueno; segura, segura, no... Pero casi segura.

La doña Petrita, de color amarillo, estaba lo que se dice espantable; se conoce que el color no jugaba bien con sus facciones.

—¡Mire, usted, que si ahora se queda así y la toman por china! Sería gracioso, ¿verdad, usted?

—Pues, hombre, sí; la cosa no dejaría de tener su miga.

La doña Petrita, andando el tiempo, se recuperó y su amarillez, como el amor del Gastón Revilla Tabanera, muerto en acto de servicio, se fue olvidando, poco a poco y confundida con otros mil recuerdos, por los turbios entresijos y los misteriosos recovecos del impío archivo de la memoria.

Una cornada en el vacío del lado del corazón

La verdad es que la doña Petrita Capellán Domínguez, alias Petra la Buchona, la casi viuda del Gastón Revilla Tabanera, alias Corneta, no aprecia como se merecen las innúmeras artes del Sandalio Cabezuela Guadalén, alias Mocobravo, joven que caza estorninos con la boina, bebe vino por la nariz, silba igual que la lechuza, enciende mixtos con los dientes, anda sobre las manos y toca algo el acordeón. La verdad es que la doña Petrita, al menos en lo que se refiere a su concepto del Sandalio, se mostraba demasiado exigente y dura.

—¡Pues no sé lo que querría que hiciese!

—¡Eso es lo que yo me digo! ¡Qué horror, qué manera de despreciar a nuestros semejantes! En fin, ¡paciencia!

El Sandalio Cabezuela Guadalén, alias Mocobravo, es hijo —uno de los muchos hijos, el mayor— del Pelagio Cabezuela Rebollo, alias Mister Pipermín, y de la Benita Guadalén Mogón, alias Beni-Beni, dama de mucho temperamento.

—¿Y el Florenciano?

—No; ése es otro. El Florenciano es el hermano de la Benita y, por tanto, cuñado del Pelagio y tío del Sandalio, el de los estorninos.

—¡Ah, ya!

Mientras el Pelagio, que vivía de hacer el Don Tancredo por las ferias manchegas y castellanas, pudo seguir haciendo —sin grave riesgo de la vida— el Don Tancredo, las cosas marcharon regular, y su familia, mal que bien, fue comiendo, por lo menos un día sí y otro no. Lo malo empezó cuando, un día aciago, un toro sin caridad y con más mala uva que nadie (se llamaba Viudito, era negro mulato y lo marcaba el hierro de don Indalecio García), le pegó semejante cornada en el vacío del lado del corazón que, a poco más, lo mata. El Pelagio, como es de sentido común, cogió miedo y decidió alejarse para siempre del arriesgado oficio.

—Delante de un toro no vuelvo a ponerme yo por todo el dinero del mundo. Mire usted: para hacer el Don Tancredo hay que tener los nervios muy templados, y mis nervios, desde lo del percance, no andan demasiado bien, se lo juro. Y lo malo es que el toro lo nota, no vaya a creerse, ¡vaya si lo nota!

El Pelagio, cuando se cortó la coleta, anduvo una temporada merodeando por los alrededores de la profesión, pero después, cuando vio que vivir del sable y de la coba era más problemático de lo que pensara, se apartó definitivamente de todo lo que oliera a cuerno, aun a distancia, y se metió a chatarrero, menester en el que, a veces, llegan a hacerse verdaderas fortunas.

—¿Y qué tal le fue?

—Pues, hombre, más bien mal. ¿Cómo quiere usted que le fuese si no distinguía el hierro de la hojalata?

Su señora, la Benita Guadalén Mogón, alias Beni-Beni, se portó con mucho fundamento y, contra lo que se temía, ni una sola vez animó al marido a que volviese a sus pretéritas y arriesgadas suertes. Hay mujeres que se pasan la vida incordiando al prójimo y metiéndose donde nadie les llama, pero la Benita, según demostró la experiencia, no era de ésas.

—Pues ya ve usted lo que son las cosas: a primera vista parece lo contrario.

—Pues, no, ya le digo: la Benita fue un verdadero modelo de esposa discreta. ¡A veces, las apariencias engañan!

—Ya, ya...

El Pelagio Cabezuela Rebollo, cuando alguien le recuerda sus tiempos de Míster Pipermín, se lleva la mano al costurón del vacío y se pone pálido como un muerto.

—No me lo recuerde, por favor, que se me va la sangre de la cabeza.

—Dispense.

Un matrimonio ejemplar

El Florenciano Guadalén Mogón, más conocido por Floro el Chaqueta, no acaba de ver claros los fallos de la ley del timbre.

—Que está mal, no hay duda: de eso estoy bien seguro. Lo que no sé, sin embargo, es dónde falla; lo más probable es que falle por varios sitios a la vez.

—Sí, seguramente.

El Florenciano Guadalén Mogón, alias Floro el Chaqueta, tiene vocación de reformador de la humanidad; lo que no le responden son las facultades, vamos, las fuerzas.

—¿Qué culpa tengo yo de estar siempre cansado? ¿Qué más quisiera que ser un hombre dinámico, todo acción y enérgicos ademanes?

—¡Pero hombre! ¿Por qué no prueba a hacer algo?

El Florenciano Guadalén Mogón, alias Floro el Chaqueta, ensaya el estupefacto gesto como nadie.

—¿Yo?

—Sí, usted.

Entonces, el Florenciano Guadalén Mogón, alias Floro el Chaqueta, suelta el trapo.

—Permítame que me ría, amigo mío. ¡Tiene usted cada ocurrencia!

El Florenciano Guadalén Mogón, alias Floro el Chaqueta, sueña en alto y, en sueños, discursea con verdadera brillantez. Su esposa, la señora Jacinta, tiene ya tal práctica de oírle, que ni se despierta siquiera; la verdad es que la pobre, que trabaja como una burra, suele caer rendida al fin de la jornada.

—Yo siempre se lo estoy diciendo: Jacinta, que trabajas demasiado; Jacinta, que te vas a matar; Jacinta, que estás jugando con la salud, y después pasan las cosas..., pero ella, erre que erre, ¡ni caso! ¡Qué horror, qué ansias! ¡Con decirle que yo hasta me fatigo, sólo de verla!

La señora Jacinta, como es muy buena y responsable, busca el garbanzo con verdadera aplicación.

—Mi esposo está algo delicado de salud y no le conviene andar mucho, ni coger frío, ni hacer esfuerzos. La verdad es que mi Florito, aunque quisiera hacer algo, no podría. Y además, como ya está acostumbrado a no hacer nada, tampoco lo intenta. Yo me lo explico porque, en la vida, ya se sabe que hace mucho la costumbre.

—Claro, tiene usted razón. Cuando una persona está delicada, en seguida se hace a que le hagan las cosas los demás; eso es de sentido común.

El Florenciano Guadalén Mogón, alias Floro el Chaqueta, y su señora, la Jacinta Cerrudo Mansilla, alias Tuda (?), se llevan muy bien y se quieren de todo corazón y como Dios manda.

—Lo único que le pido a Dios —dice la señora Jacinta a sus amistades— es que mi Florito, dentro de muchos años, eso sí, me deje viuda. ¿Qué iba a hacer el pobre, si yo desapareciera? ¿Quién iba a cuidarle y a velar por él?

El Florenciano Guadalén Mogón, alias Floro el Chaqueta, por su parte, piensa lo mismo sólo que al revés.

—Lo único que le pido a Dios —explica a quien quiera oírle— es que llame antes a su presencia a la Jacinta que a mí. ¡No quiero ni pensar en su desamparo, si la pobre se quedara viuda!

El Floro el Chaqueta y la Jacinta la Tuda (?) forman un matrimonio ejemplar, un verdadero modelo de cónyuges amantes y resignados. Lo mejor, probablemente, sería que ambos cascaran al unísono, atropellados por un autobús, por ejemplo, o envenenados con setas, o en el incendio de un cine, o de cualquier otra manera pero al unísono. En aquellos matrimonios en los que uno está hecho para el otro (y la verdad es que ya no quedan tantos, ¡qué caramba!), lo mejor es esto tan hermoso del óbito al unísono.

—¿No le parece que queda algo díficil de pronunciar?

—Sí; eso, sí. Pero, amigo mío, ¡no todo van a ser ventajas!

Presencia de la parca al unísono

No fue un autobús, ni un manojo de setas, ni un cine ardiendo lo que produjo la tragedia: que fue un clavel volando, dentro de su maceta, desde la alta y poética y bohemia buhardilla hasta la vía pública, ¡qué ordinariez!, ese lecho de muerte de los desgraciados a quienes la parca sorprende, ¡también es ocurrencia!, mirando escaparates. El Florenciano Guadalén Mogón, alias Floro el Chaqueta, y su señora, la Jacinta Cerrudo Mansilla, alias Tuda (?), iban de paseo, cogiditos del brazo para mejor defenderse de los peligros del mundo, cuando el aéreo tiesto del clavel reventón, ¡zas!, les pegó en la cabeza y los reventó. Fue una muerte al unísono, como cabía desear, una muerte por carambola directa (no de lujo o por banda) que los dejó sequitos como pájaros y sin que les diera tiempo ni a enterarse.

—¿Y la gente?

—Pues mire, usted: la gente salió corriendo porque creía que era el fin del mundo. Algunas señoras, hasta se desmayaron y todo.

—¡Qué horror!

El Tranquilino Tastavíns Torrevelilla, alias Juego de Té, que era muy admirador del Floro el Chaqueta, fue quien antes se enteró en el barrio del doloroso percance que le costó la vida al matrimonio.

—¡Qué horror! ¡Volemos a la presencia del amigo en desgracia! ¡No somos nadie..., no somos nadie...! ¡Qué cruel evidencia!

El Tranquilino, que era hombre de recursos, lo primero que hizo fue alquilar una bicicleta para ir más de prisa.

—¿La quiere con guía de carreras?

—No, gracias, de paseo.

El Tranquilino Tastavíns Torrevelilla, alias Juego de Té, al llegar al depósito de cadáveres se encontró con que no tenía donde dejar la bicicleta.

—¡Qué asco de país! En el extranjero, seguramente, tienen aparcamientos vigilados, en los que, mediante el estipendio de una módica cantidad, le guardan a uno la bicicleta, mientras uno puede visitar con toda calma el cadáver del amigo. En fin, ¡mucho tenemos que aprender!

El Tranquilino sonrió al encargado del depósito.

—¿No podría dejarla aquí, apoyada en la puerta?

—¡Allá usted! ¡Yo no respondo!

El Tranquilino Tastavíns Torrevelilla, alias Juego de Té, tiró de petaca.

—¿Hace un pito?

—¡Venga el pito! Eso siempre se agradece.

El Tranquilino le alargó la petaca.

—Sírvase.

—A su salud.

—Y usted que lo vea.

—Eso es lo que hace falta.

El Tranquilino Tastavíns Torrevelilla, alias Juego de Té, tragó saliva y volvió a sonreír.

—¿Es usted del Atlético?

—Sí, señor, y a mucha honra. ¿Qué pasa?

—Nada, no pasa nada... Yo también soy del Atlético: colchonero de los fijos, de los que no rompen el carnet pase lo que pase. ¡Ya me parecía a mí que usted también era de los buenos!

El Tranquilino y el encargado del depósito de cadáveres, que resultó llamarse Félix Torrijos, se enzarzaron en la prolija alabanza del Atlético, club de fútbol que nada tiene que envidiar a nadie.

—¡Menudo varapalo le hemos pegado al Madrid!

—¡Ya, ya! Y para que no haya duda, ¡dos años seguidos! ¡Es mucho equipo, el Atlético! ¡Lo que le pasa es que es demasiado honrado!

—¡Diga usted que sí! ¡Eso es lo que le pasa!

Como en esta vida todo, tarde o temprando, acaba por llegar, a las dos o tres horas de amena conversación, al Félix Torrijos le llegó el relevo.

—Bueno, tanto gusto. Yo me voy, que ya está aquí mi compañero. ¿No pasa usted, a ver a su amigo?

Al Tranquilino Tastavíns Torrevelilla, alias Juego de Té, se le abrieron las carnes.

—Pues, no..., ahora, no; ya volveré mañana a la hora del entierro.

—Como guste.

El Tranquilino se quedó mirando para el empedrado.

—Si usted acepta, yo tendría mucho gusto en invitarle a unos blancos... Si quiere, le llevo en la bicicleta.

La imagen, a la incierta luz del crepúsculo, del Tranquilino Tastavíns Torrevelilla, alias Juego de Té, llevando en el cuadro de su bicicleta al Félix Torrijos, el encargado del depósito de cadáveres, no dejaba de tener su misterioso encanto, su tierna poesía.

El Félix Torrijos Campocebas, de profesión encargado del depósito de cadáveres, tiene una dentadura postiza que no le viene de su tamaño y que, al decir de las malas lenguas, había randado a un muerto. En esto de las suposiciones y los rumores, lo más prudente es ponerlos en cuarentena, no darlos jamás por buenos ni por ciertos y limitarse a hacerlos constar, tal como uno los oyera y sin más comentario. Al Tranquilino Tastavíns Torrevelilla, alias Juego de Té, le tienen completamente sin cuidado los orígenes de la dentadura del Félix.

—Mire, usted, cada cual saca los dientes de donde puede y a los demás no importa. ¡Mire que son manías, esto de andar siempre buscándole los tres pies al gato!

La esposa del Tranquilino, o séase la señora Andrea San Mateo Bordón, es mujer paciente —¡qué remedio!— y ordenada y limpia como pocas. A la señora Andrea le da rabia, mucha rabia, y también asco, mucho asco, que el Félix Torrijos Campocebas, cuando va a su casa a hablar del Atlético con su marido, la mande por una copita de anís de Rute para desinfectar la dentadura. Si se calla es porque sabe que el mejor adorno de la mujer cristiana y española es la resignación.

—Y su esposo, ¿qué dice?

—Nada, mi esposo no dice nada; mi esposo es bueno, yo soy la primera en reconocerlo, pero tiene la cabeza a pájaros.

El Félix y el Tranquilino, con eso de las comunes aficiones, hicieron muy buena amistad y se visitan con frecuencia, en el depósito o a domicilio, según.

—Un día le voy a presentar a usted a un compañero al que le dicen Feto, que jugaba de medio volante en el equipo de su pueblo, el Valdezate, F. C.; su verdadero nombre es Amadeo Pinilla Pardilla, está casado, y es muy serio y cumplidor. Yo creo que, a lo mejor, sería un buen fichaje para el Atlético.

—Hombre, no sé... Podemos decir que lo prueben, a ver si resulta.

La señora Andrea, cuando el Félix amenaza con arribar, suele inventarse novenas y otras ocupaciones para no verlo.

—Que Dios me perdone, pero, sólo de verlo, me entran arcadas. ¡No lo puedo evitar! ¡Si al menos se estuviera quietecito con la dentadura!

—Tiene usted toda la razón; esto de mandar a la dueña de la casa por una copita de anís de Rute para desinfectar los dientes, es una grave falta de respeto, créame. ¿Por qué no le hace un escarmiento y le echa jalapa en el anís?

La señora Andrea, cuando se queda pensativa, pone cara de oveja.

—Mujer, no sé lo que me da.

El Félix Torrijos Campocebas, el día del cumpleaños de la señora Andrea, le llevó una cajita de frutas escarchadas, con la tapa transparente y muy curiosa.

—¡Pero para qué se molestó, por Dios!

—No es molestia, señora, que son deseos de obsequiarla como se merece. Lo que yo hubiera querido, es tener posibles para poder ofrecerle algo mejor. En fin, le ruego que la acepte y que no vea en esta modesta caja más que mi buena voluntad... Por cierto, si no está usted muy ocupada, ¿podría bajarme por una copita de anís de Rute, para poner a remojo la dentadura, que me sigue apretando un poco?

La señora Andrea fue a buscar el anís y, aunque le pasó por la cabeza, no se atrevió a entrar en la botica a comprar los seis reales de la jalapa del escarmiento.

La señora Leocadia piensa que la señora Andrea es tonta, de puro transigente, paciente y complaciente. ¡A buena hora iba ella a dignarse bajar a la calle, en busca de una copita de anís de Rute para que el zángano del Félix Torrijos, el del depósito, desinfectara la dentadura! ¡Pues estaría bueno!

—Adiós, señora Leocadia, la veo a usted muy saludable.

—No, hijo, no..., las apariencias mienten..., yo ya no tengo más que goteras...

La señora Fernanda piensa que la señora Andrea es tonta, de puro condescendiente, indulgente y deferente. ¡En qué cabeza cabe que ella, toda una dama, fuera por un anís para que el haragán del Félix Torrijos, el del depósito, desapestara los dientes que le había choriceado a un muerto! ¡Hasta ahí podían llegar las cosas!

—Adiós, señora Fernanda, dé usted recuerdos a las nenas.

—Gracias, Ricardito, de su parte.

La señora Eulalia piensa que la señora Andrea es tonta, de tan accedente como era con la gente. ¡Mire usted que una mujer casada yendo a recados! ¡Y qué recados, amigo mío! ¡Una copita de anís de Rute para que el piernas del Félix Torrijos, el del depósito, bañe sus asquerosos dientes postizos! ¡Válganos Dios y cómo anda el mundo!

—¿Qué tal, tía Eulalia? ¿Quieres que le ponga agua fresca al jilguero?

—Como tú quieras, hijo. A los pajaritos, nunca les viene mal el agua fresca.

La señora Leocadia, la señora Fernanda y la señora Eulalia piensan que la señora Andrea debería hacer dos cosas: coger al desaprensivo del Félix Torrijos, el del depósito, por el fondillo del pantalón y ponerlo de patas en la calle y sin más miramientos.

—¿Con dentadura y todo?

—Pues sí: con dentadura y todo, para hacerle un escarmiento y que no pegara la pelma a las personas decentes.

La señora Leocadia, la señora Fernanda y la señora Eulalia se impresionaron mucho con el tiestazo[1] que le costó la vida a la señora Jacinta y a su esposo, Floro el Chaqueta. La señora Andrea, también, aunque con esto de las idas y venidas por copas de anís de Rute anda la pobre como medio distraída.

—Oiga, ¿es verdad que va otro ruso por el aire, dando vueltas al globo terráqueo?

—Pues, sí, eso dicen, pero, ¡vaya usted a saber!

La señora Leocadia no marcha bien de salud; el reuma la trae por el camino de la amargura. A la señora Fernanda le preocupan sus hijas, que salieron ligeramente más frescas de lo necesario. La señora Eulalia, como es soltera, se ahorra estas preocupaciones.

—¿Y usted cree que los rusos llegarán a la luna?

—No; eso, no. ¡La luna está más lejos de lo que parece!

La señora Andrea es una mujer indecisa, un semoviente que no se decide a cortar por lo sano y administrarle raíz de jalapa, ¡con lo bien que sienta!, al botarate del Félix Torrijos, el del depósito.

—¡De mañana no pasa! ¡Como mañana me mande por un anís, lo purgo! ¡Vaya si lo purgo! ¡Este tío ya me está hartando con sus abusos! ¡Qué horror, qué exigencias!

A la señora Andrea se le va la fuerza por la boca y el Félix Torrijos, el del depósito, sigue sin purgar. Algo debió maliciarse porque un día, mirando fijo para la señora Andrea, pronunció unas palabras muy sintomáticas.

1. Porrazo, trastazo o testarazo, que se recibe de un tiesto libre y volador.

—¡A los de mi pueblo, no ha nacido de madre quien los purgue! ¡Menudos somos los de mi pueblo!

La señora Andrea, como es lógico, no entendió. La pobre es tonta o, al menos, medio tonta. La señora Leocadia, la señora Fernanda y la señora Eulalia, contrastan la tontería de las gentes en la infalible piedra de toque de la señora de Tastavíns, nacida Andrea San Mateo Bordón para lo que ustedes gusten mandar, por ejemplo, que vaya por una copita de anís de Rute, menester en el que tiene una evidente práctica.

«Florecillas de mi sendero
(Aforismos, máximas y sentencias.)»

La señora Eulalia es tía del Ricardito Barbate, mozo dado al pensamiento y todavía más al sentimiento.

—Ricardito.

—Dime tu palabra, tía. ¡Soy todo oídos!

—¿Cómo van las florecillas de tu sendero?

El Ricardito Barbate, garzón al que dicen Biscuit —¡qué manera de señalar!—, está componiendo un libro de aforismos, máximas y sentencias, titulado *Florecillas de mi sendero (Aforismos, máximas y sentencias)* y que, como su nombre indica, está todo lleno de aforismos, de máximas y de sentencias: «El alma del joven es como la fontana que fluye en la soledad: que si en ella cae un gato muerto (o sea el pecado) se contamina», «La sonrisa de la pureza es el bálsamo que restaña las cicatrices de la vida», «Los ojos sirven para ver, para llorar, y para soñar», etc. El Ricardito Barbate encuentra en lo de las inclinaciones líricas un gran consuelo para el amargo cáliz de la existencia.

—¡Así cualquiera! ¿Verdad, usted?

—¡Y tanto, amigo mío, y tanto! ¡Ahí es nada: viajar con la medicina puesta! ¡Qué bendición de Dios!

Al Ricardito Barbate se le murió el papá hace ya muchos años; aunque no quieren que se sepa, el papá del Ricardito Barbate, que se llamaba don Ricardo Barbate Tejeringo y era del somatén, murió en una casa de lenocinio, a resultas de una borrachera de benedictine, entre horribles sufrimientos y todo lleno de moscas, insecto díptero y goloso que va a lo suyo y que ni respeta siquiera el dolor de los demás. El Ricardito Barbate desde que, niño aún, conoció las amargas hieles de la orfandad, vive con su madre y tres tías solteras, hermanas mayores de la madre, que lo cuidan con verdadero mimo.

—Tú, déjanos a nosotras, Paquita; tú eres todavía muy joven.

La Paquita, como es fácil suponer, es la mamá del Ricardito: Paquita Pego, viuda de Barbate, de cincuenta y ocho años de edad, natural de Solanillos del Extremo, provincia de Guadalajara. Las hermanas de la Paquita, según se viene diciendo, son tres: Visitación, Eulalia y Natividad Pego Pelabravo, las tres célibes y calchonas, las tres espantadizas y relamidas, las tres miradas y en sobresalto, las tres curiosas y hacendosas y piadosas. Viéndolas, cuesta trabajo imaginarse al Ricardito discurriendo aforismos, máximas y sentencias con tanta aplicación y languidez, con tal poética y sonámbula buena voluntad.

—Ricardito.

—Dime, tía Visi; te escucho con verdadero deleite.

—¿Se te quitó ya la descomposición, hijo?

—Sí, tía, gracias a Dios, por fortuna y merced al arroz cocido que con tanto cariño como oportunidad me preparaste.

—¡Vaya, me alegro!

El Ricardito mira para el cielo con más arrobo que nadie y, para el suelo, con mayor recogimiento y humildad que nadie.

—Ricardito.

—Dime, tía Eulalia; me apresto a oírte.

—¿Cómo van las florecillas de tu sendero?

—Lentas y lozanas, tía, como la estrella que camina por el firmamento.

—¡Vaya, me congratulo!

Al Ricardito le pasa como a algunos borrachos con el vino que, en cuanto la lírica se le pasa a la sangre, palidece.

—Ricardito.

—Dime, tía Nati; no tengo oídos más que para tu voz.

—¿Te acuerdas de que, cuando eras pequeño, me recitabas las rimas de Bécquer para llevar consuelo a mi atribulado corazón?

—Sí, tía, sí que me acuerdo. ¡Aquéllos fueron instantes de una inefable dicha para mí! ¿Por qué me lo preguntas?

La tía del Ricardito Barbate cerró los ojos.

—No..., por nada...

Después, la tía de Ricardito Barbate se echó a llorar: tímidamente, al principio; suspiradoramente, después, y al final a gritos y como si le hubieran pisado un callo de los pies del alma.

El amor y el cariño

Al Ricardito Barbate Pego, alias Biscuit, lo quieren mucho todas las señoras de la vecindad.

—Adiós, señora Felipa, ¡qué elegante va usted!

—¡Favor que usted me hace, Ricardito, favor que usted me hace!

La señora Felipa lleva el pelo teñido de color naranja, con reflejos cobrizos, muy vistosos.

—¡Vivan las pelambreras de artesanía! —le dijeron una vez, a la salida del metro.

La señora Felipa es más vieja que la tos pero, como no se resigna, disimula y le echa valentía.

—¡Qué espanto! ¡Qué cantidad de gamberros andan sueltos! ¡Cada día que pasa se hace más difícil que una mujer pueda salir sola a la calle!

A la señora Felipa se la quedaron mirando.

—¿Lo dice por usted?

Y la señora Felipa, como no es tonta, probó a rectificar.

—Bueno; lo digo por todas, no sólo por mí.

La señora Felipa tiene una hijastra, la Carlotita, que es igual que un arenque ahumado. La carne de la Carlotita tiene consistencia de carne de pez de segunda —jurel, rape, gallo, japuta, pescadilla— y color de no criar buenas inclinaciones. La señora Felipa también es mal intencionada y además, gorda y escandalosa. Su marido, el señor Vicente, la lleva con resignación y sin talento, según costumbre.

—¿Quién le va a comprar una bata de cretona a su Felipa?

—Su Vicentico, ¿quién va a ser?

—Gracias, Vicente, ¡eres un sol! ¡Eres la genuina aurora boreal!

La Carlotita, a quien llaman Grillo, tiene dos medio hermanos: el Vicente y el Clemente, y un novio, el Fabiano Madrigal, que juega a la garrafina como los propios ángeles. La verdad es que la Carlotita, bien mirado, no puede quejarse: otras más guapas y más habitables (cosa fácil) tienen peor suerte y ni siquiera presentan novio y, menos aún, novio campeón de dominó.

Al Fabiano Madrigal, el novio de la Carlotita, los amigos le dicen Parada y fonda, quizá porque toma las cosas muy resignadamente. El Fabiano le tiene cariño a la Carlotita; la costumbre es algo que siempre acaba por alumbrar las fluyentes —aunque no poderosas— aguas del cariño. Lo que no siente el Fabiano hacia la Carlotita, es amor. El amor es un repente que muere a manos de la costumbre. Primero es el amor (y el tumulto, y el contigo pan y cebolla, y el pégame porque soy tuya, etc.) y después el cariño (y el aburrimiento, y el no fumes tanto, y el no te olvides de pagar el recibo del gas, etc.). El aburrimiento, aunque menos glorioso, es más cómodo que el tumulto. No es verdad eso de que la especie humana sea monógama; lo que pasa es que la poligamia es cara y está mal vista.

—Pero, ¿qué cosas estás diciendo, Fabiano?

—Nada, Carlotita, amor; estaba recapitulando. Tú entiendes poco de estas cosas, vida mía. Tú eres como un lagarto que no se mete en mayores honduras. Créeme que haces bien.

La Carlotita, poco antes de echarse a llorar, estornudó. Después le dio el flato. Después, el hipo. Y después —todo llega— prorrumpió en sollozos. ¡Qué horror, qué energías!

—Fabiano.

—Qué.

—Lo nuestro ha terminado.

—No seas boba, Carlotita. Anda, habla de otra cosa y no des la lata.

El novio torero de la madrastra de la Carlotita

La madrastra de la Carlotita, después de enviudar de su primer marido, el señor Pacomio Terriente Chera, maestro ebanista, y antes de matrimoniar con el señor Vicente de Miguel Rucandio, maestro de obras, tuvo un novio torero que murió en la plaza —como Fabrilo, como el Litri que se quedó en Málaga, como Joselito, como Ignacio Sánchez-Mejías, como Manolete y como tantos otros—, pero no de cornada de toro, sino de ladrillazo de espectador, que es una variante aunque también mortal. Existe un considerable surtido en esto de las muertes de los toreros. Los hay que mueren cuando el tren se les echa encima en un paso a nivel, como Fausto Barajas. Los hay —recuérdese a Nacional II— que pasan a mejor vida de un botellazo. Los hay que se toparon con la muerte en un motín político, como Pucheta. Los hay que se borraron de la memoria de las gentes después de echarse al monte, como Tragabuches, que formó en la cuadrilla de los siete niños de Écija. Y los hay, para que nada falte, que agonizan en la cama, como Dios manda y según reglamento, tal Rafael el Gallo. También hubo toreros que murieron en garrote, pero aquí no está bien citar ejemplos. Al Minervino Sánchez Perogil, alias Picharrache II, lo mató un ladrillo de malhadada puntería en la plaza de toros de Sanlúcar de Barrameda. Algunos historiadores de la fiesta, con notoria falta de información y más ligereza de la necesaria, sitúan el lance en la plaza de Sanlúcar la Mayor, supuesto erróneo que dice muy poco de su probidad de cronistas. ¡Así van las cosas!

—Sí, ¡verdaderamente!

El Minervino Sánchez Perogil, Picharrache II, fue un torero rubio, patosillo y gordito, al que la señora Felipa, en su desatado amor, veía juncal, marchoso y moreno de verde luna. ¡Anda que lo que el amor, con sus idealizaciones, no consiga! El Minervino Sánchez Perogil, Picharrache II, manejaba peor la muleta que la capa, engaño del que —bien mirado— ignoraba hasta cómo se cogía, y con el estoque se mostraba tan irresoluto y torpe que a sus toros (salvo a los que se tumbaban de aburrimiento, que también los hay) solía rematarlos la guardia civil. El Picharrache II fue un verdadero caso de vocación —meritorio, sin duda alguna, en cierto sentido— ya que sólo a fuerza de vocación puede entenderse que no llegara a vestir el traje de luces ni una sola vez. La señora Felipa que, afortunadamente, no entendía de toros ni de toreros, lo amaba con toda su alma y en más de una ocasión se enzarzó a tortas, en pleno tendido, por defenderlo de sus detractores, a los que llamaba cosas tan precisas e inmediatas que hasta ruboriza el repetirlas.

—¡Pero, hombre, con lo señora que parece!

—Pues, sí, amigo mío, ¡para que se fíe usted de las señoras! Cuando una señora se enamora, ¡válganos Dios!, lo mejor es salir zumbando en dirección contraria, créame. Ése, al menos, es el dictado de la experiencia.

El día que mataron a Picharrache II, la señora Felipa —¡menos mal!— no estaba en la plaza. Cuando se lo dijeron mordió al emisario, a pesar de que el emisario, que tenía bastante fuerza, procuró defenderse. Después, la señora Felipa guardó un prolongado silencio, y después —se conoce que para restañar la herida de su atribulado corazón— se casó con el señor Vicente, el papá de la Carlotita.

Pacomín

El Vicente y el Clemente vienen del segundo matrimonio del señor Vicente y son, por tanto, medio hermanos de la Carlotita. La madrastra de la Carlotita no tuvo más que un hijo de su primer marido, el señor Pacomio Terriente Chera (q.e.p.d.), el maestro ebanista. Al Pacomín —que tal era el nombre del vástago— le dio la vocación, se hizo hermano marista y se fue a China, a convertir herejes. Desde la subida al poder de Mao Tse-tung no se volvieron a tener noticias suyas, pero la madre está tranquila porque el Pacomín, que siempre fue de natural espabilado, lo más probable es que haya podido situarse.

—A lo mejor, hasta es concejal, ¿verdad, usted?

—Pues mire lo que le digo: nada me extrañaría porque a mi Pacomín, y no es porque yo sea su madre, a listo le ganan pocos. ¡Menudo es mi Pacomín! ¡Qué labia tiene, el hijo de mis entrañas!

El Pacomín, antes de irse marista, estuvo dos años estudiando la carrera de comercio, pero después lo dejó porque las cuentas no se le daban demasiado bien; las aficiones del Pacomín iban por otros derroteros más abstractos y dialécticos, más imprecisos y espirituales. El Minervino Sánchez Perogil, Picharrache II, que por entonces ya estaba novio de la señora Felipa, quiso llevárselo con él para enseñarle el oficio, pero el Pacomín, que sabía de toros un rato largo, se echó atrás porque no se fiaba un pelo de las facultades ni de la ciencia de su presunto maestro y preconizado padrastro.

—No, no; para los toros, no sirvo. Yo no quiero ser un estorbo en su cuadrilla.

—Pero, hombre, ¿por qué no pruebas? Por probar, nada se pierde.

—No, ya le digo... A mí me parece que no tengo condiciones... Es mejor que ni lo intentemos siquiera, ¿para qué?

—Como gustes; yo lo hacía pensando en ayudar a tu madre.

El Pacomín y Picharrache II eran muy amigos y, a veces, hasta se tomaban unos blancos juntos.

—¿Y tú has pensado en lo que quieres hacer, cuando cumplas el servicio?

—Pues, no; la verdad es que ni lo he pensado siquiera. ¡Aún hay tiempo!

—¡Hombre, sí; tiempo, sí que hay! Pero las cosas conviene ir pensándolas; después, todo son agobios.

—Sí, eso también es cierto...

Cuando el Pacomín entró en el noviciado, Picharrache II se pegó tal susto que se quedó sin habla. A Picharrache II le informó su novia, la señora Felipa.

—Te juro que no sabía ni palabra; yo fui la primera sorprendida con su determinación.

Picharrache II estaba atónito.

—Y el mozo, ¿qué cara puso?

—Pues, ninguna..., vamos, la de siempre... Yo no le noté nada; lo dijo como la cosa más natural del mundo.

A Picharrache II le costaba trabajo discurrir.

—Y tú, ¿qué le dijiste?

—Pues, nada, ¿qué querías que le dijese?

—Sí, claro; en estos casos, yo creo que a nadie se le ocurre nada.

El Pacomín, a poco de entrar en el noviciado, cogió unas paperas de pronóstico.

—¿No sería mejor decir unas paperas de órdago a la grande?

—Pues, sí; tiene usted razón, porque las paperas que enganchó el Pacomín fueron de las que hacen historia. ¡Qué tío, qué parótidas se le pusieron!

El señor Mauro Farnals, viajante de las hilaturas La Honradez, no entendió.

—¿Qué paroqué?

Y el señor Efisio Lagueruela, representante de las aceitunas de primera calidad marca El Monaguillo, sonrió, jaque e impertinente, como un perdonavidas.

—Parótidas, colega, pa-ró-ti-das: unas glándulas que quedan por aquí, por debajo de la oreja.

—¡Ah, ya!

Cuando el Pacomín sanó de las paperas, se dio cuenta de que le resultaba más fácil la lucha contra las tentaciones de la carne. No hay bien que por mal no venga.

Los gustos de los pueblos

Como la Carlotita es tirando a renegrida y consumida, su madrastra, mujer que ignora la caridad, dice que es un feto chamuscado, carbonizado y hasta electrocutado.

—¡Caray!

—Pues sí: la señora Felipa siempre fue un poco exagerada en la manera de señalar.

A la Carlotita la llaman la Grillo por la color y también por la voz. La chillona y monótona voz de los grillos está bien en los grillos, pero, en las personas, llega a aburrir e incluso a atacar los nervios; cada animal requiere su voz y, cuando un animal se arranca con la voz del animal de al lado, sorprende mucho. La Carlotita, o séase la Grillo, tiene las canillas flacas y el bigote teñido con agua oxigenada; los bigotes rubios parece como que ofenden menos y las señoras y señoritas los suelen preferir. El Fabiano Madrigal, alias Parada y fonda, le riñó una vez a la Carlotita, porque, se conoce que por distracción, se tiñó una patilla sí y otra no.

—¿Tú crees que es serio esto de llevar la patilla norte morena y la patilla sur rubia? ¿Te parece decente presentarte como un contrabandista por un lado y como una extranjera por el otro? ¡Eres incorregible, Carlotita! ¡Después te quejas, cuando te toman a cachondeo! ¡En fin, yo ya no sé lo que hacer contigo! Anda; lárgate a tu casa y ponte las dos patillas del mismo color, antes de que te vean.

La Carlotita, como comprendió que el Fabiano tenía razón, guardó silencio y se marchó a su casa, a igualar las patillas. Las mujeres, aun las menos razonables, a veces entienden.

—¿Pero tú me quieres igual, Fabiano mío?

—Sí, hija, sí, ¡claro que te quiero igual! ¿No te das cuenta de que, si cada vez que metieses la pata te perdiese cariño, a estas horas tendríamos que estar ya bajo cero? Anda, vete a ponerte las patillas del mismo color y tengamos la fiesta en paz. Venga, dame un beso.

—¡Huy, Fabiano! ¿Y no nos verán?

—Bueno; pues no me lo des, pero vete.

—¡Ay, hijo, qué cardo eres!

El Fabiano Madrigal, alias Parada y fonda, a veces demuestra tener más paciencia que el santo Job. Los virtuosos de la garrafina suelen ser gentes de reacciones imprevisibles. Como el Fabiano Madrigal, alias Parada y fonda, es campeón de garrafina, la Carlotita no sabe nunca a qué carta quedarse porque el Fabiano, según la fase en que estuviera la luna, lo mismo le da un beso de cine que la sacude una patada en mitad del trasero. En cierto modo, esto de las reacciones imprevistas también tiene su encanto.

—¿Usted era partidario de Lumumba?

—A mí me es igual, ¿por qué?

—No, por nada.

La Carlotita de Miguel, hasta que cumplió los cuarenta años estuvo tomando aceite de hígado de bacalao, para facilitar el desarrollo; se conoce, sin embargo, que el desarrollo de la Carlotita no era propenso a dar facilidades porque, a pesar de los litros de aceite de hígado de bacalao que trasegó la muchacha nunca tuvo un aspecto ni medianamente lucido.

—¿Y yo que no la encuentro tan canija ni tan esmirriada como usted dice?

—Bueno, es que usted ha vivido mucho en las ciudades y allí hay otras costumbres. Lo que yo le digo es que la Carlotita, para ser de pueblo, es un desdoro. ¡Menos mal que ya estamos acostumbrados a verla!

Una buena persona

Cuando el Fabiano le traspasó la droguería al Claudio Budia, alias Higiénico, la gente empezó a decir que aquello era el principio de su ruina.

—Ahora se comerá los cuartos y después, ¿qué?

—Pues, hombre, ¡cualquiera lo sabe! ¡Después le tocará silbar!

El Claudio Budia, alias Higiénico, es largo y magro como una espingarda y no tiene los cueros lucidos ni saludables, sino al revés: opacos, enfermizos y neutrales.

—¿Usted cree que durará?

—¡Hombre, según hasta cuándo!

—Hasta el año que viene.

—Sí; hasta el año que viene, sí. ¡Malo sería!

El Claudio Budia, alias Higiénico, toca polcas y mazurcas y valses vieneses al bandolín; los pasodobles le gustan menos porque los encuentra ordinarios. Su cuñado el Sebas, el celador de telégrafos, que es muy aficionado a los toros, casi nunca logra convencerlo de que toque *Gallito*, o *Marcial, eres el más grande*, o *El gato montés*.

—Otro día, otro día... Ahora estoy tratando de familiarizarme con Ivanovich.

El Sebas propende a la resignación.

—Bueno, mala suerte. ¡Otra vez será!

Por el otoño, cuando pintan las uvas y dora el cereal, los drogueros, que suelen ser gentes muy apegadas a la costumbre, aprovechan para mudar la piel. El Claudio Budia, alias Higiénico, muda todos los años la piel por Santa Teresa, que cae doblando el mes de octubre por la cintura.

—Lo bueno sería poder mudar la piel a voluntad; decir: ahora la quiero verde, o rosada, o a cuadros..., ahora la quiero marfileña, o azul celeste, o a listas blancas y naranja, etc. Mudar la piel tan sólo por mudarla, como las culebras, no tiene mayor mérito y, bien mirado, es una vulgaridad. En fin, ¡qué vamos a hacerle!

El Claudio Budia, alias Higiénico, no tiene buena salud ni buen carácter, pero, como es buena persona, procura dominarse y hasta sonreír.

—Los demás no tienen la culpa de que me falle el estómago; esto es sólo cosa mía, se conoce que no estoy bien construido. Los demás no tienen por qué sufrir mi acidez. ¡Mientras haya bicarbonato!

El Claudio Budia, alias Higiénico, gasta úlcera de estómago, una úlcera del tamaño de un duro de los de antes de la guerra.

—¿Y le duele?

—¡Hombre, que si me duele! Pero la llevo con paciencia, porque mis semejantes no tienen la culpa. Al principio me costaba trabajo dominarme, pero ahora, ¡ya usted lo ve!, como si nada.

El Claudio Budia, alias Higiénico, se entretiene mucho con la tienda, que además —lo que no deja de ser milagroso— le da para vivir. Es lástima que el Claudio Budia, alias Higiénico, no ande algo mejor de salud, porque, bien mirado, es de lo más decente que se pasea por el pueblo. Don Tirso, el señor cura párroco, siempre lo dice.

—El Claudio es muy buen cristiano y lleva su úlcera con muy ejemplar resignación.

Don Tirso es un viejecito pulcro y raído, que socorre al menesteroso, consuela al enfermo y al desdichado, y da migas de pan, sin que nadie lo vea, a los pajaritos que viven del aire, y cantan en el aire y se aman por el aire, y duermen en el tejado y en los árboles: el gorrión y el verderol, el jilguero y el pardillo, el escribano y el pinzón. El Claudio Budia, alias Higiénico, sorprende algunos días, muy de mañana, a don Tirso rodeado de pájaros, pero, para no espantarlos, disimula y se va. El Claudio Budia, alias Higiénico, es muy buena persona. Cuando el Fabiano Madrigal, alias Parada y fonda, le traspasó la droguería, su hermana, la señora Consolación Madrigal, alias Tía Gas-oil, viuda de Giménez, con g, se llevó las manos a la cabeza porque pensó que aquello era el principio del fin.

En los pueblos se sabe todo

El Claudio es hermano de la Purificación, que lava tripas en el matadero. La Purificación que lava tripas en el matadero, está casada con el Esculapio Tordillo, al que dicen Pintiparao. El Esculapio Tordillo, Pintiparao, trabaja a las órdenes de la señora Consolación Madrigal, alias Tía Gas-oil, viuda de Giménez, con g, que es la dueña de la línea de autobuses. La señora Consolación Madrigal, alias Tía Gas-oil, viuda de Giménez, con g, a veces se fuma un purito faria en compañía del señor Simón, el del fielato. El señor Simón, el del fielato, es el marido de la señora Peregrinación, por cuyas venas corre vinagre en lugar de sangre. La señora Peregrinación, la del vinagre, tiene un hermano que se llama Torcuato, aunque le dicen Tordo. Torcuato, el Tordo, está casado con la Micaelita, que es la hermana del Sebas, el de telégrafos. El Sebas, el de telégrafos, matrimonió hace ya años con la Visitación, mujer de poca memoria. La Visitación es hermana del Matías, el que está de escribiente en la fábrica de luz, y del Claudio, el que le tomó en traspaso la droguería al Fabiano, el novio de la Carlotita la Grillo y hermano, a su vez, de la señora Consolación, la viuda que le pone los puntos al del fielato. Siguiendo así, al cabo del tiempo se llega hasta Adán y Eva; todo es cuestión de paciencia y de ir apuntando los nombres, para no equivocarse.

—¿Y en el pueblo saben que la señora Consolación fuma farias?

—¡Hombre, claro! En los pueblos se sabe todo, lo que pasa es que la gente se calla. ¡Menudo es el personal!

La señora Consolación Madrigal, alías Tía Gas-oil, viuda de Giménez, con g, trata a patadas al Esculapio Tordillo, alias Pintiparao, y se pasa el día riñéndole por cualquier cosa. Al Esculapio, que está enamorado en secreto de la señora Consolación, le gusta que le den marcha; cada cual se corre como puede. La señora Peregrinación, la mujer del consumero Simón, es hija del señor Emilio, zapatero muerto. La señora Peregrinación heredó de su padre una lezna con la que sueña con vaciar los ojos a la señora Consolación, a poco que las circunstancias se le presenten propicias. La señora Visitación, la del Sebas, la anima porque le gusta el tomate. La señora Purificación, como jamás se entera de nada, permanece neutral; la señora Purificación, la del Esculapio, es igual que un mueble, es lo más parecido que hay a un mueble.

—¿Qué pasa?

—Nada, mujer. A ti, ¿qué más te da?

—¡Verdaderamente!

La señora Consolación Madrigal, alias tía Gas-oil, viuda de Giménez, con g, tiene la voz tonante y autoritaria.

—¡Esculapio!

—Mande, señora Consolación.

—Llégate al fielato y tráeme al Simón, aunque sea de una oreja y a rastras.

—Sí, señora.

—Oye, y, de paso, acércate al estanco y compra dos puritos farias que no estén muy duros.

—Sí, señora.

—¡Venga! ¡Ya te estás yendo!

A la señora Consolación le gusta el aguardiente de Ojén, o de Cazalla de la Sierra, o de Rute, que da muchas fuerzas. Al señor Simón le gustaba lo que le dieran.

—Todo es bueno, ¿verdad?

—Pues, hombre, sí; sobre todo cuando se ofrece con buena voluntad.

Don Valentín Orea Mazarate
sale un momento a relucir

El Esculapio Tordillo es un pardillo —¡qué bien!— con el corazón rebosante de envidias y henchido de buenas inclinaciones. El Esculapio Tordillo, alias Pintiparao, es hombre obediente; dígalo, si no, su ama, la señora Consolación Madrigal, alias Tía Gas-oil, viuda de Giménez, con g, la de la línea de autobuses, jefa que le comisiona con las más imprevistas embajadas.

—Esculapio.

—Mande, señora Consolación.

—Dile a quien tú sabes lo que ya sabes: a la hora de siempre y que se lave los pies. Y recuérdale que en la milicia no se ponen pegas al mando. ¿Te has enterado?

—Sí, señora. ¿Le digo lo de sin excusa ni pretexto alguno?

—No, no hace falta; esta temporada parece que está algo más dócil. ¡Ya veremos lo que le dura!

El Esculapio Tordillo, alias Pintiparao, sueña con la lotería y toda su secuela de violentas y dulcísimas bienaventuranzas; en cambio, su señora, la Purificación, como se pasa el día lavando tripas y venga de lavar tripas en el matadero —¡qué horror, qué ansias!—, no cree demasiado que la tripa de cada cual pueda llenarse de ilusiones.

—¡Que negro te empeñas en ver todo, Purificación! ¡Así, jamás podrán salirnos bien las cosas!

El Esculapio Tordillo, alias Pintiparao, no es rencoroso.

—Purificación.

—Qué.

—Pues nada, que si me toca la lotería te retiro de lavar tripas. ¡Cada uno es cada uno, ya ves!

Al Esculapio Tordillo, alias Pintiparao, no es probable que le toque la lotería porque no juega jamás.

—¿Cómo quiere usted que juegue a la lotería, don Valentín, si lo que gano no me da ni para malcomer?

—Sí, verdaderamente... Yo creo que hace usted bien en abstenerse.

Don Valentín Orea Mazarate, que es tuerto de nacimiento, como Polifemo, tiene muy buen sentido.

—Lo primero es lo primero, amigo Esculapio; recuerde siempre lo que aconseja la prudencia: la obligación es antes que la devoción.

Don Valentín Orea Mazarate, que gasta asma con la misma naturalidad con la que otros gastan patillas, por ejemplo, se detuvo para alentar.

—Lo primero es lo primero, amigo Esculapio, no se pueden empezar las casas por el tejado.

—Claro, don Valentín, eso es lo que yo me pienso; las casas hay que empezarlas por los cimientos, ¿verdad, usted? Yo siempre se lo digo a mi señora, a la Purificación; lo que pasa es que no me quiere entender.

Don Valentín Orea Mazarate elevó su único ojo al cielo, diríase que para dar más énfasis a sus palabras.

—No se preocupe, amigo Esculapio, las mujeres jamás nos entenderán... ¡La mujer: ese dulce enemigo..., ese arcano insondable..., ese enigma caprichoso! Cachondas de mi corazón, ¡Dios os bendiga!

El Esculapio Tordillo, alias Pintiparao, estaba realmente emocionado.

—Sus palabras me hacen mucho bien, don Valentín... Oyéndole parece como que cobro nuevas fuerzas... ¿Usted cree que debo gastarme cinco duritos en lotería?

—Hombre, no sé lo que decirle. ¡Mientras no sean más de cinco duros!

Por encima del caserío voló la alta y señora cigüeña de las esperanzas, ¡qué alegría!, al lado de la ruin (y también alta) cigüeña de los sobresaltos, ¡qué tristeza! Por fuera nadie podría distinguirlas, de iguales como siempre son. A don Valentín Orea Mazarate lo trajo la cigüeña, mimosamente envuelto en un pañal como a cada hijo de madre, el mismo año que murió sor Patrocinio y se empezó a construir el transiberiano. El Esculapio Tordillo, alias Pintiparao, era más joven; el Esculapio Tordillo, alias Pintiparao, nació por el tiempo de la mayoría de edad de don Alfonso XIII; él no se acuerda, pero don Práxedes Mateo Sagasta, que era riojano, de haber vivido, sí que lo recordaría y bien.

La lucha contra el aburrimiento y algunas ideas sobre el paternalismo

El Sebas, el de telégrafos, murió hace ya algún tiempo; cuando se habla de un muerto, hay que estar repitiendo a cada instante que se ha muerto porque, si no, se organizan unos ciscos muy competentes y enrevesados en los que nadie entiende de qué va la cosa. El Sebas, el de telégrafos, murió hace ya algún tiempo y el globo terráqueo siguió dando vueltas como si tal cosa. Cuando murió don Juan II pasó lo mismo: vamos, que no pasó nada. El muerto al hoyo y el vivo al bollo, y al café, y al cine, y a donde le da la real gana, que para eso está vivo y tiene que aprovechar el tiempo que le quede, porque dentro de cien años todos calvos y, si no lo aprovechó y lo dejó escapar, peor para él.

—¿Y si lo aprovechó?

—Pues mire, usted: si lo aprovechó, que le quiten lo bailao, si pueden, que no podrán. Cuando un vivo se espabila y no pierde el tiempo, puede esperar la hora de la muerte con todo aplomo. Alguna ventaja debían tener los espabilados, ¿verdad, usted?

—Sin duda alguna, amigo mío, sin duda alguna.

La viuda del Sebas, el de telégrafos, o séase la Visitación, tiene las entendederas de corcho, lo que siempre ahorra sufrimientos porque, según ya es bien sabido, no hay nada más doloroso que pensar. La Visitación, a este respecto, está bien tranquila porque pensar, lo que se dice pensar, la verdad es que no ha pensado nunca.

—¿En qué piensas, Visi? —le dijo un día el Sebas, poco antes de morir.

—En nada, ¿por qué?

—No, por nada; me pareció como si estuvieras haciendo visajes.

—Pues no, ¡ya ves!

Cuando el Sebas, el de telégrafos, pasó a mejor vida y recibió cristiana sepultura, la Visitación, después de los primeros llantos, entró de asistenta en casa del señor Miguel Alonso Llerena, que es el contable de la fábrica de luz. Al señor Miguel, en el pueblo, le dicen Telefunken, se conoce que por eso de la electricidad. El señor Miguel Alonso, Telefunken, está casado con una señorita de Zaragoza, muy distinguida y relamida, que se llama Matildita Badules y que los domingos se pone tacón alto y se pinta los labios de color naranja. La Matildita, que luce la pelambrera de color platino, es muy dengue y suspiradora y, según las malas lenguas, algo propensa, tampoco mucho, a disfrazar de cérvido a su Miguel, dicho sea en sentido figurado y, claro es, con todos los respetos. En esto hay que ser muy respetuoso, porque, como decía el afamado poeta lírico Rabindranath Tagore: el que esté limpio de cuernos, que coma la primera hierba.

A veces, los soponcios y los patatuses, y los vapores y los sopitipandos y los teleles de las damas querenciosas a lo que, sin ofender, pudiera llamarse la tauromaquia doméstica, vienen de que no lucen la conciencia tranquila del todo. La Matildita Badules se defendía del aburrimiento pueblerino enmierdándose a modo la conciencia; cada cual lucha como puede contra sus fantasmas.

—Hombre, no se ponga usted triste. ¡No merece la pena!

—¡Qué más quisiera yo, don Tadeo! ¡Le juro que no puedo evitarlo!

La Visitación, en casa de la Matildita Badules, trabaja como una azacana, pero, eso sí, come caliente y abundante, que es lo principal. El señor Miguel y su señora, la Matildita, no reparan en gastos ni hacen distingos entre su mesa y la mesa de la cocina.

—Si todo el mundo hiciese lo mismo habría menos problemas, ¿verdad, usted?

—Pues, hombre, ¡no sé lo que decirle! A mí me parece que no es por ahí por donde hay que resolver las cosas; confundir la caridad con la justicia, aunque la caridad sea más generosa y rentable, no suele dar buen resultado. La gente —y no lo digo por la Visitación, que tiene las entendederas de corcho— prefiere ganarse la vida a que se la regalen. Los que regalan vida —y no lo digo por el señor Miguel ni por su señora, la Matildita— por lo general son aconsejadores y los consejos, aunque se envuelvan en billetes de banco, siempre molestan, créame. El paternalismo está pasado de moda. Aquí en el pueblo no nos damos cuenta, pero el mundo va por otros caminos, ¡bien seguro estoy!

La ilusión, o séase la afición, es lo que mantiene

El Sebas, el de telégrafos, fue un hombre del montón; un hombre como todos: corriente, moliente y contribuyente; un hombre que, de no haber nacido, nadie lo hubiera echado a faltar. Claro es que esto también puede decirse de Cristóbal Colón, y de Cervantes, y de Isaac Peral, y de todos; cuando un hombre no nace, nadie lo echa de menos, porque nadie, tampoco, puede saber hasta dónde habría de llegar su chispa. Al joven Restituto Villarín González, licenciado en filosofía y letras, lo metieron a patadas en el manicomio cuando tenía ya casi listo para la imprenta el original de un grueso y enjundioso libro que estaba escribiendo y que se titulaba *Teoría de las fallidas aportaciones de los fetos y demás suertes de nonatos al acervo cultural de la hu-*

manidad. Es éste un problema preocupador y que, dicho sea incluso sin tristeza, está todavía muy lejos de ser resuelto.

—¿Y no estarán pensando los sabios sobre él?

—Pues, no; no creo. Después de lo que hicieron con el Restituto, ¡cualquiera se atreve!

Cuando el Sebas, el de telégrafos, se murió, las golondrinas siguieron volando como si tal cosa, y en el mugir del toro, y en el relinchar del caballo, e incluso en el balar de la tímida y puerca oveja, nadie hubiera podido oír ni el más remoto y estremecido timbre de luto. Hay muertes que no cuentan; mejor dicho, no hay una sola muerte que cuente. ¡Pobre Sebas, el de telégrafos, que se murió pensando lo contrario!

—¿Y su viuda?

—Como si nada; su viuda se puso a servir en casa del señor Miguel, el de la fábrica de luz, y ahora, como come caliente, está más lustrosa y más lucida que nunca.

—¡Qué barbaridad! ¡Qué falta de consideración!

El Sebas, el de telégrafos, hubiera dado años de vida —¡pobre Sebas, ya muerto!— por ser torero. El Sebas, el de telégrafos, clasificaba a la humanidad en dos grupos perfectamente definidos: toreros y aficionados.

—Y los que no son ni toreros ni aficionados, ¿dónde los mete?

—En ningún sitio. A ésos los deja fuera porque piensa —y tampoco va tan a ciegas, ¡qué caramba!— que más les hubiera valido ni nacer.

—¡Hombre, según!

—¡Ni según, ni cáscaras! Yo creo que el Sebas tenía razón: si un hombre no es ni torero ni aficionado, es casi como si estuviera muerto y entre cuatro velas. Por la calle andan muchos hombres muertos que llevan cuatro velas negras clavadas, como cuatro banderillas de castigo, en las cuatro esquinas del corazón. ¡Qué lástima de verlos, con lo mal que huelen! ¡En fin!

De haber nacido rico, el Sebas, el de telégrafos, se hubiera pasado la vida de feria en feria y sin pararse jamás, haciendo carne de su carne —¡qué alimento de dioses!— las faenas de los ases de la tauromaquia, de los delicadísimos y heroicos toreros punteros. Como nació pobre, ¡qué injusticia!, el Sebas, el de telégrafos, se pasaba el año ahorrando para después gastarse los ahorros, de golpe y como un señorito, en los toros de Murcia.

—Para mí, que hizo bien.

—Y para mí, ¡no crea! La ilusión, o séase la afición, es lo último que mantiene al hombre sobre dos pies. Cuando el hombre se queda sin ilusión, o séase sin afición, se muere, igual que una dalia con el tallo tronchado. El Sebas, el de telégrafos, se murió antes de que se le quemara la ilusión, o séase la afición: en esto tuvo suerte.

Un genealogista frustrado

El Sebas, el de telégrafos, tuvo un día unas palabras (y algo más que unas palabras) con el tío Filemón, el del estanco, que quiso cortarle dos cupones de la cartilla de racionamiento en vez de uno, que era lo legal. Los amigos los separaron y la sangre, afortunadamente, no llegó al río. El tío Filemón, el del estanco, así a lo tonto, solía abusar de la buena fe del prójimo, mientras el prójimo se dejase, que se dejaba casi siempre. El Sebas, el de telégrafos, no se dejó y, claro es, se organizó el tumulto.

El tío Filemón, el del estanco, gastaba muy mal café porque se creía el amo del mundo; cuando un estanquero sale déspota, hay que echarse a temblar.

—Y la gente, ¿no le para los pies?

—No; la gente está muy escarmentada y prefiere no meterse en mayores honduras.

—Sí; tiene usted razón. Es triste lo que pasa, pero me lo explico.

La Cloti, la esposa del Florián Perdices Perdices, oficial de secretaría del ayuntamiento de Torreagüera (Murcia), es hija del tío Filemón, el del estanco.

—Y su suegro, Florián, ¿sigue con tan malas pulgas?

El Florián Perdices compuso el gesto para responder.

—Mi suegro (q.e.p.d.) falleció el mes pasado.

—¡Hombre, usted perdone! La verdad es que no sabía ni palabra. ¿Y cómo fue?

—Pues nada, que se murió. El pobre estaba ya muy gastado; el estanco, con eso de las cartillas, no le daba más que disgustos, de un tiempo a esta parte.

—¡Vaya por Dios! En fin, usted perdone; ya le digo que no sabía ni palabra.

El Florián Perdices Perdices había nacido para genealogista, que es oficio tan distinguido como aproximado; lo que pasa es que, por falta de posibles, se quedó en escribiente. El Florián Perdices Perdices conoce de memoria las familias de todo el pueblo e incluso de los contornos.

—¿Sabe usted que la Martita está en Venezuela?

—¿La de la Petra la de los Maderos?

—Sí, la misma.

—¡Vaya! ¿Y qué tal le va?

—Pues bien, parece que bien.

—Hombre, me alegro, porque los pobres, desde la muerte del Madero viejo, vamos, del Jesusín, el que estuvo casado con la Eulalia, la Trova, la de los helados, no levantaban cabeza. ¿Y qué hizo con el marido, con el Isaac?

—Eso no se sabe; hay quien dice que lo dejó en Canarias, de prenda en una fonda de la que se fueron sin pagar, y hay también quien asegura que se le murió y que ella, sin decir nada a nadie, lo puso en escabeche, por si las cosas venían mal dadas. Yo no lo creo, porque la gente es muy amiga de habladurías. A lo mejor, cualquier mañana lo vemos llegar al pueblo con sombrero de paja y fumándose unos puros de a palmo. ¡Cosas más raras se han visto!

—Sí; eso sí: en eso tiene usted razón. Conforme está todo, la verdad es que ya nada puede extrañarnos.

El Florián Perdices Perdices se supone pariente de don Julio Fregenal Campillo, acaudalado funerario de Madrid. El parentesco es cierto, aunque al don Julio no le gustara ni un pelín que lo fuera: la Cloti, la hija del tío Filemón, el del estanco, y esposa del Florián, es prima de la Florita, dama a la que desgració el tren a la salida de Tiñosa y que fue mujer del señor Ramón Sorbas, alias Morueco, decorador de botijos, e hija del Heriberto Villena, que oficiaba de enterrador en Venta del Rabioso y que matrimonió, ya viudo, con la Isabel Expósito, que después fue mamá de la Florita. La primer esposa del enterrador también se llamaba Flora, ¡mire usted que es casualidad!, y era a su vez viuda del señor Perseverante Benichembla, de profesión calderero, de quien le quedó una hija muda, la Piedad, que es prima de la Soledad: la hija del señor Zaqueo Paterna, también calderero, y de la Tomasa Martínez, hermana de la Flora Martínez, viuda de Benichembla y señora de Villena. La Soledad Paterna, la Marquesona, que fue muy renombrada cantaora, está casada con el funerario Fregenal y luce unos brillantes como canicas.

La felicidad en el matrimonio o ventajas del sacramento a gusto

Don Julio Fregenal Campillo no es partidario de andar buceando en el pasado; cada cual es hijo de sus obras y de quien puede, a partes iguales, y a nadie se le importa un rábano de dónde vienen los demás.

—Esto de la historia es una ordinariez que debiera estar prohibida, ¡sí, señor! A las personas honradas no les gusta que anden rascando en el pretérito, para sacar a relucir los trapos sucios. La genealogía es ciencia de chismosos y actividad poco recomendable.

Don Julio Fregenal Campillo, el funerario, se había mercado en el Rastro unos antepasados muy aparentes (unos de militar y otros de paisano) y no le encuentra sentido común alguno a la manía del Florián Perdices Perdices, que se pasa el tiempo hablando de enterradores, decoradores de botijos y caldereros que además —y para colmo— resultan parientes.

—Si el dinero no nos trae la paz, ¿para qué sirve?

—Tiene usted pero que toda la razón. Eso de andar hurgando en las familias es menester propio de hampones y de desahogados.

La primera esposa del don Julio Fregenal Campillo —mozo recién salido de quintas, a la sazón— fue la octogenaria doña Micaela Sinarcas, viuda de Cascante, señora que murió a consecuencia de la luna de miel. Doña Micaela, se conoce que de las emociones, se tragó una noche la dentadura postiza —que era toda de oro— y aunque pudieron hacérsela devolver a fuerza de pisarle la barriga, la pobre ya no levantó cabeza jamás. El don Julio le guardó muy cumplidas ausencias y le mandó decir tal cantidad de misas que hubieran bastado, por sí solas, para sacar a Judas del reino de los infiernos, suponiendo que Judas fuera recuperable, que no lo es.

—¡Ésos son esposos amantes y no otros!

—Pues mire usted; no sé lo que decirle. En fin, ¿qué más da?

Al tiempo de celebrarse el primer centenario del nacimiento de la doña Micaela (q.D.h.), el don Julio matrimonió de nuevo: esta vez más a gusto, según cabe suponer, y con la famosa cantaora Soledad Paterna, alias la Marquesona, barbiana rabisalsera y de rompe y rasga, y hembra de tronío y de calentosos temperamentos, que le hace muy feliz.

—¡Esto es vida y lo demás para quien lo quiera! —ruge el funerario en sus éxtasis amorosos—. ¡Vivan las gordas y el tomate!

Su señora, la Soledad Paterna, que es hembra dada al anís, cuando se ajuma, situación que se produce casi cada noche, se queda en combinación (se conoce que para estar más ágil) y brincando con gran soltura por encima del piano, prorrumpe en estentóreos vivas de intención tan velada como esotérica.

—¡Viva el cojo de Málaga y tóos los cojos manque sean enterraores! ¡Viva Alfonso XII! ¡Viva la misa de una! ¡Vivan los chalecos bien forraos y el caldo de gallina! ¡Viva el rumbo! ¡Viva la paloma mensajera y la mare que me parió! ¡Arsa!

El don Julio Fregenal Campillo, en los comienzos de su nueva etapa, se mostró un si es no es temeroso de las bien templadas inclinaciones y de las bravías tendencias de su señora, pero después, cuando se fue acostumbrando y le cogió el gusto, se llegó a sentir el hombre más dichoso de toda la Europa Occidental.

—¡Vivan la NATO y el Mercado Común!

—¿Qué dices?

—Nada mujer; tú, de esto no entiendes.

Bajo palabra de honor

Es tan cierto como que ahora es de día: la Soledad Paterna, la Marquesona, tiene planta de infanta en traje de ceremonia. (En la catedral de Murcia las campanas tocan a misa mayor.)

—¿Qué piensa usted de la poesía del angélico John Keats?

—Nada, yo de eso entiendo poco.

Así me muera si miento: la Soledad Paterna, la Marquesona, a los veinticinco años era la mujer más mujer de toda España. (En la mezquita de Córdoba las campanas tocan a gloria por un gitano al que el tren planchó.)

—¿Usted cree que Mr. H., si no se hubiera estrellado en Katanga, o en Rhodesia, o donde sea, hubiera acabado arreglando al mundo?

—¡Psche! ¡Para mí que el mundo tiene mal arreglo!

Palabra de caballero cristiano: la Soledad Paterna, la Marquesona, fue musa de los poetas y savia de sus bien medidos versos dignos del bronce. (En la Giralda de Sevilla las campanas tocan a rebato para que los novios trianeros, al otro lado del río, no se duerman en los laureles, que es peligroso sueño.)

—¿Dónde supone usted que está el retrato del duque de Wellington, por Goya?

—¡Vaya usted a saber!

No hay más verdad que una: la Soledad Paterna, la Marquesona, aún hace callar al ruiseñor cuando se arranca por cartageneras. (En la catedral de Málaga las campanas tocan por malagueñas en recuerdo de don Antonio Chacón.)

—¿Conoció usted personalmente a Rafael el Gallo?.

—Sí, pero lo traté poco.

Que salga a la calle quien no me crea: la Soledad Paterna, la Marquesona, pisa como una princesa. (En el Carmen de Cádiz las campanas, ¡qué chufla!, tocan a alba para que las escuchen los marineros que vienen por la mar abajo.)

—¡Así se pisa, diga usted que sí!

—¡Mi marido que lo gana, tío mandria, y a usted no le importa!

Lo que ahora voy a decir es el mismo Evangelio: la Soledad Paterna, la Marquesona, tiene los ojos hondos como el recuerdo y negros como el azabache. (En la

Cartuja de Jerez las campanas tocan al sol de las doce, el sol que dora las uvas.)

—¿Usted era partidario de Sacco y Vanzetti?

—Sí, ¿por qué?

¡Bacará! La Soledad Paterna, la Marquesona, se largó con un factor de la estación. (En Santa María de Tahull, flor del románico que brota muy lejos del mundo de Soledad Paterna, la Marquesona, suena la campana de vez en cuando.)

—¿Con el Besuguito?

—Con el mismo, ¿cómo lo sabe?

—Pues, ya ve, ¡listo que es uno!

A Besuguito le decían, en la fe de bautismo, Nicolás Albadalejo Bullaquejo, extraño nombre por el que casi nadie le conocía. Besuguito, aunque olía a carbonilla, andaba como un banderillero; lo más probable es que la Soledad Paterna, la Marquesona, se enamorara de los andares y no del olor. Besuguito gastaba patillas de boca-jacha y en Hinojosa del Duque, cuando fue de que murió recibiendo, como los valientes, un amigo se las cortó para llevárselas de recuerdo antes de que las echaran a perder con las desangeladas artes de la autopsia; Besuguito, desde el limbo de los justos, probablemente agradeció el detalle.

—Y la Marquesona, ¿qué hizo?

—Pues mire, usted: nada porque, cuando se le espabiló el anís, ya habían llegado los guardias, gracias a Dios. El asesino de Besuguito, por si los guardias tardaban en arrimar, se echó al monte al grito de ¡maricón, el último!, y se entregó al señor juez de Pozoblanco, que está a seis leguas, más o menos, del lugar del suceso.

La Soledad Paterna, la Marquesona, cuando se quedó sin novio, crió muy desaforados egoísmos y en cuanto que un hombre le decía buenas tardes, lo trasquilaba —hasta dejarlo corito y sin un chavo— como a una oveja.

—¡A estos tíos hay que hacerles un escarmiento! —decía—. ¡A mí, el que me la hace, me la paga! ¡Vaya si me la paga! ¡Los hombres son un asco! ¡Ay, si no me fueran tan necesarios!

La prima Piedad

La Soledad Paterna, la Marquesona, y la Piedad (que era muda) nacieron primas hermanas. La Soledad Paterna, la Marquesona, era hija de la Tomasa, y la mudica Piedad, de la Flora. La Tomasa y la Flora fueron hermanas y las dos trabajaron, hace ya muchos años, en el matadero de Mazarrón, donde encontraron la muerte por desobedecer y zamparse un cerdo triquinoso al que el veterinario había mandado enterrar. Cuando la Soledad Paterna, la Marquesona, a raíz de la muerte de Besuguito, decidió emprender la conquista de España con la cara, se llevó con ella a la Piedad, que era más fiel que un perro, ¡que ya es decir!

—Es que una fiel sirvienta no se paga con dinero, ¿verdad, usted?

—¡No le quepa la menor duda! ¡Con decirle que hay hasta quien las pone en las esquelas de defunción, honor que antes tan sólo se concedía, fuera de los familiares, al director espiritual!

La Soledad Paterna, la Marquesona, como señorita era caprichosa y generosa, que no es mala mezcla. La prima Piedad pronto le cogió el truco y pudo vivir tranquila y sin mayores agobios. La prima Piedad llegó a sentirse tan identificada con la Soledad Paterna, la Marquesona, que hacía suyos sus triunfos y no sólo sus triunfos sino —ella, que era muda— hasta su voz. La prima Piedad, como no podía hablar con la lengua, soltaba discursos con los ojos y con las manos y se le entendía bastante bien. La prima Piedad era simpática y expresiva y se las apañaba con arte para servir, como mejor Dios le daba a entender, a la Marquesona. Una vez, en Valladolid, a la prima Piedad le salió un novio que se llamaba Casimiro Borrachero y que era ventrílocuo; como no podían hablar ni decirse ternezas, según es costumbre entre novios, la prima Piedad y el Casimiro se pasaban el día mirándose, cogiditos de la mano, y llegaron a conocerse tan bien y de memoria que hubieran podido escribir un libro entero sobre sus respectivas espinillas y sus más recónditas e imperceptibles arrugas. Los amores de la prima Piedad con el Casimiro terminaron porque un día se presentó la guardia civil y, sin más miramientos, lo puso a disposición de un juez puntilloso que lo reclamaba por bigamia y abandono de familia, de dos familias.

—Oigan ustedes, señores civiles —trataba de argumentar el Casimiro—, ¿qué culpa tengo yo de que mis dos señoras me hayan salido rana?

—Mire usted —le dijo uno de los guardias, el que parecía de más responsabilidad—, nosotros no hemos venido a discutir sino a cumplir órdenes; las disculpas déjelas para el señor juez, a ver si le convence.

El Casimiro encontró razonable lo que le decía el guardia.

—Sí; verdaderamente, tienen ustedes razón. ¡Bien me hago cargo de que se limitan a obedecer lo que les mandan! ¿Puedo despedirme de mi novia?

—Sí, despídase usted.

La prima Piedad, cuando los civiles se llevaron al ventrílocuo Casimiro en conducción ordinaria (quiere decirse que a pie y por la carretera abajo), ni lloró siquiera. Las mujeres, a veces, son muy raras e imprevistas. Cuando sí lloró la prima Piedad fue cuando la Marquesona se casó; aunque la Soledad Paterna le puso una peluquería de señoras para que se consolase, la prima Piedad se pasó un mes largo hecha un mar de lágrimas.

Las cosas suelen ser siempre más fáciles de lo que parecen a primera vista. El primer esposo de la Flora Martínez fue el señor Perseverante Benichembla, a quien dio una hija: la Piedad, la muda. Cuando el señor Perseverante se murió, su señora, la Flora Martínez viuda de Benichembla, contrajo nuevas nupcias, esta vez con el señor Heriberto Villena Marimón, que se quedó viudo cuando lo del cerdo de la trichina y que se casó de nuevo, ahora con la Isabel Expósito, de la que tuvo, entre otros varios, a la Flora, la segunda esposa, ya fallecida, del botijero Ramón Sorbas Purchena, alias Morueco. Este Morueco se casó cuatro veces, la cuarta —que con el calendario a la vista resulta la primera, la que está más cerca— con la Capitolina Horcajo Valdetorres. Si la Piedad, la muda, que era hija del señor Perseverante, lo hubiera sido del señor Heriberto, al final vendría a resultar hijastra de la Isabel, y hermanastra de la Flora, y cuñadastra del Ramón Sorbas Purchena. Lo malo es que como la Piedad, la muda, no era hija sino que ya era hijastra del señor Heriberto, al final quedaba rehijastra de la Isabel, rehermanastra de la Flora y recuñadastra del Ramón Sorbas Purchena, lo que viene a resultar tan confuso que ya no tiene ni nombre con el que señalar la relación. Lo que sí es cierto es que la Piedad, la muda, a fuerza de dar vueltas, viene a salir pariente, aunque algo lejana, de la Capitolina, la mujer viva y en uso del Ramón.

—Oiga, usted, don Lucas, ¿está usted seguro de que todo lo que dice es cierto?

Don Lucas Mujeriego, que no obstante su nombre era cuidadosín y chiclán, respondió punto menos que ofendido.

—¡Hombre! Seguro, seguro, no se puede estar nunca de nada, pero tampoco creo que ande demasiado errado. En fin, coja usted un papel y eche la cuenta, a ver si le sale.

La señora Ciriaca Valdetorres, viuda de Horcajo, la mamá de la Capitolina y cuarta suegra en funciones del señor Ramón, luce aleta dorsal, como los tiburones, sólo que más recia y carnosa y menos ofensiva y musculada; las chepas de las señoras mayores suelen ser más a lo manso y camello que a lo bravo y escualo: es ésta una regla casi general o, al menos, una regla que tiene muy contadas y escasas excepciones. La señora Ciriaca, en sus viciosas y decadentes ansias seniles, también gasta calva, lo que le da un aspecto muy interesante. Su yerno, el señor Ramón, un 31 de enero —San Ciriaco, mártir de Alejandría—, quiso sacarle brillo a la calva de su cuarta suegra con líquido limpiametales pero, como la condenada no se estuvo quieta, se le fue el pulso, le derramó medio frasco en un ojo y, claro es, la dejó tuerta. La cosa (salvo el detalle de que la señora Ciriaca se quedó con un ojo de color yogur) tuvo su gracia, sin duda alguna, y los amigos del señor Ramón se partían de risa cuando el señor Ramón se lo contaba.

La señora Otilia

La tercer esposa del Ramón Sorbas Purchena fue la Guillermina Almansa Sanclemente (todo junto), que murió loca y sin descendencia, ¡menos mal!, y diciendo que se le aparecía San Luis Gonzaga vestido de brigada de carabineros, para decirle dónde estaba enterrado el tesoro de los judíos. La mamá de la Guillermina, la señora Otilia Sanclemente (todo junto) viuda de Almansa, también tiene tendencia a la calvicie, ¡vaya por Dios!, aunque, quizás para compensar, desde que sanó —aunque por tablas— de la paletilla rota, anda tan derechita que mismo parece haberse tragado el molinillo de batir el chocolate. Otras de las señas particulares de la señora Otilia es que el aliento, por más que ella procura hablar sin abrir demasiado la boca, le huele a rayos. Su yerno, que es muy dispuesto para el mejor aseo y policía de los demás, prueba a quitarle el hedor purgándola, pero la señora Otilia, por más que deglute palmil, no se desprende de su aroma de cloaca, repugnante y alimenticio tufillo que llegó a ser algo consubstancial con ella misma.

—¿Como el inabdicable yo de Fichte, que lo concebía como la realidad anterior a la división entre sujeto y objeto?

—Pues, sí; una cosa así.

La señora Otilia Sanclemente (todo junto) viuda de Almansa, presenta siete hijas vivas, solteras y relativamente cuerdas o, por lo menos, no tan locas como para sentirse con derecho a pegar la gorra en el manicomio provincial, jaranero y último reducto de la beneficiencia. La señora Otilia que, por carecer, hasta carece de lo que suelen llamarse buenos sentimientos, odia el mundo en torno y eructa los insultos en violentas y atropelladas bascas que lo ponen todo perdido, no más tocarlo. Sus hijas, que tampoco salieron mansas de corazón (menos la Balbina, que es humilde como la recatada violeta), se echan a temblar en cuanto la ven: con su porte jaquetón de guardajurado, su calva de tahúr y sus desangelados andares a la birlonga.

—¿Y por qué no se juntan y la tiran de la peña de la Golondrina abajo?

—¡Pues ya ve usted! ¡Se conoce que todavía les queda un poso de respeto!

Don Lucas Mujeriego-Morcillo, aquel señor pulquérrimo y ciclán (ahora lo digo con c), tuvo un arranque.

—¿Y no será miedo?

—Pues, sí, ¡no digo que no!

El señor Ramón Sorbas Purchena, alias Morueco,

un 13 de diciembre —Santa Otilia, virgen de Estrasburgo—, quiso ver saltar a la comba a su tercera suegra pero, como la indina era más torpe que un pato, se trabó los cuartos traseros, se fue de cabeza contra el brocal del pozo y se quebró la paletilla. A poco más, se desloma y se queda tiesa para siempre.

—¡Qué! ¿Escuece?

La señora Otilia Sanclemente (todo junto) viuda de Almansa, muda de ira, le dijo tales cosas con el mirar a su yerno, que su yerno no pudo contenerse y la tundió a cintarazos.

—¡Pues estaría bueno! ¡Hasta ahí podían llegar las cosas! ¡Yo no tengo por qué aguantar los desplantes de esta vieja hedionda!

La señora Isabel

El señor Ramón Sorbas Purchena, Morueco, matrimonió con la Guillermina cuando se le murió la Flora y con la Flora, a raíz de enviudar de la Carlotita: la esposa muerta, a la fosa común —y si no, haber durado más—, y la esposa de refresco, al tálamo, que para eso tiene uno los papeles en regla.

—Habla usted como un libro, ¡diga usted que sí!

—¡Hombre, no es por nada, pero uno tiene sus estudios!

La segunda esposa del Morueco fue la Flora Villena Expósito, de quien le viene el parentesco —o lo que sea— con la muda Piedad y en cierto sentido (aunque más directo a través de su primera, la Carlotita Orjiva Rubite) también con la señora de Fregenal, nacida Soledad Paterna Martínez, la Marquesona.

—¿La de la voz de oro?

—La misma.

La madre de la Flora, o sea la señora Isabel Expósito

viuda de Villena, sucedió en la convivencia (decir en el amor, quizá fuera excesivo) con su difunto esposo, el Heriberto Villena Marimón, a la primer esposa de éste, la Flora Martínez, con la que se casó después de que la dama hubo enterrado a su antecesor, el Perseverante Benichembla, y depositado en el asilo —porque el Heriberto no quería recuerdos— al producto del cruce, esto es, a la muda Piedad.

—¿La que fue doncella de la Marquesona y ahora tiene una peluquería de señoras?

—Exacto.

A la Flora Villena de Sorbas (que no debe confundirse con la Flora Martínez, primero de Benichembla y después de Villena, antes de que este Villena matrimoniase con la Isabel Expósito) la espachurró el tren a la salida de Tiñosa, el día en que tuvo la aciaga ocurrencia de acercarse —o de intentar acercarse, porque no llegó— a Torreagüera para saludar a su prima Cloti, la del Florián Perdices, ex futbolista y escribiente del Ayuntamiento.

—Y el tren, ¿no la vio?

—Pues, no; parece ser que no.

La señora Isabel Expósito, viuda de Villena, la segunda suegra del señor Ramón el Morueco, es tan habladora como mal hablada, con lo que quiere decirse que más hubiera valido que naciese muda o, al menos, ronca. La señora Isabel es de color verde y sus nietos, el Heriberto, el Carlos y la Matildita, habían heredado la misma turbia color.

—Oiga, usted, señora, y estos mozos, ¿por qué salieron verdes?

Afortunadamente, la señora Isabel, que tira a distraída, no escuchó la pregunta.

—Oiga, usted, señora, que le digo que por qué los mozos...

Don Isidro Bermejo Saorín, tratante en puercos de

las más afamadas y rentables razas (Windsor y Coleshill, entre los de talla pequeña; York y Suffolk, entre los de talla media; Leicester y Lancashire, entre los de la gran talla), le interrumpió.

—¡Cállese, hombre, cállese! ¿No ve usted que todos tuvimos la suerte de que no le entendiera?

El joven Trinidad Templado es un pardillo insistente y el ecuánime don Isidro Bermejo se marchó para no ser testigo de su derrota. ¡Allá él!

—¿Y en qué paró la cosa?

—Lo ignoro; pero le aseguro que nada perdemos, ni usted ni yo, ignorándolo.

El señor Ramón el Morueco, que en el fondo es muy ocurrente, un 8 de julio —Santa Isabel, reina de Portugal— probó a ver cuánto vino de Jumilla era capaz de empapar su segunda suegra; cuando la dama entró en coma —¡pobre señora Isabel, qué al borde estuvo de espicharla!—, el señor Ramón mandó que la acostasen.

—¿Sin más ni más?

—Sí, sin más ni más. Pero fue lo mejor, créame, porque la señora Isabel, con otro cuartillo de vino a cuestas, ni lo hubiera contado.

Don Lucas Mujeriego-Morcillo y Carrillo, señorín relamido y judezno (hay quien dice que también rencoso), sonrió con muy circunspecta urbanidad.

—¡Qué depravadas costumbres, santo Dios! ¡Qué usos viciosos e inciviles!

La señora Carlota

Rejalgar es una palabra muy bonita, que se usa poco. Rejalgar quiere decir hijo de primos; el diccionario pone otra cosa, pero no importa: el diccionario se equivoca con frecuencia.

—Hombre, no diga usted eso, ¡sea usted más respetuoso!

El don Primitivo de Lucas, propietario de la alpargatería Nueva York, se puso hecho un basilisco.

—¡Digo lo que me da la gana y a usted no se le da una higa! ¿Se entera? ¡Usted, métase en sus cosas y no maree!

Y el don Quiterio Morote, que es bajito, se acoquinó.

—Dispense; no hubiera querido ofender.

La doña Carlota es rejalgar: su padre, el don Poncio Rubite Amorós, y su madre, la doña Impresión de las Llagas de San Francisco Rubite Ruiz, fueron primos hermanos.

—¿Y se le nota?

—A ella, no mucho, pero a sus hijos, ¡vaya si se les nota! La Carlotita, la primer esposa del señor Ramón, el Morueco, fue siempre medio gilí, y el Sebastián, ¡ya usted lo ve!, salió tonto oficial, vamos, tonto de baba. A veces, el rejalgarismo salta una generación; es éste un fenómeno que todavía tienen que estudiar los médicos.

La señora Carlota Rubite viuda de Orjiva, la suegra más antigua —la antigüedad es un grado— del Morueco, no se había lavado jamás las orejas y, claro, estaba sorda. De la señora Carlota es de quien le viene al señor Ramón el parentesco con la Soledad Paterna, la Marquesona. El difunto esposo de la señora Carlota, el señor Claudiano Orjiva Pérez, consumero de Totana, se casó ya viudo de una viuda, la Tomasa Martínez (hermana de la Flora, la madre de la muda Piedad), primer esposo había sido el señor Zaqueo Paterna, calderero. De este ayuntamiento nació, llorando por cartageneras, la Marquesona. La señora Carlota Rubite viuda de Orjiva, no reconoce a la Marquesona como pariente; en esto, cada cual se reserva el derecho de hacer lo que le da la gana.

—Y ahora, que la Soledad ya está casada como Dios manda y que incluso tiene una gran posición, ¿la señora Carlota sigue en sus trece?

—Sí; la señora Carlota es muy mirada y dice que no se vende por dinero.

—¡Eso es honradez!

—Pues, sí, no le digo que no... ¡Otros le llaman cabezonería!

El yerno, el señor Ramón Sorbas Purchena, alias Morueco y también Rey Mago, un 4 de noviembre —San Carlos Borromeo, cardenal, obispo de Milán y confesor—, tentó a la divina providencia haciendo estallar una traca de fabricación casera, que ardió, sí, ¡vaya si ardió!, pero mismo debajo de las cachas de la señora Carlota, que, como era sorda, no oyó la voz de alarma y no pudo huir para ponerse a salvo a tiempo. Sus colegas la señora Isabel, la señora Otilia y la señora Ciriaca le curaron lo chamuscado con vinagre y, al cabo de las pocas semanas, la señora Carlota, ya muy repuesta, pudo sentarse. La señora Carlota, todo el mundo lo dijo, tenía muy buena encarnadura.

—¿Y no le quedó señal?

—¡Hombre, eso no se sabe! La señora Carlota siempre fue muy recatada y decente.

Don Lucas Mujeriego-Morcillo y Carrillo de Gil, petimetre monoeso, suspiró muy hondamente y no hizo comentario alguno. Hay cosas sobre las que más vale correr una tupida y piadosa nube de discreción.

La baraja

El cabestro suele ser animal torvo y de mala uva, bestia que no acaba de llevar con resignación su desgracia. Los mansos no son mansos de corazón sino bueyes de otra latitud del organismo. El botijero Sorbas, airoso en medio de su parada de cabestros —su baraja de mansos—, semeja un rey de la morería saliendo a pasear. Las siete cuñadas vivas y a sus expensas del botijero Sorbas, traen leña del monte y echan un ojo al horno. La señora y las hermanas que se le enfriaron con la cabeza llena de escapes y de goteras —¡ay, y cómo lucían amortajadas con la camisa de fuerza!— no le hubieran servido para este puntilloso menester del cabestraje. Dios dispone los mundos con suma sabiduría y al final —y tras buscarle las vueltas— siempre acaba por aparecer el idóneo rincón de cada cosa.

—¿Paciente?

—No, ecuánime; no me interrumpa, por favor.

La baraja del botijero Sorbas está formada por dos grupos de a tres y una excepción: la Balbina, amorosa y delicada vaquilla de estribo.

—Sebastián.

—Qué.

—¿Quieres una manzana?

—Sí.

—Ten cuidado que, a lo mejor, tiene bicho.

La Ninfa, la Rufina y la Fructuosa son las crueles de la carne, las torturadoras inmediatas, las bestias gratuitas.

—Sebastián.

—Qué.

—Arrímate, que te sacuda.

Entonces el Sebastián, que es tonto, se arrima y, claro es, le sacuden.

La Ninfa, la Rufina y la Fructuosa crían una idea sangrienta del amor; por eso les gusta matar pollos sujetándolos, bien sujetos, entre los muslos, y calentarse la entrepierna al fuego del hogar, y sacudir estopa a los niños pequeños para que griten como diablos colgados del rabo y con la panza llena de sanguijuelas.

—Sebastián.

—Qué.

—La Fructuosa te espera en la fuente, para hacer las cochinadas; me dijo que te lo calles, ¿te enteras bien?, que no se lo digas a nadie.

Cuando el Sebastián, rijosillo como un chucho vagabundo, llega a la fuente, a ver a la Fructuosa, la moza se le arranca y el mozo cobra. El amor no es entrega, como dicen los poetas, sino toma de posesión, como discursean los subsecretarios; el amor, a veces, es fraude y atropello, yugo esclavizador y abyecta vileza. El Sebastián le está muy agradecido a la Fructuosa; el Sebastián tiene madera de pasto de los leones del circo de la Roma antigua.

El joven Trinidad Templado y los contribuyentes don Isidro Bermejo, tratante en puercos, y don Lucas Mujeriego, sus labores, disimularon para no ser testigos de la amorosa y amarga memez de Sebastián.

—¿Va usted al fútbol, el domingo?

—No lo había pensado, ¿por qué?

—No, por nada; por curiosidad.

La Paulina, la Paciencia y la Cecilia son las crueles del espíritu, las torturadoras distantes, las peligrosas bestias frías. La Paulina se nutre de calma y de silencio. La Paciencia, que es la peor de todas, se adorna la sonrisa con sebo, para disimular los nervios y las emociones. La Cecilia se da polvos de arroz para que nadie pueda olerle, ni aun a distancia, la pegajosa baba de la lujuria.

—Sebastián.

—Qué.

—Como vuelva a verte en la fuente revolcándote con la Fructuosa, te mato. ¿Te enteras?

Al Sebastián, entonces, se le sube la sangre a la cabeza y se le saltan las lágrimas: mitad orgullo y la otra mitad —que todo hay que decirlo— de pavor.

—¿Qué te pasa?

—Nada, que me duelen las muelas.

En la baraja del señor Ramón Sorbas Purchena, Morueco, cada cual tiene su papel.

Un tonto con la carita pequeña y arrugada

El Sebastián es cuñado del Sorbas, por su primera esposa, e infatigable noria de padrear de las siete cuñadas que al Sorbas le quedaron de su segunda. El Sebastián, a veces, no puede ni con los pies.

—¿Qué te pasa, Sebastián? Parece como que tienes ida la color.

El Sebastián es tonto libidinoso y misterioso, tonto cordial y corazonal, tonto risueño y con la cabeza pequeña y arrugada, como la del misionero o la del explorador a quien los indios jíbaros disecaron, una buena mañana en la que las orquídeas lucían más lujosas que nunca, de recuerdo. El Sebastián, con su carita de *thanza*, ve al mundo sin inquina ni raciocinio —quizás por la misma razón—, sin hiel y, aun sin saberlo, incluso sin esperanza.

—Sebastián.

—Mande, señor Ramón.

—Dile a la señora Ciriaca que te cueza unas sopas de ajo, a ver si te vuelven las fuerzas.

El Sebastián, que ni aprendió ni aprenderá jamás la saludable senda del escarmiento, va por sus sopas y, claro es, se escalda.

—¿No querías sopas, desgraciado? ¡Pues toma sopas!

Cuando la señora Ciriaca, turbia vieja escaldainocentes, vaya a dar con sus pellejos al infierno, el Sebastián, probablemente, se pasará un día entero pegando saltos mortales en el corral. Mientras llega el sabroso minuto de la venganza, el Sebastián, ¡pobre Sebastián!, llorando como un conejo, se guarece en el más sombrío rincón.

—¿Y el Sebastián?

—Se habrá ido a dar una vuelta, hace ya cerca de una hora que ni pía.

—¿Se tomó las sopas de ajo?

—Sí.

La Balbina conoce la costumbre, o la querencia, del Sebastián. La Balbina hace la caridad con lo que puede y tiene; también con lo que quiere: sus carnes, por ejemplo.

—Sebastián, ¿estás ahí?

El mundo, a veces, es amoroso y blando y acogedor. Los ángeles del cielo, de tarde en tarde, se dan una vueltecita por la tierra para sembrar la paz (y también el amor) en los corazones de los zurrados, los lelos y las solteronas.

—¿Te gusta tocarme las tetas, Sebastián?

—Sí que me gusta, Balbina, ¡me gusta más que el pan frito!

La Balbina, con los ojos cerrados y la boca entreabierta, está casi hermosa. Dejemos pasar unos instantes. El Sebastián, con los ojos idos y en la boca posada la tierna oruga de la felicidad, no parece tan tonto como solía presentarse.

—Balbina.

—Qué.

—Esta noche voy a robar tomates, para que hagas ensalada. Si queda algún melón, también lo randaré para ti.

Cuando la noche, con su manto de luto, etc., se extendió sobre los cuatro puntos cardinales del río, de la huerta, del matadero y del enamorado corazón del Sebastián, el Sebastián, con un nudo aherrojándole el respirar, se dio a robar tomates. A los melones, ¡también es lástima!, ya se les había pasado la temporada.

—Balbina.

—Qué.

—Melón, no te traigo; a los melones ya se les fue el tiempo. Te traigo seis tomates —¿verdad que te gustan los tomates?—, frescos del rocío de la noche, para que los cortes por la mitad y te los comas, con un poco de sal y aceite.

La Balbina se siente muy feliz cuando el Sebastián, saltando tapias, le roba tomates frescos como la alegría, tomates prietos y a punto de madurar, para que se los coma a solas, igual que un pecado.

—Sebastián.

—Qué.

—Acércate.

El Sebastián se acerca y la Balbina, que tiene las intenciones cristalinas, pujantes y honestas, le besa —caritativa y violenta— en los ojos de lelo atónito y agradecido. El Sebastián, feliz como un dios liberado, sale huyendo.

La fuerza de la costumbre

La costumbre es la costumbre o, dicho de otra manera: cuando una familia se queda sin costumbres, malo. El botijero Ramón Sorbas Purchena pasa revista de policía a sus suegras a fecha fija: las forma en el corral y las mira, las palpa y las huele a discreción. El 1.º de mayo, en aquella casa, se vivían momentos muy emocionantes.

—Usted, señora Carlota, tiene que lavarse las orejas.

—¿Eh?

—Nada, que no me extraña que esté usted sorda. A ver, enséñeme lo chamuscado.

—¿Eh?

El botijero Ramón Sorbas Purchena le gritó al oído:

—¡Qué se ponga usted en facha, que quiero ver cómo va el siniestro!

—¡Ah!

El tabalario de la señora Carlota va ya mejor, gracias a Dios.

—Que la pongan polvitos de seroformo hasta que esté completamente seco. Y en las orejas, pruebe a echarse lejía.

La señora Carlota sonrió, casi con gratitud.

—Usted, señora Isabel, está más verde que nunca. Para mí, que sopla usted más de lo necesario y así no hay quien le devuelva la color. Haga lo que quiera que ya es mayorcita, pero yo, en su caso, apartaría el vino. En fin, ¡allá usted!

La señora Isabel se tragó los seis pecados calificativos que se le agolparon, en violento tropel, en la garganta.

—A usted le sigue oliendo el aliento a rayos, señora Otilia; para mí, que está usted podrida y perdone la manera de señalar. Yo ya me estoy cansando de recetarle palmil.

La señora Otilia, que tiene aún tierno el sabor de los cintarazos, guardó silencio.

—¿Y la paletilla? ¿Cómo va la paletilla?

—Mejor, gracias.

El señor Ramón fingió un mohín versallesco.

—¡Huy, qué finolis!

La señora Ciríaca entró en turno.

—En la calva no se dé sidol, que después pasan las cosas. Y ese ojo, tápeselo, que da reparo verlo. La verdad, señora Ciríaca, es que está usted hecha un desastre.

El botijero Sorbas levantó la voz para hablar a la tropa.

—¡Rompan filas!

Y la tropa de las cuatro suegras —tropa menos marcial no se conoce— rompió filas sin ningún entusiasmo.

—¡Cada mochuelo a su olivo y tengamos la fiesta en paz! ¡Hasta el año que viene!

—Y usted que lo vea.

—Amén.

Las cuatro suegras del botijero se largaron, a cuestas el agrio hatillo de los sinsabores, pian pianito y sin alborotar. La costumbre es la costumbre, algo que siempre debe respetarse. El señor Ramón Sorbas Purchena, alias Morueco, sabe representar a las mil maravillas su papel.

—¿Que hay que dar la cara? ¡Pues se da la cara! Aquí tenemos que comer todos, mejor o peor pero suficiente, y si el orden se altera, el tinglado se viene abajo y nos quedamos todos en ayunas.

El señor Ramón Sorbas se ladeó la gorra de visera.

—Y ahora me voy a tomar un vermú porque me da la gana.

El señor Ramón Sorbas, Morueco —capitán de hambrientos que jamás vuelve la cara al peligro— es hombre muy ecuánime y entero. La costumbre hace mucho. La fuerza de la costumbre es tan fuerte como las desatadas fuerzas de la naturaleza.

Como el caballo del apóstol

El botijero Ramón Sorbas Purchena es más valiente que Santiago Apóstol.

—¿Y usted no barrunta que el valor le viene mismo de que los gasta como el caballo del Apóstol?

—Pues sí; lo más probable.

El botijero Sorbas Purchena, alias Morueco, manda un dispar batallón de desecho de tienta y cerrado en el que quien no es cojo, es tuerto, y quien no es cojo ni tuerto, no las huele, que es peor.

—Sorbas.

—Mande usted, don Filogonio.

—¿Has pintado ya los botijos del santo de mi nena?

—Sí, señor, se están secando; dentro de un par de días, se los llevo.

—¿Quieres algo, a cuenta?

—No, señor, muchas gracias; ya me lo pagará usted todo junto.

El botijero Sorbas Purchena guarda, pegadito al bazo, la caballeresca plantilla sobre la que se recorta, procurando que no se salga por los lados, la elegante actitud de los paladines.

—¿Hace un vermú?

—Sí, señor; eso, sí: un vermú jamás se le desprecia a un buen cliente.

Por el cielo del reino de Murcia, que es un cielo musulmán poblado de bellísimas huríes, vuela la albinegra y sosegada cigüeña.

—¿Quiere usted unas aceitunitas, para picar?

—Sí, señor; se agradecen.

Y por la vía del tren, ¡viva el progreso!, rueda un mercancías lleno de cabras. El botijero Sorbas Purchena se quedó mirando para el horizonte.

—¿Qué es aquello?

—¿Lo qué?

—Aquello que va por allí.

—Nada, una mula.

Don Filogonio Sarguilla usa lentes para ver mejor.

—¿Por qué no se compra usted unos lentes?

El botijero Sorbas Purchena pinchó una aceituna.

—Para pintar botijos no hacen falta, don Filogonio; los lentes son para los señores que tuvieron estudios.

El botijero Ramón Sorbas Purchena, alias Morueco o Rey Mago, a elegir, cría muy respetuosas ideas debajo del colodrillo.

—Un botijero de lentes, don Filogonio, quedaría tan raro como un torero de bigote. Un servidor sabe de sobras que no debe ponerse lentes, aunque se quede burriciego; eso de presumir no está bien, don Filogonio; un servidor no tiene cuerpo para chaleco. ¿Se imagina usted el cachondeo que se iba a armar cuando me vieran de lentes? ¡Quite, quite! ¡Dejemos estar las cosas como están!

El botijero Ramón Sorbas, Morueco, propende al orden por naturaleza.

—¿Cómo van las cosas, señor Ramón?

—Pues ya ve, usted, señora Romualda, tirandillo... ¡Mientras no haya bajas en la población civil!

—Eso es lo que hace falta, señor Ramón. ¡Mientras todos lo podamos contar!

El botijero Sorbas no es lector, si bien sí adivinador y seguidor, de Balmes y de Donoso Cortés. El botijero Sorbas, de haber tenido posibles para pagarse la instrucción, lujo que resulta más caro que un abono a la feria, a estas horas sería un verdadero pensador de derechas y como Dios manda, partidario del orden y de las instituciones: la benemérita, la Cruz Roja, la fiscalía de tasas, etc. El don Filogonio Sarguilla, propietario de Manufacturas Sarguilla, sucesor de Martín Heredia, hilaturas de esparto, decía a todos cuantos quisieran escucharle que el botijero Sorbas era un héroe, un verdadero león que los gastaba como el caballo del Apóstol.

El principio de autoridad

El don Filogonio Sarguilla no consiguió jamás explicarse por qué el Raúl, el mozo aficionado a insectos, llamaba Blattidae a la familia del señor Ramón. La verdad es que el don Filogonio Sarguilla tampoco logró nunca retener en la memoria tan extraño bautismo.

—¡Qué manía, ésta de poner nombres raros a la gente! ¿Por qué no les dirán los Moruecos, y así nos entendemos todos?

—¡Tiene usted razón que le sobra! Yo creo que eso es un signo de los revueltos tiempos que corremos.

—Pues sí: lo más probable.

El botijero Ramón Sorbas Purchena, alias Morueco, es el jefe natural y la cabeza visible de la turbulenta tribu de los Blattidae que, no obstante ser treinta y tres, todos comen y que lo explique quien lo sepa y pueda. El botijero Sorbas, con la vida montada sobre la carambola y el milagro, ni se para siquiera a mirar para atrás: no fuera a hacer el demonio que alguien, olvidándose de los respetos debidos, le pidiera cuentas.

—¿Cuentas, de qué?

—De nada; cuentas, en general.

—¡Ah!

El don Filogonio Sarguilla ignora lo que quiere decir Blattidae (cosa que le pasa a casi todo el mundo), aunque conozca, por lo menos de vista, a todos y cada uno de los Blattidae. Don Filogonio Sarguilla, durante algún tiempo, asedió con cierta insistencia a la Josefina Sorbas Orjiva, alias Pedicura, porque, según las malas lenguas, tenía los pies planos, pero después y en vista de que Pedicura se le mostraba esquiva, se casó con su criada, la Encarnación Templado, que era de Los Boletes y que le había dado ya tres hijos, una nena y dos nenes, a cuál más monos. Al botijero Sorbas le hubiera gustado emparentar con el don Filogonio, que gasta lentes y es un verdadero señor, pero las cosas no rodaron derechas y se quedó con las ganas. La existencia —ya lo dijo Marujita Ademuz, poetisa estíptica y, por ende, cuerpo glorioso— no es más que una ininterrumpida sucesión de renunciaciones.

—¡Menuda frase! ¿De quién dice que es?

—De la Marujita Ademuz Iniesta, joven que ejerce las artes ninfas en Almería.

El botijero Sorbas y el don Filogonio son amigos, buenos amigos; el don Filogonio, además, es cliente del Sorbas y aprecia mucho sus cualidades de decorador de botijos.

—No es porque yo lo diga —dice el don Filogonio a los forasteros—, pero la verdad es que los botijos le salen cada día mejor y más artísticos y esmerados. El día menos pensado le dan un premio en artesanía, ya verán ustedes; lo raro es que no se lo hayan dado ya.

—¿Y puede vivir de decorar botijos?

—Ya usted lo ve: puede vivir y hasta puede sacar adelante al familión que Dios le dio, que pasa de los treinta miembros.

—¿Treinta? ¡Qué horror! ¿Y se llevan bien?

—¡Quia! Se llevan a matar y se hacen, unos a otros, unas faenas tremendas. Lo que salva la cosa, en última instancia, es que cuando el Sorbas se descincha y la emprende a cintarazos, no distingue.

—¡Menos mal!

—Sí, tiene usted razón; cuando en las familias, unos se sienten más zurrados que otros, la armonía se pierde y los odios, esa maldición de Dios, acaban por ahogar a todos.

—¿En sus procelosas aguas?

—Exacto, en sus procelosas aguas... (¡Eso sí que queda bien!) En la familia del Sorbas, nadie se siente más vapuleado que los demás, porque el Sorbas, que a enérgico le ganan pocos, sacude la candela a voleo y al que le toque, que se rasque. El Sorbas es muy amante de la disciplina y del principio de autoridad. El Sorbas, amigo mío, no es ningún desgraciado ni ningún pelagatos. ¡Menudo es el Sorbas, cuando se siente pater familias!

La gente le dice Pajarín

A la Josefina Sorbas Orjiva, el esquivo e imposible secreto amor del don Filogonio, le trae sin cuidado la entomología.

—Ése es un entretenimiento de asquerosos; yo no

me explico cómo nadie pierde el tiempo en guardar bichos, cuando todo el mundo se afana por echarles DDT. En fin, ¡hay gustos para todo!

El Raúl es conocido, ni siquiera amigo, de la Josefina. El Raúl es delineante y gasta voz de doncella. Al Raúl, que se llama Pajarón de segundo apellido, como su madre, la gente le dice Pajarín. El Raúl ha sido novio de la Belencita; lo dejaron porque la Belencita, que tiene más fuerza que un segador, le llevaba el pulso. El Raúl, además de entomólogo, es también filatélico y coleccionista de fajas de puros. Este menester se llama vitolfilia, científica palabra que quiere decir amor a las vitolas. El Raúl es hijo de padre desconocido y de madre manchega de Daimiel; el padre desconocido del Raúl (que todo el mundo sabe quién es) se llama don Patricio Caliente y canta en el coro catedralicio murciano; la madre del Raúl, hoy señora de Miravete, don Inocente, tuvo un pasado tumultuario aunque después, según es costumbre, sentó la cabeza y se convirtió en una dama ejemplar. La señora de Miravete, don Inocente, se llamó de célibe Inmaculada Cabrera Pajarón y fue hembra de muy llamativa y enamorada belleza. Al Raúl Cabrera Pajarón le gusta saberse hijo de madre hermosa.

—Hombre, eso le gusta a cualquiera, ¡vamos, digo yo!

Don Peregrino Calcena Trasobares, juez municipal de La Aparecida, provincia de Alicante, se permitió dudarlo.

—No crea; los hay tan piadosines, que prefieren ser hijos de madres como loros.

—¡Pues también es gusto!

—Sí, pero, ¡qué quiere! ¡Cada cual tiene sus particulares puntos de vista!

El Raúl Cabrera Pajarón tiene una colección de sellos muy aparente, una floresta de fajas de puros muy lucida y una silva de insectos de lo más completa que puede hallarse, entre aficionados. Cuando el Raúl se vio libre de la Belencita, ¡qué descanso!, se metió de hoz y coz entre sus sellos, sus fajas de puro, sus moscas y sus escarabajos, y se sintió inmensamente feliz.

—¡Ahora mi vida está llena (—¿De qué? ¿De bichos?), ahora me siento como más dueño de mi existencia (—No te preocupes, que nadie te la disputa)!

El subconsciente —o lo que sea— del Raúl, se empeñaba en interferirle, ¡también es malhadada ocurrencia!, sus soliloquios.

—¿Y usted no cree que hubiera podido arreglarse con la Belencita?

—No; la Belencita era buena, soy el primero en proclamarlo, pero demasiado fuerte. ¡Con eso de que es profesora de cultura física!

—Claro, me lo explico; las chicas demasiado fuertes, al final resultan incómodas. Los españoles estamos acostumbrados a otro tipo de novias, eso es lo que nos pasa.

—Exacto; los españoles somos muy mirados y no nos gusta que las novias nos lleven el pulso.

Don Roque Maimona, alias Arenque, el jefe de Raúl, es un señor pequeñito y que tampoco tiene demasiada fuerza. Al don Roque Maimona, alias Arenque, la Belencita no le caía simpática.

—Yo creo que ha hecho usted bien en cortar, Raúl; lo veo a usted como con mejor salud, como con más vida...

—Sí, don Roque, yo también creo que acerté. ¡Al final estaba ya harto de tanta fuerza, téngalo por seguro! ¡La Belencita es más fuerte de lo necesario!

El vicio de los pulsos

A la Belencita Catarroja Trainera, alias Punchinbol —joven dada al cultivo del músculo—, cuando tarifó con el Raúl Cabrera Pajarón, alias Pajarín —mozo propenso a las artes especulativas y sosegadas—, también se le quitó una losa de encima. Los pensadores del Renacimiento, en las bellas páginas de sus enjundiosos tratados sobre el amor, cantan el inefable goce del adiós, vida mía, que ya está bien de lata, etc. La Belencita, cuando se sintió libre como el pájaro, respiró hondo y se compró un helado de tutti-frutti, que es alimento muy de atletas.

—¡Ah! —exclamó—. ¡Qué bella es la vida en libertad! ¡Cuán cierto es que no se sabe lo que la libertad representa hasta que se pierde!

La Belencita, a renglón seguido, dirigió sus pasos hacia la sala de fiestas California, en busca de un galán que la bailase y, de venir rodado, quisiera echarle un pulso.

—¿Un pulso?

—Sí, un pulso, ¿por qué?

—Por nada, usted perdone. ¡Como lo que se suele echar es un polvo!

—Pues, no. ¡Ya ve usted lo que son las cosas! En este caso, lo que buscaba la joven a que me refiero era que le echasen un pulso. ¡Ya ve usted!

—¡Pues también es ocurrencia!

—Sí, pero, ¿qué quiere? Cada cual es como es.

—Sí; eso también es cierto.

El vicio de los pulsos es como una droga tiránica que avasalla los sentidos y solivianta, por tercios, la memoria, el entendimiento y la voluntad.

—¿Bailas, chata?

—Encantada.

La Belencita Catarroja Trainera, alias Punchinbol, baila con mucho poderío. Los más usuales modos de bailar de las solteras, por lo menos en España, son los siguientes, a saber: poético, epiléptico, suplicante, cachondo, peguntoso, dominador, gimnástico, distante, abolerado, amoroso-palpanucas y amoroso-respiratorio; con frecuencia, estos módulos ideales no se dan puros, sino que se presentan mezclados y entreverados. Entre casadas suelen desaparecer los usos primero, segundo, tercero, octavo y undécimo, sin que tampoco —claro es— pueda esto entenderse como regla general.

—¿Cómo te llamas?

—Belén.

—¡Qué nombre tan bonito!

—Sí, no es feo. ¿Y tú?

—Gil.

—No, digo de nombre.

—Pues eso: Gil.

—¡Ah!

La Belencita y el Gil tomaban cazalla; al Gil le da la tos, pero se le quita levantando el brazo izquierdo y bebiendo unos sorbitos de agua de seltz.

—¿Por qué no dices sifón?

—Pues ya ves: me pareció más fino... Espera, que me vuelve la tos.

Al Gil, por fortuna, no le volvió la tos.

—¿Quieres que sigamos bailando?

—Bueno.

El Cesarín, el hermano de la Belencita, suele ir, a veces, por la sala de fiestas California, a ver lo que cae. El Cesarín no es partidario de echar pulsos; la Belencita, sí. La Belencita tiene dos veces más fuerzas que el Cesarín.

—Gil

—Qué.

—Cuando volvamos a la mesa, ¿querrás echar un pulso?

El Gil sonrió.

—Pero, mujer, ¡qué ideas!

Al volver a la mesa, el Gil —que es todo un caballero— aparta un poco las copas y el sifón.

—A ver, ¡ponte en facha!

La Belencita se pone en facha y le lleva el pulso al Gil, incluso con facilidad.

—Es que me cogiste descuidado; en esto de los pulsos, la sorpresa es una ventaja. Vamos a echar otro.

La Belencita prefiere no insistir.

—No, después; ahora sácame otra vez a bailar.

La Belencita —¡quién te ha visto y quién te ve, Belencita!— baila ahora como una mansa colegiala porque durante un breve instante adivina, tampoco demasiado claro, que el vicio de los pulsos la distancia de los galanteadores. Bien pensado, un hombre —aun sin pulso— sigue siendo un hombre.

La avispa

La Belencita Catarroja Trainera, alias Punchinbol, quedó seleccionada para la final (una final entre veinticinco más) del concurso literario Ciudad de Orense, de gran renombre en toda la comarca e incluso fuera de la comarca, con su novela *¡Haceos a un lado, traidor!*, en cuyas páginas se analizan las reacciones de una joven honesta ante los constantes peligros de la gran urbe, emporio del pecado y la disipación. La Belencita Catarroja Trainera, alias Punchinbol, creyó desfallecer —ella, tan fuerte— cuando recibió la noticia.

—Pero, ¿será posible? —le preguntaba al Gil, con quien salía de cuando en cuando, aunque, como es de sentido común, sin echar pulsos.

—¡Anda! ¿Y por qué no?

La Belencita Catarroja Trainera, no obstante ser profesora de cultura física, tiene muy tiernos sentimientos y, a veces, hasta muy femeninas aptitudes. *¡Haceos a un lado, traidor!* era la segunda novela de la Belencita. La primera se tituló de muy diversas formas, según el concurso: *Los hijos del pecado, Reconciliación en Sydney, Los peligros de la separación, Muerte de amor, Un mar azul cobalto*, etc. A la Belencita Catarroja Trainera, alias Punchinbol, como a cada hijo de vecino, le resulta más fácil cambiar el título de un libro que escribir otro nuevo. La Belencita Catarroja Trainera, en el oficio literario se firma Simone de Roche, la verdad es que suena pero que la mar de bien.

—¿Y por qué se puso usted Simone de Roche? —le preguntó un día un periodista.

—Pues ya ve usted —le respondió la novel autora—, Simone por Simone de Beauvoir y Roche por el de la siroline, que es un jarabe con sabor a naranja que va muy bien para los resfriados.

—¡Ah, ya!

A la Belencita Catarroja Trainera, de seudónimo Simone de Roche y de alias Punchinbol, se le da mejor la gimnasia que la literatura; se conoce que es más lo suyo.

—En las novelas pongo todo mi alma y mis cinco sentidos, vuelco mi pasión entera... La literatura, en mí, vibra con la fuerza de un primer amor...

Don Medardo Güereña es algo distraidillo.

—¡Claro, claro!

Pero la Belencita Catarroja Trainera, Punchinbol, para su fortuna, es inasequible al desaliento.

—¡No hay arte como la literatura!

—Claro, claro...

—¡No hay placer comparable al deleite de escribir!

—Claro, claro...

—¡Fijar las ideas, en bellas formas, en el albo papel!

—Claro, claro...

—¡Y legar al futuro nuestro pensamiento!

Don Medardo Güereña Murciano no dijo claro, claro, según costumbre. Don Medardo Güereña Murciano, de profesión zahorí, está mirando cómo la avispa vuela.

—¡Cuidado!

—¿De qué?

—De la avispa.

—¡Ah!

Simone de Roche, nacida Belencita Catarroja Trainera, entorna los ojos soñadoramente. Entonces la avispa, con evidente desconsideración, se le posa en un párpado y, ¡zas!, va y le pica. ¡Dios, y cómo le quedó el ojo a la literata!

—¡Ay!

—¿Qué pasa?

—¡La avispa!

La Belencita Catarroja Trainera, alias Punchinbol, con el ojo hinchado, se lanza rugiendo sobre la avispa. No la puede alcanzar, bien es cierto, pero le dice cada cosa que la deja temblando. La Belencita, a veces, habla como un carretero logroñés.

Se formaliza un noviazgo

Al Cesarín Catarroja Trainera, alias Compás, le lleva el pulso no sólo su hermana la Belencita, que es fuerte y deportiva, sino el primero que se presente; la verdad es que el Cesarín no anda muy bien de pulso. El Cesarín Catarroja Trainera, alias Compás, es topógrafo y levanta planos con verdadera maña.

—¿Querría usted hacerme un plano del gallinero, Cesarín, que así como está no me gusta?

—Sus deseos son órdenes para mí, doña Enriqueta, ¡no faltaría más! ¿Lo quiere usted estilo chalet suizo?

—Bueno, como a usted se le ocurra; el caso es que las gallinas estén cómodas y holgadas, y pongan huevos.

—Claro; ése es el objetivo primordial, aquello que el técnico jamás debe perder de vista. ¡Déjemelo de mi mano!

El Cesarín Catarroja Trainera, alias Compás, baila el chotis con mucho ritmo e intención; como su novia, la Marujita, no le sigue, el Cesarín baila el chotis con la

Lolita, que es hermana de la Marujita y bastante más espabilada que ella.

—¡Cómo bailan esos chicos! ¡Qué primor! ¿Son novios?

—Pues, no; él es novio de la hermana. Ella no tiene novio; dice que quiere vivir su vida.

—¡Ah, ya!

La novia del Cesarín se llama Marujita de Roque y Valls, pero el Cesarín, se conoce que para abreviar, le dice nena. La Marujita, en justa correspondencia, llama muñeco al Cesarín.

—Nena.

—Dime, muñeco.

—¿Se puso mejor tu mamá de la almorrana?

—Pues, sí, parece que ya va algo mejor, gracias a Dios.

—Vaya, me alegro.

La Marujita va teñida de rubio y canta zarzuelas: *Los gavilanes, La canción del olvido, La montería, Luisa Fernanda*, en fin, lo que le echen. Como la Marujita es cursi de natural, esto de las zarzuelas es algo que se le da por instinto y como quien lava.

—Muñeco.

—Dime, nena.

—¿Me llevarás el domingo a suburbios, a ver calamidades?

—Sí, nena; si te portas bien, sí.

Cesarín Catarroja Trainera, alias Compás, como buen delineante es muy complaciente y no sabe decirle que no a nada a su Marujita.

—¡Ay, hija! ¡Con hombres así, da gusto! ¡Menuda suerte ha tenido usted con su novio!

—Pues, sí, yo bien sé que no me lo merezco. ¡Si viera usted el miedo que me da perderlo!

—No, mujer, ¡a quién se le ocurre! Su novio está que bebe los vientos por sus despojos.

—¿Usted cree?

—¡Hombre, que si lo creo! ¡Y usted también!

La Marujita se queda pensativa.

—Bueno..., ¡por lo menos prefiero pensarlo!

Cuando el Cesarín, por mor de medir unos solares, se rompió un hueso (el accidente fue doloroso, pero, por fortuna, no revistió mayor importancia), la Marujita empezó a entrar en casa y las relaciones, claro es, se formalizaron y tomaron estado oficial.

—¡Ay, muñeco, qué vergüenza me da!

—¡No, nenita, no seas ridícula; la cosa es lo más natural del mundo!

—Sí, pero, ¡qué quieres! ¡Me da una vergüenza horrible! ¿Qué pensarán tus padres?

—Nada, nenita. ¿Qué quieres que piensen?

—No sé, muñeco... ¡A lo mejor me toman por una cualquiera!

Cuando la Marujita, que lo que le pasaba es que tenía ganas de hacer pipí, volvió del cuarto de baño, el Cesarín, que leía *Marca* para enterarse de las últimas noticias del fútbol, dobló el periódico y sonrió.

—¿Bien?

La Marujita sonrió también, es cierto, pero mirando, llena de modestia, para el suelo.

Una honra en entredicho

La Marujita, cuando se case, será nuera del don Cesáreo, que es cojo y espiritista, y de la doña Belén, que gobierna con férrea mano la fonda La Luminosidad. El don Cesáreo Catarroja Gutiérrez, para disimular que es pequeñín, gasta tacón cubano y anda más tieso que un huso.

—¡Lo veo a usted muy terne, don Cesáreo! —le dicen las señoras que van de visita.

—¡No es oro todo lo que reluce, mi buena amiga, no es oro todo lo que reluce! ¡Es usted demasiado generosa conmigo! —suele responder el don Cesáreo, con un remoto poso de amargura bailándole, como el pajarito en la rama, en la sonrisa—. En fin, ¡mientras vaya durando!

—¡Huy! —le responden las ingeniosas—. ¡Yerba mala, no muere!

El don Cesáreo, entonces, se ríe como un conejo, que es señal de gratitud y de buena crianza, mientras por lo bajo se cisca en el padre o en la madre, según, de la señora de turno.

—¿A qué llamará yerba mala esta desgraciada?

—¡Vaya usted a saber! —le responde la voz de la conciencia que, ¡también es ganas de cumplir el protocolo!, le trata de usted.

Al don Cesáreo Catarroja Gutiérrez, que es partidario de los espíritus, los vecinos, por llamarle de alguna manera, le dicen Espíritu puro. El don Cesáreo Catarroja Gutiérrez, Espíritu puro, siempre luce bufanda.

—¿Para no acatarrarse?

—Pues, sí, puede ser. Y también porque le resulta más cómodo.

El don Cesáreo Catarroja Gutiérrez, Espíritu puro, recibió una vez —y a través del velador de tres patas— un mensaje de su particular amigo Napoleón Bonaparte, también llamado el bravo corso por antonomasia, en el que le decía que se anduviera con ojo porque la doña Belén, la madre de sus hijos, le era infiel con el lechero. El don Cesáreo se quedó muy sorprendido y no dio crédito al aviso.

—Mire usted, señor Napoleón: lo que usted dice puede que sea cierto, pero yo, ¡qué quiere!, no lo creo. Mi Belén fue siempre de lo más decente que usted pueda imaginarse. Si me hablara usted de su hermana Pudenta, a la que el marido tuvo que tirar por la ventana, ¡bueno! ¡Pero de mi Belén!

Entonces el velador se estremeció como diciendo: ¡allá usted!, y el espíritu de Napoleón Bonaparte estuvo lo menos dos meses sin dar señales de vida. Hay espíritus muy caprichosos y zascandiles, que ni tienen formalidad ni nada. Y lo curioso es que a lo mejor, en vida, estuvieron embutidos en cuerpos de lo más honorable que pueda haber; quizás el espíritu de Napoleón Bonaparte sea de esta desorientada especie.

—Hombre, ¡no sé! Así, a primera vista, no parece de sentido común tanta ligereza. En fin, ¡vaya usted a saber! Los espíritus, ¡son tan raros!

Don Bartolomé González, alias Pablito (nadie supo jamás por qué), se resistía a admitir que los espíritus de las personas serias no fueran serios, también, cuando tras el fallecimiento de su depositario, se dedicaban a ejercer por libre.

—¡A mí me parece que aquí hay gato encerrado! ¡Qué quieren ustedes! ¿Y si resulta que Napoleón Bonaparte tiene razón y la doña Belén es un pellejo desorejado?

—¡Hombre, repórtese! ¡No ponga usted en entredicho el buen nombre de una dama!

Una patrona como Dios manda

Napoleón Bonaparte no tenía razón: la honra de la doña Belén seguía límpida como el agua del manantial e incólume como..., bueno, como lo más incólume que haya. El lechero es un pardillo al que ni le ha pasado por la cabeza, siquiera, el mal pensamiento de ponerle los puntos a la doña Belén y paralelamente, aunque la intención fuera otra, los cuernos al don Cesáreo.

—¿Y usted cree que ella se hubiera resistido?

—Pues, sí, lo más probable; estas señoras de bata verde suelen ser duras de pelar.

En La Luminosidad, la fonda que regenta doña Belén Trainera de Catarroja, alias Jarandilla, campea la higiene, brilla la decencia y prevalecen las ancestrales costumbres de los hogares españoles. En la fonda La Luminosidad, comer, lo que la gente dice comer, no se come, bien es cierto, pero en cuanto a higiene, decencia y buenos usos, ni una sola le pasa por delante.

—En eso, no dejo pasar por delante a nadie, téngalo por seguro; en mi casa, al que no se porta como Dios manda, se le enseña dónde está la puerta, y aquí paz y después gloria.

La doña Belén Trainera, al llegar a este punto de su discurso, cambia la voz.

—Por cierto; venga usted acá, que la peine, ¡no me gusta verla así, con esas greñas!

La Paquita de Castro del Río, que tiene el tejado de cristal, jamás le lleva la contraria a la doña Belén.

—Claro, tiene usted razón, ¡con tanto pelo!

Y la doña Belén, en justa correspondencia, pregona que la Paquita es un dechado de virtudes; ésta es la buena teoría de toma y daca, el honesto comercio en el que nadie pierde y todos ganan.

—¡Así da gusto! ¿Verdad, usted?

—¡Ya lo creo! Si esto se pudiera ampliar, a escala, para gobernar el mundo, habría menos guerras y la especie humana podría laborar, en un ambiente de paz y de progreso, en aras de los más nobles ideales.

El joven Victricio Calera Rabadán, alias el joven Victricio, cuando oye las precedentes palabras de boca de don Tobías Obejo Guadalmellato, se pega tal susto que sale arreando para el café, a ver si puede repetirlas. Lo malo es que al llegar al café (se conoce que con eso de la distancia) se olvida.

—¡Vaya por Dios! ¡También es mala suerte!

—Sí, pero..., en fin, ¡paciencia!

La doña Belén, cuando la Paquita de Castro del Río está ya a punto, se la queda mirando.

—¡Qué peinado, hija mía, qué primor! Aunque me está mal el decirlo, se lo digo, ¡qué contra! Va usted peinada como una princesa, Paquita, ¡igual que una princesa! ¿Se entera?

—Sí, doña Belén, sí que me entero. Muchas gracias.

—No hay que darlas, hija, para eso estamos: para ayudarnos los unos a los otros.

Paquita de Castro del Río suspira profundamente.

—¡Ay, si eso fuera verdad!

La doña Belén Trainera de Catarroja, alias Jarandilla, cuando se olvida de preparar el parvo caldibache de sus pupilos, situación que acontece con más frecuencia de la que fuera deseable, les acallanta el bandujo y les aplaca los alborotadores y sublevados jugos con un vasito de valdepeñas y tres olivas, tres: una para cada una de las tres potencias del alma, que no está bien que riñan ni se envidien como vecinas desocupadas. La doña Belén Trainera de Catarroja, alias Jarandilla, no obstante sus pijamas morados y rameados, es una patrona como Dios manda. ¡Muchas así son las que harían falta en España!

¡Aún quedan hombres!

La Paquita de Castro del Río, en el mundo Paquita Chamorro Carchelejo, se pone bizca cuando su Jerónimo se digna mirarla o tartamudearla.

—Eso viene mismo de que la criaturita tomó escabeche en malas condiciones.

—¿Qué dice usted? ¿Qué tendrá que ver eso con lo que yo le estoy diciendo?

—Nada. Eso lo digo yo de vez en cuando porque me trae suerte ... Es como una oración mágica, muy socorrida... Eso viene mismo de que la criatura tomó escabeche en malas condiciones. ¿Verdad, usted, que es hermoso?

En el país, el registro civil se conoce que anda como puede y a la remanguillé porque la Paquita Chamorro Carchelejo, según el susodicho registro, resulta hija legítima —aunque paradójica— del Rafael Navajas Linares, más tarde fallecido, y de la Paca Roldán Hidalgo, alias Mahoma, esposa y luego viuda del anterior. Hay cosas tan difíciles de averiguar que más vale dejarlas.

—Pues sí, ¡verdaderamente! Además, eso de andarse metiendo en vidas ajenas, yo siempre lo tuve por una grave falta de educación.

—Puede que no vaya usted muy descaminado.

El Jerónimo (la Paquita jamás supo ni un solo dato más de su Jerónimo) fue quien metió a la moza en el berenjenal del baile flamenco, arte que tuvo que abandonar cuando el novio, ¡viva la marcha y los hombres de tronío!, le quebró una pata en una juerga.

—¡Ésos son modales, diga usted que sí, y no los de los franceses! ¡Viva España!

El Jerónimo es natural de Arroyo de la Miel, en el término de Benalmádena, no lejos de la mar y a la sombra del cerro de Calamorros, en el que se dan la aulaga y el romero, el jaguarzo y la yerba que unos dicen matagallos y otros, por variar, aguavientos, y que hay quien usa —¡y allá él!— para purgarse la saburra que nace de la indigestión, que es mal poco frecuente por aquellos pagos. El Jerónimo —¡ay, Jerónimo, que lástima que no tengas apellidos!— anda igual que los señoritos y fuma, como los toreros, tabaco rubio. A fino le ganan pocos al Jerónimo. El Jerónimo no sabe leer ni escribir, ni falta que le hace, pero sí sabe, en cambio, enamorar mocitas mirándolas al mirar con poderío. Según los últimos rumores, el Jerónimo, que quiere salir de pobre, está aprendiendo las mañas que han de entregarle, en bandeja, el corazón de las turistas, que siempre es más rentable y menos complicador. El Jerónimo torea de salón: las sillas se le dan como el pan frito. Si el Jerónimo pudiera repetir, delante de los toros, el depurado estilo que consigue toreando muebles, no le pasa por delante ni Antonio Ordóñez.

—¿Hace un chato?

—Gracias, a estas horas prefiero vermú.

El Jerónimo, en Cartagena, baila el agua a la doña Belén; se conoce que como la doña Belén no es mocita ni turista, el Jerónimo está como desorientado y con el rumbo perdido.

—¡Niño! ¡Un vermú para el Jerónimo, que pasa al chato!

El Jerónimo gasta pañuelo de seda, al cuello, y el reloj de pulsera, a la muñeca; como el Jerónimo es zurdo, el reloj lo lleva en la muñeca derecha.

—¿Pongo tres aceitunas?

—Bueno, ponlas.

El Jerónimo es de natural errante, la verdad es que ya recorrió bastante mundo: Estepona, Marbella, Málaga, Antequera, Lucena, Écija, Castro del Río (el pueblo de la Paquita), Priego, Rute, Archidona, Vélez-Málaga, Almería, ahora Cartagena, etc. Esto de viajar siempre instruye.

Paca Mahoma, en su nuevo estado

La Paquita de Castro del Río, cuando conoció al Jerónimo, se llamaba aún Paquita Chamorro Carchelejo y repartía tejeringos a domicilio. La mamá de la Paquita, la Paca Roldán Hidalgo, alias Mahoma, viuda de Navajas, era por entonces —y es ahora— propietaria de una fábrica de tejeringos de mucha confianza. La Paca Mahoma está todavía de muy buen ver, con las carnes prietas, la color rosada y saludable, y el andar dispuesto, airoso y juvenil; se conoce que el aceite frito espanta los microbios que traen las enfermedades y, a remolque de las enfermedades, la vejez. Cuando la Paca Mahoma matrimonió con el don Romualdo Ramírez, en el pueblo hubo su miajita de choteo; los novios lo aguantaron con resignación, ¡qué remedio!, y esperaron a que pasase, que siempre, tarde o temprano, acaba todo por pasar. En estos casos, lo mejor es tener paciencia. La Paquita de Castro del Río, por aquellas fechas —ya coja y abandonada por vez primera del Jerónimo (¡caray, Jerónimo!, ¿qué las das?)— estaba de criada en La Carolina, en la fonda La Providencia, de la calle de las Navas de Tolosa, de donde salió para enrolarse en *Oriflamas de España*, el espectáculo de don Romualdo, en cuyo elenco substituyó a la Marujita Gutiérrez Gutiérrez, artista soriana de Suellacabras, que atendía, según le diese, por María de la O de Frigiliana, Lola la de Albuñol o Beatriz de la Torre del Oro. A la boda de Paca Mahoma asistieron sus cuatro hijos: la Marujita, la del guardia; el Rafaelito, que estaba para ascender a sargento de Regulares; la Juanita, que vivía arrimada al de la fiscalía de tasas, y la Paquita, que era la más pequeña de todos. Al poco tiempo —y atraído por el alimenticio aroma de la prosperidad— el Jerónimo arrimó de nuevo.

—¿Y qué hizo la Paquita?

—Pues, hombre: dejarse querer. ¿Qué quería usted que hiciera?

El don Romualdo, un día, llamó a capítulo al Jerónimo y le dijo que a ver si se espabilaba, que ya estaba bien de chulear a la Paquita y de pegar la gorra en la próvida masa de los tejeringos. El Jerónimo lo escuchó con mucho respeto y compostura (aunque, de cuando en cuando, escupiese por el colmillo) pero de trabajar —o, subsidiariamente, de largarse— no dijo ni palabra. El don Romualdo, por ver de echarle una mano y de paso quitárselo de delante, le ofreció meterlo en la compañía, pero el Jerónimo que estaba por el sedentarismo (a pesar de lo mucho que había viajado), arguyó que se mareaba en los trenes y en los autobuses y que, mientras la Paquita no le negase su amor, él no se iba. La Paca Mahoma, que tenía un sentido muy concreto de las cosas y de las situaciones, le dijo a su Romualdo que no le insistiese, porque no iba a sacar nada en limpio, y puso al Jerónimo a repartir tejeringos para que, por lo menos, justificara el pan y el tomate que se comía.

—Mira, Romualdo, mientras la niña sea feliz, déjalo en paz y no marees. ¡Tiempo habrá de quebrarle el costillar, si se encampana!

—Sí; tienes razón, Paca. ¡Tiempo habrá de sentarle las costuras!

El don Romualdo y la Paca Mahoma no tuvieron hijos en su matrimonio; aunque lucían jóvenes —o relativamente jóvenes—, se conoce que no estaban ya en el apogeo.

—¡No diga usted procacidades!

—Usted perdone: apogeo es el punto en que la luna se halla a mayor distancia de la tierra.

—Dispense; al principio creí que era otra cosa.

El don Romualdo y la Paca Mahoma, por la Virgen de la Salud, patrona del pueblo, se gastan sus buenos duros en no privarse de nada.

El buen conformar

La Paquita Chamorro Carchelejo, Paquita de Castro del Río, habla con la zeta, seña particular que en su país no suele causar demasiada extrañeza. La Paquita Chamorro Carchelejo, Paquita de Castro del Río, es algo coja, pero, en compensación, canta como los propios ángeles. La Paquita Chamorro Carchelejo, Paquita de Castro del Río, es morena y montaraz (en seguida se le ve la casta) y se adorna el pelo, y el escote, y lo que se tercie con claveles rojos y voluptuosos y violentos. La Paquita Chamorro Carchelejo, Paquita de Castro del Río, es muy flamenca y temperamental. En la mejor y más científica difusión de los tejeringos, la gentil presencia de la Paquita de Castro del Río es tan notoria como beneficiosa.

Cuando el don Romualdo Ramírez, antes de ser su padrastro, le ofreció tres duros por función y vestida y mantenida, la Paquita de Castro del Río se sintió vedette; lo malo fue cuando el don Romualdo, que tiene un ojo de cristal, empezó a cortejarla, porque la Paquita —que a pesar de lo peluda que era, no tenía un pelo de tonta— le puso como condición que le firmara un contrato por diez años o, alternativamente, que se fuera a tocar a su madre (a la de él, fallecida hace ya tiempo, y no a la de la Paquita, que es lo que, tras el desarrollo de los acontecimientos, sucedió). Al don Romualdo le parecieron abusivas semejantes exigencias y, para demostrarle a la Paquita de Castro del Río que con su corazón no jugaba nadie, trepó a una rama más alta del árbol genealógico y se casó con la Paca Mahoma, madre de su desairadora pretendida.

—La juventud se pierde —se dijo el don Romualdo para consolarse—, pero la fábrica de tejeringos queda. ¡Donde esté una buena fábrica de tejeringos, que se quiten de en medio las más afamadas cantaoras!

En la fonda La Providencia, en La Carolina, la Paquita de Castro del Río se portó bien y su ama, la doña Petra Duque, a quien llaman Vaquilla porque es flaca y desgarbada, la trató siempre con mucha consideración y, aunque tardaba en pagarle, la distinguía en su afecto.

—Los tiempos están malos, Paquita. La Carolina ya no es lo que fue... Te lo digo porque, a lo mejor, tardo algo en pagarte; a mí me gusta decir las cosas honradamente, para que nadie pueda pensar que le engaño...

La doña Petra Duque, Vaquilla, es dama prolija y dilatoria, patrona de pensión pobre, que no consigue —¡y bien lo siente!— hacer realidad el consolador milagro de los peces y los panes.

—Don Saturnino dice que me va a pagar. ¡Si don Saturnino me pagase!

La Paquita Chamorro Carchelejo, Paquita de Castro del Río, guarda un buen recuerdo de La Carolina, de la fonda La Providencia y de su ama, la doña Petra Duque, Vaquilla, mujer capaz de hacer caldo con un abandonado suspiro. La Paquita de Castro del Río es de buen conformar y tampoco —aunque ella, a veces, piense lo contrario— tiene demasiadas pretensiones. La Paquita Chamorro Carchelejo, Paquita de Castro del Río —¡qué tristeza!—, pasa por ser muy, pero que muy alegre.

Los contorarios del
prof. Hans Reichenbach (1891-1953)

Echemos la vista atrás. La fallecida Miss Margaret Titbit, después Mrs. Ramírez, era de color salmonete claro, lo que le daba un aspecto muy fino y extranjero. Si el don Romualdo Ramírez, cuando enterró a la Miss Margaret, le puso los puntos tan desaforadamente a la Paquita de Castro del Río, que era de color sardina oscura, no fue tan sólo para consolarse, sino también —y sin duda— por la teoría de los contrarios, tan sagazmente estudiada por Hans Reichenbach (1891-1953). La Miss Margaret y la Paquita de Castro del Río no es que fueran lo contrario la una de la otra —que sí lo eran—, sino que hasta parecían de diferente especie animal: la Miss Margaret semejaba una gallina ponedora y la Paquita de Castro del Río, para distinguirse, fingía la color del cuervo. En la Miss Margaret, el don Romualdo Ramírez veía la dulce paz del lago por do languidece el albo cisne, mientras que en la Paquita de Castro del Río lo que el Ramírez adivinaba era el bullidor torrente cabe cuyo tajo retumba el trueno y cruje el rayo devastador y hermoso.

(—¡Qué bárbaro, qué bien le salió a usted eso! ¡Mejor, ni Víctor Hugo!

—¡Gracias, gracias!)

Cuando Miss Margaret, convertida ya en Mrs. Ramírez, se vino a España en pos y seguimiento de su marido, se encontró con que Miranda de Ebro, aun siendo una industriosa y próspera ciudad, no tenía ni color al lado de las grandes urbes de su país: Nueva York, Chicago, etc. Miss Margaret, como era discreta, se calló para no herir los sentimientos del Ramírez, pero en lo más hondo de su sentimiento empezó a tomar pábulo la malhadada idea de que había salido perdiendo. El don Romualdo, por ver de distraerla un poco, la llevaba todas las tardes a la barbería de su hermano, para que oyese tocar la bandurria, pero la Miss Margaret, que ya estaba herida de ala por el misterioso mal que los portugueses llaman saudade, por más que procurara adaptarse, fue languideciendo, languideciendo, hasta que —se conoce que de la tristeza— cogió el tifus y expiró.

—¿Y ahora qué vas a hacer? —le preguntó una mañana el hermano barbero al don Romualdo—. Esto no es Nueva York, yo bien lo siento.

—Tienes toda la razón del mundo —le respondió el don Romualdo muy pensativamente—, déjame pensarlo un poco.

—Sí, hombre, ¡no faltaría más! Yo no te meto prisa, compréndelo, ni tampoco te voy a poner de patas en la calle. El caso es que lo vayas pensando.

El don Romualdo Ramírez estaba por la vieja y acreditada táctica de ganar tiempo: de irle dando largas toreras al tiempo.

—En esta cochina vida hay que abrirse camino a puñetazos —pensó una noche que no pudo dormir—; me voy a hacer empresario de boxeo.

El don Romualdo, con lo del boxeo, perdió casi todos sus caudales. Después (si las cosas le siguieron saliendo mal, de él no es la culpa) cambió de actividad, pero no de suerte, y se hizo empresario de toros, con lo que sus arcas siguieron mermando.

—Ahora me voy a meter con el flamenco. Y si el flamenco también se me da mal, me voy a Australia a criar carneros. ¡En esta perra vida hay que abrirse camino a codazos! ¡O a cornadas!, como los carneros de pura raza merina que, según es notorio, pueblan la dilatada llanura australiana.

Con *Oriflamas de España*, espectáculo patriótico-lírico-cómico-bailable, el don Romualdo no se hizo rico pero comía de vez en cuando y se rodeaba de femeninos productos nacionales, morenos y de misteriosos ojos. Miss Margaret, en el otro mundo, se peinaba llena de resignación sus crenchas rubiascas, casi albinas.

Juegos propios de tuertos

El don Romualdo Ramírez, como es de natural juguetón y de tendencias alegres y jaraneras, gasta bromas a las señoras con su ojo de cristal. En las fiestas de sociedad, cuando hay un caballero con ojo de cristal y buen humor, suele pasarse bastante bien; esto de tener un ojo de cristal es muy socorrido y se presta a innúmeras chanzas y a diversas y muy variadas e ingeniosas situaciones. La Paca Mahoma, la señora del don Romualdo, está llena de manías y no quiere ni oír hablar de que su marido es tuerto.

—¿Pero qué malo tiene, mujer?

La Paca Mahoma, palidece.

—¡Lagarto, lagarto! ¡A mí, déjenme ustedes de estas bromas! ¡Jesús, qué idea!

Cuando el don Romualdo Ramírez perdió su ojo, en Haití nadie le dio la menor importancia; esto enseñó al don Romualdo a ser humilde y, sobre todo, a no meterse en más trifulcas con negros —aunque los negros estuvieran investidos de la jerarquía de senador— no fuera a hacer el diablo que lo desgraciaran del otro. En Castro del Río, los señoritos invitan al don Romualdo a vino para que se anime y juegue un poco con el ojo, y el don Romualdo, como en Castro del Río no hay negros, pues claro, se anima y procura corresponder con alguna broma inocente: lavándose el ojo en la copa de sifón, o pegándole una avispa muerta con pegamín, o dejándolo sobre la mesa para asustar a los forasteros, o golpeándoselo —puesto, como es natural— con una cucharilla para que suene (tin, tin) como un vaso, etc. Una noche que el don Romualdo se tajó, tuvo mucho éxito bailando una rumba sobre la mesa, en cueros y con el ojo de cristal en el ombligo. El suceso fue muy celebrado por todos los circunstantes y el don Romualdo, que se animó con el triunfo, acabó durmiendo en la cárcel porque, se conoce que del vino y de la emoción, prorrumpió en gritos subversivos que molestaron a las autoridades. A la Paca Mahoma hubo que decirle que el don Romualdo llegó a la cárcel a resultas de un altercado con unos gitanos que se dieron a la huida, porque la Paca Mahoma, que era una mujer de carácter, le tenía prohibido gastar coñas con el ojo. A la mañana siguiente, cuando lo pusieron en libertad, los señoritos lo pasearon en hombros por el pueblo, pero el don Romualdo, como tenía ardor de estómago y mal sabor de boca, no estaba en vena y ni sacó siquiera el ojo del bolsillo. Al llegar a su casa, la Paca Mahoma lo acostó y le dio café y una aspirina. La Paca Mahoma, en el fondo, tenía buenas inclinaciones.

—Y ahora, duérmete; a ver si se te quita esa cara de enterraor que traes. Y ponte el ojo, no vaya a ser que se te pierda.

Al don Romualdo, una vez acostado, le entró la gratitud y estuvo soltando edificantes discursos lo menos una hora. Después, se conoce que del cansancio, se quedó dormido y no se despertó hasta media tarde.

—¿Y su marido, señora Paca? —le preguntaban las vecinas.

—Pues ya ve usted —respondía Paca Mahoma—, calentando el ojo, a ver si se le pega de una buena vez.

Un viejo conocido

A los varios años del matrimonio del don Romualdo con la Paca Mahoma, pasó por Castro del Río un peregrino que iba a Jerusalén y que, según decían, se adornaba con el halo de la santidad. El peregrino acampó en las afueras del pueblo, a las tapias del cementerio, y con su larga barba, su pardo sayal y sus carnes magras de la penitencia, tenía un aspecto muy impresionante y edificante. Las mujeres de Castro del Río, en cuanto supieron de su presencia, lo fueron a visitar y le llevaban los hijos enfermos para que los sanase. El peregrino atendía a todos con humildad y los garzones dolientes, como siempre pasa, unos se curaban y otros en cambio, no. Un día que el peregrino se adentró en el pueblo a comprar unos tejeringos para el desayuno, se dio de manos a bruces con el don Romualdo, que estaba sentado a la puerta de la fábrica, echando un ojo —el único ojo que podía echar— al negocio. El peregrino se detuvo ante el don Romualdo y, tras hacer la señal de la cruz, le habló.

—¿Sois, hermano, el que dicen don Romualdo Ramírez?

El don Romualdo se dio tal susto que pegó un respingo y no le faltó ni un pelo para que se tragase la colilla.

—Yo soy, para servirle. ¿Cómo ha sabido mi nombre?

El peregrino le dio a besar el rosario y sonrió con dulzura.

—Hermano Romualdo, ¿no me reconocéis?

El don Romualdo, por más esfuerzos que hizo, no lo reconoció.

—Usted dispense, pero no caigo.

El peregrino, siempre con la beatífica sonrisa en la boca, volvió a hablarle.

—Este modesto servidor de Dios Padre Todopoderoso, hermano Romualdo, es un viejo conocido suyo al que las vicisitudes de la existencia abrieron los balcones del alma a tiempo de que por ellos entrase el aire de la verdad y de la caridad.

El don Romualdo estaba estupefacto.

—Este modesto servidor de Dios Padre Todopoderoso, hermano Romualdo —siguió diciendo el peregrino—, se llamó en el mundo Esteban de Fidel.

El don Romualdo, ahora, sí que se tragó la colilla.

—¿El imitador de estrellas?

—El mismo, hermano Romualdo, el mismo que ahora ayuna y hace penitencia para purgar sus pecados y los pecados del mundo.

El don Romualdo lo pasó a la rebotica de la churrería.

—¡Pero, hombre! ¿Y cómo se te ha ocurrido hacerte peregrino?

El Esteban de Fidel se desabrochó el sayal para estar más cómodo.

—¡Pues ya ve usted! En el arte no ganaba ni para disgustos, se conoce que Dios no me había llamado por ese camino.

El don Romualdo le interrumpió.

—¿Hacen un par de tejeringos?

—¡Hombre, que si hacen!

El don Romualdo sirvió al Esteban de Fidel, antes Nabetse Ledif y antes aún Fidelito o Niño del Salitre, a elegir, seis tejeringos sobre un periódico extendido.

—¿Y una jícara de chocolate?

—¡Hombre!

El don Romualdo estaba desorientado con el casual encuentro pero, aún más que desorientado, lo que estaba era feliz.

—Pero, hombre, ¡qué alegría! ¿Y qué fue de ti, todo este tiempo?

El don Romualdo, recién hecha la pregunta, frenó la respuesta.

—Espera que te presente a mi señora... ¡Paca! ¡Paca!

Desde el piso de arriba bajó rodando la voz de la Paca Mahoma.

—¡Qué quieres!

—¡Que bajes, que aquí hay un amigo!

—¡Ahora voy! ¡Espera que acabe de hacer la cama!

El camino de Damasco del Estebita

Cuando la Paca Mahoma bajó (se conoce que ya había hecho la cama) y el don Romualdo dio fin a las presentaciones, el peregrino iba ya por la tercer taza de chocolate y la cuarta docena —mal contada— de tejeringos.

—¿Parece que hay apetito?

—Pues, sí; gracias a Dios, no falta.

El peregrino, ardiendo ya el cigarro del postre, empezó con el cuento de sus malaventuras.

—Cuando salí de Alcázar de San Juan, aquella noche en la que usted me socorrió, me metí, un pie tras otro, por el camino de Tomelloso, a ver si el aroma de las bodegas se me daba propicio, pero al salir del pueblo que dicen Alameda de Cervera, a medio andar, sobre poco más o menos, entre Alcázar y Tomelloso, me acometió semejante fiebre que tuve que guarecerme en una alcantarilla, por ver de sudarla.

—¡Vaya por Dios!

—Pues, sí: acatemos siempre su voluntad... ¿Me da usted fuego, por favor, que se me apagó el pito?

—Sí, no faltaría más.

El peregrino avivó el pitillo muerto y siguió hablando.

—¡Pero nunca lo hubiera hecho, don Romualdo, porque aquello fue el principio de mi desgracia!

El Estebita de Fidel adoptó un aire mirífico y aquerubinado: viéndolo, cualquiera hubiera podido imaginarse que se hallaba en presencia de una virgen mártir de las catacumbas.

—¡Claro es que también aquel instante fue mi camino de Damasco, porque entonces entendí la llamada que me llevó a la senda del bien y del sacrificio!

Don Romualdo respiró.

—¡Vaya, menos mal!

Y el Estebita de Fidel, absorto en el recuerdo, empalmó el hilo de su pretérita historia.

—Sí; nunca lo hubiera hecho, le digo, porque mientras me guarecía del relente que me azotaba las febriles carnes, el demonio, en forma de víbora, me dio tal picotazo en el trasero que no faltó ni el canto de un duro para que falleciese emponzoñado.

—¡Qué horror!

—Sí, don Romualdo, ¡qué horror! ¡No lo sabe usted bien!

El Estebita tomó aliento.

—A mis gritos de auxilio acudieron unos caminantes que por allí pasaban y que, en sus atenciones, si no me quitaron el dolor del envenenamiento, sí arramblaron, en cambio, con los diez duros de mi caudal, con lo que me dejaron, sobre enfermo, sin blanca y casi sin esperanza.

—¡Qué barbaridad! ¡Qué falta de civismo!

—Eso es lo que yo pensé, don Romualdo, eso mismo es lo que yo pensé: ¡qué falta de civismo!

El Estebita hizo una breve pausa.

—¿Me pueden socorrer con otro par de tejeringos?

Y la Paca Mahoma, que probablemente se creía ante un apóstol, se apresuró a complacerle.

—¡No faltaría más! ¡Niño —gritó mirando para la sartén—, tráete unos tejeringos!

El Estebita agradeció el detalle con una ligera inclinación de cabeza.

—Pero cuando más abatido estaba, se me apareció San Roque, quien, mostrándome sus llagas, me dijo: esto es lo único que el mundo podrá darte, hijo mío, dolor y sufrimiento; apártate del mundo y acércate a la vida sencilla y de penitencia... Cuando San Roque desapareció me incorporé con el firme propósito de apartarme del mundo y de vivir, el tiempo que Dios dispusiere, la sencilla vida del penitente...

El Estebita hizo el silencio y el don Romualdo y la Paca Mahoma, edificados por sus palabras, no se atrevían ni a levantar la vista del suelo, que era todo de baldosines formando rombos.

Un guardia como un plátano flambé

El guardia Florencio (q.e.p.d.), el fallecido padre de la echadora de cartas Florencio Basilio Pérez, se murió culpando al Estebita de Fidel de las desviaciones y, en general, de todos los vicios y de las taras todas de su vástago.

—¡Lo que no pueda una mala compañía! —decía el

guardia Florencio poniendo los ojos en blanco, igual que las hetairas de la vieja y culta Babilonia.

El guardia Florencio, al decir de su viuda, la doña Esperanza, llamaba la atención por su tipo marcial y jacarandoso y por su prócer apostura.

—¡Ay, mi Florencio! —dice aún la doña Esperanza—. ¡Qué tipo de duque gastaba el repajolero!

La doña Esperanza tiene fama en la vecindad de ser la viuda más fiel que nadie pueda imaginarse.

—¡Con decirla a usted que siendo guardia parecía, por lo menos, coronel! ¡Ay, mi Florencio, qué sola me dejó por su criminal afición al vino! En fin, que Dios lo haya perdonado como yo le perdono.

El guardia Florencio no murió a domicilio, como la mayoría de los guardias, sino en el equipo quirúrgico y sin recobrar el conocimiento. Parece ser que los guardias, cuando se empeñan en alimentarse tan sólo de coñac, acaban por quemarse como si no fuesen guardias. Al guardia Florencio lo que le pasó es que se quemó en coñac, igual que los plátanos flambés. Doña Leocadia de las Aguas, presidenta de todas las ligas contra lo que fuera que tenían sucursal en el barrio, siempre se lo decía.

—¡El vino va a ser su perdición, Florencio! ¡El vino es un veneno lento pero implacable! ¿Por qué no prueba usted a tomar lacao? El lacao es muy saludable y gustoso y, además, no mina la salud.

—Pues ya ve usted, doña Leocadia —le respondía el guardia Florencio—, se conoce que no estoy acostumbrado, ¡para mí que ya es tarde para acostumbrarme!

—Sí, ésa es la lástima, amigo Florencio. ¡Se va a matar usted!

Cuando el guardia Florencio entregó la herramienta (quiere decirse: cuando salió con los pies para adelante) la doña Leocadia, como los acontecimientos habían venido a darle la razón, se puso más contenta que unas pascuas.

—¡Ya lo decía yo! ¿Ven ustedes a lo que conduce el vicio de la bebida?

Los vecinos, aunque se daban cuenta de que el lugar a que conducía el vicio de la bebida era el cementerio, no quisieron darle la razón a la doña Leocadia.

—¡Es una lechuza —decían—, un buitre! ¡La doña Leocadia es un pájaro de mal agüero! ¡Para nosotros, que hasta se alegró de que el pobre señor Florencio hincara el pico! ¡La doña Leocadia no tiene corazón!

La doña Esperanza, cuando recogió el cadáver de su Florencio, le secó la baba del alcohol y lo roció con agua de colonia, para que oliese de manera más decente. La doña Esperanza fue siempre un modelo de esposas amantísimas, de esposas que no se atreven a pedir cuentas al destino.

—Le acompañamos a usted en el sentimiento, doña Esperanza. ¿Cuándo son las misas?

Y la doña Esperanza, ahogando los suspiros y sorbiéndose las lágrimas, respondía:

—Mañana, mis buenos amigos, mañana a las ocho, a las ocho y media, a las nueve, a las nueve y media, y a las diez.

Triste final

El Florencio Basilio Pérez, por más que repartió a diestro y siniestro tarjetas comerciales (Florencio Basilio Pérez. Echadora de cartas. Apodaca, 76, Madrid. Por las noches llamad al sereno. Discreción. Eficacia. Resultados asombrosos. Precios módicos) no consiguió hacerse con una clientela medianamente segura.

—¡Yo no sé cómo es la gente! ¡Para mí que se fían más de los horóscopos de los periódicos, que no dicen más que mentiras!

—¡Puede ser, hijo, puede ser! La gente, ¡es tan rara!

Doña Esperanza, la mamá de la echadora Florencio, veía muy preocupadamente que su hijo, a contrapelo del mundo, iba languideciendo poco a poco.

—¿Por qué no te espabilas, hijo, y sales a dar una vuelta? ¿Por qué no te echas novia, aunque no sea más que para distraerte?

A Florencio Basilio Pérez se le abrían las carnes, al escuchar las anticuadas aunque tiernas —¡si lo sabría él!— ideas de su madre.

—No, mamita, yo no quiero comprometer a nadie... A lo que yo aspiro es a estar siempre a tu lado, cuidándote como te mereces.

—Sí, hijo, ¡no sabes bien lo que te lo agradezco! Verdaderamente, eres un hijo ejemplar y me llena de orgullo ser tu madre..., pero yo no soy eterna, hijo: debes darte cuenta de que yo no soy eterna. ¡Todos estamos hechos de carne mortal!

El Florencio Basilio Pérez, con lágrimas en los ojos, le interrumpió.

—¡No hables así, mamita, por Dios te lo pido! ¡Qué horror, sólo pensarlo!

La doña Esperanza, tan estaba hecha de carne mortal y no era eterna, que una mala mañana pilló una pulmonía —¡esas corrientes!— y a la semana y media la enterraban. El Florencio Basilio Pérez, ¡pobre Florencio Basilio Pérez!, estuvo tres días con los ojos cerrados, sin apartarse de la madre muerta, sin decir nada a nadie, y sin comer, ni beber, ni descomer, ni desbeber, ni nada. El Florencio Basilio Pérez salió de su misterioso y amoroso trance cuando los vecinos, extrañados ante el mantenido silencio, derribaron la puerta a porrazos. El Florencio Basilio Pérez, cuando le tocaron un hombro, levantó la cabeza.

—¿Qué pasó aquí?

El Florencio Basilio Pérez, sin decir ni una sola palabra, señaló el cadáver.

—¿Cuándo fue?

El Florencio Basilio Pérez no pudo contestar; probablemente, tampoco quiso. Cuando el vecino del entresuelo, el don Lorenzo de Juan Rodríguez, oficial de juzgado, arregló los papeles, la doña Esperanza, en su ataúd de pino crudo, se quedó en el cementerio del Este. El Florencio Basilio Pérez, después del entierro, no volvió a aparecer por la casa.

—¿No se habrá tirado por el viaducto?

—No, descuide; para eso hace falta valor. El Florencio, lo más seguro es que esté papando lluvia en el camposanto.

A los varios días, el Florencio Basilio Pérez apareció flotando sobre las canijas y turbias aguas del Manzanares, con los ojos abiertos, y la panza hinchada, y en el bolsillo un retrato de la madre vestida de novia y sonriendo, incluso sin tristeza, al mundo.

Palma de Mallorca,
26 de enero-14 de setiembre de 1961.